근/현대 영·미 서정 단편소설 BEST-22

첫 사 랑
FIRST LOVE

헨리 밀러 외 지음, 박 수 규 옮김

증보판

SGA 글로벌연구센터
| 사 | 한국자치행정연구원 부설

국립중앙도서관 출판시 도서목록(CIP)

첫사랑 : 근/현대 영·미 서정 단편소설 best 22 / 지은이: 헨리 밀러 외 ; 옮긴이: 박수규. -- 증보판. -- [성남]: SGA 글로벌연구센터 : 한국자치행정연구원, 2016
   p. ;   cm

원표제: First Love
원저자명: Henry Valentine Miller
영어 원작을 한국어로 번역
ISBN   979-11-86837-03-0 03840 : ₩23,000

영미 소설[英美小說]
단편 소설집[短篇小說集]

843.5-KDC6
813.5-DDC23
CIP2016009072

머리말

　인생에서 「사랑」이라는 감동적 주제를 빼버린다면 얼마나 황량할까! 사람은 태어나면서 부모와의 육친적 사랑을, 자라면서부터는 이성(異性)과의 교감적 사랑을 느낀다. 그중에서도 꿈많은 청소년시절에 겪는 성장통(成長痛)으로서의 '첫사랑'은 일생을 통해 마음속의 무지개로서 곱지만 아련한 그리움이나 아픔, 또는 회한의 이미지로 간직된 채 남게 된다.

　여기에 수록된 작품은 역자가 대학생활때부터 오늘날까지 읽어본 영미 단편소설들 중에서 사랑과 인생에 대한 깊은 성찰과 의미, 그리고 영미인 특유의 위트와 유머의 이면에 무언가 가슴 찡한 감동의 여운이 느껴지는 22편을 고심하여 엄선한 것이다. 골라놓고 보니 22편중 순수 애정소설이 8편, 여성 특유의 심리 등을 묘사한 심리소설이 7편, 사회풍자적 소설 4편, 그리고 전쟁의 상흔을 표현한 소설 3편으로 세분될 수 있을 것 같다. 그러나 전체적 맥락에서는 22편 모두 짙은 서정성을 띠고 있다는 공통점을 지니고 있다. 또한 작가별로는 어스킨 콜드웰과 셔우드 앤더슨의 작품이 각 3편, 캐서린 맨스필드·서머셋 모옴의 작품이 각 2편씩, 헨리 밀러·아이쉬 키서·제임스 조이스·프랭크 오커너·앨더스 헉슬리·리차드 스톡턴·오 헨리·스티븐 크레인·어네스트 헤밍웨이·윌리엄 사로이언·윌리엄 마치·펄 벅의 작품이 각 1편씩으로 짜여지게 되었다.

　이들 작품중에서 헨리 밀러의 「첫사랑(First Love)」을 특히 이 책의 대표제목명으로 채택한 것은 이 소설이 비록 내용은 짧지만, 예나 지금이나 대부분의 틴 에이저들이 흔히 겪는 첫

사랑의 고뇌와 아픔, 그리고 회한을 잘 대변하고 있기 때문이다.

  번역은 당초 이 책이 영어 독해용 학습서로 사용될 수 있게 영한대역으로 쓰여졌기 때문에 가급적 원문에 충실하게 직역을 원칙으로 했다. 그래서 더러는 문장이 조금 매끄럽지 않는 부분이 있을지도 모른다. 그러나 그것도 영미인 특유의 한 표현방식이므로 처음에는 조금 낯설은 듯도 하지만, 곱씹어 보면 그 나름대로의 의도나 의미가 느껴질 것이다.

  비록 여기 수록된 작품은 각기 다른 16인이 쓴 것이지만, 역자 나름으로는 이 모두를 제가 직접 쓴 작품처럼 소중히 여기고 한국어로 옮김에 있어서 원작의 의도와 의미가 훼손되지 않고 감동이 그대로 잘 전달되도록 어휘 하나 표현 하나마다 세심하게 정성을 기울였다.

  번역을 마치고 독자 입장이 되어 다시 읽어보니 신기하게도 몇몇 작품은 역자 자신이 겪어온 인생의 한 단면을 보는 것 같아 깜짝 놀랐다. 아마도 독자 여러분들께서도 저와 비슷한 공감을 받으실 것으로 믿는다. 아무쪼록 이 책의 독자가 되신 여러분들께는 본서가 '재미있고 감동을 주는 읽을거리'이자 '유익한 교양서'가 되기를 기원하고 기대하여 마지않는 바입니다.

  덧붙여 영문독해 학습목적으로 이 소설들의 영어원문을 같이 대조해 보시려면, 이 책의 자매도서로서 상세한 주석을 곁들인 영한대역본인 『연인과의 약속外』(상·하권)을 구독·참고하시기 바랍니다.

2016년 4월

옮긴이 박수규

■ 작품 목차 ■

제1편 첫사랑 (First Love) ···································· 1
　― 헨리 밀러 (Henry Miller)

제2편 연인과의 약속 (Appointment with Love) ············ 13
　― 아이쉬 키서 (S. I. Kishor)

제3편 어느 딸기철 (The Strawberry Season) ············ 23
　― 어스킨 콜드웰 (Erskine Caldwell)

제4편 어느 오찬 (The Luncheon) ···························· 33
　― 서머셋 모옴 (W. Somerset Maugham)

제5편 차 한 잔 (A Cup of Tea) ······························ 45
　― 캐서린 맨스필드 (Katherine Mansfield)

제6편 인생은 모험 (Adventure) ······························ 65
　― 셔우드 앤더슨 (Sherwood Anderson)

제7편 애러비 바자회 (Araby) ·································· 81
　― 제임스 조이스 (James Joyce)

제8편 나의 오이디푸스 콤플렉스(My Oedipus Complex) ···· 97
　― 프랭크 오커너 (Frank O'connor)

제9편 그 골목길의 레이철 (Rachel) ························· 125
　― 어스킨 콜드웰 (Erskine Caldwell)

제10편 스토리텔링 초상화 (The Portrait) ················· 147
　― 앨더스 헉슬리 (Aldous Huxley)

**제11편 여인이 나왔는가, 호랑이가 나왔는가
　　　　(The Lady or the Tiger?)** ······················· 175
　― 리차드 스톡턴 (Frank Richard Stockton)

■ 작품 목차 ■

제12편 아버지와 계란 (The Egg) ················· 191
　　－ 셔우드 앤더슨 (Sherwood Anderson)

제13편 경관과 성가 (The Cop and the Anthem) ········· 217
　　－ 오 헨리 (O. Henry)

제14편 구슬 목걸이 (A String of Beads) ············· 235
　　－ 서머셋 모옴 (W.Somerset Maugham)

제15편 말 도둑 (Horse Thief) ···················· 253
　　－ 어스킨 콜드웰 (Erskine Caldwell)

제16편 파리 (The Fly) ························· 271
　　－ 캐서린 맨스필드 (Katherine Mansfield)

제17편 타국에서 (In Another Country) ············· 287
　　－ 어네스트 헤밍웨이 (Ernest Hemingway)

제18편 신부(新婦)가 옐로우스카이에 오다
　　　 (The Bride Comes to Yellow Sky) ·········· 301
　　－ 스티븐 크레인 (Stephen Crane)

제19편 발명가와 여배우 (The Inventor and The Actress) ··· 327
　　－ 윌리엄 사로이언 (William Saroyan)

제20편 하느님의 힘 (The Strength of God) ·········· 349
　　－ 셔우드 앤더슨 (Sherwood Anderson)

제21편 빌의 눈 (Bill's Eyes) ···················· 367
　　－ 윌리엄 마치 (William March)

제22편 늙은 악귀 (The Old Demon) ················ 385
　　－ 펄 벅 (Pearl S. Buck)

제 1 편

첫 사 랑

- 헨리 밀러
(1891-1980)

  헨리 밀러는 뉴욕시 Brooklyn의 독일계 가정에서 태어났으며, 대학을 1학기 마치고 전신전화회사인 Western Union에 근무하면서 첫 작품 Crippled Wings 등을 쓰며 작가활동을 시작했다. 1930-39년에는 Chicago Tribune지의 파리 특파원으로 있으면서 Tropic of Cancer(북회귀선), Black of Spring, Tropic of Capricorn(남회귀선)을 썼으나 이들 작품은 외설 혐의로 미국에서는 1961년까지 판금되었다.
  1939년-40년 그리스 체류중에는 The Colossus of maroussi(마로우씨의 거상)를, 1942-80년 귀국후에는 자서전적 소설 The Rosy Crucifixion(장미빛 십자가)와 The Air-conditioned Night mare 등을 썼다.
  그는 기존의 문학형태를 깨뜨린 modern writer로서 인물, 사회비평, 철학, 섹스, 신비주의 등을 융합한 반(半)자전적 소설을 즐겨 썼고, beat generation에 큰 영향을 미쳤다. 여기 소개되는 「첫사랑」의 등장무대인 Eastern District High School도 실제로 그가 다녔던 모교이다.

첫사랑

그녀를 보통 인간의 수준으로 내려오지 못하도록 막은 것은 바로 나, 바보인 나였다. 이것은 분명코 내가 그녀와 마주쳤던 순간에 이미 결정되어 있었다. 나는 아무런 선택의 여지가 없었다.

내 마음의 눈으로는, 내가 그녀를 처음 만났던 때와 똑같이 오늘도 생생하게 그녀를 볼 수 있다. 그것은 부클린에 있는 이스턴 디스트릭트 고등학교의 한 복도에서였고, 그때 그녀는 어느 교실에서 다른 교실로 걸어가던 중이었다. 그녀는 키가 나보다 약간 작았지만, 잘 다듬어진, 말하자면 팽팽하고 환하게 빛을 발산하는 듯하며 건강함으로 터질 것 같았고, 고개를 쳐들며, 얼핏 보아서는 도도하고 건방진 듯하지만, 어쩔 줄 몰라 하는 한 가닥 수줍음을 감추고 있었다고나 할까.

1. 첫사랑

그녀는 온화하고 관대해 보이는 입을 가졌으며 그 입은 약간 크고 눈부시게 빛나는 흰 치아로 가득차 있었다. 그러나 맨 먼저 사람들의 시선을 끄는 것은 그녀의 머리칼과 눈이었다. 머리칼은 연한 금발이었으며 고둥 모양으로 빳빳하게 위로 빗어올려져 있었다. 오페라 같은 데서가 아니면 좀처럼 보기 힘든 자연스러운 브론디였다. 그녀의 두 눈은 극도로 투명했는데 득하고 둥그스럼했다. 그것은 청자 빛을 띠었고 그녀의 금발과 사과꽃 같은 살빛에 잘 어울렸다. 물론 그녀는 열여섯살에 지나지 않았으며, 확고한 자신감을 갖고 있지는 않았다. 겉보기에는 그런 인상을 풍기는 듯도 했지만. 그녀는 혈관 속에 파란 피를 가진 귀인(貴人)처럼, 그 학교의 모든 다른 여학생들 가운데서 유난히 두드러져 보였다. 파란 피와 얼음 같은 소녀였다고 말하고 싶다.

 그녀가 흘긋 보낸 그 첫 시선은 내 발을 휘청거리게 할 만큼 순식간에 나를 사로잡았다. 나는 그녀의 아름다움에 의해 깊은 인상을 받았을 뿐만 아니라 위협마저 느꼈다. 어떻게 내가 그런대로 그녀에게 다가가서 몇마디 의미도 없는 말이나마 웅얼거렸던지 이제는 기억조차 할 수 없다. 내가 알기로, 그런 용감한 짓을 해낸 것은 첫 번째 마주침이 있은지 두 주일이 지난 뒤였다.

 우리가 서로를 의식할 수 있는 가까운 거리내에 들어

1. 첫사랑

올 때마다 그녀가 어떻게 얼굴을 붉혔던가를 나는 생생하게 기억한다. 당연한 일이겠지만, 우리가 주고 받았던 대화는 일종의 순간적으로 전해져 오는 짧은 전보(電報)와 같은 성격의 것이었음에 틀림없다. 그녀는 내 기억 속에 뿌리를 내릴 만큼 의미있는 낱말이나 어귀는 하나도 입 밖에 내지 않았다. 아까 말한 대로 이러한 마주침은 언제나 어느 교실에서 다른 교실로 가는 도중에 복도에서 일어났다. 그녀는 나하고 동년배였지만 한, 두학년 밑임에 틀림없었다. 물론 나에게 있어서 그러한 자질구레한 일들은 그 어느것도 중대한 의미로 채워지지는 않았다.

 우리가 몇통의 편지를 교환한 것은 고등학교를 졸업한 뒤였을 뿐이다. 여름방학 동안 그녀는 뉴저지 주(州)의 애스버리 파크에 머물렀고, 나는 애틀라스 포트랜드 시멘트회사의 사무실에서 사무원으로 단조롭고 고된 나날의 일을 계속하고 있었다. 저녁마다 직장에서 돌아오기가 무섭게 나는 행여 그녀로부터 온 편지가 있는지 찾아 보려고 으레 우편물이 놓여져 있던 벽난로 위의 장식대로 달려 갔다. 그 기나긴 방학기간을 통털어 고작 한, 두통의 편지를 받기만 해도 나는 그때 행복했었다. 이 이상스런 구애태도에 대한 나의 전반적인 인상은 일종의 극도의 좌절이었다. 가끔, 드물게 나는 그녀를 댄스파티에서 만났다. 내 생각에는 두번 그녀를 극장에 데리고 갔다. 그렇지만 나는 내 지

1. 첫사랑

갑에 넣어 다니며 은밀하게 꺼내 볼 그녀의 사진 한 장 갖고 있지도 않았다.
 그러나 나는 사진을 갖고 다닐 필요가 전혀 없었다. 그녀의 모습은 한결같이 내 마음 속에 있었으니까. 그녀의 부재(不在)는 내게 있어서 영속적인 고뇌였는데, 이것이 그녀의 모습을 내 마음 속에 계속 살아 있게 하는 데 이바지했다. 말하자면 나는 그녀를 내 내부에 갖고 다녔다. 나 혼자 이따금 그녀에게 말을 건네곤 했다. 혹은 조용하게 혹은 큰 소리로. 흔히, 그녀의 집을 한 바퀴 둘러본 뒤 밤에 집으로 걸어오면서 나는 애걸조로 그녀의 이름을 소리높여 불러보곤 했다. 배알의 호의를 내게 베풀어 주십사 하고 높은 곳에 앉아 있는 그녀에게 간청하는 것처럼. 그녀는 언제나 나보다 높은 그 어느 곳에 높이 앉아 있었다. 마치 내가 찾아내어 나 자신의 여왕으로 여기게 된 어떤 여신(女神)처럼 말이다. 그녀를 보통 인간의 수준으로 내려오지 못하도록 막은 것은 바로 나, 바보인 나였다. 이것은 분명코 내가 그녀와 마주쳤던 순간에 이미 결정되어 있었다. 나는 아무런 선택의 여지가 없었다.
 이상한 일은 그렇다고 그녀가 내게 어떠한 적의(敵意)나 무관심의 낌새는 결코 내보이지 않았다는 점이다. 하기야 누가 알랴.
 어쩌면 그녀의 입장에서 본 그녀로서는 그녀에게 좀 더 인간적인 관심을 보여 달라고, 한 사람의 남자로서

1. 첫사랑

그녀에게 구애해 달라고, 필요하다면 억지로라도 그녀를 데려가 달라고 내게 말없이 간청하고 있었는지도.

아마도 일년에 두세번 우리는 틴 에이지의 행사들 가운데 하나인 파티석상에서 함께 모인 것 같다. 파티는 노래하고 춤추고 '베개에 키스하기'나 '우체국 놀이' 같은 바보스러운 게임을 하면서 새벽까지 계속되었는데, 그 바보스런 게임이란 자기가 고른 아이를 불러내어 캄캄한 방에서 몰래 포옹을 하게 하는 것이었다. 우리가 아무런 제한도 받지 않고 키스하고 포옹할 수 있었던 그때마저도, 우리의 수줍음은 지순한 기쁨 외에 달리 딴 말을 나눌 수 없게 가로막았다. 만약 내가 그녀와 춤이라도 추게 된다면 머리부터 발끝까지 덜덜 떨렸을 테고 으레 내 발뿌리에 내가 걸려 넘어져서 그녀를 크게 낭패하게 만들 것이 뻔했다.

그래서 내가 할 수 있는 것이라곤 오로지 피아노를 치는 것―피아노를 치면서 그녀가 내 친구들과 춤추는 것을 질투어린 시선으로 쳐다 보는 것뿐이었다. 그녀는 내 뒤로 다가와 팔로 나를 안지도 않았으며 치기섞인 말을 속삭이지도 않았다. 그날 저녁 뒤로 나는 잠자리에 누워 이를 갈거나 바보처럼 눈물을 흘리거나, 또는 그녀의 눈에서 나를 좋아하는 기색을 찾을 수 있게 해달라고 이미 믿고 있지도 않던 하느님께 기도를 올렸다.

그리고 근래의 5,6년 동안 내내 그녀는 그녀가 처음

1. 첫사랑

부터 그랬던 모습, 즉 타오르는 이미지로 내게 남아 있었다. 나는 그녀의 마음, 그녀의 희망이나 꿈, 그녀의 영감(靈感)에 대해서는 아무것도 몰랐다. 그녀는 내가 바라는 바를 어리석게도 나 스스로 써넣은 하나의 완전한 공백(空白)이었다. 의심할 것도 없이 나도 그녀에게 있어서는 똑같은 존재였을 것이다

끝내 내가 그녀에게 작별인사를 하는 날이 다가왔다. 목부(牧夫)가 되기 위해 서부 개척지대로 떠나가던 날이라고 생각된다. 나는 그녀의 집으로 가서 소심하게 벨을 눌렀다. (하지만 내가 그녀의 집 초인종을 과감하게 누를 수 있었던 것은 겨우 두번째나 세번째가 되어서였다.) 그녀는 문간으로 나왔는데, 내가 일찍이 그녀를 본 그 어느때보다 더 여위고, 나이들고, 걱정으로 초췌해진 모습이었다.

우리는 그때 막 스물하나였고, 나는 2,3년 동안 '그 미망인'에 예속되어 지내왔었다. 그것이 내가 극서부 지역으로 서둘러 떠나려고 했던 이유, 즉 나 자신의 운명적인 몰입을 치유하기 위한 것이었다. 그녀는 나를 안으로 맞아들이는 대신, 집 밖으로 걸음을 옮기면서 보도 쪽으로 열려져 있는 대문간으로 나를 데리고 나갔으며, 거기서 우리는 아마 15분 내지 20분 동안 초점없는 말들을 나누었다. 물론 나는 내가 돌아온다는 것을 그녀에게 힘주어 알렸으며 장래에 대한 나의 계획을 간략히 얘기해 주었다. 내가 빠뜨렸던 말은 어

1. 첫사랑

느 날엔가 꼭 그녀를 데리러 오겠다는 것인데. 그렇게 말한다는 것은 당시로서는 전적으로 넌센스였다. 내가 남몰래 바랐던 바가 무엇이었던 간에 그 상황은 치유 불가능한 것이었음을 이제 와서야 나는 알게 되었다. 내가 그녀를 사랑한다는 것을 그녀는 알고 있었다. 아니, 주위의 모두가 알고 있었다. 그러나 '그 미망인'과의 일은 단연코 나를 그녀의 울타리 밖으로 밀쳐내고 말았다. 그것은 그녀로서는 용서는커녕 이해할 수조차 없는 성질의 것이었기에.

 나는 정말 얼마나 참담한 모습을 보이게 되었던가! 그렇지만 내가 충분히 용기가 있고 단호하기라도 했더라면 그녀를 얻을 수 있었을는지도 모른다. 그녀의 눈에 비치는 고통스럽고 어찌할 바를 모르는 표정을 읽었기에 적어도 내게는 그런 것 같게 느껴졌다. (그러나 나는 찬란한 황금빛 서부에 대해서 바보스럽게 그리고 무턱대고 장황하게 지껄이고만 있었다.) 내가 그녀를 보는 것이 그때가 마지막이 될지도 모른다는 것을 느꼈지만, 나는 팔을 불쑥 내뻗어 그녀를 와락 껴안고서 그녀에게 열정적인 마지막 키스를 해줄 용기가 차마 없었다. 그 대신 우리는 정중하게 악수를 했고, 몇 마디의 어색한 이별의 인사를 웅얼거렸으며, 그리고는 걸어 나왔다.

 나는 결코 고개를 뒤돌리지 않았지만 그녀가 아직도 문간에 선 채 나를 시선으로 좇고 있다는 확고한 믿음

1. 첫사랑

을 갖고 있었다. 그렇지만 내가 그녀의 방으로 황급히 되달려가 그녀를 침대 위로 내던지고는 그녀의 가슴을 찢어놓기라도 할 것 같이 흐느껴 울기에 앞서, 그녀도 과연 내가 골목 모퉁이를 돌 때까지 나를 기다리고 있었을까? 나는 결코 알 수 없을 게다. 이 세상에서도 그렇고 저 세상에 가더라도 말이다. 1년 후 내가 슬픔도 고난도 다 겪은 철든 사람이 되어 서부에서 돌아와 내가 도망쳐 나왔던 '그 미망인'의 품안으로 되돌아 갔을 때, 우리는 우연히 다시 만나게 되었다. 그것이 마지막 만남이었다. 그것은 전차 안에서였는데, 다행히 나는 그녀를 잘 알고 있는 나의 옛 단짝 친구와 같이 있었다. 그렇지 않았더라면 나는 부리나케 빠져 나왔을 것이었다. 몇 마디 말을 주고 받은 뒤 내 친구는 우리를 그녀의 아파트로 초대해 달라고 그녀에게 농담조로 제안했다. 그녀는 이미 결혼한 몸이었고 믿기지 않을 것 같지만 '그 미망인'이 살고 있던 집 바로 뒤에 살고 있었다. 우리는 현관 앞의 높다란 계단을 잽싸게 걸어 그녀의 아파트로 들어갔다. 그녀는 우리를 이 방 저 방으로 데리고 다니더니 침대 있는 데서 안내를 끝냈다. 그러자 그녀는 당황하여, 바보스런 한마디를 무심코 입 밖에 내고 말았는데 그 말은 비수처럼 내 가슴을 꿰뚫고 들어왔다. "이건," 그녀는 그 커다란 더블 베드 하나를 가리키며 "우리가 자는 침대예요"하고 말했다. 이 말로 인해 우리 사이에는 갑자기

1. 첫사랑

철(鐵)의 장막이 쾅하고 내려진 것 같았다.

 내게는 그것이 종말이었다. 아니, 그러나 아직 끝은 아니었다. 그 이후 지나온 모든 세월 동안, 그녀는 아직도 내가 사랑했고 잃어버렸던 도달할 수 없는 여인으로 남아 있다. 그녀의 청자빛 두 눈, 그처럼 차갑고 매혹적이었으며, 그렇게나 둥글고 거울 같았던 그 눈 속에서 나는 영원히 나 자신을 보는데, 그럴 때 나는 언제나 우스꽝스러운 남자, 외로운 영혼, 방황하는 남자, 늘 들떠있고 좌절감에 사로잡힌 예술가, 사랑을 사랑하는 남자, 언제나 절대성을 추구하고, 늘 달성할 수 없는 것을 찾아 헤매는 한 남자로서의 나를 보게 된다. 철의 장막 뒤에서 그녀의 영상(映像)은 옛날 그대로 신선하고 생생하게 남아 있으며 아무것도 그것을 변색시키거나 사라지게 할 수 없을 것 같다.

제 2 편

연인과의 약속

- 아이쉬 키서
(1896-1977)

  아이쉬 키서(Sulamith Ish Kishor)는 아버지가 저명 아동문학가인 런던의 한 독실한 유대계 가정에서 태어났는데 5세부터 글을 쓰고 10세에는 수편의 시를 발표한 재원이었다. 13세 때 가족을 따라 뉴욕시로 이주하여 활동한 여류소설가로서 Hunter College에서 언어학과 역사를 공부했다. 키서의 작품에는 출신과 전공의 영향이 많이 작용한 탓인지 순수문학외, 역사, 종교, 유대인, 교육, 전기 등을 다룬 작품이 많다.
  대표작으로는 The Rose(1943)와 Our Eddie(1969) 외에도 The Bible Story(1921), Magnificient Hadrian (1935), American Promise(1947), Drusilla(1970), The Master of Miracle(1971) 등이 있다. 여기 소개되는 「연인과의 약속(Appointment with Love)」은 제2차세계대전때 한 청년장교와 penpal로 맺어진 그의 연인간의 관계를 다룬 것으로서 여성스러운 감성이 돋보이는 재치있는 글이다.

2. 연인과의 약속

연인과의 약속

연녹색 옷을 입은 아가씨는
재빨리 걸어 나가고 있었다.
블랜포드는 마치 자신이 두 갈래로 찢겨지는 것처럼
느껴졌다. 그 아가씨를 따라가고 싶은 욕망이 무척
강렬했지만, 한편으로는 자기 자신을 진정으로 동반해
주었고 붙들어 주었던 (고아한 영혼을 지닌) 그
여자에 대한 그리움 또한 깊었다. 게다가 그 여자는
지금 여기 자기 앞에 서 있지 않는가.

그랜드 센트럴 역의 안내소 위에 걸려 있는 커다란 원형시계가 6시 6분전을 가리켰다. 선로 쪽에서 막 걸어나온 키가 큰 젊은 육군중위는 햇볕에 그슬린 얼굴을 쳐들고는 정확한 시간을 알려고 눈을 가늘게 떴다. 그의 가슴은 엄습하는 고동을 주체할 수 없어 두근거

2. 연인과의 약속

리고 있었다. 6분이 지나면 그는 지난 13개월 동안 그의 인생에서 그렇게나 특별한 자리를 메워 주었던-한 번도 보지는 못했지만 그녀가 보내준 편지 속의 말들은 언제나 그의 곁에 남아 있어서 그를 꼬옥 붙들어 주었던-그 여인을 보게 되는 것이었다.

 그는 안내원을 둘러싸고 있는 군중을 헤치고 안내소에 될 수 있는 대로 바짝 가까이 다가갔다….

 블랜포드 중위는 자신이 모는 비행기가 한 떼의 일본제로 전투기에 포위되었던 그 최악의 전투가 벌어졌던 어느날 밤이 특히 생각났다. 그는 일본 조종사 한 녀석이 이빨을 드러내고 조소하던 모습을 보았다.

 그가 보낸 어느 편지에서 그는 종종 두려움을 느낀다고 그녀에게 고백했었는데, 그 전투가 있기 불과 며칠 전에 그녀로부터 이런 답장을 받았다. "당신이 두려워하시는 것은 당연합니다…. 용감한 사람들도 다 그랬으니까요. 다윗 왕은 정말 두려움을 몰랐던 사람일까요? 그도 두려움을 느꼈기에 시편 제23편을 썼습니다. 다음에 스스로를 의심하게 되시거든 당신께 암송해드리는 저의 이 소리에 귀기울여 주시기 바랍니다. '그래요, 죽음의 그림자가 드리운 산골짜기를 내가 걷는다 해도 나는 어떤 재앙도 두려워하지 않으리. 주님께서 나와 함께 계시기에…;" 그리고 나서 그는 상상해 낸 그녀의 목소리를 듣고 있음을 기억했고 그 소리는 그의 힘과 기량을 새롭게 해주었다.

2. 연인과의 약속

 이제 그는 그녀의 진짜 목소리를 들으려 하고 있던 참이었다. 6시 4분전. 그의 얼굴은 바짝 긴장되었다.
 전등이 별처럼 점점이 박힌 끝없이 긴 역사(驛舍) 지붕 밑으로, 사람들은 여러 가닥의 색실이 하나의 회색 직물로 짜여 들어가는 것처럼 빠르게 걸어가고 있었다. 한 아가씨가 그의 곁을 바짝 스쳐 지나가자 블랜포드 중위는 움찔했다. 그녀는 옷깃에 빨간 꽃 한 송이를 달고 있었다. 그러나 그 꽃은 진홍색 스윗피였고 그들이 합의하여 정했던 작은 홍장미는 아니었다. 그 밖에도 이 아가씨는 열여덟살 쯤 돼 보이는 너무 젊은 아가씨였다. 그런데 그녀 홀리스 메이넬은 그에게 이르기를 자기는 서른살이라고 솔직하게 털어놓지 않았던가. "글쎄요, 그것에 대해 어떻게 생각하느냐고요?" 그는 "저도 서른둘입니다"라고 답장을 썼었다. 사실은 스물아홉살이었는데도.
 그의 마음은 그 책, 플로리다 훈련소에 기증된 수백 권의 군용 도서실 장서 가운데서 하느님께서 손수 그의 손에 쥐어 주셨음에 틀림없을 그 책에 대한 생각으로 되돌아 갔다. 그것은 '인간의 굴레(Of Human Bondage)'라는 책이었는데 전편을 통해 어떤 여성의 필적으로 된 메모가 군데군데 적혀 있었다. 책 속에 습관적으로 그렇게 글을 써넣는 것을 그는 언제나 싫어했지만 거기에 적힌 말들은 무언가 다른 데가 있었다. 그는 한 여성이 한 남자의 마음 속을 그처럼 다감

2. 연인과의 약속

하고 사려깊게 들여다 볼 수 있다는 사실을 이전에는 결코 믿지 않았었다. 그녀의 이름은 장서표에 '홀리스 메이넬'이라고 적혀 있었다. 그는 마침 뉴욕시 전화번호부를 한권 갖고 있었고 거기에서 그녀의 이름을 찾아냈다. 그는 편지를 썼고 그녀는 답장을 보내 왔다. 그 다음날 그는 딴 곳으로 배속되어 갔으나 그들은 계속 편지를 썼다.

열석달 동안 그녀는 성실하게 답을 했으며 답을 한 그 이상의 역할을 했다. 그의 편지가 도착하지 않아도 그녀는 편지를 썼다. 그래서 이제 그는 그녀를 사랑하고 그녀도 그를 사랑한다고 믿게 되었다.

그러나 그녀는 자신의 사진을 좀 보내달라는 그의 여러 차례 간청을 모두 거절했다. 물론 그러한 거절은 어떻게 보면 나쁜 것 같게도 느껴졌다. 그러나 그녀는 이렇게 설명했다. "제게 대한 당신의 감정이 조금이라도 진실이나 정직에 바탕을 두고 있다면 저의 외모는 문제가 되지 않을 테니까요. 제가 아름답다고 가정해 볼까요. 그러면 저는 언제나 당신이 바로 그것에 기대를 걸고는 우리의 교제를 단순히 요행(운명)에 내맡겨 왔었다는 느낌이 뇌리에서 떠나지 않을 것이고, 그러한 부류의 사랑은 저를 넌더리나게 하고 말 것입니다. 그러나 한편으로는 제가 예쁘지 않고 (게다가 이쪽이 더 가능성이 많다는 것을 당신이 받아 들여야 한다고) 가정해 볼까요. 그러면 저는 당신이 외로웠고 저외에

2. 연인과의 약속

딴 여성을 사귀고 있지 않았기 때문에 제게 편지쓰는 일을 계속했을 뿐이라는 두려움을 늘 지니게 될 것입니다. 안돼요. 어쨌든 사진일랑은 부탁하지 마세요. 당신이 뉴욕에 오실 때면 그때 저를 보게 될 것이고 그리고서 결정을 내리셔야 해요. 기억해 두세요. 우리 두 사람은 그후 교제를 그만두든지 계속하든지 자유라는 것을 말예요. 우리가 어떤 선택을 하게 되든…"

6시 1분전…. 그는 담배 한 개피를 힘들게 꺼내 물었다.

그러자 블랜포드 중위의 가슴은 그의 비행기가 으레 그랬던 것보다 더 높이 둥실 떠올랐다.

한 젊은 아가씨가 그에게로 다가오고 있었다. 그녀의 몸매는 갸름하고 호리호리했다. 그녀의 금발은 우아한 귓바퀴에서부터 곱슬하게 다듬어져 뒤로 넘겨져 있었다. 그녀의 눈은 꽃처럼 푸르렀고, 입술과 턱은 부드러우면서도 야무졌다. 연녹색 옷을 입은 그녀는 봄이 막 생동하는 것 같았다.

그는 그녀가 장미를 달고 있지 않다는 사실도 까맣게 잊은 채 그녀에게로 다가가기 시작했으며, 그가 자기 쪽으로 움직이자 한 가닥 잔잔하고 자극적인 웃음이 그녀의 입술 위에 굽이쳤다.

"저한테 오시는 건가요, 군인 아저씨"하고 그녀는 속삭였다.

주체할 길 없이 그는 그녀에게 한 발짝 가까이 다가

2. 연인과의 약속

섰다.

 그때 그는 홀리스 메이넬을 보았다.

 홀리스는 그 아가씨의 거의 바로 뒤에 서 있었는데, 희끗희끗해가는 머리칼이 낡아빠진 모자 밑으로 푹 파묻힌 마흔이 훨씬 지났을 듯한 여자였다. 그녀는 푸둥푸둥하게 살이 쪘다는 정도 이상이었다. 통통한 발목에 붙은 발이 굽낮은 구두 속으로 쑤셔 들어가 있었다. 하지만 그녀는 분명 코트의 구겨진 고동색 깃에 한 송이 빨간 장미를 달고 있었다.

 연녹색 옷을 입은 아가씨는 재빨리 걸어 나가고 있었다.

 블랜포드는 마치 자신이 두 갈래로 찢겨지는 것처럼 느껴졌다. 그 아가씨를 따라가고 싶은 욕망이 무척 강렬했지만, 한편으로는 자기자신을 진정으로 동반해 주었고 붙들어 주었던 고아한 영혼을 지닌 그 여자에 대한 그리움 또한 깊었다. 게다가 그 여자는 지금 여기 자기 앞에 서 있지 않은가. 그녀의 창백하고 통통한 얼굴은 온화하고 분별력이 있어 보였다. 그는 지금 그것을 알 수 있었다. 그녀의 회색 눈은 한 줄기 따스하고 다정한 광채를 띠고 있었다.

 블랜포드 중위는 망설이지 않았다. 그의 손가락은 그녀에게 그임을 확인시켜 주기 위해 가져 갔던 '인간의 굴레'라는 작고 닳아빠진 푸른 색 가죽 표지의 책을 집어 들었다. 이것이 사랑은 아니겠지만 고귀한 그 어

2. 연인과의 약속

떤 것, 어쩌면 사랑보다 더 진귀한 것─지금까지 그가 감사해 왔고 앞으로도 언제나 감사하게 여기게 될 일종의 우정일 것이다.

그는 자신의 넓은 어깨를 펴고 그 여자에게 인사를 하고는 책을 내밀었다. 비록 격심한 실망으로 숨이 막히는 느낌이 들었음을 나타내는 가운데서였지만.

"제가 바로 존 블랜포드 중위입니다. 그리고 당신은 미쓰 메이넬이군요. 저를 만나주셔서 무척 기쁩니다. 저어, 제가 만찬을 대접해 드릴까 하는데요?"

그녀의 얼굴은 관대한 웃음으로 활짝 펴졌다. "이게 어찌 된 영문인지 모르겠군요, 젊은 양반," 하고 그녀는 대답했다. "방금 지나간 연녹색 옷을 입은 그 젊은 아가씨 말예요. 그 아가씨가 나더러 이 장미를 내 코트에 달아 달라고 간청했거든요. 그리고 그 아가씨는 당신이 만약 나를 밖으로 함께 나가자고 부탁해 오거든 길 건너 저쪽 큰 식당에서 당신을 기다리고 있다는 것을 알려 줘야 한다고 말했답니다. 그 아가씨는 이것은 어떤 테스트라고 말하더군요. 나 자신도 미국정부에 복무하는 두 아들을 두고 있어요. 그래서 당신을 당황하게 만드는 이 같은 일을 개의치 않고 흔쾌히 떠맡았답니다."

제 3 편

어느 딸기철

- 어스킨 콜드웰
(1903-1987)

　어스킨 콜드웰은 조지아주 Moreland에서 장로교회 목사 아버지와 학교교사 어머니 사이에서 외아들로 태어났다. 목사인 아버지를 따라 미국 남부의 여러 주(州)로 이사를 다녔으며, 장로교 계열의 대학을 중퇴후 작가생활을 시작했다. 2차대전중에는 소련의 초청으로 우크라이나에 특파원으로 나가 있었으며, 이후에도 해외여행을 자주 했다.
　그는 소설 25편, 단편소설 150편 외에도, nonfiction과 자서전 등의 많은 글을 썼는데, 그의 작품성향은 가난, 인종차별, 사회문제를 중심테마로 농민과 보통근로자들의 편에서 그들의 삶과 고난 등을 부각시키는 데 노력했으나, 정작 남부지역 주민들을 폄하했다는 비난을 받기도 했다. 대표작으로 소설 Tobacco Road(1932)와 God's Little Acre(1933)가 흔히 꼽힌다. 하지만 그는 단편소설에서는 사회문제 같은 무거운 주제보다는 청소년기의 막 움트는 사랑과 성(性)에 대한 자각을 곧잘 청순하고 투명하게 그려낸다.

3. 어느 딸기철

어느 딸기철

자신이 무슨 일을 저지르고 있는지도 거의 모른 채, 나는 그녀를 내 팔 안에 꼬옥 껴안고서 그녀의 입술에 오랫동안 키스를 했다. 으스러진 딸기가 우리 옆 땅바닥에 떨어졌다.

 이른 봄 딸기가 익기 시작할 때면, 모두가 이리저리 옮겨 다니며 농장주들이 딸기 거두는 일을 도왔다. 딸기 익기에 좋은 철이고 따들일 딸기가 많은 때에는 밭 떼기 하나에 서른다섯 내지 마흔명이나 되는 많은 사람들이 나와 있기도 했다. 어떤 사람들은 가족을 데리고 나왔고, 딸기를 많이 거둘 수만 있다면 이 농장에서 저 농장으로 되도록 빨리 옮겨 다녔다. 그들은 헛간이든 어디든 찾을 수 있는 곳이면 어디에서건 잠을 잤다. 그리고 철이 짧기 때문에 모두가 해뜰 때부터

3. 어느 딸기철

해질 때까지 일을 했다.

 우리는 딸기를 따면서 가장 재미있는 시간을 보내곤 했다. 거기에는 언제나 많은 소녀들이 나와 있었는데 그들을 놀려대는 것이 매우 재미있었다. 그들 중 어느 한 소녀가 좀 너무 구부려서 맨살이 약간만 드러나기만 해도, 그녀를 맨 먼저 본 아이는 누구든지 될 수 있는 대로 큰 소리로 환성을 올렸다. 그러면 나머지 우리들은 그 외침을 이어 받았고 그것을 밭 전체에 퍼뜨려 건네는 것이었다.

 다른 소녀들은 저희들끼리 킬킬 웃고는 각자의 스커트를 끌어 내렸다. 환성을 올리게 만든 그 소녀는 얼굴이 빨개져서 바구니가 든 상자를 들고는 허둥지둥 딸기 포장하는 광속으로 뛰어 가버리는 것이었다. 그녀가 되돌아 올 때쯤이면 또 다른 소녀가 너무 깊숙이 구부려 있었고 우리 모두는 또 그녀를 보고 웃어댔다.

 패니 포브스라는 이름을 가진 한 소녀가 있었는데, 이 소녀는 언제나 너무 많이 구부려서 자기 몸의 일부를 내보이고 있었다. 우리는 모두 패니를 좋아했다.

 우리가 무척 재미있어 했던 또 하나의 놀이는 '딸기 치기'라고 부르는 놀이였다. 한 소녀가 바구니에 딸기를 담으려고 구부리고 있을 때 우리들 가운데 한 아이가 그녀의 뒤에서 슬쩍 미끄러져 넘어지면서 크고 즙이 많은 익은 딸기를 그녀의 드레스 속 아래로 떨어뜨리는 것이었다. 딸기는 으레 그녀의 등 중간쯤에서 멈

3. 어느 딸기철

추게 마련이었고 그러면 우리는 그곳을 매우 세게 쳤다. 물론 그 짓이겨진 딸기는 엉망이 되었다. 빨간 딸기즙이 그녀의 옷속에서 스며나와 크고 둥그런 얼룩을 만들었다. 그 딸기가 피부에 닿기까지라도 하면 더 심술궂은 장난이 되었다. 그래도 당시 그런 것을 언짢게 여기는 소녀는 거의 없었다. 모두가 들에서는 헌 옷을 입었기에 얼룩이 문제가 되지는 않았다. 다만 난처한 것은 우스갯거리가 되는 것이었다. 모두는 이런 장난을 치면서 딸기 따기를 잠시 멈추고 웃었다. 그리고 그것이 끝나면 모두 일터로 되돌아갔고 그 외 다른 소녀가 딸기치기를 당할 때까지는 그 일을 잠시 잊었다. 어쨌든 그때 우리는 딸기를 따면서 무척 재미있게 지냈다.

패니 포브스는 다른 어느 소녀보다 딸기치기 세례를 많이 받았다. 남자 아이들과 어른들이 모두 그녀를 좋아했으며, 그녀는 결코 화를 내는 법이 없었다. 패니는 외모도 괜찮았다.

어느 날 나는 어떤 밭에 나갔다가 그 밭에는 딸기 농사가 매우 잘되었다는 것을 알게 되었다. 하지만 그곳은 불과 두셋 에이커의 조그마한 밭이었기에 거기로 가려고 조바심하고 있는 사람을 거의 본 적이 없었다. 나는 딴 사람이 가기 전에 먼저 거기에 가기로 작정했다.

내가 그 밭에 도착하니 패니가 먼저 와서 이미 두 이

3. 어느 딸기철

랑의 일을 마치고 있었다. 그녀는 그 밭 전부가 온전히 자기 차지가 되는 것으로 생각했었던 모양이었다. 내가 그렇게 생각했던 것과 똑같이 말이다. 우리는 우리 외에 누가 더 오지 않는 이상 서로의 존재를 개의치 않았다.

"안녕, 패니."하고 나는 말을 걸었다. "무슨 영문으로 오늘 여기 그룬비씨 밭으로 나올 생각을 했니?"

"네게 그런 생각이 떠오르게 된 것과 똑같은 까닭이라고 보는데."라고 그녀는 대답하더니 손에 쥔 한 웅큼의 딸기를 거기에 묻은 흙을 훅 불어내고는 한 입에 털어 넣는 것이었다.

우리는 나란히 출발했다. 패니는 민첩한 딸기따기 일꾼이었으므로 그녀와 보조를 맞추려고 애써야 하는 쪽은 언제나 나였다.

정오가 가까워지기 한 시간쯤 되자 태양은 뜨겁게 달아 퍼지고 하늘에는 구름 한 점 없었다. 딸기는 우리가 그것을 거둘 수 있는 속도와 거의 맞먹을 만큼 빠르게 익고 있었다. 패니는 자기 몫의 다음 이랑부터 이미 열두 상자를 다 채웠다. 그녀는 하루 종일 딸 수도 있을 것 같았고, 그녀가 딴 딸기에는 덩굴 하나도 섞여 있지 않았다. 그녀는 엄지와 그 옆의 두 손가락만 사용해서 일종의 세모꼴을 만들어 딸기 꼭지에 바짝 붙여쥐고는 살짝 들어올리며 따내는 것이었다. 다른 사람들은 으레 딸기를 짓이기고 있었지만 그녀는

3. 어느 딸기철

결코 그들처럼 그렇게 실수하는 법이 없었다.

나는 이전에는 어느 밭에서고 이런 모습을 주시하지 못했는데, 오늘 보니까 패니는 맨 다리였다. 물론 오후에는 스타킹을 신지 않는 게 훨씬 더 시원하게 느껴졌을 터이므로 그것을 무릎까지 올려 신지 않는 것이 상책일 것이었다. 그녀는 자기의 맨 다리를 쳐다보고 있는 나를 보더니 살짝 웃기만 했다. 나는 그녀에게 맨살의 두 다리가 얼마나 멋져 보이는가를 말해 주고 싶었지만 감히 그럴 엄두가 나지 않았다.

오후 한중간이 되자 정오때보다 훨씬 더 뜨거웠다. 아침에 느꼈던 경쾌한 산들바람은 잠잠해지고 있었고 태양은 볕타는 유리알같이 우리 머리 위에 걸려 있었다. 패니의 다리는 햇볕에 타서 다갈색이 되었다.

무슨 짓을 저지르고 있는지 나 자신도 의식하지 못한 채, 나는 패니의 뒤로 몰래 다가서서 무척 크고 즙이 많은 딸기를 그녀가 입은 드레스의 열려진 목 아래로 떨어뜨렸다. 그러자 그녀는 처음엔 깜짝 놀랐다. 그녀는 내가 자기보다 몇 이랑이나 뒤처져 오고 있다고 믿었기 때문에, 그녀 드레스의 열려진 틈새로 떨어진 것이 벌레나 곤충같은, 뭐 그런 종류가 아닌가 생각한 모양이었다.

그녀는 펄쩍 뛰어 올랐고 내가 그녀 뒤에 서 있는 것을 보았지만 웃으며 딸기를 꺼내려고 블라우스의 가슴 쪽 깊숙이 손을 뻗쳐 넣었다. 나는 그 딸기가 그녀의

3. 어느 딸기철

드레스 속에 떨어져 있는 것을 확인했으며, 그녀가 그 것에 손을 뻗쳐 끄집어낼 수 있기 전에 내가 먼저 그 위를 될 수 있는 대로 힘껏 내리쳤다. 나는 그녀가 웃을 게 틀림없다고 생각했다. 그 전에 딴 애들이 그녀에게 딸기치기를 했을 때 그녀가 언제나 그랬던 것처럼 말이다. 그러나 그녀는 이번엔 웃지 않았다. 그녀는 펄썩 주저 앉아서 가슴을 꼬옥 감싸 안았다. 그제서야 나는 뭔가 일이 잘못되었음을 알아차렸다. 그녀는 나를 올려다 보았고 눈에는 눈물이 고여 있었다. 나는 그녀 옆에 무릎을 꿇고 앉아서 그녀의 가슴을 가볍게 토닥였다.

"웬일이니, 패니?"하고 나는 용서를 빌었다. "내가 널 다치게 했니? 그럴 의도가 아니었는데. 정말, 난 그럴려고 한 짓이 아니었어."

"알어, 나도 네가 그럴려고 한 것이 아니라는 걸,"하고 그녀는 말했다. 눈물이 그녀의 드레스 아랫춤에 떨어지고 있었다. "그러나 그건 나를 아프게 했어. 너는 나의 거기는 치지 말았어야 했어."

"나, 다신 절대로 안 그럴께, 패니. 안 그런다고 약속할께."

"이젠 됐어." 그녀는 고통스러운 표정을 지으며 웃었다. "그래도 아직 약간 아프긴 한데."

그녀의 머리가 내 어깨에 얹혀 왔다. 나는 팔을 뻗어 그녀를 감싸 안았다. 그녀는 눈에서 눈물을 닦아 냈다.

3. 어느 딸기철

"이젠 됐어." 그녀는 되뇌이면서 "곧 통증이 멎을 거야" 하고 말했다.

그녀는 머리를 쳐들고는 나를 보고 웃었다. 그녀의 크고 둥그스럼한 푸른 두 눈은 해가 막 떠오르기 시작했을 무렵의 하늘 그림자와 같았다.

"패니, 난 이제 평생 다시는 네게 딸기치기를 하지 않을 테야." 나는 그녀가 나를 용서해 주기를 바라면서 빌었다.

패니는 드레스의 단추를 허리춤까지 끌러내려 갔다. 문제의 딸기는 그녀의 내복 밑에서 뭉개져 있었고 빨간 얼룩은 하얀 옷감을 등지고 피어 있는 한송이 나팔꽃 같아 보였다.

"이것도 끌러야 할 것 같애, 딸기를 꺼내려면 말야." 하고 그녀가 말했다.

"내가 꺼내 줄게." 나는 간청했다. "넌, 손가락에 온통 딸기 물을 묻히고 싶지는 않을 테니까."

그녀는 속옷을 끌렀다. 딸기는 그녀의 두 젖가슴 사이에 뭉개져 붙어 있었다. 젖가슴은 우유처럼 뽀얗고 봉우리 한가운데는 뭉개진 딸기처럼 얼룩져 있었다. 자신이 무슨 일을 저지르고 있는지도 거의 모른 채, 나는 그녀를 내 팔 안에 꼬옥 껴안고서 그녀의 입술에 오랫동안 키스를 했다. 으스러진 딸기가 우리 옆 땅바닥에 떨어졌다.

우리가 일어났을 때는 해가 넘어가고 있었으며 대지

3. 어느 딸기철

는 서늘해지고 있었다. 우리는 딸기 상자와 바구니를 챙겨 밭을 가로질서 헛간으로 걸어갔다. 거기 가니까 그룬비씨가 우리가 따온 딸기를 셈하여 번 돈을 지급해 줬다.

우리는 헛간 마당을 지나 그 집앞까지 걸어갔고 대문간에 서서 몇 분 동안 서로를 응시했다. 우리 둘은 어느 한쪽도 아무 말을 하지 않았다. 패니는 애인을 가져 본 적이 없다고 한때 말했었다. 나는 그녀가 나의 애인이었으면 하고 바랐다.

패니는 돌아서서 길 저쪽으로 내려갔고 나는 그 길의 딴 쪽으로 올라갔다. 그것은 딸기철이 끝날 무렵의 일이었다.

제 4 편

어느 오찬

- 서머셋 모옴
(1874-1965)

　서머셋 모옴은 아버지가 파리 주재 영국 대사관의 법무관이었던 관계로 파리에서 태어나 10세까지 살았으나, 부모의 사망으로 영국에 돌아와 숙부에게 의탁하여 자랐다. 그의 가문은 법률가 집안이었지만, 모옴은 독일 Heidelberg University에 유학하여 철학과 문학을 공부했다. 영국에 돌아와서는 의학을 공부하여 의사생활을 하면서 소설을 쓰기 시작했다. 1차세계대전 중에는 프랑스 육군에 배속된 영국적십자 앰블런스부대에서 복무했다. 종전후 타이티·인도 등 각지를 여행했으며 1928년 프랑스에 정착했으나, 2차세계대전 발발로 파리가 함락되자 미국으로 건너와 헐리우드에서 영화대본 업무에 종사하면서 극작가, 소설가, 단편소설 작가로 활발한 활동을 했다. 그의 작품은 간단·명료한 대화형식이 주류를 이루며, 자신의 다양한 경험에서 비롯된 실제와 픽션이 뒤엉켜 있는 것이 특징이다. 또한 단편소설에서도 드라마처럼 주인공의 뚜렷한 캐릭터와 극적인 줄거리가 있어서 독자의 흥미를 돋군다. 대표작으로는 유명한 of Human Bondage(인간의 굴레) 외에, The Moon and Sixpence, The Razor's Edge, Liza of Lambeth 등이 꼽힌다.

4. 어느 오찬

어느 오찬

"아니오, 난 한 가지 이상은 절대 먹지 않아요.
캐비아를 조금 내놓지 않으면 말이지요. 캐비아라면
상관없지만요."
나는 가슴이 자못 덜컹 내려앉았다. 캐비아는 내가
지불을 감당할 여유가 있는 수준이 아니었지만,
그녀에게 그런 사정을 속 시원하게 말할 수는 없었다.

나는 극장에서 우연히 그녀를 보게 되었고 그녀가 손짓으로 부르는 데 응답하여 막간에 그쪽으로 가서 그녀 옆에 앉았다. 그녀를 마지막으로 본지가 오래 되었기에 누군가가 그녀의 이름을 부르지 않았더라면 나는 하마터면 그녀를 알아보지 못했을 것이라는 생각이 든다. 그녀는 낭랑하게 말을 건네왔다.

"정말이지 우리가 처음 만난지가 여러 해가 지났군

4. 어느 오찬

요. 세월은 참으로 빠르게도 지나가네요. 우린 지금 어느 쪽도 더 젊어지고 있진 않겠죠. 제가 당신을 처음 만났던 때를 기억하세요? 당신이 저를 오찬에 초대했었잖아요."

 내가 그 일을 기억하고 있었던가?
그건 20년 전이었으며 나는 그때 파리에 살고 있었고, 묘지가 내려다보이는 라틴구에 조그만 아파트를 갖고 있었으며 간신히 생계를 이어갈 정도의 돈을 벌고 있었다. 그녀는 내가 쓴 책을 읽고는 그 책에 관해 내게 편지를 보내왔다. 나는 그녀에게 감사하다는 답장을 했으며, 얼마 안되어 그녀로부터 또 한 통의 편지를 받았는데 파리를 거쳐 갈 계획이 있으니 나와 환담을 나누고 싶다는 내용이었다. 하지만 그녀의 시간은 제한되어 있어서 틈을 낼 수 있는 여유시간으로는 다가오는 목요일이라는 것, 그리고 그녀는 그날 아침은 룩셈부르크에서 보낼 것이니 그 이후시간에 내가 포이요 레스토랑(Foyot's)에서 그녀에게 간단한 오찬을 낼 수 있겠는가 하는 것이었다. 포이요는 주로 프랑스 상원의원들이 식사하는 고급레스토랑이고, 내가 거기 가서 식사한다는 건 일찍이 생각조차 해본 적이 없는, 내 수입의 범위를 훨씬 벗어나는 곳이었다. 하지만 나는 우쭐했었고 너무 젊어서 여성에게 거절의 말을 건네는 데는 익숙하지 못했다. (감히 말하건대 남자들에게 있어서 자신이 여성에 던진 말이 어떠한 중대한 결과를

4. 어느 오찬

초래하게 되는지를 알게 되는 것은 이미 너무 나이가 든 뒤라는 사실이다.) 나는 당시 80프랑(금화 프랑)을 갖고 있었는데, 그건 그 달의 남은 기간 동안 나의 생계를 지속시켜 줄 수 있는 돈이었으며, 수수한 오찬이라면 15프랑 이상 들지는 않을 것이었다. 따라서 만약 내가 다음 두 주 동안 커피를 끊는다면 그런대로 족히 살아갈 수 있을 것이었다.

그래서 나는 목요일 12시 반에 포이요에서 그 친구를 만나겠다고 서신으로 답해줬다. 그녀는 기대했던 것 만큼 젊지는 않았고 외모는 매력적이라기보다는 당당해 보였다. 사실 그녀는 40대 여성이었다. (40대란 매혹적인 연령이긴 하지만 첫눈에 급작스럽고 강렬한 열정을 불러일으키는 나이는 아니다. 그리고 그녀는 실제적 목적에 필요한 정도 이상이라 할 정도의 많은 희고 큰 가지런한 치아를 갖고 있다는 인상을 내게 주었다.) 그녀는 수다스러웠지만 화제가 내게 관해 이야기하는 데 편중되어 있었기에 나는 주의깊게 듣는 청취자로서의 태세가 되었다.

식단(메뉴)을 가져왔을 때 나는 가격이 예상했던 것보다 엄청나게 높아서 깜짝 놀랐다. 그러나 그녀는 나를 안심시켰다.

"아, 그런 말씀 하시지 마세요." 나는 관대하게 대답했다

"저는 절대로 한 가지 이상은 먹지 않아요. 저는 요

4. 어느 오찬

즘 사람들이 너무 많이 먹는다고 생각해요. 어쩌면 저는 생선은 조금 먹을지 모르겠네요. 이 식당에서 연어 요리라도 내놓을 수 있을지 모르겠지만요."

 글쎄, 연어는 아직 철이 이렀고 식단에는 올라있지 않았다. 하지만 나는 웨이터에게 연어고기가 좀 있느냐고 물었다. 예, 먹음직스러운 연어가 막 들어왔는데, 손님들이 지금까지 드셔본 것 중 첫째 가는 것이라는 것이었다. 나는 나의 손님을 위해 그것을 주문했다. 그러자 웨이터는 연어가 조리되는 동안 뭔가를 좀 드실 것인지 그녀에게 물었다.

 "아니오. 난 한 가지 이상은 절대 먹지 않아요. 캐비아를 조금 내놓지 않으면 말이지요. 캐비아라면 상관없지만요."

 나는 가슴이 자못 덜컹 내려앉았다. 캐비아는 내가 지불을 감당할 여유가 있는 수준이 아니었지만, 그녀에게 그런 사정을 속 시원하게 말할 수는 없었다. 나는 웨이터에게 어쨌든 캐비아를 내오라고 주문했다. 내가 먹을 것으로는 메뉴에서 가장 값싼 음식을 골랐는데, 그것은 양갈비 구이 한 접시였다.

 "선생님께서는 고기를 드신다니 슬기롭지 않다고 생각되네요." 그녀는 말했다. "고기구이 같은 거북한 음식을 드신 뒤에 어떻게 일하신다고 기대하실 수 있겠는지 저로선 이해가 안 가네요. 저는 위에 부담을 준다는 건 믿을 수 없거든요."

4. 어느 오찬

그리고는 음료 문제가 거론되었다.
"저는 오찬으로는 절대로 아무것도 마시지 않아요."
라고 그녀는 말했다.
"저도 그래요." 나는 재빨리 응답했다.
"화이트 와인 말고는요." 그녀는 마치 나는 아무 말도 하지 않았던 것처럼 혼자 말을 이어갔다. "이들 프렌치 화이트 와인은 매우 부드럽거든요. 그래서 소화를 돕는 데는 그만이예요."
"뭘 드시겠어요?" 나는 호의적이고 차분하게 물었지만, 정확히 말하면 감정이 묻어나는 것은 아니었다.
그녀는 하얀 치아를 드러내고 환하고 우호적인 느낌의 미소를 내게 던졌다.
"저의 주치의는 저더러 샴페인 외에는 아무것도 마시지 말라고 했거든요."
나는 그때 꽤나 창백해졌다고 생각된다. 나는 샴페인 반 병을 주문했다. 그리고는 나의 주치의는 나더러 샴페인은 절대로 마시지 말도록 지시했다고 그 연유를 말해 주었다.
"그럼 선생님께서는 뭘 드실 건가요?"
"물"
그녀는 캐비아를 먹고 연어를 먹었으며, 미술과 문학과 음악에 대해 유쾌하게 이야기했다. 하지만 나는 그런 것보다는 식대가 얼마나 나올 것인가가 궁금했다.
내가 먹을 양갈비 구이가 나오자, 그녀는 자못 진지

- 39 -

4. 어느 오찬

하게 질책했다. "이제 보니 선생님께서는 (위에 부담을 주는) 과도한 오찬을 드시는 습관이 있네요. 이렇게 드시는 건 명백히 잘못이에요. 왜 선생님께서는 저의 예(例)를 따라 딱 한 가지만 드시지 않으세요? 저처럼 드시면 선생님께서도 훨씬 기분이 좋아지실 거라고 확신해요."

"저도 오직 한 가지만 먹을 겁니다." 웨이터가 식단을 들고 다시 다가왔을 때 내가 말했다.

그녀는 대수롭지 않은 듯한 제스처로 웨이터에게 손을 흔들어 물리쳤다.

"아니, 아니오. 난 오찬으로는 절대로 아무거나 먹질 않아요. 딱 한 가지, 그 이상은 절대 먹고싶지 않아요. 저는 다른 어떤 것보다 대화를 이어가기 위한 명분으로 그걸 더 먹거든요. 이 식당에서 대형 아스파라거스를 요리하지 않으면 저는 아마도 아무것도 더 이상 먹을 수 없을 것 같아요. 그것을 조금 먹어 보지 않은 채 파리를 떠난다면 서운할 것 같네요."

내 가슴은 덜컹 내려앉았다. 나는 이전에 그것을 상점에서 보고서 그게 엄청나게 비싸다는 것을 알았다. 나는 종종 그것을 보기만 해도 입에서 절로 군침이 돌곤 했었다.

"부인께서는 이 식당이 그러한 대형 아스파라거스 요리를 내놓고 있는지를 알고 싶어 한답니다." 내가 웨이터에게 부탁했다. 나는 안간힘을 다해 웨이터가 '없

4. 어느 오찬

습니다'라는 말이 나오게 하려고 애를 썼다. 그러나 그의 넓찍하고 성직자 같은 얼굴에 한 가닥 행복한 미소가 퍼져 나갔다. 그리고는 그 레스토랑에서 내놓는 아스파라거스는 너무나 크고 윤택이 나며 부드러워서 정말 놀라운 물건이라는 사실을 내게 확신시켜 주었다.

"저는 조금도 시장하지 않아요." 나의 손님은 가만히 한숨을 내쉬었다. "하지만 선생님께서 저더러 아스파라거스를 좀 먹어도 상관없다라고 굳이 고집하신다면 모를까."

나는 그 아스파라거스를 주문했다.

"선생님께서는 조금도 안 드실 거예요?"

"예, 저는 절대 아스파라거스를 먹지 않습니다."

"하긴 아스파라거스를 좋아하지 않는 사람도 더러 있다는 걸 저도 알고는 있어요. 그리고 사실은 선생님께서 드시는 각종 육류는 입천장을 손상시킨답니다."

우리는 아스파라거스가 조리되기를 기다렸다. 공포심이 확 엄습했다. 이제 이 달의 남은 나날 동안 살아가려면 돈을 얼마나 남겨 놓아야 하는지가 아니라, 당장 이 식대를 지불할 만큼의 돈이 있느냐가 문제였다. 나로서는 10프랑이 부족하다는 것을 깨닫고는 내 손님에게서 빌리지 않으면 안된다는 건 정말 굴욕적인 일이 될 것이었다. 그렇게 할 마음은 물론 내키지 않았다. 나는 내가 돈을 얼마 가졌는지를 정확히 알고 있었기

4. 어느 오찬

에 만약 식대가 그보다 더 많이 나온다면 호주머니에 손을 넣어보고는 돌발적인 외침과 함께 펄쩍 뛰어 오르며 호주머니가 털렸다고 말하기로 마음 먹었다. 물론 그녀마저도 식대를 지불할 만한 돈이 없다면 그건 정말 꼴 사나운 상황이 될 것이다. 그럴 경우 유일한 방안은 내 시계를 맡겨 놓고는 나중에 다시 와서 식대를 치르겠노라고 말하는 것이 될 것이었다.

 아스파라거스가 나왔다. 그것은 정말 크고 즙이 많으며 먹음직해 보였다. 녹아내린 버터 냄새가 마치 고결한 셈족이 구워 올린 봉헌물에 여호와의 콧구멍이 자극이라도 받는 것처럼 내 코를 간질였다. 나는 그 파렴치하고 닳아빠진 여성이 그 커다란 관능적인 입을 쩍 벌리고는 입안 가득히 아스파라거스를 목구멍 안으로 쑤셔 넣는 것을 쳐다보면서 당시 발칸반도에 벌어지고 있던 극적인 사건(후일 제1차 세계대전의 도화선이 된)의 상황여건을 내 나름의 정중한 방식으로 설명했다. 드디어 그녀는 먹기를 끝냈다.

"커피는요?" 내가 물었다.

"예, 아이스크림과 커피만 할 거예요." 그녀가 대답했다.

 이제는 걱정할 단계도 지났기에, 나는 (자포자기 심정이 되어) 내가 마실 것으로는 커피를, 그녀를 위해서는 아이스크림과 커피를 주문했다.

"아시다시피 저는 철저하게 신봉하는 게 한 가지 있

4. 어느 오찬

어요." 그녀는 아이스크림을 먹으면서 말했다. "사람들은 언제나 좀 더 먹을 수 있을 거라는 시장기를 갖고 일어난다고 봐요."

"아직 시장하세요?" 나는 맥이 빠져 물었다.

"아, 아니오, 저는 시장하지 않습니다. 아시다시피 저는 통상 오찬은 하지 않거든요. 아침에 커피를 한 잔 마시고는 저녁을 들지요. 하지만 오찬을 한다면 한 가지 이상은 먹지 않지요. 저는 지금 선생님을 두고 말하고 있는 거예요."

"아, 압니다!"

그리고는 정말 끔찍한 일이 일어났다. 우리가 커피 나오기를 기다리고 있는 동안 수석 웨이터가 그 가식적인 얼굴에 알랑거리는 미소를 띤 채 큼직한 복숭아들이 가득 담긴 커다란 바구니를 들고 우리 앞에 다가왔다. 그 복숭아들은 순결한 소녀의 홍조를 띠었으며, 이탈리아의 경관 같은 풍성한 색조를 띠고 있었다. 하지만 당시 복숭아는 아직 제 철이 아님이 확실하지 않았던가? 그 값이 얼마인가는 하느님만은 아셨으리라. 그러나 잠시 후 나도 그 값은 알았는데, 나의 손님은 자신의 이야기를 계속하면서 천연덕스럽게 하나를 집어 들었다.

"아시다시피 선생님께서는 다량의 고기-나의 그 비참한 작은 양 갈비 한 대-를 드셨으니 더 이상 뭘 드실 수 없을 거예요. 하지만 저는 간단히 스낵을 먹었

4. 어느 오찬

으니 복숭아 하나는 즐길 수 있을 거예요."

 청구서가 나왔고 그것을 지불했을 때 나는 턱없이 부족한 팁을 줄 만큼의 돈 밖에 없음을 알았다. 잠시 웨이터에게 줄 나의 남은 돈 3프랑에 그녀의 시선이 머물렀으며, 나를 초라하게 생각한다는 것을 느꼈다. 그러나 그 레스토랑에서 걸어나왔을 때 나는 내 앞에는 당장 살아가야 할 완전한 한 달이 기다리고 있었고 내 호주머니에는 1페니도 남아 있지 않았다.

 "저의 예(例)를 따르세요." 그녀는 악수를 하면서 말했다. "그리고 오찬으로는 절대로 한 가지 이상은 드시지 마세요."

 "저는 그보다 더 절식할 겁니다." 내가 대꾸했다. "오늘 저녁으로는 아무것도 먹지 않을 겁니다."

 "유머리스트!" 그녀는 택시 안으로 뛰어 들어가며 유쾌하게 외쳤다. "선생님은 대단한 유머리스트세요!"

 그러나 나는 결국은 복수를 하게 되었다. 나는 나 자신이 앙심 깊은 사람이라고는 믿지 않는다. 하지만 불사신이 있어서 이 문제에 관여한다면 내가 그 결과를 만족스럽게 지켜보는 것만은 용서하실 수 있을 게다. 오늘날 그녀는 체중이 21스톤(약 133kg)에 도달했으니까 말이다.

제 5 편

차 한 잔

- 캐서린 맨스필드
(1888-1923)

　캐서린 맨스필드는 뉴질랜드 웰링턴에서 부유한 은행가 집안에서 태어나 고교때부터 소설을 쓰기 시작했으며 런던의 Queen's College에 유학하여 문학과 첼로를 배웠다. 19세때 런던으로 이주하여 D.H.Lawrence와 Virginia Woolf 등 모더니스트 작가들과 교류하면서 상징주의 등 새로운 문학조류에 심취했다.
　파리에 정착후 1923년 34세로 사망하기까지 지병인 폐결핵(pulmonary tuberculosis)으로 고생하면서도 생애중 가장 많은 글을 썼다.
　평생을 '자유정신'으로 살아간 그녀는 후기 모더니스트로서 20세기의 다른 작가들에게 미친 영향이 크다. 단편소설로서는 이 책에 소개되는 A Cup of Tea와 The Fly 외에도, Prelude, Bliss, Something Childish 등 총 36편이 있다(Bliss는 영화로도 제작됨).

차 한 잔

그녀는 필립의 뺨에 가만히 손을 얹고는 어루만졌다.
"당신, 절 좋아하세요?"라고 말했는데, 그녀의 톤은
감미롭고 허스키했으며 그를 신경쓰이게 했다.
"당신을 끔찍하게 좋아한다오," 필립은 그렇게
말하고는 그녀를 더욱 꼬옥 껴안았다. "키스해 줘요."

로즈메리 펠은 꼭히 아름답다고만 보기 어렵다. 아니, 당신은 결코 그녀를 아름답다고는 말할 수 없을 게다. 그럼 예쁘다고는 할 수 있는지? 글쎄요, 그녀를 요모조모 뜯어 놓고 본다면.... 하지만 꼭히 뭣 때문에 어느 누구를 조각조각 뜯어놓고 볼 만큼 그렇게 잔인해야 하나요? 어쨌든 그녀는 젊고 명석하며, 지극히 현대적이고, 옷을 절묘하게 잘 차려 입으며, 신간서적중의 최신 것을 놀랄 만큼 탐독하고, 그녀가 주최하는

5. 차 한 잔

　파티는 진짜 중요한 사람들과 …예술가들의 맛깔스러운 혼합이다. 예술가들은 진기한 인물들이고 그녀가 발굴한 신인들인데, 이들 중의 일부는 말하기에도 너무 끔찍할 만큼 놀라운 사람들이지만, 그 밖의 다른 사람들은 남 앞에 버젓이 내놓을 만한 그리고 즐거움을 주는 부류의 사람들이다.
　로즈메리는 2년 전에 결혼했었다. 그녀는 떡두꺼비 같은 사내아이도 하나 두었다. 이름은 (그 흔한) 피터가 아니라 마이컬이다. 그리고 남편은 그녀를 무척이나 아끼고 사랑한다. 그들은 부자인데, 좀 혐오스럽기도 하고 답답하며 조부모 세대들 같이 그저 고만고만하게 잘 사는 게 아니라 진짜 부자이다. 그러나 로즈메리는 쇼핑을 하고 싶으면 당신이나 내가 본드 스트리트에 가곤 하는 것처럼 그녀는 으레 파리로 가곤한다. 그녀가 꽃을 사고자 한다면 차는 리전트 스트리트에 있는 그 더 할 나위 없이 완벽한 가게 앞에 대준다 그리고 로즈메리는 가게 안으로 들어서자 우선 그저 그녀의 그 현혹적이고 다소 이국적인 스타일로 흘끗 응시하고는 이렇게 말했다: "저것, 저것 그리고 또 저것도 사고 싶어요. 저것들 네 다발을 주세요. 그리고 저 장미 항아리도 주세요. 저 항아리에 든 장미도 몽땅 살 거예요. 하지만, 라일락은 절대 안 돼요. 라일락은 싫어요. 볼품이 없거든요." 그러자 종업원은 굽신거리고는 그녀의 말이 마치 무작정 너무나 진실이기나

5. 차 한 잔

한 것처럼 얼른 그 라일락을 보이지 않는 데로 치웠다; 그래, 라일락은 끔찍하게도 모양이 없는 것이니까. "저 뭉툭하고 작은 튤립을 주세요. 저 빨갛고 하얀 것을요." 그리고 그녀가 가게 밖으로 나가자 꽃집 소녀가 꽃을 감싼 희디 흰 종이를 한 아름 길게 쳐들고는 그 뒤를 비틀거리며 쫓아갔는데, 그 꽃 아름이 마치 긴 드레스를 입은 아기 같아 보였다.

 어느 겨울날 오후였는데, 로즈메리는 쿠르존 스트리트에 있는 한 작은 고(古)미술품 가게에서 뭔가를 사고 있었다. 그곳은 그녀가 좋아하는 가게였다. 그 한 가지 이유로서 우선 사람들은 으레 거기서는 자신이 독차지하는 느낌을 받았다. 그래서, 거기에 가면 가게 주인 남자는 우스꽝스러울 만큼 그녀에게 서빙하기를 좋아했다. 그는 그녀가 가게로 들어올 때면 언제나 함빡 웃음을 지었다. 그는 공손하게 두 손을 모았으며, 거의 말문이 막힐 만큼 흡족해 했다. 물론 아첨하는 행동이겠지만, 언제나 똑같이 그렇게 했으며, 그러면 뭔가가 있었다....

"아시다시피, 부인." 그는 그 특유의 나지막하고 존경심에 가득찬 톤으로 설명하는 것이었다, "저는 저의 물건들을 사랑합니다. 저의 집 물건들의 가치를 제대로 평가하지 못하는 사람들에게 저 물건들을 파느니 차라리 그대로 둘 것입니다. 어느것이 얼마나 진귀한가 하는 세련된 감각을 갖고 있지 않은 사람들에게는

5. 차 한 잔

말이지요...." 그리고는 그는 깊게 숨을 들이쉬고는 청색 벨벳으로 된 조그마한 네모 상자를 하나 꺼내어 포장을 풀더니 창백한 손가락 끝으로 그것을 유리 카운터 위에 놓았다.

 오늘 그것은 조그만 상자였다. 그는 그것을 그녀를 위해 보관해 왔었다. 그는 그것을 여태껏 어느 누구에게도 보여준 적이 없었다. 그것은 정교한 조그만 윤기나는 에나멜 상자였는데 마치 크림 속에서 구워낸 것처럼 너무나 멋져 보였다. 뚜껑에는 한 작은 사람이 꽃 나무밑에 서있었고, 그보다 더 작은 한 사람은 자신의 목에 팔을 감고 조용히 서있었다. 그의 모자는 정말 제라늄 꽃잎보다도 더 작은데, 나뭇가지에 매달려 있었고 그 모자에는 녹색 리본이 달려 있었다. 그들의 머리 위에는 조심스럽게 살펴보는 아기천사 모양의 핑크 빛 구름 한 송이가 떠있었다. 로즈메리는 그녀의 길다란 장갑 속에서 손을 빼냈다. 그녀는 그러한 물건들을 살필 때면 언제나 장갑을 벗었다. 그래, 그녀는 그 물건이 정말이지 무척 마음에 들었다. 그것을 사랑했다. 그것은 대단히 진귀한 것이었고, 그것을 가져야 했다. 그리고 그녀는 그 반질거리는 상자를 뒤집어보기도 하고 열었다 닫았다 하면서 그 청색 벨벳을 배경으로 한 자신의 두 손이 얼마나 매혹적인가를 감지하지 않을 수 없었다. 가게 주인도 자신의 마음속 어두침침한 동굴 어디에선가 감히 그런 생각을 품었으

5. 차 한 잔

리라. 펜을 집으려 카운터 쪽으로 몸을 기울였기 때문에 그의 창백한 핏기 없는 손가락이 그 장밋빛 빛나는 물건 쪽으로 두려운 듯 살며시 뻗어 가면서 그는 상냥하게 속삭였다: "제가 감히 부인에게 가리켜 드리면은요 저 작은 귀부인의 보디스(등옷) 위의 꽃들 말이예요."

"매력적이에요!" 로즈메리는 그 꽃들을 찬탄했다. 그러나 가격이 얼마였던가요? 잠시 가게주인은 들은 것 같지 않았다. 그러더니 속삭이는 듯한 말이 그녀에게 전달되었다. "28 기니어입니다. 부인."

"28 기니어라고요." 로즈메리는 서명해 주지 않았다. 그녀는 그 조그만 상자를 내려놓고는 장갑을 다시 꼈다. 28기니어라. 부자라고 하더라도... 그녀는 멍한 표정이었다. 그녀는 가게주인의 머리 위에 있는 포동포동 살찐 암탉 같이 풍만한 찻 주전자를 훑어보았으며, 꿈결같은 목소리로 대답했다: "글쎄요, 그걸 저를 위해 간수하세요— 그렇게 해주시겠죠? 제가...."

그러나 가게주인은 이미 꾸벅 절까지 했다. 마치 그녀를 위해 보관한다는 것이 모든 인간이 부탁한 것이라도 되는 듯이. 물론 그는 기꺼이 언제까지나 그녀를 위해 보관해 둘 것이었다.

기품있는 문이 찰칵하고 닫혔다. 그녀는 겨울 오후를 응시하며 바깥으로 걸음을 내딛고 있었다. 비가 내리고 있었고, 그 비와 함께 어둠도 잿가루처럼 빙글빙글

5. 차 한 잔

돌며 내려오는 것 같았다. 대기중에는 차갑고 혹독한 기운도 있었으며, 새로 켜진 가로등불이 슬프게 보였다. 건너편 집들에 켜진 불빛도 슬펐다. 불빛들은 무엇인가를 후회하고 있는 것처럼 어둠침침하게 타올랐다. 그리고 사람들은 밉살스러운 우산 아래에 몸을 숨긴 채 허둥대며 지나갔다. 로즈메리는 이상한 기분에 휩싸였다. 그녀는 머프(여성용 토시)를 가슴에 갖다대고는 꼬옥 눌렀다. 그녀는 또한 그 작은 상자를 가졌으면 싶었고, 그것에 애착을 갖고도 싶었다. 물론 차는 저쪽 멀찍이 제 자리에서 기다리고 있었다. 그녀는 보도를 건너기만 하면 되었다. 그러나 여전히 그녀는 기다렸다. 인생에는 순간들이, 굉장한 순간들이 있다. 그럴 때 사람들은 안주처에서 나와서 바깥을 내다보게 되고, 그래서 그것은 때로는 놀랄 만한 것이 되는 순간들이 있다. 그러나 사람들은 그러한 순간들에 자신을 **빼앗겨서는** 안 된다. 그냥 집으로 돌아가서 아주 특별한 차나 한 잔 마셔야 한다. 그러나 그러한 생각을 하고 있는 바로 그 찰나에 야위고 가무잡잡하고 어렴풋한 한 젊은 소녀가 어디서 나타났는지 로즈메리의 팔꿈치 옆에 서 있었는데, 거의 흐느낌에 가까운 한숨 같은 목소리로 속삭였다: "부인, 잠깐 말씀 좀 드려도 될까요?"

"나한테 할 말이?" 로즈메리는 돌아섰다. 그녀는 커다란 눈에 자기보다는 훨씬 나이가 적어 보이는 꽤 젊

5. 차 한 잔

은 작은 체구의 한 여자를 보았는데, 빨개진 두 손으로 자기의 코트 칼라를 붙잡고서 방금 물에서 헤어 나온 것처럼 떨고 있었다.

"부, 부인." 그 목소리는 더듬거렸다. "저한테 차 한 잔 마실 값을 주시지 않겠습니까?"

"차 한 잔을?" 그 목소리에는 단순하고 진심 어린 무언가가 배어 있었다. 거기엔 거지의 목소리 같은 티는 조금도 없었다. "그럼 돈이 전혀 없단 말인가요?" 로즈메리가 물었다.

"한 푼도 없어요, 부인." 대답이 바로 나왔다. "어쩜 이렇게도 놀라운 일이!" 로즈메리는 저녁어둠 속으로 유심히 살폈으며 그 소녀도 그녀를 마주 응시했다. 이보다 더 어떻게 놀라울 수 있단 말인가! 그러면서 갑자기 로즈메리에게는 이게 모험일 것 같은 생각이 퍼뜩 들었다. 저녁어둠 속에서의 이 만남은 토스트에프스키의 어느 소설에 나오는 그 무엇인가와 같은 것으로 느껴졌다. 이 소녀를 집으로 데려간다면? 그녀가 늘상 책에서 읽었거나 무대에서 보아왔던 그런 일들 중의 하나를 실행하게 된다면, 과연 어떤 상황이 일어나게 될까? 그것은 스릴 있는 일이 될 것이다. 그리고 그녀는 후일 자신이 친구들에게 이렇게 말하는 것이 들렸다: "나는 단순히 그 소녀를 집으로 데려왔을 뿐이야." 그녀는 앞으로 걸음을 내딛으며 자기 옆에 있는 어슴프레한 소녀에게 말했다. "우리 집으로 가서

5. 차 한 잔

나와 함께 차를 마시도록 해요."

그 소녀는 놀라서 주춤 뒤로 물러섰다. 소녀는 잠시 떠는 것마저 멈췄다. 로즈메리는 손을 내밀어 그녀의 팔을 어루만지며, "내 뜻은 말이지." 하고는 웃으며 말했다. 그리고 로즈메리는 자신의 미소가 얼마나 소박하고 친절한가를 느꼈다. "그러죠? 가요. 지금 내 차로 나와 함께 집으로 가서 차 한잔 해요."

"아니, 부인께선 그걸 의미하는 게 아닐 텐데요." 라고 소녀는 말했으며 그 목소리에는 고통스러움이 배어 있었다.

"하지만 내뜻은 그래요." 로즈메리는 큰 소리로 말했다. "나는 그런 뜻이예요. 당신이 내 뜻에 따라주길 바래요. 자, 기꺼이 같이 가요."

소녀는 손가락을 입술에 갖다 대고는 로즈메리를 뚫어지게 바라보았다. 그리고는 "당신은-당신은 저를 경찰서로 데려가려는 건 아닌가요?"라고 더듬거리며 말했다.

"경찰서라뇨!" 로즈메리는 웃을을 터뜨렸다. "왜 내가 그렇게 잔인해야 하나요? 그렇지 않아요. 나는 오로지 당신의 몸을 따뜻하게 덥혀 주고 뭐든 당신이 내게 거리낌없이 들려주는 이야기를 듣고 싶을 따름이에요."

배고픈 사람이란 쉽게 이끌리게 마련이다. 하인이 차 문을 붙잡아 열었고 잠시 뒤 그들은 저녁어둠 속으로

5. 차 한 잔

미끄러져 갔다.

"여기예요!" 로즈메리가 말했다. 그녀는 벨벳 손잡이 끈에서 손을 빼내면서 일종의 승리감을 느꼈다. 그녀는 자신이 쳐놓은 그물에 걸린 그 작은 포획물을 바라보면서 이렇게 말할 수 있었다. "이제 당신을 얻게 되었네요." 하지만 물론 그녀는 이 말을 친절한 의미로 말했다. 아, 친절 이상이지요. 그녀는 이 소녀에게 인생에서 놀랄 만한 일들이 일어난다는 것을, 온당한 대모(代母)가 이 세상에 실제로 존재한다는 것을, 부자들도 따뜻한 가슴을 가지고 있으며, 여성은 모두가 서로 자매들이라는 것을 증명해 보이려 하고 있었다. 로즈메리는 순간적으로 뒤돌아보며 말했다. "놀라지 말아요. 결국 당신은 나와 함께 여기에 못 올 이유가 없잖아요? 우리는 둘 다 여성이니까요. 내가 행운을 (이전보다) 더 많이 얻어 누리게 되면 당신도 그만큼 뭔가 기대할 수 있어야...."

   그러나 다행스럽게도 그 말을 어떻게 끝맺어야 할지 모르고 있는 그 순간에 차가 멈췄다. 벨이 울리고 대문이 열렸으며, 로즈메리는 매혹적이고 보호하려는 듯한 거의 껴안는 듯한 동작으로 상대편을 홀 안으로 끌어당겼다. 따스함, 부드러움, 불빛, 달콤한 향기―이 모든 것들이 그녀에게는 친숙한 것이었지만, 그것들에는 전혀 생각조차 하지를 않고 상대편의 반응만 주시했다. 그건 환상적이었다. 그녀는 찬장이란 찬장은 다

5. 차 한 잔

열어놓고, 상자란 상자는 죄다 풀어 놓은채 아기 놀이 방에 앉아 놀고 있는 부잣집 어린 소녀가 된 것 같았다.

"와요, 올라와요." 로즈메리는 관대해지기 시작하기를 바라면서 말했다. "내 방으로 올라가요." 그리고는 그 밖에도 이 불쌍한 어린 것에게 자기 집 하인들이 빤히 쳐다볼 기회가 허용되지 않기를 바랐다. 그래서 그녀는 층계를 오르면서 하녀 지니를 부르는 초인종도 누르지 않고 자기 옷가지며 소지품을 스스로 벗어놓으리라고 마음먹었다. 근사한 일은 자연스럽게 이루어져야 마땅하렸다!

그리고는 "자, 여기예요!" 그들이 그녀의 아름답고 널따란 침실에 도달했을 때 로즈메리는 다시 외쳤는데, 그 방에는 커텐이 드리워져 있었고, 으리으리한 래커 가구 위에는 난로가 냉큼 놓여 있었으며, 황금색의 쿠션과 앵초꽃과 청색 깔개가 놓여 있었다.

소녀는 그냥 방문 안쪽에 서있기만 했으며 멍한 표정 같았지만, 로즈메리는 그런 것에 신경을 쓰지 않았다. "이리 와서 앉아요." 그녀는 자신의 커다란 의자를 난로 있는 데로 끌어당기며 외쳤다. "이 안락 의자로 와서 몸을 녹여요. 당신은 무척이나 추워 보이네요."

"부인 감히 제가 어떻게." 소녀는 말하면서 슬금슬금 뒤로 물러섰다.

"오, 저런." ─ 로즈메리는 앞으로 뛰어나갔다 ─ "놀랄

5. 차 한 잔

필요 없어요. 정말 놀랄 필요가 없다니까요. 앉아요. 내가 옷가지랑 벗어놓고 오거든 옆방으로 건너가서 차를 마시며 편히 쉬기로 해요. 왜 두려워하나요?." 그리고는 그녀는 그 가냘픈 소녀를 그 깊은 요람(방) 안으로 상냥하게 살짝 밀어넣었다. 그러나 아무런 응답이 없었다. 소녀는 두 손을 옆구리에 붙이고는 입을 약간 벌린 채 밀쳐진 그대로 그냥 머물러 있기만 했다. 아주 정직하게 말한다면 그 소녀는 약간 우둔한 것 같아 보였다. 그러나 로즈메리는 그것을 인지하지 못했다. 그녀는 몸을 구부리고는 말했다. "모자를 벗지 그래요? 예쁜 머리칼이 온통 젖어 있네요. 누구든지 모자를 벗으면 훨씬 편안하잖아요?"

그러자 "좋아요, 부인"이라고 말하는 듯한 나지막한 소리가 났으며, 짜부라진 모자가 벗겨졌다.

"그리고 코트 벗는 것도 내가 도와줄 게요," 로즈메리가 말했다.

소녀는 일어섰다. 그러나 한 손을 의자에 얹고서 로즈메리가 끌어당기도록 내버려 두었다. 그것도 확실히 하나의 노력이었지만, 상대편은 그 상태로는 거의 전적으로 그녀를 도우지 못할 정도였다. 소녀는 어린애처럼 비틀거리며 걷는 것 같았는데, 만약 사람들이 누구를 도우고 싶다면 조금씩, 단지 조금씩 반응해야지 그렇지 않으면 정말 도우는 게 힘들게 되리라는 생각이 로즈메리의 마음 속에 문득 떠올라 지나갔다. 그러

5. 차 한 잔

면 이제 그 코트에 대해 해야 할 일은 무엇이란 말인가? 그녀는 소녀의 코트를 그냥 마루 위에 놓았고 모자도 거기에 놓아 두었다. 그녀가 막 벽난로 앞 장식대에서 권연을 한 개피 꺼내려고 하는데, 소녀가 재빨리, 그러나 나지막하고 이상스럽게 말했다. "죄송합니다만 부인, 저는 (배가 고파) 쓰러질 지경이에요. 뭐든 먹지 못한다면 저는 실신하게 될 거에요."

"맙소사, 내가 정말 생각이 없었네!" 로즈메리는 부리나케 달려나가 벨을 눌렀다.

"차! 즉시 차를! 그리고 브랜디도 약간, 바로 좀."

하녀가 다시 나갔으나, 소녀는 거의 울음을 터뜨릴 판국이었다. "아니에요. 저는 브랜디는 전혀 바라지 않습니다. 전 브랜디를 절대로 마시지 않습니다. 제가 원하는 건 차 한 잔이에요, 부인." 그리고는 소녀는 끝내 왈칵 눈물을 터뜨렸다.

그것은 끔찍하고도 환상적인 순간이었다. 로즈메리는 소녀가 앉은 의자 옆에서 다가가 무릎을 꿇었다.

"울지 말아요, 불쌍한 어린 것." 그녀는 말했다. "울지 말아요." 그리고는 그녀는 레이스 달린 손수건을 상대편에게 건네주었다. 그녀는 말 이상으로 정말 감동을 느꼈다. 그녀는 자신의 팔로 그 가냘프고 참새같이 조그만 소녀의 어깨를 감싸 안았다.

그제서야 상대편은 부끄러움을 잊었고, 그들이 둘 다 여성이라는 사실을 빼고는 모든 걸 잊었으며, 숨을 헐

5. 차 한 잔

떡이며 말했다. "이처럼 더 이상은 계속할 수 없어요. 이걸 견딜 수가 없어요. 견딜 수 없어요. 저는 자살하게 될 거예요. 더 이상은 견딜 수 없어요."

"그렇게 해선 안돼요. 내가 당신을 돌볼게요. 그러니 더 이상 울지 말아요. 당신이 나를 만났다는 게 얼마나 좋은 일인지 모르겠나요? 우리는 차를 마시게 될 것이고 당신은 나한테 온갖 일을 얘기해 줄 것이고요. 그리고 내가 무얼 좀 챙겨 줄 거예요. 약속할 게요. 그러니 울지 말아요. 울면 기력이 엄청 소모돼요. 제발, 뚝!"

상대편은 차가 나오기에 앞서 로즈메리가 일어나는 바로 그때 울음을 멈췄다. 로즈메리는 그들 사이에 테이블을 놓게 했다. 그리고 그녀는 그 불쌍한 어린 것에게 모든 샌드위치며 모든 버터 바른 빵이며 온갖 것을 자꾸 먹도록 권했으며, 찻 잔이 빌 때마다 그 잔에 차와 크림과 설탕을 채워 주었다. 사람들은 언제나 말하기를 설탕은 매우 자양분이 많다고 하지 않았던가. 그러나 그녀 자신은 하나도 먹지 않았다. 그녀는 상대편이 수줍어 하지 않도록 재치있게 눈길을 돌렸다.

그러자 그 멋진 식사의 효과는 정말 놀라웠다. 차 테이블이 치워졌을 때, 새로운 사람, 엉킨 머리칼과 어두운 입술, 깊고 빛나는 두 눈을 지닌 날씬하고 섬약한 여성이 일종의 달콤한 나른함에 빠져 큰 의자의 등받이에 기대어 여기 난로의 불빛을 바라보고 있었다. 로

5. 차 한 잔

즈메리는 새로 꺼낸 담배에 불을 붙였다. 이제 이야기를 시작할 시간이었다.

"그러면 마지막 식사는 언제 했던가요?" 그녀는 부드럽게 물었다.

그러나 그 순간 방문의 손잡이가 돌렸다.

"로즈메리, 나 들어가도 돼요?" 그건 남편 필립이었다.

"그럼요." 그가 들어왔다. "오, 미안해요." 그는 말하고는 멈춰서서 살폈다.

"정말 괜찮아요." 로즈메리는 웃으면서 말했다. "여기는 내 친구인 미쓰-"

"스미스요, 부인." 그 무감동했던 여성이 이상하게도 차분하면서 두려움 없이 말했다.

"스미스," 로즈메리가 말했다. "우린 막 간단한 대화를 나누려던 참이었어요."

"아, 그래요?" 필립이 말했다. "괜찮소." 그러면서 그의 시선은 마루 위에 놓인 코트와 모자를 흘끗 쳐다보았다. 그는 난로 있는 쪽으로 가더니 뒤로 돌아섰다. "오늘 오후에는 날씨가 지독하던데요." 그는 여전히 그 무기력한 듯한 여성을, 그녀의 손과 부츠를 보고는 흘끗 다시 로즈메리를 쳐다보면서 호기심 어린 듯이 말했다.

"예, 그렇죠?" 로즈메리가 열성적으로 말했다. "빌,"

필립은 그 특유의 매혹적인 웃음을 지었다. "사실,"

5. 차 한 잔

그는 말했다. "난 당신이 잠깐 서재로 좀 들어와 주었으면 했는데. 그래 주겠죠? 그리고 스미스 양도 우릴 양해해 주시겠죠?"

소녀의 그 커다란 눈이 그에게로 치켜졌으나 로즈메리가 그녀를 대신하여 대답했다. "물론 그녀도 그럴 거예요." 그리고는 두 사람은 함께 그 방을 나왔다.

"저, 있잖아요." 그들만 있게 되자 필립이 말했다. "설명해 줘요. 그녀가 누구죠? 이게 도대체 무슨 의미인가요?"

로즈메리는 웃으면서 방문에 등을 기대고는 말했다. "제가 쿠존 거리에서 그녀를 데려왔어요. 정말이지 그녀는 데려온 사람이죠. 그녀는 저에게 차 한 잔 값을 간청했고, 그래서 제가 함께 집으로 데려왔거든요."

"도대체 그녀를 어떻게 할 건가요?" 필립이 큰 소리로 말했다.

"그녀에게 멋진 일이 될 거예요." 로즈메리가 재빨리 말했다. "그녀에겐 놀랄 만큼 멋진 일일 거예요. 그녀를 좀 돌봐줄 거예요. 하지만 어떻게 해야 할지는 아직 저도 몰라요. 우린 아직 대화를 나눠 보지 않았거든요. 그러나 어쨌든 그녀를 안내하고, 대접하고, 기분 좋게 해줄 거예요."

"아이구, 내 사랑하는 소녀야." 필립이 말했다. "당신도 아다시피 당신은 지금 꽤나 정신이 나갔네요. 이건 간단하게 전개될 수 있는 일이 아니란 말이요."

5. 차 한 잔

"당신이 그런 말씀 하실 줄 저도 알았어요." 로즈메리가 대꾸했다.

"왜 안돼요? 저는 그러고 싶어요. 이건 이유가 안 되나요? 그리고 그밖에도 사람들은 언제나 이러한 일들에 관해 (신문이나 잡지에서) 읽고 있잖아요. 저는 단지 그런 걸 실행키로 결정했을 따름이고요 ㅡ"

"하지만," 필립이 천천히 말했다. 그리고 그는 담배 꽁초를 부벼 끄고는 이렇게 말했다. "그녀는 깜짝 놀랄 만큼이나 예뻐요."

"예쁘다고요?" 로즈메리는 몹시 놀라 얼굴이 붉어졌다. "당신은 그렇게 생각하세요? ㅡ전, 저는 그런 것에는 생각조차 못했는데…."

"맙소사!" 필립은 담배에 불을 붙이려고 성냥 개비를 그었다. "그녀는 정말 귀여워요. 다시 봐요, 우리 아기님. 나는 방금 당신 방에 들어갔을 때 당황했어요. 하지만…나는 당신이 끔찍한 실수를 저지르고 있다고 생각해요. 미안해요, 여보. 내가 천박하거나 뭐 그밖에 그와 유사한 그러한 부류의 사람이라면. 그러나 스미스 양이 우리와 함께 저녁식사를 할 작정인지를 때맞춰 좀 알려줘요. 내가 당신들과 나눌 대화꺼리라도 찾기 위해 미리 「밀리너 여성지」를 좀 훑어 볼 수 있도록 말이오."

"당신 정말 터무니없는 사람이군요!" 로즈메리가 말했다. 그러고는 서재를 나왔으나 자신의 침실로는 바

5. 차 한 잔

로 되돌아가지 않았다. 그녀는 자신의 집필실로 가서 책상 앞에 앉았다. 예쁘다고! 정말 귀엽다고! 그래서 당황했다고! 그녀의 가슴은 육중한 종(鍾)처럼 둥둥 쳐져 울렸다. 예쁘다고! 너무 귀엽다고! 그녀는 수표지를 앞으로 꺼내 들었다. 그러나 아니, 물론 수표는 소용이 없겠지. 그녀는 서랍을 열어 지폐 5파운드를 꺼내 들고는 그것을 쳐다보더니 그중 두 장은 도로 집어넣고 석 장만 손에 움켜쥐고는 자신의 침실로 돌아갔다.

반 시간이 지난 뒤 필립은 아직 서재에 있었는데, 그때 로즈메리가 들어왔다.

"저는 다만 당신에게 여쭙고 싶었어요." 그녀가 말했다. 그리고는 다시 문에 등을 대고 기대었으며 현혹적이고 이국적인 그녀 특유의 시선으로 그를 바라보았다. "스미스 양은 오늘 저녁 우리와 함께 식사하지 않겠대요."

필립은 잡지를 내려 놓았다. "오, 무슨 일이 있었어요? 그럼 아까 한 약속은?"

로즈메리는 곁으로 다가가 그의 무릎에 앉았다. 그리고는 "그녀는 한사코 가야한다고 했어요."라고 말했다. "그래서 저는 그 불쌍한 어린 것에게 돈을 약간 선물로 주었어요. 저는 굳이 바로 가겠다는 그녀의 뜻을 꺾을 수는 없지 않겠어요?" 로즈메리는 부드럽게 덧붙여 말했다.

로즈메리는 방금 머리치장을 고쳤고, 눈을 좀더 검

5. 차 한 잔

게 했으며, 진주 목걸이도 달았었다. 그녀는 손을 들어 필립의 뺨에 가만히 얹고는 어루만졌다.
"당신, 절 좋아하세요?"라고 말했는데, 그녀의 톤은 감미롭고 허스키했으며 그를 신경쓰이게 했다.
"당신을 끔찍하게 좋아한다오." 필립은 그렇게 말하고는 그녀를 더욱 꼬옥 껴안았다.
"키스해 줘요."
잠시 침묵이 흘렀다.
그러자 로즈메리는 꿈꾸듯이 말했다. "저요, 오늘 환상적인 조그만 상자를 봤어요. 값이 28 기니어나 나간대요. 그거 가져도 좋죠?"
필립은 자신의 무릎 위로 그녀를 덥석 들어올려 둥개둥개 얼렀다. "별로 사치스러운 것도 아닌데 뭐."라고 말했다.
그러나 그것은 로즈메리가 정말로 그에게 여쭙고 싶었던 것은 아니었다.
"필립," 그녀는 속삭였으며, 자신의 머리를 가슴에 밀어넣고는 이렇게 말했다. "저 예뻐요?"

제 6 편

인생은 모험

- 셔우드 앤더슨
(1876-1941)

　셔우드 앤더슨은 오하이오주 Camden의 가난한 집안에서 태어나 정규교육을 받지 못했으나, 시카고 등지에서 노동자, 광고작가를 거쳐 페인트사업, 농장, 출판사, 주간신문사 등 자영사업을 하면서 꾸준히 소설·단편소설 등 저작활동을 병행했다. 사업상의 실패와 성공, 4차례에 걸친 결혼생활 등 인생의 숱한 고난을 겪으면서 고단한 삶과 절망에 빠진 인물들에 대한 내면적 심리탐구를 즐겨 표현했으며, 1919년 "Winesburg, Ohio"를 발표하면서 작가로서 널리 인정받았다. 후기 작품으로는 "Poor White", "Horses and Men", "Dark Laughter", 그리고 단편소설집 "The Triumph of the Egg" 등이 있다. 그는 미국 단편소설의 형태와 주제, 그리고 포크너, 헤밍웨이, 슈타인벡 등 차세대 작가들에게 큰 영향을 미쳤다. 만년에 남미 여행중 파나마에서 병사했으며, 묘비에 다음과 같은 비명(碑銘; epitaph)이 새겨졌다.
　"죽음이 모험이 아니라, 삶이 바로 대모험이다(Life, Not Death, Is the Great Adventure)."

그의 작품에는 유달리 그가 성장·활동했던 오하이오주를 배경으로 하여 사람들의 삶과 고뇌를 주관적 내래이션 방식으로 생생하게 묘사하고 있다. 이 책에 소개하는 그의 세 작품 모두 그러하며, 그중에서도 특히 Adventure(인생은 모험)과 The Strength of God(하느님의 힘)은 단편소설 연작집(the Short-story sequence) 「Winesburg, Ohio」에 함께 수록된 것으로서 세부 지명(Winesburg와 Cleveland)은 물론, 등장인물(Winesburg Eagle 신문사의 편집장인 George Williard)까지 같다. 이는 그가 그만큼 토착성·현실성을 바탕으로 작품을 보다 진지하고 사실적으로 표현하려 했던 작가정신에서 비롯된 것으로 평가된다.

6. 인생은 모험

인생은 모험

**이따금 그녀는 고용주가 외출을 하고 상점에 혼자
남게 되었을 때면
머리를 카운터에 얹고는 흐느꼈다.
"오, 네드. 저는 기다리고 있어요," 그녀는 속삭이고
속삭였으며, 그럴 때면 언제나 그가 결코 돌아오지
않을 것이라는 살며시 다가오는 공포감이 그녀의
내면에 점점 더 강하게 커져갔다.**

앨리스 힌드만은 조지 윌리어드가 한낱 소년에 지나지 않았을 때 스물 일곱의 여성이었으며, 그녀의 전(全) 생애 동안 와인버거에 살았었다. 그녀는 위니씨의 포목점에서 사무원으로 일했고 두번째 남편과 결혼한 그녀의 어머니와 함께 살았다.

앨리스의 의붓아버지는 마차 페인트공이었으며 술에 빠져 지냈다. 그에 관한 이야기는 하찮은 것이다. 그

6. 인생은 모험

건 다른 때 말해도 될 별로 가치없는 일이다.

 스물 일곱이 되면서 앨리스는 키가 컸으며 다소 가냘펐다. 그녀의 머리는 커서 몸을 가렸다. 그녀의 어깨는 조금 구부정했고 머리칼과 눈은 갈색이었다. 그녀는 무척 조용했으나 잔잔한 겉모습 밑에 끊임없는 동요가 일고 있었다.

 그녀가 열여섯살의 소녀였고 그 상점에 일하기 시작하기 전이었을 때 앨리스는 한 청년과 애정관계를 가졌다. 그 청년의 이름은 네드 커리(Ned Currie)였고 앨리스보다 나이가 더 많았다. 그도 조지 윌리어드처럼 윈저버그 이글(Winesburg Eagle)에 취직해 있었으며, 오랫동안 거의 매일 저녁 앨리스를 만나러 왔다. 둘은 시내 도로를 지나 나무 밑을 함께 걸었으며 자신들의 인생에 관련하여 무엇을 할 것인지에 대해 이야기했다. 그때 앨리스는 매우 예쁜 소녀였고 네드 커리는 그녀를 두 팔로 껴안고는 키스를 했다. 그는 흥분되어 의도하지 않았던 것들을 말했으며, 앨리스 또한 아름다운 그 무엇이 자신의 꽤나 옹졸한 삶 속으로 다가오도록 하고 싶은 갈망에 허둥댄 나머지 흥분되어 이야기했다. 자신의 모든 타고난 소심함과 자제심, 즉 그녀 인생의 외피(外皮)는 여지없이 찢겨 나갔으며 자신을 오로지 사랑의 감정에 내맡겼다. 그녀의 열여섯 나이가 저물어가던 후반기, 네드 커리가 한 지방 신문에 일자리를 얻어 출세하기를 바랐던 클리브랜드로 떠

6. 인생은 모험

나게 되었을 때, 그녀는 자신의 마음 속에 있던 말을 그에게 이야기했다. "저는 일할 것이고, 당신도 일할 수 있어요." 그녀는 말했다. "저는 당신의 발전을 방해할 불필요한 비용에 당신을 속박되게 하고 싶지는 않아요. 그래서 지금 당장 저와 결혼하지는 말아요. 우린 결혼하지 않아도 잘 지낼 수 있고 함께 있을 수 있어요. 우리가 같은 집에 산다고 해도 어느 누구도 뭐라고 말하지는 않을 거예요. 우리가 미지의 도시에 살면 사람들은 우리에게 아무런 관심도 보내지 않을 거예요."

네드 커리는 자기 연인의 그러한 결정과 당돌함에 당황했으나 그 또한 깊은 감동을 받았다.

그는 앨리스가 당장 자신의 부인이 되기를 바랐었지만 마음을 바꿨다. 하지만 그는 그녀를 보호하고 돌봐주고 싶었다. "당신은 지금 당신이 무슨 말을 하고 있는지 몰라요." 그는 분명하게 말했다; "내가 맹세코 당신이 그렇게 하지 않도록 할 거라는 걸 확신해도 좋아요. 내가 좋은 일자리를 잡자마자 돌아오겠소. 현재로서는 당신은 여기에 머물러 있어야 할 것이오. 이것이 우리가 취할 수 있는 유일한 길이오."

그가 그 도시에서의 새로운 생활을 시작하기 위해 윈즈버그를 떠나기 전의 어느 날 저녁, 네드 커리는 앨리스를 만나러 갔다. 그들은 한 시간 동안 거리를 이리저리 거닐었으며, 그리고는 웨슬리 자동차 대여점에

6. 인생은 모험

서 낡은 차를 한 대 빌려서 시골로 드라이버를 나갔다. 달이 떠올랐으며 그들 자신은 이야기를 할 수 없음을 알았다. 슬픔에 겨워 청년은 소녀를 데리고 간 자신의 행위에 관련하여 자신이 마음 먹었던 결심을 말하는 걸 잊었다.

그들은 풀밭이 윈드 그리크 제방까지 길게 뻗어 내려 간 곳에 이르러 차에서 내렸으며, 어슴프레한 불빛 아래서 깊은 정분(情分)을 나누었다. 한 밤중에 그들이 시내로 돌아왔을 때 그들은 둘다 즐거웠다. 그들에게는 미래에 일어날 수 있는 그 어떤 일도 일어났었던 일의 그 경이로움과 아름다움을 몰아내지 못할 것 같았다. "이제 우리는 어떤 일이 일어나든간에 서로에게 집착하고 충실해야 해요." 네드 커리는 그녀 아버지의 집 문간에서 소녀를 두고 떠나면서 말했다.

그 젊은 신문사 직원은 클레블랜드 신문사에서 일자리를 구하는 데 성공하지 못하여 더 서쪽으로 시카고까지 갔다. 한동안 그는 외로웠으며 앨리스에게 거의 매일 편지를 써보냈다. 그러다가 그는 그 도시의 생활을 해나가는 데 경황이 없었고, 친구들을 사귀기 시작했으며, 인생에 대한 새로운 흥미들을 발견했다. 시카고에서 그는 어떤 집에 하숙을 정했는데, 거기에는 여성이 여러 명 있었다.

그중 한 사람은 그의 관심을 끌었으며 그는 윈즈버그에 있는 앨리스를 잊었다. 어느 해가 끝날 무렵에 그

6. 인생은 모험

는 편지 쓰는 일을 멈추었으며, 오랜 기간에 단 한번 꼴로 편지를 썼는데, 그럴 때라고 해도 그것은 고작해야 그가 외로웠거나 시내 어떤 한 공원에 들어가자 마치 그날 밤 윈드 크리크 제방 옆 풀밭 위에 비쳤었던 것 같이 달이 풀밭 위를 비추고 있는 것을 보고는 문득 그녀가 생각났을 때였을 따름이었다.

윈즈버그에서는 그의 사랑을 받았었던 소녀가 성장하여 한 사람의 여성이 되었다. 그녀가 스물 두 살이었을 때 마구 수리점을 운영했던 그녀의 연로한 아버지는 갑자기 세상을 떠났다. 그 마구 수리업자는 옛날에 군인이었기 때문에 몇달 뒤에 그의 부인은 미망인 연금을 받았다. 그녀는 첫번째 받은 연금을 직기(織機;베틀) 구입하는 데 사용했고 카펫 짜는 사람이 되었으며 앨리스는 위니스 포목점에 일자리를 얻었다. 여러 해가 지나갔으나 그 어떤 것도 네드 커리가 끝내는 그녀에게 돌아오지 않을 것이라고 그녀를 믿게 해주는 유인이 될 수는 없었다.

그녀는 그나마 취직해 있는 것이 즐거웠는데, 그 이유는 그 상점에서의 매일 돌아오는 고된 일도 그를 기다리는 시간을 덜 길게 덜 재미없게 해주는 것 같았기 때문이었다. 그녀는 돈을 저축하기 시작했는데, 200 내지 300달러가 모이면 그 도시로 자기의 연인을 쫓아가서 자신의 출현이 그의 애정을 되찾을 수 있겠는지를 시험해 볼 작정이었다.

6. 인생은 모험

앨리스는 그 들판 달빛 아래서 일어났었던 일을 빌미로 네드 커리를 질책하지는 않았지만, 다른 남자와는 절대로 결혼할 수 없다는 느낌이 들었다. 그녀에게 있어서는 아직도 자신이 오로지 네드에게만 속할 수 있다고 느끼는 것을 다른 사람에게 준다는 것은 아연실색할 일인 것 같았다. 다른 청년들이 그녀의 관심을 끌려고 애썼을 때, 그녀는 그들에게 아무런 반응을 보이지 않곤 했다. "나는 그의 아내이고 그가 돌아오든 돌아오지 않든 간에 그의 아내로 남을 것이다." 그녀는 자신에게 속삭였으며, 자신을 지탱하려는 그녀의 전적인 의지 때문에, 여성도 스스로 자신을 소유하며 인생에서 자신의 목적을 위해 주고 받아야 한다는 점 증하는 현대적인 사상을 이해할 수 없었다.

앨리스는 포목상점에서 아침 8시부터 저녁 6시까지 일했으며 일주일에 사흘 저녁은 오후 일곱시부터 아홉시까지 상점에 더 머물러 있기 위해 되돌아 갔다.

세월이 지나면서 그녀는 점점 더 외로워졌고 외로운 사람들에게 공통적인 장치를 행하기 시작했다. 밤이 되어 2층으로 자기 방에 올라가면 그녀는 바닥에 무릎을 꿇고 기도했으며, 그 기도에서 그녀는 자기 연인에게 하고 싶었던 일들을 속삭였다. 그녀는 생명없는 물건에 애착심을 가졌으며 그것은 자신의 소유물이었으므로 어느 누구든 그녀 방의 가구를 건드리는 걸 참을 수 없었다. 하나의 목적을 위해 시작되었던 돈을 저축

6. 인생은 모험

한다는 그 속임수는 네드 커리를 찾으러 그 도시로 간다는 계획이 포기된 후에도 계속하여 실행되었다. 그것은 일종의 고착된 습관이 되었으며, 그녀는 새 옷이 필요해도 그것을 사 입지 않았다. 비 내리는 오후엔 이따금 상점 안에서 자신의 통장을 꺼내서 앞에 활짝 펼쳐 놓았으며, 그 이자가 자신과 자신의 미래의 남편 두 사람을 부양하게 될 만큼의 충분한 돈을 저축하리라는 불가능한 꿈을 꾸며 몇 시간을 보냈다. "네드는 늘 여기저기 여행하기를 좋아했지," 라고 그녀는 생각했다. "나는 그에게 그런 기회를 줄 거야. 언젠가 우리가 결혼을 하고 그래서 그가 번 돈과 내 자신이 번 돈 둘 다를 저축할 수 있다면, 우리는 부자가 되겠지. 그러면 우리는 전세계를 두루 여행할 수 있겠지."

 포목점에서 앨리스가 자기 연인이 돌아오기를 기다리고 꿈꾸고 하는 동안 몇주는 몇달이 되고 몇달은 몇해로 되며 흘러갔다. 그녀의 고용주는 의치를 달고 있고 가느다란 회색 콧수염이 그의 입 위까지 드리워진 백발의 연로한 남자인데 말을 건네는 일이 거의 없었다. 이따금, 비가 내리는 날이나 메인 스트리트에 폭풍우가 사납게 몰아쳤을 때는 손님이 한 사람도 들어오지 않은 채 긴 시간이 지나갔다. 그럴 때면 앨리스는 재고상품을 정리하고 또 정리했다. 그녀는 황량한 길거리를 내려다 볼 수 있는 앞쪽 창가에 서서 네드 커리와 함께 걸었었던 저녁들과 그가 했었던 말을 생각했

6. 인생은 모험

다. "우리는 이제 서로에게 더욱 집착해야 할 거예요."라고 했었던 말을. 그 말들은 성숙해 가는 한 여성의 마음속으로 메아리치고 또 메아리쳤다. 그녀의 눈 속으로 눈물이 그득하게 고여 들었다. 이따금 그녀는 고용주가 외출을 하고 상점에 혼자 남게 되었을 때면 머리를 카운터에 엎고는 흐느꼈다. "오, 네드. 저는 기다리고 있어요." 그녀는 속삭이고 속삭였으며, 그럴 때면 언제나 그가 결코 돌아오지 않을 것이라는 살며시 다가오는 공포감이 그녀의 내면에 점점 더 강하게 커져갔다.

 몇 차례의 비가 지나가고 길고 무더운 여름날이 오기 전의 봄철이면 윈즈버거 주변 지역은 온통 즐거움으로 가득찼다. 이 작은 도시는 탁트인 들판 가운데 있지만, 그 들판 너머로는 유쾌한 삼림지가 군데 군데 있었다. 삼림지에는 작은 은신처들이 많이 있어서 일요일 오후에는 연인들이 찾아가 앉는 조용한 장소가 되었다. 그곳을 찾아온 연인들은 나무들 사이로 들판 건너를 내다보고 헛간 주변에서 농부들이 일하고 있는 광경과, 도로를 오르내리며 차를 몰고가는 사람들을 본다. 시내에서는 종들이 울리고, 이따금 멀리 기차가 장난감같이 작게 보이며 지나간다.

 네드 커리가 가버린 몇년 동안 앨리스는 일요일이 되어도 다른 젊은 사람들과 그 삼림지를 가보지 않았다. 그러나 네드가 떠나고 없은지 2년인가 3년이 되고 그

6. 인생은 모험

녀의 외로움이 견딜 수 없을 것 같았던 어느날, 그녀는 자신의 가장 멋진 옷을 차려 입고는 길을 나섰다. 시내와 길게 뻗은 들판을 내다볼 수 있는 으슥한 데를 하나 발견하고는 거기에 앉았다. 나이 드는 데 대한 두려움과 부질없음이 그녀를 엄습했다. 그녀는 가만히 앉아 있을 수 없어서 일어섰다. 그녀가 멀리 그 땅의 저쪽 어딘가를 보며 서있자. 어쩌면 마치 계절의 흐름이 스스로를 나타내고 있는 것처럼 인생도 절대로 멈추지 말아야 한다는 생각이 들어 지나가는 세월에 자신의 마음을 집중시켰다. 두려움으로 몸을 떨며 그녀는 자신에게 있어서 젊음의 그 아름다움과 신선함이 지나가버렸다는 것을 깨달았다. 처음으로 그녀는 자신이 속았었다는 사실을 느꼈다. 그러나 그녀는 네드 커리를 비난하지는 않았으며 무엇을 비난해야 하는지도 몰랐다. 슬픔이 그녀를 휩쓸었다. 그녀는 털썩 주저앉아 기도하려고 애썼으나 기도 대신에 항의하는 말이 입술로 터져 나왔다. "그것은 내게 오지 않을 일입니다. 나는 이제 결코 행복을 찾지 못할 것입니다. 왜 나는 자신에게 거짓말을 하고 있습니까?" 그녀는 울부짖었으며 그와 함께 이상한 안도감이 들었는데, 그것은 자기 일상생활의 일부가 되었던 두려움에 직면하는 최초의 대담한 시도였다.

　앨리스 힌드만의 나이가 스물다섯이 되던 해에 두 가지 일이 일어나서 그녀의 무미건조하지만 평탄하지 않

6. 인생은 모험

는 생활을 흔들었다. 그녀의 어머니는 윈저버그의 마차 페인트공인 부쉬 밀턴(Bush Milton)과 결혼했으며, 그녀 자신은 윈저버그 감리교회의 신도가 되었다.

앨리스는 인생에 있어서 자기가 처한 위치의 외로움에 놀라게 되었으므로 그 교회에 가입했다. 그녀 어머니의 두 번째 결혼은 그녀의 고립을 더 크게 느끼게 해주었다. "나는 늙어가고 있으며 괴상하게 되고 있다. 네드가 온다 해도 그는 나를 원하지 않을 것이다. 그가 살고 있는 그 도시에서는 남자들이 영원히 젊겠지. 너무 많은 일들이 진행되고 있어서 그들은 늙어질 시간도 갖지 못하겠지." 그녀는 냉혹한 웃음을 살짝 지으며 자신에게 말했으며, 사람들과 알고 지내게 되는 일을 단호하게 시작했다. 그녀는 목요일 저녁마다 점포가 문을 닫으면 교회 지하층의 기도모임에 나갔으며 토요일 저녁에는 더 엡워드 리그(The Epworth League)라는 조직 모임에도 나갔다.

윌 헐리(Will Hurley)는 약방에서 사무를 보며 그 또한 그 교회에 소속된 중년 남자였는데 그녀와 함께 집까지 같이 걸어가겠다고 제안을 했으며 그녀도 거부하지 않았다. "물론 나는 그가 늘상 나와 함께 지내는 행위를 허용하지 않겠지만, 오랜만에 한번씩 나를 만나러 온다면 그런 경우에는 아무런 해가 되지는 않을 게다." 그녀는 아직도 네드 커리에 대한 자신의 충성심에서 마음을 다짐한 채 스스로에게 말했다.

6. 인생은 모험

 무슨 일이 일어나고 있는지를 깨닫지 못한채, 앨리스는 처음에는 연약하게 그러나 점차 커져가는 결심과 함께 인생을 새롭게 움켜쥐려고 애쓰고 있었다. 그녀는 그 약방 사무원 옆에서 무뚝뚝하게 따라 걸을 때 이따금 어둠 속에서 손을 꺼내 그의 코트 섶을 살며시 잡았다. 그녀 어머니의 집앞 문간에서 그녀를 남겨 두고 그가 떠났을 때, 그녀는 바로 문안으로 들어가지 않고 문간 옆에 잠시 서있었다. 그녀는 그 약방 사무원을 소리쳐 불러서 함께 집앞 현관의 어둠속에 함께 앉아 있자고 부탁하고 싶었지만, 그가 이해하지 못할까봐 두려웠다.
 "그는 내가 원하는 남자가 아니다." 그녀는 자신에게 말했다. "하지만 나는 너무 외롭게 되는 것은 피하고 싶다. 조심하지 않으면 나는 사람들과 함께 지내는 데에 익숙해지지 않게 될 거야."
 그녀의 나이 스물일곱이 되던 초가을 동안 격렬한 불안감이 앨리스를 사로잡았다. 그녀는 그 약방 사무원과 교제하고 있다는 것이 견딜 수 없었는데, 밤에 함께 걷게 되었을 때 그녀는 그를 떠나 보냈다. 그녀의 마음은 격렬하게 분출되어 상점 안의 카운터 뒤에서 기나긴 시간을 서있는 것이 지겨웠으며 집으로 돌아와 침대로 기어들어갔으나 잠을 이룰 수 없었다. 노려보는 듯한 시선으로 그녀는 어둠 속을 뚫어져라 응시했다. 긴 잠에서 깨어난 어린애처럼 그녀의 심상(心象)이

6. 인생은 모험

　방안을 이리저리 뛰놀았다. 환상에 의해 속지 않으려는 것과 인생에서 어떤 확고한 답을 요구하는 그 무엇이 그녀의 내면 깊은 곳에서 일어났다.

　앨리스는 베개를 팔로 끌어안고 자신의 가슴에 꽉 갖다 붙였다. 그리고는 침대에서 나와 담요를 정돈했는데 어둠 속에서 그것은 마치 시트와의 사이에 어떤 사람이 누워 있는 것 같아 보였다. 그녀는 침대 옆에서 무릎을 꿇고 그것을 어루만지며 몇번이고 후렴 같은 말을 속삭였다. "왜 무언가가 일어나지 않나요? 왜 나만 여기에 외롭게 남아 있나요?"라고 그녀는 투덜거렸다. 그녀는 이따금 네드 커리를 생각했지만, 더 이상 그에게 의지하지는 않았다. 그녀의 갈망은 모호하게 되었다. 그녀는 네드 커리도 그밖의 다른 남자도 원하지 않았다. 그녀는 단지 사랑받고 싶었고, 무엇인가로 하여금 자기 내면의 점점 더 커져 가는 외침에 답하게 하고 싶었다.

　그러다가 비가 내리는 어느날 밤에 앨리스는 어떤 모험을 감행했다. 비는 그녀를 놀라게 했고 혼란스럽게 했다. 그녀는 아홉시에 상점에서 집으로 돌아오자 집이 텅 빈 것을 알았다. 의붓아버지 부시 밀턴은 읍내로 나갔고 그녀의 어머니는 어느 이웃집으로 나들이 갔었다. 앨리스는 2층 자기 방으로 올라가서 어둠 속에서 옷을 벗었다. 잠시 동안 그녀는 창가에 서서 창문을 때리는 빗소리를 들었으며, 그러자 이상스러운

6. 인생은 모험

욕망이 그녀를 사로잡았다. 그녀는 멈춰서 무엇을 하겠다는 것인지 생각조차 하지 않은 채, 아래층으로 달려 내려가 캄캄한 집을 지나 빗속으로 밖으로 내달았다. 그녀는 집앞의 조그만 잔디밭 위에 서서 몸 위로 떨어지는 차가운 빗물을 느끼자 발가벗고 거리를 마구 달려 지나가고 싶은 미친 듯한 욕망이 그녀를 사로잡았다.

그녀는 그 비가 자신의 몸에 새롭고 놀랄 만한 효험을 가져다 줄 것이라고 생각했다. 수년 동안 그녀는 그처럼 젊음과 패기에 가득차는 느낌을 가져본 적이 없었다. 그녀는 뛰어 오르며 달리고, 소리치며, 어떤 다른 외로운 인간을 찾아서 그를 포옹하고 싶었다. 그 집 앞 벽돌 깔린 인도에는 마침 어떤 남자가 비틀거리며 귀가하고 있었다. 앨리스는 달리기 시작했다. 일종의 야성적이고 절망적인 분위기가 그녀를 사로잡았다. "내가 관심을 갖는 건 그가 어떤 사람이냐다. 그가 외로운 사람이라면 나는 그에게 갈 것이다."라고 그녀는 생각했다. 그리고는 자신의 미친 듯한 짓의 가능한 결과를 잠시 멈춰서 생각해 보지도 않은 채, 그녀는 부드럽게 불렀다. "기다려요!" 그녀는 외쳤다. "가지 마세요. 당신이 누구이든 기다려야 해요."

인도 위의 그 남자는 걸음을 멈추고는 서서 귀를 기울였다. 그는 노인이었으며 귀가 꽤 먹었다. 자기 손을 입에다 대고는 소리쳤다. "뭐요? 뭐라고 하는 거

6. 인생은 모험

요?" 그는 외쳤다.

 앨리스는 땅 바닥에 쓰러졌으며 몸을 떨며 누워 있었다. 그녀는 자기가 무슨 짓을 했었는지를 생각하고는 너무 놀라서 그 남자가 가던 길을 가버리자 감히 발을 딛지 못하고는 손과 무릎으로 기어서 잔디밭을 지나 집으로 왔다. 그녀는 자기 방으로 오자 문을 걸어 잠그고는 자기의 드레싱 테이블을 끌어당겨 출입문을 가로질러 놓았다. 그녀의 몸은 냉기로 후들거렸고 두 손도 떨려서 잠옷으로 갈아 입는 데 힘이 들었다. 침대로 들어갔을 때 그녀는 얼굴을 베개에 파묻고는 가슴이 찢어질 듯이 흐느꼈다. "나는 도대체 어떻게 된 것인가? 조심하지 않으면 무슨 끔찍한 일이라도 저지르게 되겠구나,"라고 그녀는 생각했으며, 얼굴을 벽 쪽으로 돌리고는 윈즈버거에서도 많은 사람들이 외롭게 살아가야 하고 죽어야 한다는 사실에 자신을 용감하게 직면시키려고 애쓰기 시작했다.

제 7 편

애러비 바자회

- 제임스 조이스
(1882-1941)

  제임스 조이스는 아일랜드 더블린의 남쪽교외인 Rathgar에서 태어나 예수교파 학교를 거쳐 University College Doublin을 졸업후, Trieste(이탈리아)와 취리히, 그리고 파리에서 영어교사와 사무원 등의 직업에 종사하며 소설과 시를 썼다.
  그는 20세기 초의 가장 영향력있는 전위적 (avant-garde) 모더니스트 작가의 한 사람인데, 대표작으로는 단편소설집 Dubliners, 자서전적 소설 A Portrait of the Artist as a Young Man 외, Finnegans Wake를 비롯하여, 의식의 흐름 기법을 실험한 기념비적 소설 Ulysses 등이 있다. 그는 성인기의 대부분을 유럽대륙에서 보냈으나, 소설속 세계는 언제나 더블린을 벗어나지 않는 구체성을 견지했다.
  이 작품의 제목 「Araby」는 Arabia의 고어적·시적 표현이며, 한 소년의 연상 이성에 대해 싹트는 애정을 한 편의 수채화처럼 풋풋하게 그려낸 성장소설이다.

7. 애러비 바자회

애러비 바자회

나는 바자회 날 사이에 끼어 있는 그 지루한 날들을 깡그리 소멸시키고 싶었다. 학교의 수업에도 짜증이 났다. 밤에 잠자리에 들어서도 낮에 수업시간에도 그녀의 이미지는 나와, 내가 해독하려고 애썼던 페이지 사이에 끼어들었다.

노스 리치몬드 스트리트는 막다른 거리여서 크리스쳔 브러더스 스쿨이 학생들을 풀어 놓는 시간을 제외하고는 조용한 거리였다. 사람이 살지 않는 2층집 한 채가 네모 반듯한 대지 위에 이웃집들과 떨어져서 막다른 골목에 서 있었다. 그 거리의 다른 집들은 그들 집안의 고만고만한 살림살이를 알고 있는 듯이 갈색의 차

7. 애러비 바자회

분한 얼굴로 서로를 바라보고 있었다.

 우리 집의 전 세입자는 성직자였는데 이 집의 뒷 응접실에서 돌아가셨다. 오랫동안 밀폐되어 있었던 탓에 곰팡이 냄새가 방마다 자욱했으며, 부엌 뒤 쓰레기실은 오래된 쓸데 없는 종이들이 어수선하게 흩어져 있었다. 그 종이들 가운데서 나는 페이지들이 뒤틀리고 눅눅해진 종이 표지의 책들을 몇권 발견했다: "월트 스콧 지음 대수도원장", "독실한 성체 배영자(拜領者)," 그리고 "비독크(Vidocq)의 회고록" 이었다. 나는 그중 마지막 책을 좋아했는데, 책장이 노란색이었기 때문이다. 집 뒤쪽의 야생수 정원에는 중부 사과나무 한 그루와 몇 그루의 흐트러져 얽혀 있는 관목이 있었으며 그중 한 그루 밑에는 작고한 이 집 주인이 쓰던 녹슨 자전거 공기펌프기가 눈에 띄었다. 그는 매우 자선적인 성직자였었다. 그의 유언에 따라 그가 모은 돈은 자선단체에 맡겨졌으며 그의 집 가구는 그의 여동생에게 남겼었다.

 겨울철의 해가 짧은 날들이 오자, 우리가 저녁밥을 다 먹기도 전에 어둠이 내렸다. 우리가 거리에서 만났을 때는 집들이 어둠침침해져 있었다. 우리들 머리 위의 하늘 공간은 시시각각 바뀌는 자줏빛이었으며 거리의 가로등들은 그 하늘공간을 향해 자신들의 희미한 등불을 치켜 올렸다. 차가운 공기가 우리를 얼얼하게 했지만 우리는 몸이 후끈 달아오를 때까지 놀았다. 우

7. 애러비 바자회

리의 왁자지껄한 소리가 조용한 거리에 메아리쳤다. 우리의 놀이과정은 오두막집에서 시작하여 난폭한 무리들로부터 난타를 당한 듯한 집 뒤의 시커먼 진흙탕 골목을 지나 난로의 재 떨어지는 구멍에서 고약한 냄새의 검댕이 뚝뚝 떨어지는 정원 후문으로, 그리고 마부가 말 갈퀴를 매만져 다듬고 빗질하거나 마구를 흔들어 유쾌한 소리를 내는 고약한 냄새의 외양간들에 이르기까지다. 우리가 거리로 돌아 왔을 때는 부엌 창문들에서 나오는 불빛이 그 지역을 가득 채웠다. 나의 숙부가 모퉁이를 돌고 있는 것이 눈에 띄면 우리는 그가 무사히 집으로 들어가는 것을 목격할 때까지 그늘진 곳에 숨었다. 또는 맹건(Mangan)의 누나가 현관계단까지 나와서 그의 동생에게 차 마시러 들어오라고 부르면, 우리는 그녀가 우리가 숨어 있는 그늘진 곳에서부터 거리의 위·아래쪽을 두리번거리며 찾는 것을 지켜 보았다. 우리는 그녀가 그 자리에 그냥 남아 있는지 집 안으로 들어가는지를 확인하려고 기다렸는데, 그녀가 남아 있으면 우리는 체념하고 우리의 은신처를 떠나 맹건의 집 현관계단으로 걸어 올라갔다. 그녀는 우리를 기다리고 있었으며 그녀의 윤곽이 반쯤 열린 문에서 새어 나오는 불빛에 의해 그려졌다. 그녀의 동생은 언제나 말을 듣기 전에 그녀를 애타게 지분거렸으며 나는 난간 옆에 서 있었다. 그녀의 드레스는 그녀가 몸을 움직이는 대로 흔들렸으며 머리칼을 맨 부

7. 애러비 바자회

드러운 끈이 좌우로 나풀거렸다.
 매일 아침 나는 앞쪽 거실 바닥에 누워 그녀의 방문을 쳐다보았다. 블라인드가 창틀 안까지 바짝 내려져 있어서 내 모습은 보일 리 없었다. 그녀가 현관계단으로 나오자 내 가슴은 두근거렸다. 나는 홀(대청마루)로 뛰어 내려와 책을 한 권 집어 들고는 그녀를 쫓아갔다. 나는 언제나 그녀의 갈색 모습을 내 눈에 간직하고 있었으며, 우리가 걸어갈 길이 갈라지는 지점 가까이 왔을 때 나는 걸음걸이를 빨리하여 그녀를 지나쳤다. 이런 일이 아침마다 일어났으며, 나는 일상적인 몇 마디 말 외에는 그녀에게 결코 더 이상 말을 걸지는 않았다. 하지만 그녀의 이름은 온통 나의 바보스러운 피 속에 일종의 소환장 같은 것이었다.
 그녀의 이미지는 로맨스와는 가장 어울리지 않는 장소에서조차 나를 따라 다녔다. 숙모가 시장 보러 나가는 토요일 저녁이면 나는 몇 개의 짐 꾸러미를 들고 오기 위해 함께 나가야 했다. 우리는 불빛이 너울거리는 거리를 걸었는데, 술 취한 남자들과 흥정하는 여인들로 어깨가 부딪치고 일꾼들의 욕설, 돼지 볼때기 고기가 담긴 통들 옆을 지키서서 호객하는 가게 소년들의 날카로운 읊조림, 그리고 오도노반 로싸(O'Donovan Rossa)에 대한 "모두 오라(come-all-you)"라는 노래나 우리 고장에서의 고통에 대한 민요를 부르는 거리 가수들의 콧노래가 들렸다. 나에게는 이들 소리들이

7. 애러비 바자회

인생에 대한 단 하나의 느낌으로 합쳐졌다. 즉 나는 적들의 무리 속을 뚫고 나의 성배(聖杯)를 안전하게 운반하는 책무를 떠맡았다고 상상했다. 그녀의 이름은 나 자신도 이해하지 못하는 이상한 기도와 찬미의 형태로 순간마다 내 입술로 튀어나왔다. 나의 눈은 종종 (이유를 설명할 수 없는) 눈물로 그득했으며 때로는 심장으로부터 일종의 홍수가 내 가슴으로 마구 쏟아져 들어오는 것 같았다. 나는 장래에 대한 생각은 거의 없었다. 나는 내가 언젠가 그녀에게 말을 건넬 것인지 또는 건네지 않을 것인지 몰랐으며, 만약 말을 건넨다면 나의 혼란스러운 흠모의 마음을 어떻게 말해줄 수 있겠는지를 몰랐다. 그러나 나의 몸은 일종의 하프 같았으며 그녀의 말과 제스처는 그 하프의 줄 위로 빠르게 움직이는 손가락 같았다.

 어느 날 저녁 나는 그 성직자가 돌아가신 뒤쪽 응접실로 들어갔다. 그때는 비 내리는 어두운 저녁이었으며 집 안에는 아무 소리도 나지 않았다. 깨어진 어느 판유리 틈새로 비가 땅에 떨어져 부딪치는 소리가 들렸는데, 끊임없이 내리는 바늘 같은 실비가 마치 흠뻑 젖은 땅 바닥에 뛰놀고 있는 것 같았다. 어느 먼 가로등과 불 켜진 창문이 내 앞에서 반짝거렸다. 나는 그렇게 별로 볼 게 없는 것을 고맙게 생각했다. 나의 감각이란 감각은 스스로를 모두 가리고 싶은 듯했다. 나는 그들 감각에서 막 빠져 나오려는 것을 느끼면서 두

7. 애러비 바자회

손바닥을 모아 떨리도록 누르고는 "오 사랑해요! 오 사랑해요!"라고 몇 번이나 중얼거렸다.

 드디어 그녀는 내게 말을 걸어왔다. 그녀가 처음으로 내게 말을 걸어왔을 때 나는 너무나 혼란스러워서 어떻게 응답해야 할지를 몰랐다. 그녀는 내게 애러비 바자회에 갈 생각을 하고 있었는지를 물었다. 나는 그때 그렇다든지 안 그렇다든지를 대답해야 하는 것을 잊어버렸다. 그것은 멋진 바자회일 것이며 그녀는 거기에 가고 싶었다고 말했다.

"그런데 왜 누나는 갈 수 없나요?" 내가 물었다.

 그녀는 말하는 동안 자신의 팔목에 낀 은팔찌를 뱅글뱅글 돌렸다. 그녀는 그 주(週)에 수녀원에서 피정(避靜)이 있을 것이므로 바자회에는 갈 수 없을 것이라고 말했다. 그녀의 동생과 두 명의 다른 소년들은 서로의 모자를 빼앗으려고 다투고 있었으며 나는 난간에 혼자 서 있었다. 그녀는 난간에 박힌 금속제 손잡이 하나를 붙잡고는 나를 향해 머리를 숙였다. 우리가 서있는 문의 반대쪽 가로등에서 나오는 불빛이 그녀의 하얀 목덜미의 곡선을 비추었으며 그 목에 드리워진 그녀의 머리칼을 비추었고, 더 내려가 난간 위에 얹힌 그녀의 손을 비추었다. 그 빛은 그녀 드레스의 한 쪽 위로 흘러 내렸고 페티코트의 하얀 가장자리를 비추었는데 편하게 서있었으므로 윤곽이 뚜렷이 드러났다.

"그건 너한테 아주 좋을 거야," 그녀가 말했다

7. 애러비 바자회

"내가 간다면," 나도 말했다. "누나에게 뭐든 하나 사다 줄 거야."

 그날 저녁 이후에 한없는 어리석은 행동들이 나의 깨어 있는 또는 잠자고 있던 생각들을 어떻게나 망가뜨려 놓았던지! 나는 바자회 날 사이에 끼어 있는 그 지루한 날들을 깡그리 소멸시키고 싶었다. 학교의 수업에도 짜증이 났다. 밤에 잠자리에 들어서도 낮에 수업 시간에도 그녀의 이미지는 나와, 내가 해독하려고 애썼던 페이지 사이에 끼어 들었다. 애러비(Araby)라는 단어의 음절은 정적을 통해 내게 불려 왔는데, 그 정적 속에서 나의 영혼은 호사스러워졌으며 그 정적은 무언가 동양적인 매력을 나에게 던져 주었다. 나는 토요일 밤에 집을 떠나 그 바자회에 가겠다고 요청했다. 숙모는 놀랐으며 이것이 그 무슨 프리메이슨단 같은 또래끼리의 어떤 비밀스런 친목회가 아니기를 바랐다. 나는 학교 수업에는 별로 문제가 없다고 대답했다. 그러나 가장이신 숙부의 얼굴이 상냥함에서 준엄한 표정으로 바뀌는 것을 보았다. 그는 내가 나태해지기 시작하는 것이 아니기를 바랐다. 나는 방황하는 생각들을 한 데 끌어 모을 수가 없었다. 나는 나와 나의 욕망의 사이에 서 있었기에 인생의 심각한 일에 대해서는 거의 어떠한 참을성도 갖고 있지 못했다. 그런 것은 내게는 어린애 장난, 정말 꼴사납게 단조로운 어린애 장난 같아 보였다.

7. 애러비 바자회

 토요일 아침 나는 저녁에 바자회에 가고 싶다는 것을 숙부에게 환기시켜 드렸다. 그는 홀 스탠드에서 모자 털이를 찾느라고 소란을 떨고 있다가 무뚝뚝하게 대답했다.
"그래, 얘야. 알고 있지."
 숙부는 홀에 있었기에 나는 앞 응접실 쪽으로 가서 창가에 누울 수가 없었고, 그래서 기분이 좀 나빠진 상태로 집을 나서서 학교 쪽으로 천천히 걸어갔다. 공기는 인정사정 없이 쌀쌀했고 그래서 내 마음은 벌써 걱정이 되었다.
 내가 저녁식사를 하러 집에 왔을 때 숙부는 아직 집에 와계시지 않았다. 그러나 시간은 아직 일렀다. 나는 한동안 시계를 쳐다보며 앉아 있었는데, 그 똑딱거리는 소리가 나를 초조하게 만들기 시작하자 나는 방을 떠났다. 계단을 올라 집의 상층부에 다다랐다. 그 높고 차갑고 텅 빈 음침한 방들이 나를 해방시켜 주었고, 그래서 나는 이 방에서 저 방으로 노래를 부르며 돌아다녔다. 앞쪽 창을 통해 나는 나의 또래들이 거리 아래쪽에서 놀고 있는 것을 보았다. 그들의 외치는 소리는 약하게 분명치 않게 들려왔으며 나는 이마를 차가운 유리에 기대고는, 그녀가 사는 어둑어둑한 집을 건너다 보았다. 나는 아마 나의 상상이 던져준 갈색 옷 입은 그녀의 모습 외에는 아무것도 보지 않은 채 한 시간 동안이나 서 있었으며, 등불 옆에서의 그 굴

7. 애러비 바자회

곡진 목과 난간 위의 그 손을, 그리고 드레스 아래의 장식 대두리를 조심스럽게 어루만졌을 게다.

내가 아래층으로 다시 내려오자 머셔 부인(Mrs. Mercer)이 난로 가에 앉아 있는 것이 눈에 띄었다. 그녀는 연로하고 수다스러운 여자인데 전당포 주인의 미망인이며 어떤 훌륭한 목적으로 중고 우표를 수집하고 있었다. 나는 그 티 테이블의 한담을 견디며 듣고 있어야 했다. 식사는 한 시간이나 넘게 미뤄졌으며 그래도 여전히 숙부는 돌아오시지 않았다. 머셔 부인은 가려고 일어섰다. 그녀는 더 이상 기다릴 수 없다고 미안해 했다. 하지만 시간이 8시가 지났고 밤공기가 그녀에게는 해로우므로 늦게 길을 나서는 것을 원하지 않았던 것이다.

그녀가 떠나가자 나는 주먹을 꽉 쥐고는 방으로 올라갔다 내려갔다 하기 시작했다. 숙모는 말씀하셨다. "소중한 오늘 밤 너의 바자회가 미뤄질까 봐 걱정되는구나. "

아홉 시가 되자 홀 도어에 숙부의 열쇠 돌리는 소리가 들렸다. 나는 그가 혼자 중얼거리는 소리를 들었으며, 코트 걸이가 숙부의 오버 코터 무게를 받아 흔들리는 소리를 들었다. 나는 이들 징후들을 보지 않고도 알아들을 수 있었다. 그가 저녁식사를 반쯤 했을 때 나는 그에게 바자회에 갈 돈을 좀 달라고 부탁했다. 그는 잊고 있었다.

7. 애러비 바자회

"사람들은 잠자리에 들었고 지금은 첫 잠이 든 뒤일 거다."라고 그는 말했다.

나는 웃지 않았다. 대신 숙모가 그에게 강력하게 말했다.

"당신은 저 애에게 돈을 좀 줘서 바자회에 가게 할 수 없나요? 사실은 당신이 저 애를 이렇게 너무 늦게 만든 거예요."

숙부는 자기가 잊어버렸었다는 것을 매우 미안해 했다. 그는 "일만 시키고 놀리지 않으면 아이를 바보로 만든다."는 옛 말을 믿는다고 말했다. 그는 내게 어디에 가려고 하는지를 다시 물었으며, 내가 두번째로 그에게 말했을 때 그는 '아랍의 군마여 안녕(The Arab's Farewell to his Steed)' 이라는 시(詩)를 알고 있는지를 물었다. 내가 주방을 떠날 때 그는 숙모에게 그 시의 첫 행을 막 읊어 주려던 참이었다.

나는 (숙부에게 받은) 2실링짜리 은화를 손에 꼬옥 쥐고는 역(驛)을 향해 버킹엄 스트리트를 빠른 걸음으로 내달았다. 물건 사려는 사람들로 북적대고 가스등이 눈부시게 번쩍거리는 거리를 보자 내 여행의 목적이 상기되었다. 나는 텅 빈 열차의 3등석 객차에 자리를 잡았다.

참기 어려울 정도의 지루한 시간이 지난 뒤에 그 열차는 천천히 역에서 빠져나와 움직였다. 열차는 무너질 듯 낡은 집들과 반짝거리는 강(江) 위로 엉금엉금

7. 애러비 바자회

기어갔다. 웨스트랜드 로우(Westland Row)역에 이르자 한 무리의 사람들이 객차 문으로 우르르 밀려들었으나, 역무원들이 이 열차는 바자회를 위해 마련된 특별열차라고 말하면서 그들을 뒤로 밀어냈다. 휑댕그렁한 객차에는 나 혼자 남아 있었다. 몇 분이 지나서 열차는 임시 가설된 목조 플랫폼으로 끌려 닿았다. 나는 도로 쪽으로 걸어 나왔으며 조명이 된 시계판이 10시 10분을 가리키고 있는 것을 보았다. 내 앞에는 거대한 빌딩이 애러비라는 그 매혹적인 명칭을 내걸고 있었다.

 나는 6펜스 코인을 넣으면 열리는 입구를 찾을 수 없었고, 그래서 바자회가 끝났을까봐 걱정이 되어 피로에 지쳐 보이는 한 남자에게 1실링을 건네주고는 십자형 회전문(turnstile)을 잽싸게 통과했다. 나는 자신이 한 큰 홀에 그 절반 높이로 회랑이 둘러쳐져 있는 데에 들어서 있음을 알게 되었다. 그러나 진열시설은 거의 모두 문을 닫았고 그 홀의 더 큰 부분은 이미 어둠에 싸여 있었다. 나는 마치 예배가 끝난 뒤의 교회에 가득 차는 적막감 같은 것을 느꼈다. 나는 소심하게 바자의 중앙부 쪽으로 걸어갔다. 몇몇 사람들이 아직도 문을 열고 있는 전시시설들 주변에 몰려 있었다. 그 위에 채색된 등불로 '카페 챈턴트(Cafe Chantant)'라는 글자가 적혀 있는 휘장 앞에서, 두 남자가 쟁반 위에 돈을 세고 있었다. 쟁반 위에 동전 떨어지는 소

7. 애러비 바자회

리가 들렸다.

 내가 왜 여기 왔는지를 애써 환기하면서 나는 전시시설 한 군데로 다가가서 자기(磁器) 꽃병과 꽃무늬가 새겨진 티 세트(tea-set)를 살펴보았다.

 그 전시시설의 문 쪽에는 한 젊은 여성이 두 명의 젊은 신사들과 말하고 웃고 있었다. 나는 그들의 영어 악센트를 알아차리고는 그들의 대화에 막연하게 귀를 기울였다.

"아, 나는 절대 그런 것을 말한 적이 없어."
"아, 하지만 당신은 그렇게 말했다고!"
"아, 하지만 난 그렇게 말하지 않았다고!"
"(그럼) 그녀가 그렇게 말했어?"
"그래요, 그녀가 말하는 걸 내가 들었어."
"에잇. . . 거짓말!"

 그 젊은 여성은 나를 보더니 다가와서 내가 무엇을 사고 싶어하는지를 물었다. 그러나 그녀의 목소리 톤에는 열의가 없었고, 단순히 의무감에서 내게 말을 걸어온 것 같았다. 나는 그 전시실의 어둠침침한 입구의 양쪽에 동방의 근위병처럼 서있는 커다란 항아리를 황송한 마음으로 쳐다 보고는 작은 소리로 말했다.

"아니오, 고맙습니다."

 그 젊은 여성은 꽃병 하나의 위치를 바꾸어 놓고는 그 두 젊은 남자들 쪽으로 되돌아갔다. 그들은 다시

7. 애러비 바자회

아까와 똑같은 주제에 관해 이야기하기 시작했다. 그 젊은 여성은 한, 두 번 어깨 너머로 나를 흘낏 흘낏 쳐다 보았다.

나는 비록 더 이상 거기에 머무는 것이 부질없는 일인 줄을 알면서도 그 여성의 진열물건에 대한 나의 관심이 보다 실제적인 것처럼 보이려고 그 전시시설 앞에 우물쭈물 더 머물러 있었다. 그러다가 천천히 몸을 돌려 바자의 중앙부로 걸어 내려갔다. 나는 호주머니에 든 6펜스 중에서 2펜스를 떨어뜨릴 작정을 했다. 나는 화랑의 한 쪽 끝에서 불이 꺼진다는 목소리를 들었다. 홀의 상층부는 이제 완전히 어두워졌다.

어둠 속을 응시하면서 나는 자신이 헛되이 내몰리고 조롱당한 존재로 보였으며, 내 눈은 괴로움과 분노로 불타올랐다.

제 8 편

나의 오이디푸스 콤플렉스

- 프랭크 오커너
(1903-1966)

프랭크 오커너는 아일랜드의 Cork City에서 태어나 주로 더블린에서 활동했으나 1950—1961년에는 미국으로 건너가 활동했다. 총 150편에 달하는 작품을 쓴 단편소설의 다작 작가(Prolific Writer)로 유명하다.

그의 소설이나 전기에는 유·소년 시절을 중심 모티브로 한 자전적 성격의 작품이 유달리 많다. 여기 나오는 "My Oedipus Complex"도 그런 유형의 작품이며 단편소설집 The Stories of Frank O'Connor(1952)에 수록되어 있다. 대표작으로 단편소설 The man of the house와 단편소설집 Guests of the Nation이 있는데, 전자는 유·소년 시절을 배경으로, 후자는 아일랜드 독립전쟁을 배경으로 하고 있다.

현재 Cork City는 그를 기념하여 「O'Connor 국제 단편소설상」 수여와 「O'Connor Festival」을 연례행사로 개최하고 있다.

8. 나의 오이디푸스 콤플렉스

나의 오이디푸스 콤플렉스

"엄마," 나는 말했다.
"내가 다 자라게 되면 뭘 하려고 하는지 알아?"
"아니 모르겠는데, 얘야," 그녀는 대답했다.
"뭘 할 건데?"
"엄마와 결혼할 꺼야," 나는 차분하게 말했다.
아버지는 실없이 천박한 너털웃음을 터뜨렸으나
나를 개입시키지는 않았다.

아버지는 전쟁, 즉 1차대전 내내 군대에 가계셨는데, 내 말 뜻은 그래서 내가 다섯 살이 될 때까지 결코 그를 자주 보지는 않았다는 것과, 그를 보지 않은 것이 별로 개의치 않았다는 말이다. 이따금 내가 잠을 깨면 거기엔 촛불 속에서 카키복을 입은 한 거구의 사내가 나를 응시하고 있었다. 때로는 이른 아침에 현관문이 쾅하고 닫히는 소리와 골목길의 자갈을 밟는 징 달린 군화의 덜커덕거리는 소리를 들었다. 이러한 것들이

8. 나의 오이디푸스 콤플렉스

아버지의 들어오시고 나가심이었다. 산타클로스처럼 그는 신비스럽게 오고 가셨다.

 사실 나도 그가 찾아오는 것이 좋기는 했다. 비록 이른 아침에 큰 침대로 들어갔을 때 어머니와 그 사이에 끼어 어떤 불안한 심적 압박이 있기는 했지만, 그는 그에게 어떤 기분좋은 퀘퀘한 냄새를 가져다 주는 담배를 피웠고, 면도를 했으며, 그리고는 깜짝놀랄 만큼 흥미있는 시연(試演)이 있었다. 매번 그는 길게 줄을 이은 기념품들-모형 탱크와 탄창으로 만든 손잡이가 달린 구르카(Gurkha) 칼, 독일군의 헬멧과 모자뱃지와 단추 닦는 놋쇠 막대기(button-sticks), 그리고 기타 온갖 종류의 군용 장구들-을 언제든지 쓰일 수 있는 경우에 대비하여 옷장 꼭대기에 있는 길다란 상자에 조심스럽게 채워 넣었다. 아버지에 대해 말하자면 그는 다소 잡동사니 수집가적인 데가 있었다. 그는 모든 것이 편리하게 쓰일 수 있는 상태로 되어 있기를 기대했다. 그가 등을 돌릴 때면 어머니는 나더러 의자를 가져와서 그의 보물들을 뒤적거려 만져보게 했다. 그녀는 아버지가 생각하는 만큼은 그 보물들을 가치있는 것으로 생각하는 것 같지는 않았다.

 전쟁은 내 인생에서 가장 평화스러운 기간이었다. 내 다락방의 창문은 남동쪽을 향해 있었다. 어머니는 그 창문에 커텐을 치셨지만, 그건 효과가 크지 않았다. (그래서) 나는 늘상 아침의 첫 광선이 들어오면서 잠

8. 나의 오이디푸스 콤플렉스

이 깨었으며, 사라져간 전일에 대한 전적인 책임과 함께 마치 나 자신을 태양처럼 분명히 조명하고 기뻐할 준비가 되어 있는 것처럼 느꼈다. 인생은 결코 그때만큼 그렇게나 단순하고 분명하게 가능성으로 가득차 있는 것 같지가 않았다. 나는 옷에서 두 발을 내려 놓았는데, 나는 그 발들을 좌족부인(Mrs. Left)과 우족부인(Mrs. Right)이라고 불렀으며, 그들끼리 그날의 문제를 의논하도록 하는 그들을 위한 극적인 상황을 창안했다. 적어도 우족부인은 그랬다. 그녀는 무척 감정을 노골적으로 들어내지만 좌족부인에 대한 통제력은 그만큼 갖고 있지 못했으므로 대부분 스스로 합의에 동의를 표시하는 것에 만족했다.

 그들은 어머니와 내가 그날 뭘 해야할 것인지, 크리스마스에 산타클로스가 어떤 친구에게 무엇을 줄 것인지, 그리고 집을 환하게 하려면 무슨 조치를 취해야 할 것인지를 의논했다. 예를 들면 거기엔 아기를 위한 작은 매트 같은 것은 없었다. 어머니와 나는 그런 것에는 절대 동의할 수 없었다. 우리들의 의논 주제는 새 아기가 없는 테라스 안의 집 뿐이었으며, 어머니는 아버지가 전쟁이 끝나 돌아오실 때까지는 그럴 여유가 없다고 말씀하셨는데, 그 이유는 그렇게 하려면 17파운드 6펜스가 들기 때문이라고 하셨다. 이는 그녀가 얼마나 단순한가를 보여 주었다. 길 위의 제니스(Geneys)댁은 아기를 하나 두고 있었는데, 그들이 17

8. 나의 오이디푸스 콤플렉스

파운드 6페니를 쓸 여유가 없다는 사실은 누구나 알고 있었다. 하기야 그 애는 어쩌면 값싼 아기였을지도 모른다. 어머니는 무언가 정말 좋은 것을 바라셨지만 나는 그녀가 너무 독단적이라고 느껴졌다. 그래도 제니스 댁의 아기는 우리들에게 기분을 좋게 해주었으니까.

 하루의 계획을 짠 뒤, 나는 일어나 의자를 다락방 창문 아래에 갖다 놓고는 내 머리를 내밀기 충분할 만큼 높이 창틀을 들어올렸다. 창문을 통해 우리 집 뒤의 테라스 앞쪽 정원을 넘겨다 보았고, 정원 건너편으로는 깊은 골짜기 너머로 반대편 언덕 위까지 계단을 이루어 지어진 높은 붉은 벽돌 집들이 넘겨다 보였는데, 이들 집들은 아직도 온통 그늘이 져 있었으나 골짜기의 우리 쪽 집들은 모두 빛이 들어와 있었다. 비록 길과 이상스러운 그늘이 그들 집들을 경직되거나 채색된 채 낯설게 하는 것 같았지만.

 그런 다음에 나는 어머니 방으로 들어가 커다란 침대로 올라갔다. 어머니는 깨어 있었고 나는 어머니에게 나의 계획을 말하기 시작했다. 이때 쯤 나는 결코 깨닫지 못한 것 같지만 내 몸은 잠옷 바람이어서 굳어 있었고 이야기 하는 동안 풀렸는데 그 결과 내 몸의 마지막 서리가 녹으면서 나는 그녀 곁에서 잠에 빠져 들었으며 그녀가 아래쪽 주방에서 아침식사를 만드는 소리를 듣고나서야 다시 잠에서 깨었다.

8. 나의 오이디푸스 콤플렉스

　아침식사 후에 우리는 시내로 들어가서 성 어거스틴 성당에서 미사에 참여하고 주님께 아버지를 위한 기도를 올렸으며 쇼핑을 했다. 만약 오후에 날씨가 좋으면 우리는 교외로 산책을 나가거나 수녀원에 있는 어머니의 가장 훌륭한 친구인 성 도미닉 수녀원장을 방문하러 갔다. 어머니는 그들로 하여금 아버지를 위해 기도해 달라고 했으며, 나도 매일밤 잠자리에 들면서 아버지를 전쟁터에서 안전하게 우리에게 돌려 보내달라고 하느님께 부탁했다. 그러나 사실은 나는 무엇을 위해 기도하고 있었는지를 거의 몰랐다.
　어느날 아침 나는 그 큰 침대로 들어갔는데, 거기에는 사실상 아버지가 그가 보여주던 일상적인 산타클로스 방식대로 와 계셨지만, 이윽고 그는 제복 대신에 그의 가장 좋은 청색 옷을 입었는데, 어머니는 그 어떤 것보다 기뻐하셨다.
　나는 아버지가 제복을 벗자 흥미가 완전히 줄어들었기 때문에 기뻐할 것이라곤 아무것도 보이지 않았다. 어머니만 기쁨으로 얼굴이 빛났고 우리의 기도가 응답을 받은 것이라고 설명했으며 미사를 보러 가서 아버지를 안전하게 집으로 보내주신 데 대하여 하느님께 감사를 드렸다.
　그건 정말 얼마나 아이러니인가! 그가 저녁식사를 하러 들어오신 바로 그날, 그는 목 긴 구두를 벗고는 슬립퍼를 신었고, 추위로부터 자신을 보호하기 위해 집

8. 나의 오이디푸스 콤플렉스

　주변에서 쓰고 다녔던 남루한 모자를 썼으며, 다리를 꼬고는 근엄하게 어머니에게 이야기하기 시작했는데 근심스러운 표정이었다. 당연히 나는 그녀가 근심스러운 표정이 되는 것이 싫었는데, 그것은 그녀의 좋은 모습을 깨뜨리기 때문이었다. 그래서 나는 아버지의 이야기를 가로막았다.
　"잠깐만, 래리(Larry)!" 어머니는 부드럽게 말했다.
　이것은 우리가 지루한 내방자를 접견했을 때 그녀가 으레 했었던 말에 지나지 않았다. 그래서 나는 그것에 아무런 중요성을 덧붙이지 않고는 말을 계속했다.
　"조용히 해라, 래리!" 그녀는 조바심이 나서 말했다. "넌 내가 아빠와 이야기 하고 있는 게 들리지 않니?"
　"아빠에게 이야기하고 있는 중"이라는 이 말은 내가 처음으로 듣게 된 기분나쁜 말이었으며, 만약 이것이 하느님께서 우리의 기도에 응답하신 방식이라면 나는 하느님께서 우리의 기도를 매우 주의깊게 들으실 수 없었다고밖에 느끼지 않을 수 없었다.
　"왜 엄마는 아빠에게 이야기하고 있는대요?" 나는 내가 동원할 수 있는 최대의 무관심(무시)의 한 표시로서 물었다.
　"아빠와 나는 의논할 일이 있단다. 그러니 이제는 다시 방해하지 말아라!"
　그날 오후에, 어머니의 요청으로 아버지는 나를 데리고 산책하러 나갔다. 우리는 이번에는 교외로 나가는

8. 나의 오이디푸스 콤플렉스

대신에 시내로 나갔으며, 나는 그것이 처음에 나의 통상적인 낙관적인 방식으로 일종의 '개선'일 것이라고 생각했다. 그러나 그것에는 그런 부류의 티라곤 전혀 보이지 않았다. 아버지와 나는 시내 산책에 대해 완전히 다른 의미를 갖고 있었던 것이다. 그는 시가전차(tram), 배, 그리고 말들에 대해서는 그에 상응하는 관심이 전혀 없었으며, 그의 관심을 돌리는 것 같아 보이는 것이라고는 자신처럼 나이든 사람들과 이야기를 나누는 것뿐이었다. 내가 멈추고 싶었을 때 그는 그저 계속해서 손을 잡고 나를 자신의 뒤로 끌고 갈 따름이었다. 그가 멈춰 서있고 싶을 때면 나도 그렇게 똑같이 멈춰설 수밖에는 아무런 대안이 없었다. 나는 그가 담을 등지고 기댈 때면 으레 오랫동안 멈춰서 있고 싶다는 일종의 징표인 것 같다는 사실을 알아차렸다. 두번째 그가 그렇게 하는 것을 보자 나는 마음이 거칠어졌다. 그는 언제까지나 그렇게 자신을 정착시키고 있을 것 같았다. 나는 그의 코트와 바지를 끌어당겼지만, 너무 고집스럽게 굴면 진노해서 "래리, 너 얌전하게 굴지 않으면 호되게 한 대 칠 거야" 하시는 어머니와는 달랐다. 아버지는 상냥한 듯한 무관심을 나타내는 데 있어서는 탁월한 능력을 지녔다. 나는 그의 됨됨이를 평가하고는 울어버릴까도 생각했지만, 그 정도의 방식으로는 그가 괴롭힘을 당할 가망은 너무 없을 것 같았다. 그건 정말 산(山)하고 산책을 하고 있는

8. 나의 오이디푸스 콤플렉스

것이나 다름 없었다! 그는 내가 (그의 손목을) 비틀고 (주먹으로) 때리는 것도 깡그리 무시했으며, 또는 그밖에 높은 데서 이를 드러내고 즐기며 흘끗 내려다 보았다. 나는 아버지처럼 그렇게나 자신에 몰입해 있는 사람이라곤 아무도 본 적이 없었다.

차 마실 시간이 되자 "아빠와 이야기중"이라는 상황이 다시 시작되었는데, 이번에는 아버지가 석간신문을 읽고 있다는 사실 때문에 사정이 복잡해졌다. 몇분마다 그는 신문을 내려 놓고는 그것과는 상관 없이 어머니에게 뭔가를 이야기했다. 나는 이것이 일종의 반칙 경기(foul play)라고 느껴졌.

남자 대 남자로서 나는 어느 때이건 어머니의 관심을 끌기 위하여 그와 경쟁할 준비가 되어 있었다. 하지만 그가 다른 사람들을 거론하며 자신을 위해 그 시간을 모두 채웠을 때 내게는 아무런 말할 기회가 남겨져 있지 않았다. 나는 몇 번이나 화제를 바꾸려고 애썼으나 성공하지 못했다.

"래리야, 아빠가 읽고 계실 동안에는 조용히 해야 해," 어머니는 참지 못하고 말했다. 그녀는 정말로 나하고 얘기하는 것보다는 아버지와 얘기하는 것을 더 좋아하거나, 아니면 그가 어머니에 대해 어떤 대단한 통제력을 갖고 있어서 그녀가 진실을 받아들이기를 두려워하도록 하는 것이 분명했다.

"엄마," 그 날밤 그녀가 나에게 이불을 덮어줄 때 나

8. 나의 오이디푸스 콤플렉스

는 말했다. "내가 열심히 기도하면 하느님께서는 아빠를 전쟁터로 다시 되돌려 보내주실까?"

그녀는 잠시 그것에 관해 생각하는 것 같았다.

"아니다, 얘야," 그녀는 웃으며 말했다. " 내 생각에는 하느님 께서는 그러시지 않을 거야."

"왜 안 그러세요, 엄마?"

"얘야, 이제 전쟁은 더 이상 없으니까."

"하느님은 그렇게 하길 좋아하시지 않을 거야, 얘야. 전쟁을 일으키는 것은 하느님이 아니라, 나쁜 사람들이거든."

"오!" 나는 말했다.

나는 그 말에 실망했다. 나는 하느님도 평판만큼이나 대단하시지는 않구나 하는 생각이 들기 시작했다.

다음날 아침 나는 평소와 같은 시간에 잠을 깼는데 샴페인을 한 병 마신 것 같은 기분이었다. 나는 발을 끄집어내었으며 어떤 긴 대화를 고안해 냈는데, 그 대화에서 우족부인은 자신의 아버지를 집 안으로 밀어 넣을 때까지 그 아버지로 인해 겪었던 고통에 대해 이야기했다. 나는 그 집이란 무엇인지를 완전히 알지는 못했지만 그것은 아버지가 가있기에 꼭 알맞은 장소 같이 들렸다. 그리고는 의자를 들고 와서 다락방 창문으로 머리를 내밀었다. 새벽이 막 트고 있었으며 내가 그것을 현장에서 붙잡은 것 같은 죄책감이 들었다. 나의 머리속은 온통 수 많은 이야기와 계획으로 충만해

8. 나의 오이디푸스 콤플렉스

져서 옆방으로 구르듯 달려가서 어스프레한 어둠 속에서 (아버지와 어머니가 주무시는) 그 큰 침대로 서둘러 기어 올라갔다. 그런데 어머니 쪽에는 틈이 전혀 없어서 그녀와 아버지 사이에 끼어 들어가야 했다. 한동안 나는 아버지에 관해서는 잊어버렸으며, 몇분 동안 꼿꼿하게 앉아서 그를 어떻게 처리 할 수 있겠는지를 궁리해 내려고 골똘히 생각했다. 그는 그 침대의 정당한 몫 이상의 자리를 차지하고 있어서 나는 편안할 수 없었다. 그래서 몇번 그를 툭툭 찼더니, 그는 투덜거리며 기지개를 켰다. 그래도 그는 자리를 온전히 차지했다. 어머니는 잠이 깨서 나를 더듬어 찾았다. 나는 엄지 손가락을 입에 넣은 채 그 침대의 온기 속에서 다시 편안하게 마음이 진정되었다.

"엄마!" 나는 크게 그리고 의도적으로 콧소리로 말했다.

"쉿! 얘야." 어머니는 속삭였다. "아빠가 깨시지 않게 해라!"

이것은 새로운 사태의 진전이었는데, "아빠에게 얘기하는 중이다"라고 하는 말보다 훨씬 더 심각하게 위협적인 것이었다. 나는 (어머니와의) '이른 아침 회의'가 없는 생활이란 생각할 수 없는 일이었다.

"왜요?" 나는 엄중하게 물었다.

"가여운 아빠가 피곤해 계시니까."

그 말은 나에게는 전적으로 불충분한 이유 같았으므

8. 나의 오이디푸스 콤플렉스

로 그녀의 '가여운 아빠'라는 감성적 태도에 역겨움을 느꼈다. 나는 그런 부류의 감정분출은 정말 싫어했다. 그런 말은 나에게는 언제나 불성실한 의미로 들렸다.

"오!" 나는 부드럽게 말했다. 그리고는 나의 가장 호감어린 어조로 "엄마, 오늘 내가 엄마와 함께 어디로 가고 싶어 하는지 알아?"

"아니, 모르겠는데, 얘야." 그녀는 한숨을 내쉬었다.

"난 글렌(Glen)으로 내려가 새로 산 그물로 홍어를 잡고는, '여우와 사냥개 놀이'하는 데로 나가고 싶고, 그리고는-"

"아빠를 깨우지 말아라!" 그녀는 노하여 쉿 소리를 내고는 손을 내 입에 찰싹 걸쳐 댔다.

그러나 그것은 너무 늦었다. 그는 이미 깨어 있었거나, 거의 깰 지경이었다. 그는 투덜대면서 성냥을 찾으려고 손을 뻗쳤다. 그러더니 그는 의심스러운 듯이 자기 시계를 쳐다보았다.

"여보, 차라도 한 잔?" 어머니는 내가 일찍이 그런 용법으로 들어본 적이 없는 온순하고 낮은 목소리로 물었다. 그것은 거의 그녀가 겁을 집어먹고 있는 것 같이 들렸다.

"차를?" 그는 분개한 듯이 소리쳤다. "당신은 지금이 몇 신지나 알아?"

"그리고 그 다음에는 래드쿠니 길(the Rathcooney Road)로 올라가고 싶어요," 나는 전적으로 그러한 방

8. 나의 오이디푸스 콤플렉스

해로 인해 무언가 할 말을 잊어버릴까 두려워서 큰 소리로 말했다.

"당장 자거라, 래리!" 그녀는 호되게 말했다.

 나는 훌쩍훌쩍 울먹이기 시작했다. 나는 그들 두 사람의 말을 이어가게 하는 방식으로 나를 순화시킬 수는 없었으며, 나의 조조(早朝) 계획을 억누르는 것은 요람에서 가족 한 사람을 떼내어 파묻는 것과 같은 것이었다.

 아버지는 아무 말도 하지 않았으나, 파이프에 불을 붙이고는 한 모금 빨더니, 어머니나 나에게 신경을 쓰지 않은 채 밖으로 그늘을 내다보았다. 나는 그가 화가 나있는 것을 알았다. 내가 말을 꺼낼 때마다 어머니는 짜증스럽게 나를 입다물게 했다. 나는 약이 올랐다. 그건 불공정했다. 그 속에는 사악한 어떤 의도마저 있었다. 어머니와 둘이 침대 하나에서 잘 수 있는데 침대 둘을 둔다는 것이 낭비라고 그녀에게 지적했을 때마다 그녀는 이렇게 하는 게 건강에 더 좋다고 늘상 내게 말했었다. 그런데 지금 여기에 이 남자, 이 낯설어 뵈는 남자는 그녀의 건강은 눈꼽만큼도 생각지 않은 채 그녀와 자고 있지 않는가!

 그는 일찍 일어났으며 차를 만들었다. 그러나 한 잔을 어머니께 가져다 주었으나 나에게는 아무것도 갖다 주지 않았다.

 "엄마," 나는 소리쳤다. "나도 차 한 잔 마시고 싶어

8. 나의 오이디푸스 콤플렉스

요."

"그래, 얘야," 그녀는 참을성있게 말했다. "너는 엄마 접시에 있는 걸 같이 마시면 돼."

그 일은 그렇게 일단락지어졌다. 아버지나 나나 그 어느쪽이든가는 집을 떠나야 할 것이었다. 나는 어머니의 차 접시에 있는 차를 마시고 싶지는 않았다. 나도 내 집에서 한 사람의 동등자로서 대접받고 싶었다. 그래서 단순히 그녀에게 심술을 부리기 위해 그 차를 몽땅 다 마셨고 어머니가 마실 것으로는 아무것도 남겨 두지 않았다. 그녀도 그것을 조용히 받아들였다. 그러나 그날 밤 그녀는 나를 침대로 밀어넣으며 부드럽게 말했다.

"래리야, 나는 네가 내게 뭔가 약속을 좀 해주기를 바란다."

"뭔데요, 그게?" 나는 물었다.

"아침에 (침대로) 들어와 가여운 아빠를 (못 주무시게) 방해하지 않기로 해, 약속하지?"

또 "가여운 아빠야!" 나는 그 완전히 구제 불가능한 남자를 개입시키는 모든 것에 의심이 들기 시작하고 있었다.

"왜요?" 나는 물었다.

"가여운 아빠가 괴롭힘을 당해서 피곤해져 잘 주무시지 못하기 때문이란다."

"왜 아빠는 잠을 잘 주무시지 못하는대요, 엄마?"

8. 나의 오이디푸스 콤플렉스

"글쎄, 너는 아빠가 전쟁에 나가 계실 동안 엄마가 우체국에 가서 돈을 받아 온 것을 알잖니?"

"미쓰 머카시한테서요?"

"맞았어. 하지만 너도 알다시피 이제 미스 머카시는 더 이상 돈을 갖고 있지 않단다. 그래서 아빠가 밖에 나가 우리에게 얼마라도 돈을 벌어와야 해. 아빠가 그렇게 할 수 없다면 무슨 일이 일어나겠는지 너도 알겠지?"

"안되지요," 나는 동의했다. "우리가 그렇게 되어서는 안되죠."

"그럼, 네가 방에 들어와 아빠를 깨시게 하지 않겠다고 약속하겠지?"

"약속해요."

독자 여러분은 내가 이런 뜻이었음을 유념해 주셔야 해요. 즉 나는 돈이 중대한 문제라는 것을 알았으며, 금요일마다 밖에 나가서 노파처럼 구걸해야 하는 것은 전적으로 싫었다는 거죠. 어머니는 침대 주위로 완전한 원(圓)이 되게 나의 모든 장난감을 삥 둘러 갖다 놓았고, 그래서 내가 어떤 방식으로 침대에서 내려오든지 간에 그것들 중의 어느 하나 위에 떨어지게 되어 있었다.

나는 잠이 깨자 내가 한 약속을 바로 기억했다. 나는 일어나자 마루에 앉아 몇 시간이고 놀았던 것 같다. 그리고는 의자를 가져와서 더 많은 시간 동안 다락방

8. 나의 오이디푸스 콤플렉스

창문을 내다보았다. 나는 그것이 아버지가 잠을 깨시는 시간이기를 바랐다. 나는 누군가가 내게 차를 한 잔 만들어 갖다 주기를 바랐다. 나는 조금도 햇빛 같은 걸 받고 있는 것 같은 느낌이 들지 않았다. 그 대신 나는 따분했으며 몹시 정말 몹시도 추웠다! 나는 단순히 그 큰 깃털 넣은 침대의 따스함과 깊숙함을 갈망했다.

드디어 나는 이 상태를 더 이상 견딜 수 없었다. 나는 옆방으로 들어갔다. 여전히 어머니 옆에는 공간이 없었으므로 나는 어머니 위로 기어올라 갔으며 그녀는 흠칫 놀라서 잠이 깼다.

"래리," 그녀는 내 팔을 꽉 쥐고는 낮은 소리로 말했다. "너 뭐라고 약속했니?"

"엄마, 나 약속했어," 나는 바로 현장에서 붙잡힌 상태가 되어 소리내어 울었다. "하지만 이렇게 오랫동안 조용히 있었잖아요."

"오, 얘야, 그리고 너 타락했구나!" 그녀는 나를 온통 어루만지며 슬프게 말했다.

"이제 내가 널 여기 머물게 해주면 그대신 이야기는 하지 않기로 약속하겠니?"

"하지만 난 엄마에게 얘기하고 싶어요," 나는 소리내어 울었다.

"그건 아무 쓸데없는 일이란다," 그녀는 단호하게 말했는데, 그것은 나에게 새로운 충격이었다. "아빠는

8. 나의 오이디푸스 콤플렉스

주무시고 싶어해. 이제 너도 그걸 이해하고 있지?"

 나는 단지 그것을 너무나 잘 이해하고 있었다. 나는 얘기 하고 싶었고, 아버지는 자고 싶었는데, 하지만 어차피 이건 누구의 집도 아니지 않는가?

"엄마," 나도 똑같이 단호하게 말했다. "내 생각에는 아빠가 자기 침대에서 주무시는 게 더 건강에 좋을 것 같아."

 그녀는 잠시 아무 말이 없었던 것으로 보아 그 말은 그녀를 망설이게 한 것 같았다.

"이제 딱 한번만인데," 그녀는 말을 계속했다, "너는 아주 조용히 있든지, 아니면 네 침대로 돌아가든지 해야해. 어느쪽을 택할 거냐?"

 그 말의 불공평성은 나를 실망시켰다. 나는 그녀의 입에서 나오는 모순과 불합리성을 그녀에게 입증시켜 그 잘못을 깨닫게 하려고 했으나, 그녀는 대답하려는 시도조차 하지 않았다. 앙심에 겨워, 나는 아버지를 발로 툭툭 걷어찼는데, 그녀는 이를 알아차리지 못했으나 아버지를 투덜대게 하고 놀라서 눈을 뜨게 했다.

"몇 시야?" 그는 당황한 목소리로 물었는데, 어머니를 쳐다보지는 않은 채 문쪽만 바라보았다. 마치 거기에 누가 있는 것을 보기나 한 것처럼.

"아직 일러요," 그녀는 달래듯이 대답했다. "어린애일 따름이에요. 다시 주무세요... 그리고 이제, 래리야," 그녀는 침대에서 나오면서 덧붙여 말했다, "네가

8. 나의 오이디푸스 콤플렉스

아빠를 깨시게 했으니 네 방으로 돌아가야 해."

 이번에는 그녀의 조용한 분위기에도 불구하고 나는 그걸 알았다. 즉 나의 주요한 권리와 특권을 지금 당장 주장하지 않으면 그것을 영구히 상실하기 십상이라는 것을. 그래서 그녀가 나를 들어올리자 나는 아버지는 아랑곳하지 않고 죽은 사람도 깨어날 정도로 날카로운 소리를 질렀다. 아버지는 신음소리를 냈다.

 "저 나쁜 놈의 자식! 저 녀석은 잠도 자지 않나?"

 "그건 단지 버릇일 뿐이에요, 여보." 그녀는 조용히 말했다. 하지만 나는 그녀가 몹시 속이 상해 있는 것을 알 수 있었다.

 "이거 원, 저 애를 내보내야 돼," 아버지는 침대에서 몸을 일으키기 시작하면서 소리쳤다. 그는 갑자기 시트와 담요를 자기 주변에 몽땅 끌어모으고는 벽 쪽으로 돌아누웠다. 그리고는 그의 어깨 너머로 오로지 작고 악의에 가득찬 검은 두 눈만으로 뒤를 돌아보았다. 그 남자는 몹시도 사악해 보였다.

 침실 문을 열려고 어머니는 잠시 나를 내려 놓아야 했으며, 나는 그걸 뿌리치고 벗어나서는 비명을 내지르며 가장 멀리 떨어진 구석으로 내달았다. 아버지는 침대에서 곧추 앉았다.

 "입 닥쳐, 어린 강아지 새끼야!" 그는 숨 막히는 목소리로 소리쳤다.

 나는 너무 놀라서 비명소리를 멈췄다. 이전에는 이런

8. 나의 오이디푸스 콤플렉스

어조로 내게 말한 사람이 일찍이 아무도, 결코 아무도 없었다. 나는 믿을 수 없는 시선으로 그를 쳐다 보았는데 그의 얼굴이 노여움으로 부들부들 떨 만큼 흥분해 있는 것을 알았다. 나는 이 괴물의 무사 귀환을 빈 나의 기도에 하느님께서 귀를 기울이시더니 내 말을 어떻게 (잘못) 해석하셨는지를 충분히 깨달은 것은 바로 그때였다.

"닥쳐!" 나는 제 정신을 잃고는 호통을 쳤다.

"너 뭐라고 했니?" 아버지는 침대에서 거칠게 튀어나오면서 소리쳤다.

"믹크(Mick), 믹크!" 어머니가 외쳤다. "그 애가 당신에게 늘 그러지는 않는다는 걸 모르세요?"

"이제 보니 이 놈이 배운 것보다 더 많이 되뱉는데," 아버지는 자신의 팔을 거칠게 흔들면서 으르렁거렸다. "이 놈은 자기 볼기를 때려주기를 바라고 있어."

나의 인격에 관한 이같은 역겨운 말들에 비하면 그의 이전에 했던 모든 고함은 아무것도 아니었다. 이같은 말들은 내 피를 끓게 했다.

"자기 볼기나 쳐!" 나는 신경질적으로 날카롭게 소리 질렀다. "자기 볼기나 치라구! 닥쳐! 입 닥쳐!"

여기에 이르자 그는 참을성을 잃고 내게로 몸을 날렸다. 그는 어머니의 몸서리치게 놀란 시선 아래서 한 남자에 대해 독자 여러분이 기대하게 되는 바 죄의식 부족 때문에 그렇게 했으며, 그 사건은 완전한 한 방

8. 나의 오이디푸스 콤플렉스

의 타박으로 끝났다. 하지만 전적으로 나의 순진한 간청 기도의 결과로 인해 전쟁터에서 우리의 큰 침대로 돌아오기로 마음먹은 어떤 낯선 사람, 전혀 낯선 어떤 사람에 의해 저질러진 그 어처구니없는 모욕은 나를 완전히 실성케 만들었다. 나는 날카로운 소리로 비명을 지르고 또 질렀으며 맨발로 펄쩍펄쩍 뛰었는데, 아버지는 짧은 회색 군용 셔츠만을 걸친 채 거북하고 섬뜩한 표정이 되어 살인이라도 저지르려고 나오려는 듯이 태산처럼 나를 내려 쏘아 보았다. 그도 질투하고 있다고 내가 깨달은 것은 바로 그때라고 생각된다. 그리고 거기에는 어머니가 잠옷을 입은 채 서 있었는데, 마치 그녀의 가슴은 우리들(아버지와 나) 사이에서 찢겨지는 듯한 표정이었다. 나는 그녀가 자신이 목격하는 그대로 느끼기를 바랐다. 내게 있어서 그녀는 전적으로 그렇게 해야 할 가치가 있는 것 같았다.

그날 아침부터 나의 생활은 줄곧 일종의 지옥이었다. 아버지와 나는 적(敵)이었는데, 공공연하고 각자가 인정하는 상태의 적이었다. 우리는 서로에게 대항하는 일련의 작은 충돌을 일으켰는데, 그는 내가 어머니와 갖는 시간을 뺏으려고 애썼으며 나는 그가 어머니와 갖는 시간을 빼앗으려고 노력했다. 그러한 전쟁의 초기에는 그녀가 나에게 이야기를 해주면서 내 침대에 앉아 있을 때면, 그는 자기가 놔두고는 잊어버렸다고 근거없이 둘러댄다고 의심이 드는 낡은 장화 한 쪽을

8. 나의 오이디푸스 콤플렉스

찾는데로 관심을 돌렸다. 한편 그가 어머니에게 이야기를 걸고 있는 동안이면 나는 나의 전적인 무관심을 나타내기 위하여 장난감들과 소리내어 놀았다. 그는 직장에서 돌아와 내가 그의 상자 옆에서 그의 연대 배지와 구르카 단도와 단추 닦는 막대를 갖고 놀고 있는 것을 보자 끔찍한 장면을 연출했다. 어머니는 후다닥 일어나 그 상자를 나에게서 황급히 거두어 갔다.

"래리야 너는 아빠가 허락하지 않으면 그의 장난감을 갖고 놀아서는 안돼," 그녀는 엄중하게 말했다. "아빠도 너의 장난감을 갖고 놀지는 않으시잖아."

어떤 이유에서인지 아버지는 마치 어머니가 자신에게 충격을 준 것처럼 그녀를 쳐다보더니 찌푸린 모습을 하고는 고개를 돌렸다.

"그건 장난감이 아니란 말이야," 그는 그 상자를 다시 끄집어내려서는 내가 들고 있었던 것들을 죄다 보여 주면서 으르렁거렸다. "이 골동품들 중 어떤 것들은 매우 진귀하고 값나가는 것이라구."

그러나 시간이 지나면서 나는 그가 어떻게 어머니와 나를 불화케 하려고 애쓰는지를 점점 더 많이 알게 되었다. 더욱 나쁘게는 그가 어머니에 대하여 어떤 방법을 쓰는지를 내가 파악할 수 없다는 것과, 어머니에게 그가 어떤 매력을 갖고 있는지를 알 수 없다는 것이었다. 그러나 가능한 모든 방법에 있어서 그는 나보다는 덜 성공적이었다. 그는 공통적인(기복이 없는) 악센트

8. 나의 오이디푸스 콤플렉스

를 가졌으며 차 마실 때면 후루룩 소리를 내었다. 나는 그녀가 관심을 나타내는 것은 신문일 것이라고 잠시 생각했다. 그래서 나는 나 자신에 관한 시시콜콜한 뉴스를 만들어 그녀에게 읽어 주었다. 그리고는 내 스스로 그가 매력적인 것은 흡연일지도 모른다고 생각했으며 그래서 그의 담배를 꺼내갖고는 집 주위를 이리저리 돌아다니며 그 속에다 침을 흘려 넣는 일을 그가 나를 붙잡을 때까지 해대었다. 심지어는 나도 차 마실 때는 그처럼 후루룩소리까지 내었으나, 어머니는 내가 진저리나는 일을 하고 있다고 내게 말할 따름이었다. 이 모든 것은 함께 자는 것이 건강에 좋지 않다는 사실을 중심으로 움직이는 것 같았는데, 그래서 나는 그들의 침대로 뛰어들어서 시끄럽게 소리를 내고 스스로에게 중얼거리는 일에 중점을 두었는데, 그래서 그들이 내가 그들을 주시하고 있다는 사실을 모르도록 하기 위함이었다. 하지만 그들은 내가 알 수 있는 일은 그 어떤 것도 결코 하지 않았다. 끝내 그런 행위는 나를 곤란에 빠뜨렸다. 결국 그것은 성장하는 것과 사람들에 전화를 하는 등의 접촉활동에 달려 있는 것 같았으며, 나는 그때까지는 속절없이 기다려야 된다는 것을 깨달았다.

그러나 동시에 나는 내가 그 싸움을 포기하는 것이 아니라 오로지 성인이 될 때까지 기다리고 있다는 것을 그가 알아주었으면 싶었다. 어느 날 저녁 아버지가

8. 나의 오이디푸스 콤플렉스

유달리 밉살스럽게도 내 머리 맡에서 한창 떠들어대고 있을 때, 나는 그에게 그것을 각인시켜 주었다.

"엄마," 나는 말했다. "내가 다 자라게 되면 뭘 하려고 하는지 알아?"

"아니 모르겠는데, 얘야," 그녀는 대답했다. "뭘 할 건데?"

"엄마와 결혼할 꺼야," 나는 차분하게 말했다.

아버지는 실없이 천박한 너털웃음을 터뜨렸으나 나를 개입시키지는 않았다. 나는 그것이 단지 허세에 불과함에 틀림없다는 것을 알았다. 그리고 어머니는 이 모든 것에도 불구하고 기뻐했다. 나는 그녀에 대한 아버지의 영향력이 언젠가는 허물어질 것을 알고는 안도감을 가졌을 것이라는 점을 느꼈다.

"그렇게 하는 게 좋을까?" 그녀는 미소를 띠고 물었다.

"그건 아주 멋질 꺼야," 나는 자신있게 말했다. "우리는 아기를 아주 많이 갖게 될 테니까."

"됐다, 얘야" 그녀는 침착하게 말했다. "내 생각에 우리는 곧 아기를 가질 터인데, 그렇게 되면 우리는 많은 가족을 갖게 되겠지."

나는 그 말을 듣고 엄청나게 기뻤다. 왜냐하면 그것은 그녀가 비록 아버지에게 굴종하는 노정에 있었음에도 불구하고 여전히 나의 소망을 인정했음을 나타내기 때문이었다. 그밖에도 그것은 제니스 댁을 그들의 입

8. 나의 오이디푸스 콤플렉스

장에서 생각하게 되는 것이었다.

 하지만 일은 그렇게 진전되지 않았다. 무엇보다 그녀는 지나치게 집착하고 있었는데, 내가 짐작하건대 그녀는 아마도 17파운드 6페니를 갖게 되었으며 아버지가 저녁 늦게까지 밖에 나가 머문다 해도 내게는 아무런 쓸모가 없었다. 그녀는 나를 산책하러 데리고 나가는 것도 중지했고, 오히려 활활 타오르는 불처럼 예민했으며, 전혀 아무것도 아닌 일로 나를 철썩 때리기도 했다. 이따금 나는 그 당혹스러운 아기에 대해서는 절대로 언급하지 않게 되기를 바랐다. 나는 내가 자신에게 재앙을 불러오는 데 특별한 재능이 있는 것같았다. 그리고 그건 정말 재앙이었다! 지극히 섬뜩한 왁자지껄한 소란 가운데서 드디어 아기님이 우리 집에 당도했다. 마치 아기는 그렇게 요란한 소동 없이는 태어날 수 없는 것처럼 말이다. 그리고 첫 순간부터 나는 걔가 싫었다. 그는 참 힘든 아이였는데, 내가 관심을 가져본 한 그는 언제나 힘들었으며, 너무나도 많은 주의를 요구했다. 어머니는 그에 관해 그저 어리석기만 했으며, 녀석이 언제 자기 정체를 드러내 보이기라고 할른지를 알 수 없었다. 가족 구성원으로서 그는 쓸모없다는 정도를 넘어서 나쁜 축에 들었다. 그는 종일 잠을 잤는데, 나는 그동안 그가 깨지 않도록 발 끝으로 집안을 돌아다녀야 했다. 그것은 더 이상 아버지가 깨시지 않도록 하는 문제에 비교할 정도가 아니었다.

8. 나의 오이디푸스 콤플렉스

이제 나의 슬로건은 "아기님을 깨우지 말지어다"가 되어 버렸는데 왜 아기는 적절한 시간만큼을 자지 않는지 이해할 수 없어서 어머니가 돌아누울 때면 언제나 나는 그를 건드려 깨웠다. 때로는 잠이 깨어 있도록 하기 위해 그를 꼬집기도 했다. 하루는 어머니가 그 광경을 목격하고는 나를 무자비하게 꾸짖었다.

 어느 날 저녁, 아버지가 직장에서 일을 마치고 집으로 들어 올 때, 나는 앞쪽 정원에서 기차놀이를 하고 있었다. 나는 줄곧 그를 의식하지 않고 그 대신에 나 스스로에게 말하고 있는 척했으며, "얼간이 아기가 또 하나 집으로 오게 되면 난 정말 그땐 집을 나가버릴 꺼야."라고 큰 소리로 말했다.

 아버지는 쥐 죽은 듯 가만히 서 있다가 어깨 너머로 나를 힐끗 쳐다보았다.

 "너 뭐라고 했니?" 그는 엄중하게 따져 물었다.

 "나는 나 자신에게 말하고 있을 따름이에요," 나는 나의 정신적 공황상태를 감추려고 애쓰면서 대답했다. "그건 나의 사적(私的)인 말이에요."

 그는 아무 말도 없이 걸음을 돌려 안으로 들어갔다. 독자 여러분들께서 유념하셔야 할 것으로서 나는 그 말이 일종의 엄숙한 경고가 되어 주기를 의도했으나, 그 효과는 아주 다르게 나타났다. 아버지는 도리어 내게 매우 상냥하게 되기 시작했다. 물론 나는 그것을 이해할 수 있었다. 어머니는 아기님에 대해서는 완전

8. 나의 오이디푸스 콤플렉스

히 일종의 병증을 보였다. 식사를 하다가도 그녀는 갑자기 일어나 촛불 속에서 천치 같은 웃음을 띠며 아기를 멍청하게 들여다 보았으며, 아버지에게도 그와 똑같이 하라고 말하곤 했다. 그는 그런 일에는 언제나 정중한 편이었지만 무척 난감한 것 같아 보였다. 여러분도 아시다시피 그는 그녀가 무엇에 관해 이야기하는지를 몰랐다. 그는 밤에 아기님이 우는 방식에 대해 불평했지만, 오로지 어머니만은 그런 불평을 언짢게 여겼으며 아기님은 자신에게 무슨 일이 있을 때를 제외하고는 절대로 울지 않는다고 말했는데, 그것은 새빨간 거짓말이었다. 왜냐 하면 아기님은 자기 자신에 관련하여 아무것도 갖고 있지 않았기 때문이며, 오직 주의를 끌기 위해 울기 때문이었다. 그녀가 얼마나 단순한 심성을 지니게 되었는지를 알고 나니 정말로 고통스러웠다. 아버지는 매력은 없었지만 우수한 지능을 갖고 있었다. 그는 아기님을 간파했으며 지금은 내가 또한 그를 간파했다는 사실을 알고 있었다.

 어느 날 밤 나는 흠칫 놀라 잠이 깨었다. 침대에서 내 옆에 누군가가 누워 있었기 때문이었다. 얼른 순간적으로 나는 어머니가 이제 제 정신이 들어서 아버지를 영구히 따돌리고는 내게 와 있는 것이 틀림없다고 확신감을 가졌다. 하지만 이윽고 나는 옆방에서 아기님이 발작적으로 울고 어머니는 "그만! 그만! 그만!"하며 달래는 것을 들었으며, 따라서 그 사람이 그녀가

8. 나의 오이디푸스 콤플렉스

아님을 알았다. 그것은 아버지였다. 그는 완전히 잠이 깬 채 내 옆에 누워서 힘들게 숨을 내쉬고 있었는데 무척이나 흥분되어 있음이 분명했다.

 잠시 후 그가 무엇 때문에 흥분해 있는지가 나에게 감지되었다. 이제는 그의 차례였다. 나를 그 큰 침대에서 쫓아낸 뒤에 그 자신도 이제 쫓겨난 것이었다. 어머니는 이제 그 유독성 새끼인 아기님 외에는 어느 누구에 대한 배려도 하지 않았다. 나는 아버지에 대해 유감스러움을 느끼지 않을 수 없었다. 나는 나 자신이 온통 그런 유감스러운 감정으로 일관했었는데, 내가 도량이 넓어진 나이가 되었을 때마저도 그랬다. 나는 그를 두들기기 시작하면서 말했다. "나가요! 나가요!" 그는 곧이 곧대로 대응하지는 않았다.

"넌 자지도 않고 있나?" 그는 사납게 말했다.

"아, 와서 우리 사이에 팔을 뻗쳐 넣어요, 그럴 수 없어요?" 내가 말했으며 그는 다소 마지 못하는 식이지만 그런대로 그렇게 했다. 극히 조심스럽게 말하건대 나는 여러분이 어떻게 그 상황을 설명하겠는지 짐작이 간다. 그는 경골성(硬骨性) 사람이었지만 그래도 무골성(無骨性)이기보다는 나았다.

 크리스마스가 되자 그는 스스로 길을 나서서 정말로 멋진 모형 철도를 내게 사주었다.

제 9 편

그 골목길의 레이철

- 어스킨 콜드웰
(1903-1987)

　어스킨 콜드웰은 조지아주 Moreland에서 장로교회 목사 아버지와 학교교사 어머니 사이에서 외아들로 태어났다. 목사인 아버지를 따라 미국 남부의 여러 주(州)로 이사를 다녔으며, 장로교 계열의 대학을 중퇴후 작가생활을 시작했다.
　그는 소설 25편, 단편소설 150편 외에도, nonfiction과 자서전 등의 많은 글을 썼는데, 그의 작품성향은 가난, 인종차별, 사회문제를 중심테마로 농민과 보통 근로자들의 편에서 그들의 삶과 고난 등을 부각시키는 데 노력했으나, 정작 남부지역 주민들을 폄하했다는 비난을 받기도 했다. 대표작으로 소설 Tobacco Road(1932)와 God's Little Acre(1933)가 흔히 꼽힌다. 하지만 그의 단편소설에서는 사회문제 같은 무거운 주제보다는 청소년기의 막 움트는 사랑과 성(性)에 대한 자각을 곧잘 청순하고 투명하게 그려낸다.

9. 그 골목길의 레이철

그 골목길의 레이철

"레이철은 그날 저녁 동안 처음으로 내게 키스를 했으며, 나도 영화관에서 못내 바랐었던 만큼 오랫동안 그녀에게 키스했다. 여전히 우리는 아무 말도 하지 않은 채, 서로를 가만히 밀쳐냈는데, 우리의 손가락은 직물처럼 엉켜 있었고 따스했다."

저녁이면 그녀는 그 골목의 어둠 속을 지나 내려와서는 거리의 밝은 불빛 속으로 모습을 드러냈는데, 그게 마치 집에서 멀리 나갔던 겁에 질린 아이가 불쑥 나타나는 것 같았다. 내가 알기로 그녀는 결코 8시 전까지는 그 골목의 끄트머리에 당도하지 않았었다. 그래도 나는 두 시간 일찍 거기로 달려가서 그녀가 올 때까지 녹색과 빨강색이 칠해진 커다란 소화전(消火栓) 옆에서 그녀를 기다렸던 저녁이 종종 있었다. 내가 그녀를 알고 지냈었던 몇 달 동안 내내, 그녀가 왔

9. 그 골목길의 레이철

을 때는 단지 8시를 10분이나 15분 정도 넘겼을 따름이었다.

레이철(Rachel)은 자신이 어디에 사는지를 절대 내게 말하지 않았으며, 내가 그녀와 함께 자기 집으로 걸어가는 것을 허락하지 않았다. 그 골목이 시작되는 소화전이 있는 곳에는 문이 있었는데, 그녀는 8시에 그 문을 통해 왔으며 10시에 그녀가 돌아가면 뒤에서 그 문은 닫혔다. 그녀와 함께 걸어가게 해달라고 내가 간청했을 때면, 그녀는 언제나 자기 아버지는 그녀가 남자친구들과 함께 있는 것을 허락하지 않는다는 것과 만약 우리가 함께 있는 것을 그가 목격하게 된다면 그는 그녀를 무자비하게 때리거나 집을 나가게 할 것이라고 말하면서 그러지 말라고 내게 애원했다.

그런 까닭에 나는 내가 한 약속을 지켰으며, 그 골목 입구 이상으로는 결코 더 멀리 다가가지 않았다.

"프랭크, 나는 저녁에는 언제나 널 만나러 내려올게,"라고 그녀는 말했으며, 그리고는 황급히 이렇게 덧붙였다.

"내가 오기를 네가 바라는 한 말이야. 하지만 넌 절대로 내가 어디에 살고 있는지를 알아내려 하거나 나와 함께 우리집까지 걸어가려고 애쓰지 않겠다는 너의 그 약속을 반드시 기억해야 해."

나는 약속하고, 또 약속했다.

"어쩌면 어느날엔가는 넌 나를 만나러 그리로 올 수

9. 그 골목길의 레이철

있을 거야." 그녀는 내 팔을 만지며 속삭였다.

"하지만 지금은 안돼. 넌 절대로 그 소화전 너머로는 와서는 안돼. 내가 와도 좋다고 네게 말할 때까진 말이야."

레이철은 내가 그녀를 만날 때마다 거의 언제나 그렇게 말했는데, 그건 마치 그녀가 그 골목의 어둠속에 놓여 있는 어떤 종류의 위험을 충분히 깨닫도록 내게 강한 인상을 심어 주고 싶어하는 것 같았다. 나는 거기에 무슨 물리적인 위험이라곤 전혀 없다는 사실을 알고 있었다. 왜냐하면 그 모퉁이 주변에 우리 집이 있었고 그래서 다른 누구만큼이나 나도 그 근처에는 친숙해 있었기 때문이었다. 그리고 그밖에도, 저녁식사 시간에 늦을 때면 그곳은 지름길이었기에 낮 동안에 내가 집으로 돌아올 때는 늘상 그 골목길을 통과하여 우리 집 뒷문으로 걸어왔던 것이다. 그러나 어두워진 후에는 그 골목은 레이철의 길이었고, 그래서 밤에는 혹시 그녀를 목격하게 되거나 그녀의 소리를 듣게 될지도 모른다는 두려움 때문에 결코 그 길로는 집으로 오지 않았었다. 당초부터 나는 절대로 그녀가 어디에 사는지를 알아내려고 그녀를 뒤쫓아 따라가지 않겠다는 것과, 절대로 그녀의 실제 이름을 알려고 시도하지 않겠다는 것을 약속했었다. 그 약속은 종국(終局)에까지 지켜졌다.

나는 레이철과 그녀의 가족이 가난하다는 것을 알았

9. 그 골목길의 레이철

는데, 그녀는 근 1년 동안 똑같은 드레스를 입고 있었기 때문이었다. 그 드레스는 색 바랜 청색 무명천으로 된 닳고 바스라질 것 같은 것이었다. 하지만 나는 그 드레스가 얼룩진 것을 결코 본 적이 없었다. 나는 그녀가 그 드레스를 매일 세탁했고, 그것이 세심하고 말쑥하게 수시로 수선되어 왔음을 알았다. 그래서 그녀를 만나는 저녁마다 나는 걱정이 되었다. 왜냐하면 나는 그 옷감의 짜인 올이 더 이상의 착용을 견뎌내지 못할 것이라는 사실을 알았기 때문이었으니까. 나는 거의 어느날엔가 그 드레스가 조각 조각으로 떨어져 내릴 것이 줄곧 두려웠다. 그리고 내가 나의 은행통장에 저축해 놨던 얼마의 돈으로 그녀에게 드레스를 한 벌 사주겠다는 제안을 하고 싶은 때가 오게 될 것이 겁났다. 그러나 또한 그녀가 그러한 돈을 내가 그녀에게 주도록 허용하지 않을 것임을 알았기에 그런 것을 그녀에게 제안하는 것조차 두려웠다. 그래서 그 드레스가 완전히 닳아 헤어지고 나면 우리는 어떻게 해야 좋을지를 몰랐다. 그렇게 한다는 것은 곧 내가 그녀를 만나는 것이 끝장나게 됨을 의미할 것임을 확신했다. 그 드레스를 그렇게 지탱할 수 있는 한까지나마 온전하게 유지해온 것은 오로지 그녀가 그 옷에 기울인 끊임없는 정성이었고 날마다 그것을 세탁하고 다림질한 보살핌 때문이었다.

한번은 레이철이 어떤 헤어진 검정 실크 스타킹을 신

9. 그 골목길의 레이철

었었다. 첫 만남때부터 줄곧 그녀는 밤마다 자신의 흰 무명 스타킹을 신고 그 환하게 불빛이 비치는 거리로 나왔었으며 그 이후 1년 동안이나 어떤 다른 종류의 스타킹도 신은 적이 없었는데, 어느 날 저녁 (느닷없이) 검정색 실크 스타킹을 신고 있었다.

그 다음날 나는 그녀가 그 검정색 실크 스타킹을 다시 신고 올 것으로 기대했지만, 정작 그녀가 그 골목에서 나왔을 때 그녀는 도로 흰색 무명 스타킹을 신고 있었다. 나는 그 연유에 대하여 그녀에게 묻지 않았는데, 그 이유는 그녀의 감정을 상하게 할지도 모르는 그 어떠한 것도 절대로 말하지 않아야 됨을 나는 익히 알고 있었기 때문이었다. 그러나 나는 그녀가 왜 그 검정색 실크 스타킹을 그렇게 딱 한번만 신었던지를 결코 이해할 수 없었다. 그녀는 아마도 그 스타킹을 그녀의 어머니나 언니에게서 빌렸었을지도 모르며, 그 밖에도 내가 전적으로 확실한 것 같다고 생각할 수 있는 이유들이 여러 가지 있었다. 하지만 만약 내가 그녀에게 그 연유를 물었더라면, 아마도 그녀는 웃고, 우리가 함께 있었을 때 으레 그랬었던 것처럼 내 팔을 만지며, 내게 말해줬을 것이다. 하지만 나는 그녀에 묻는다는 게 두려웠다. 그녀의 감정을 상하게 하거나 그녀를 마음 아프게 만드는 데는 너무나 많은 방법들이 있을 것이었으니까 말이다.

그녀가 그 어두운 골목에서 나오는 저녁마다 나는 거

9. 그 골목길의 레이철

기에서 그녀를 만나서는, 드럭 스토어가 하나 있는 모퉁이까지 환하게 불빛이 비치는 거리로 함께 걸어 내려왔다. 또한 그 거리의 맞은 편에는 영화관이 하나 있었는데, 우리는 저녁마다 그 두 곳 중의 다른 하나에만 갔다. 나는 영화관과 드럭 스토어 두 곳 모두에 그녀를 데려가고 싶었으나, 같은 날 저녁에 그 두 군데를 다 가기에 충분할 만큼의 돈을 결코 벌 수 없었다. 내가 정해진 택배 루트상에서 집집마다 석간식문을 배달해주는 대가로 매일 받는 20센트는 드럭 스토어에서 아이스크림을 사고 영화관에서 관람권도 구입하기에는 충분치 않았다. 그래서 우리는 두 가지 중에서 어느 하나를 우리끼리 선택해야 했다.

 드럭 스토어가 있고 영화관이 마주 보이는 모퉁이에 서 있을 때면, 우리는 영화를 볼 것인지 아이스크림을 먹을 것인지를 결코 단박에 결정할 수는 없었다. 하지만 거기 그 모퉁이에서 우리가 가졌던 유쾌한 시간은 우리가 누렸던 그 밖의 다른 시간들 못지않게 그냥 즐길 수 있는 것이었다. 레이철은 언제나 자신의 태도를 분명히 밝히기 전에 내가 오히려 어느 쪽을 더 하고 싶은지를 그녀에게 말하도록 만들려고 애쓰곤 했다. 그리고 물론 나는 나대로 그녀를 가장 기쁘게 해주게 되는 쪽을 선택하고 싶었다.

 "난 네가 어느 것을 더 하고 싶은지를 나한테 말해주기 전까지는 어느 쪽으로든 한 걸음도 내딛지 않을 거

9. 그 골목길의 레이철

야," 라고 나는 그녀에게 말하곤 했다. "어느 쪽이 되든 그것은 내겐 전혀 문제가 안돼. 너와 함께 있는 게 내가 바라는 전부이니까 말이지."

"뭘 하자는 건지 말해줄 게, 프랭크," 그녀는 내 팔을 만지며, 그리고 짐짓 진지하지 않은 체 하며 말했다. "넌 드럭 스토어로 가. 그러면 그동안 난 영화관으로 갈 테니."

그게 자신이 어느 쪽을 더 하고싶은지를 나한테 말하는 레이철식의 방식이었다. 비록 그녀가 내가 알고 있는 것을 짐작했다고 내가 믿지는 않았지만 말이다. 그러나 내가 영화관으로 가면, 그동안 드럭 스토어로 간다고 제안했을 때, 나는 그것이 곧 그날 저녁에는 그녀가 영화관보다는 아이스크림을 한 접시 먹는 쪽을 더 하고싶다는 사실을 의미함을 알았다

하지만 영화를 즐기는 것은 근 두 시간이나 지속되었지만, 아이스크림 먹는 것은 결코 반 시간 이상 동안 시간을 끌 수는 없었다. 그래서 우리는 대개 1주일에 이틀이나 사흘 저녁을 빼고는 모두 길 건너편의 영화관엘 갔다.

우리는 어슴프레한 어둠 속에서 바짝 붙어 앉았고 나는 그녀의 손을 꼬옥 잡고 있었으므로 언제나 가앉고 싶은 곳이 따로 있었다. 그래서 만약 영화관이 꽉 차지 않았으면 우리는 언제나 좌우 양쪽 코너중 어느 한쪽 코너의 후방 가까운 데에 좌석 2개를 찾아냈으며,

9. 그 골목길의 레이첼

 거기에서 아무도 우릴 보고 있지 않다는 확신이 가면 나는 그녀에게 키스를 했다.

 영화가 끝난 뒤, 우리는 밝은 거리고 나와서 그 블록의 중간 지점에 있는 녹색과 빨강색이 칠해진 소화전 쪽으로 천천히 걸었다. 그 골목으로 나가는 입구에서 우리는 잠시 발길을 멈추었다. 우리가 그 어두운 입구 쪽으로 천천히 걸어가는 동안 그 길에 마침 행인이 아무도 없으면 나는 언제나 레이첼의 허리에 내 팔을 감았다. 그래서 우리는 어느 쪽도 말을 걸지 않았지만, 나는 그녀를 더욱 바짝 껴안았으며 그녀는 내 손가락을 꽉 잡았다. 마침내 그녀가 가야 할 시간을 가능한 한 지체시킨 뒤에, 우리는 그 골목의 어둠 속으로 몇 걸음을 함께 걸었고 서로의 팔에 안겨 서 있었을 때, 레이첼은 그날 저녁 동안 처음으로 내게 키스를 했으며, 나도 영화관에서 못내 바랐었던 만큼 오랫 동안 그녀에게 키스했다. 여전히 우리는 아무 말도 하지 않은 채, 서로를 가만히 밀쳐냈는데, 우리의 손가락은 직물처럼 엉켜 있었고 따스했다.

 그녀가 그 골목의 어둠 속으로 막 사라지려고 했을 때, 나는 그녀에게로 달려가서 그녀의 손을 내 손 안에 꼬옥 잡았다.

 "사랑해, 레이첼" 나는 그녀가 자신의 손가락을 내 손 안에서 가만히 빼낼 때까지 그녀의 손가락을 더욱 더욱 바짝 움켜 쥐면서 말했다.

9. 그 골목길의 레이철

"나도 널 사랑해, 프랭크," 하고 그녀는 말했으며, 그리고 몸을 돌려 그 골목으로 달려갔는데, 그리고는 다음날까지 보이지 않았다.

 나는 그녀가 가청(可聽)거리를 넘어 사라졌을 때까지 잠시 기다리고 귀를 기울인 뒤에, 몸을 돌려 집 쪽으로 그 거리를 천천히 걸어 올라갔다. 우리집은 거기에서 고작 한 블록 떨어져 있었는데, 반 블록은 모퉁이까지이고, 다른 반 블록은 그 모퉁이에서부터 더 나가야 하는 거리였다. 내 방에 당도하면 나는 창가로 다가가서 거기에 서서는 밤 어둠 속을 내다보았으며 그녀로부터 나오는 어떤 소리라도 들릴까 하여 귀를 기울였다. 내 방의 창문은 집 뒤의 그 골목을 마주보고 있었으며, 거리의 불빛들이 지붕들 위에 흐릿한 빛을 던지고 있었지만, 나는 그 골목의 어둠 속으로 결코 내려다 볼 수는 없었다. 창가에서 한 시간 또는 그 이상을 기다린 후에, 나는 옷을 벗고는 잠자리에 들었다. 여러 차례 나는 그 어둠 속 어딘가에 그녀의 목소리가 나는 것을 들었다고 생각했다. 그러나 내가 침대에서 벌떡 튀어 나와서 오랫동안 다시 창가에서 골똘히 귀를 기울여 본 뒤에야 그것이 내가 들어왔었던 어떤 다른 사람의 소리임을 알았다.

 여름이 끝날 무렵, 나는 숙모에게서 생일 선물로 5달러를 받았다. 그 돈을 받자 마자 나는 레이철과 나를 위해 쓸 계획들을 짜기 시작했다. 나는 그날 저녁 그

9. 그 골목길의 레이철

돈으로 그녀를 놀라게 해주고 싶었고, 그리고는 전차를 타고 그녀를 시내로 데려가고 싶었다. 먼저 우리는 레스토랑으로 가고, 그 다음에는 어느 큰 극장으로 갈 것이었다. 우리는 이전에 한 번도 함께 시내로 가본 적이 없었으며, 한번에 50센트 이상의 돈을 가져본 것은 그게 처음이었다. 그날 오후 나는 내 구역에 신문을 모두 배달할 수 있자마자 집으로 달려갔으며 그날 저녁을 위해 내가 그동안 짠 계획들에 관해 생각하기 시작했다.

어둠이 내리기 직전에 나는 내 방에서 아래 층으로 내려가 레이철을 만날 수 있는 시간이 다가오기를 앞 현관에서 기다렸다.

나는 내가 시내로 갈 것이라고 어머니에게 얘기한다는 것을 기억하지도 않은 채 현관 계단에 앉아 있었다. 어머니는 내가 어디로 누구와 함께 갈 것이라는 것과 몇 시에 돌아올 것이라는 점을 그녀에게 먼저 얘기하지 않으면 집에서 그렇게나 멀리 나가는 것을 절대로 허락하지 않았었다.

나는 누나가 문간으로 와서 나를 부를 때까지 그 현관 계단에서 근 한 시간이나 앉아 있었다.

"우린 너한테 시킬 일이 하나 있단다, 프랭크" 누나 낸시(Nancy)가 말했다. "엄마는 네가 집을 나가기 전에 부엌으로 좀 와주기를 바래. 자, 잊지 말고 가봐라."

9. 그 골목길의 레이철

 나는 그녀에게 금방 가겠노라고 말했다. 그리고는 나는 나의 계획이 레이철에게 얼마나 큰 놀라움이 될런지를 생각하고 있었으며, 그 바람에 근 반 시간 동안 부엌에서 나를 기다리고 있는 그 일에 관해서는 깜박 잊었다. 그러자 그만 내가 소화전 있는 데서 레이철을 만날 시간이 거의 다 되었으며, 그래서 나는 소스라치게 놀라서 할 수 있는 한 그 과업을 재빨리 마쳐버리려고 부엌으로 부리나케 뛰어갔다.
 내가 부엌에 당도하자, 낸시는 나에게 동그랗고 조그마한 상자 하나를 건네 주고는 그걸 열어서 가루를 쓰레기 통에 흩뿌리라고 말했다. 나는 어머니가 쥐들이 그 쓰레기통에 어떻게 들어가는지에 대해 들어왔었기에 멈춰서서 그것에 관해 얘기해 보지도 않은 채 그 상자를 들고는 후문 쪽으로 내려갔다. 나는 그 가루를 쓰레기에 모두 흩뿌리자 마자 집으로 도로 달려와서는 모자를 찾아들고 거리로 달려 내려갔다. 나는 레이철과 만나는 일을 지연되게 만들었다고 누나에 대해 꽤나 화가 났다. 비록 그 과업을 더 일찍 해내지 못한 데 대한 잘못이 사실은 나 자신에게 있었음에도 말이다.
 하지만 내가 그 소화전 있는 데로 가는 게 몇 분 늦었다고 해도 레이철은 나를 기다리고 있을 것이라고 나는 확신했다. 나는 그녀가 소화전 있는 데로 왔다가 금방 떠나가버릴 것이라고는 믿을 수 없었다.

9. 그 골목길의 레이철

내가 10여 야드 남짓 갔을 때 나는 어머니가 나를 부르는 소리를 들었다. 나는 그 자리에서 엉거주춤하게 멈춰 섰다.

"나 영화보러 가려고 해요," 나는 그녀에게 말했다. "곧 돌아올 거예요"

"알았어, 프랭크," 그녀가 말했다. "난 네가 시내 같은 데로 가려고 하고 있는지 걱정되었다. 될 수 있는 대로 일찍 집에 돌아오너라."

나는 몇 걸음 달리고는 멈춰 섰다. 나는 내가 뭘 할 것인지를 모르는 시내로 가려고 한다는 걸 그녀에게 말한다면 그녀는 나를 집에 머물러 있게 할 것이라는 게 두려웠다. 나는 일찍이 그녀에게 결코 거짓말을 해본 적이 없었기에 그대로 출발할 수는 없었다. 내가 뒤돌아 보니 그녀는 아직도 현관 계단에 서서 나를 바라보고 있었다.

"엄마, 나 시내로 가려고 해요," 나는 간청했다. "하지만 일찍 돌아올 게요"

그녀가 나를 다시 부를 수 있기 전에, 나는 전력을 다해 거리로 달려 내려갔으며, 모퉁이를 돌아서 그 골목의 소화전 있는 데로 질주했다. 내가 거기 도착해서 흥분과 격한 운동으로 인해 헐떡거리며 숨을 몰아쉬고 있을 때에야 레이철이 시야에 들어왔다.

그래도 그녀는 거기 울타리 옆에서 나를 기다리고 있었는데, 자기도 바로 조금 전에 거기에 당도했었다고

9. 그 골목길의 레이철

말했다. 우리가 드럭 스토어가 있는 모퉁이를 향해 출발한 뒤에, 나는 회중시계를 넣는 호주머니에서 그 돈을 꺼내어 그녀에게 보여 주었다. 그녀는 내가 처음 그 돈을 보았을 때보다 훨씬 더 흥분했다. 그녀는 그것을 잠시 쳐다보더니 자신의 손바닥에 넣어 만졌다. 나는 그날 저녁 우리들을 위해 내가 무슨 계획을 세웠는지를 그녀에게 말해 주었다.

우리는 전차가 오는 소리를 듣고는 시간에 맞게 그것을 타려고 모퉁이 쪽으로 달려갔다. 전차는 시내까지 우리를 태워가는 데 근 30분이나 걸렸지만, 내게는 그 타고가는 시간이 너무나 짧게 느껴졌다.

제일 먼저 나는 우리가 조그만 레스토랑으로 가고, 이어서 영화관으로 가기로 계획을 짰었다. 우리가 막 스토어 앞을 지나갈 때 레이철이 내 팔을 잡았다. "프랭크, 제발," 그녀는 말했다. "나 지금 몹시 갈증이 나. 저 드럭 스토어로 날 데려가서 물 한 컵 얻어다 줘?"

"지금 당장 마셔야 한다면, 그렇게 할게," 나는 말했다. "하지만 잠시만 더 기다릴 수 없을까? 여기서 몇 집만 더 내려가면 저쪽에 레스토랑이 하나 있어. 거기 가면 우리들의 저녁식사가 준비되어 나오기를 기다리면서 물 한 컵을 달랄 수가 있어. 우리가 시간을 많이 허비하면 영화의 전편을 모두 볼 수 있는 기회를 놓치게 될지도 몰라."

9. 그 골목길의 레이철

"안됐지만 기다릴 수 없을 것 같아 프랭크," 그녀는 내 팔을 움켜 잡으면서 말했다. "제발, 제발 물 한 컵 얻어줘. 빨리!"

우리는 드럭 스토어로 들어가 소다수(청량음료) 판매대 앞에 섰다. 나는 점원에게 물 한 컵을 달라고 부탁했다. 레이철은 내 팔을 더욱 단단히 움켜 잡으면서 내 옆에 바짝 붙어서 기다렸다.

우리 앞에는 벽을 등지고 커다란 거울이 하나 걸려 있었는데, 거기에는 내가 이전에는 결코 인지하지 못했었던 우리들의 영상 같은 게 있었으며, 특히 레이철의 것이 그러했다. 우리는 그때까지 이전에도 거울 앞에 서있었던 적이 있었던 게 사실이었지만, 거기에는 정녕 내가 1년 동안이나 그녀와 교제하면서도 나의 주의를 끌지 못했던 뭔가가 있었다. 레이철의 아름다움은 커다란 거울만이 보여 줄 수 있는 방식으로 드러났던 것이다. 그녀 뺨의 곡선이며 입술은 언제나처럼 아름다웠고 그녀의 목과 팔의 대칭적인 균형미는 내가 전에도 수백번이나 찬탄해 왔었던 것과 똑같은 바로 그 아름다움이었다. 하지만 나는 지금 우리 앞에 있는 그 거울 속에서 처음으로 어떤 새롭고 드러나지 않았던 그녀의 매력을 보았다. 나는 그 거울의 표면을 마주 향해 내 눈을 더욱 팽팽하게 크게 떴으며, 다시 한 번 거기에서 그녀 몸매의 그 새롭고 굴곡진 아름다움을 보았다.

9. 그 골목길의 레이철

"빨리, 프랭크!" 레이철은 필사적으로 나를 붙들고는 외쳤다.

"물, 물을 좀!"

나는 거울 속에서 보게 된 그 새로운 아름다움에서 시선을 떼는 게 두려워서, 보지도 않은 채 점원을 불렀다. 나는 여성에게서 그런 아름다움을 이전에는 결코 본 적이 없었다. 거기에는 레이철의 진짜 아름다움을 드러내주는 빛과 그림자의 어떤 신비스러운 영상(映像)이 있었다. 그 거울은 내가 그녀를 알고 지냈었던 세월 동안 전혀 발견되지 않고 눈에 띄지 않은 채 남아 있었던 그녀의 그 구비진 매력을 마치 어두운 방 안에서의 한 줄기 전광석화도 같이 나타내 주었던 것이다. 레이철이라는 한 여성이 그러한 새롭고 어쩌면 그녀만의 독특한 아름다움을 가질 수 있었다는 건 거의 믿을 수 없었다. 그러한 감동이 나를 감싸오자 나는 머리가 빙빙 돌았다.

그녀가 내 팔을 다시 꽉 붙들자 그 팔이 거울인 것처럼 나의 상념도 깨어졌다. 점원은 유리컵에 물을 채워 그것을 그녀에 건네주려 하고 있었다. 하지만 그가 컵을 그녀의 손에 놓기도 전에 그녀는 그것을 집으려고 손을 뻗치더니 그에게서 그것을 홱 잡아챘다. 그는 놀란 표정이었으며 나도 놀랐다. 레이철은 이전에는 결코 그렇게 행동한 적이 없었다. 그녀가 행한 모든 것은 언제나 완벽했었다.

9. 그 골목길의 레이철

그녀는 마치 그것을 움켜쥐는 것처럼 잡고는 단숨에 벌컥벌컥 다 마셔버렸다. 그러더니 그녀는 물을 더 달라고 그 컵을 점원을 향해 찌르듯이 되내밀었다. 그가 컵에 물을 다시 채우기도 전에, 그녀는 이전보다 훨씬 더 크게 날카롭게 소리쳤다. 그 스토어를 지나가던 사람들이 발걸음을 멈추고는 무슨 일이 벌어지고 있는지를 알려고 안으로 뛰어 들어왔다. 스토어 안에 있던 다른 사람들도 우리에게로 달려와서는 레이철을 훑어보았다.

"무슨 일이야, 레이철?" 나는 그녀의 손목을 붙잡고는 그녀를 흔들어 대면서 애걸조로 물었다. "레이철, 웬 일이니?" 레이철은 고개를 돌리고는 나를 쳐다보았다. 그의 두 눈은 거의 뒤집혀졌고 입술은 부풀었으며 검푸렀다. 그녀의 얼굴 표정은 보기에도 끔찍했다.

처방 약사가 우리에게로 달려 왔다. 그는 재빨리 레이철을 보더니 드럭 스토어의 뒤켠으로 되돌아 갔다. 그때쯤 그녀는 대리석 판매대를 향해 앞으로 넘어졌는데, 내가 그를 붙잡아서 겨우 바닥에 떨어지지 않도록 했다. 처방 약사가 일종의 우유색 액체가 든 유리컵을 가지고 우리 있는 데로 다시 달려 왔다. 그는 그 컵을 레이철이 있는 데 놓고는 강제로 그 액체를 그녀의 목으로 흘려 넣었다.

"안 됐지만, 너무 늦었어," 그는 말했다. "우리가 10분만 더 일찍 알았더라면 그녀를 구할 수 있었을 텐

9. 그 골목길의 레이철

데."

"너무 늦었다고요?" 나는 물었다. "뭣 때문에 너무 늦었나요? 그녀에게 무슨 일이 일어난 거예요?"

"그녀는 중독되었어. 내가 보기에 그건 쥐약 같아. 아마 그럴 거야. 비록 그것이 어떤 다른 종류일 수도 있기야 하지만."

 나는 내가 듣고 있었던 것도, 실제로 내가 본 것도 믿을 수 없었다.

 레이철은 그 해독제에도 반응하지 않았다. 그녀는 내 팔에 안겨 누워 있었는데, 그녀의 얼굴은 더욱 일그러지고 있었으며 시시각각 더 검어지고 있었다.

"빨리! 여기를 받쳐요!" 그는 나를 흔들며 외쳤다. 우리는 함께 그녀를 들어서 스토어 뒤쪽으로 달려갔다. 그는 손을 뻗어 위 세척용 펌프를 찾아 튜브를 레이철의 목 안으로 끼워 넣고 있었다. 그가 막 그 펌프를 작동시키려 할 즈음, 의사가 우리 사이로 달려와 재빨리 레이철을 검진했다. 잠시 후에 의사는 약사와 내게 비켜서라는 몸짓을 하며 일어섰다.

"이건 너무 늦었어." 그는 말했다. "반 시간 전이었더라면 우리가 그녀를 구할 수 있었을지도 모른다. 하지만 이젠 심장 박동이 없고 호흡도 멎었어. 그녀는 완전한 한 상자분의 독약, 즉 쥐약을 먹었음에 틀림없어. 내 생각에 이미 독은 심장과 혈관에까지 도달했어."

9. 그 골목길의 레이철

 그 점원은 튜브를 다시 끼워넣고는 펌프로 작업을 시작했다. 그동안 내내 의사가 우리 옆에 서있으면서 지시를 내리곤 했으나 끝내 고개를 내저었다. 우리는 강제로 자극제를 그녀의 목에 밀어 넣고는 인공호흡 방법으로 그녀를 소생시키려고 시도했다. 그동안 줄곧 우리 뒤에 서있던 의사는 이렇게 말했다. "안돼, 안돼요. 그건 소용없어요. 이제 그녀는 너무 멀리 가버렸어. 그녀는 다시 살아나질 않을 거야. 그녀는 10명을 죽이기에 충분할 만큼의 쥐약을 그녀의 기관내에 함유하고 있어요."

 얼마 후에 앰벌런스가 와서 그녀를 싣고 멀리 가버렸다. 나는 그녀가 어디로 실려갔는지 몰랐으며, 알아내려고 애쓰지도 않았다. 나는 흰 라벨이 부착된 약병들에 둘러싸인 갈색 패널로 된 작은 방에 앉아서, 그녀를 구하려고 그처럼이나 열심히 애썼던 그 처방 약사를 멀거니 쳐다보고만 있었다.

 마침내 가려고 일어섰을 때, 그 드럭 스토어는 무덤덤하게 나를 쳐다보는 점원 한 사람을 제외하고는 텅 비었다. 바깥 거리에는 택시기사 몇 명 밖에는 아무도 없었으며, 그들은 내가 가는 길을 전혀 쳐다보지 않았다.

 얼이 빠진 듯 멍멍한 상태로 나는 그 황량한 거리들을 지나 집으로 출발했다.

 돌아오는 그 길은 외로웠고, 눈물이 두 눈을 완전히

9. 그 골목길의 레이철

가려서 거리들을 볼 수 없었다. 나는 계속 걸었다. 나는 내가 걸었던 그 거리들의 빛과 그림자를 볼 수 없었지만, 우리 집의 쓰레기 통 위에 구부리고 있는 레이철의 모습을 커다란 거울 속에서 고통스럽게도 명료하게 볼 수 있었으며, 한편으로는 그녀의 아름다운 영상이 내 머리 속과 내 가슴 속에서 불타고 있었다.

제 10 편

스토리텔링 초상화

- 앨더스 헉슬리
(1894-1963)

앨더스 헉슬리는 영국 Surrey주(州)의 교육자 집안에서 태어나 Balliol College에서 영문학을 공부했다. 20세때(1921) 벌써 첫 소설 Crome Yellow을 썼고 잇달아 다수의 사회풍자적(satirical on society) 소설들을 썼는데, 이탈리아 거주시절(1931)에 쓴 "Brave New World"와 미국 이주후(1939)에 쓴 "After Many a Summer"가 유명하다. 단편소설로는 여기 소개되는 "The Portrait" 외에도 "Jacob's Hands", "Little Mexican" 등 20여편이 있다.

그는 한 시대의 걸출한 지성인으로서 산업혁명이후 물질문명의 폐단과 개성상실을 풍자·경고하는 사회풍자적이고 반(反)유토피아적 미래상을 즐겨 픽션화하여 표현했다. 미국 이주후 헐리우드에서 영화대본 작가로도 활발한 활동을 했으나, 만년에는 정신적 주제에 너무 관심이 깊어져 인도의 Vedanta 등 신비주의적 철학에 심취했으며, 환각제 복용에 의한 정신세계까지 경험하려 했었다.

10. 스토리텔링 초상화

스토리텔링 초상화

"선생님께서는 일찍이 베니스에 가계신 적이 있고, 사랑에 빠져보신 적이 있습니까?"
그는 장원 주인에게 물었다.
"디에프(Dieppe) 이상으론 결코 더 멀리 가보지 않았죠," 장원 주인은 고개를 내저었다.
"아, 그러시다면 선생님께서는 인생의 중대한 경험들 중의 하나를 놓치셨군요."

"그림요." 비거(Bigger)씨는 말했다. "손님께서는 그림을 몇 점 원하신다고요? 그래요, 저희는 바로 지금 저희 화랑에 아주 흥미있는 다양한 현대적 작품을 전시하고 있죠. 아시다시피 프랑스 작품, 영국 작품 등이 있습니다."
손님은 손을 쳐들고 고개를 내저었다. "아니, 아니오.

10. 스토리텔링 초상화

현대적인 것은 나에게는 아무 소용이 없소." 그는 유쾌한 북(北)영국식 영어로 단호하게 말했다. "나는 실화적 그림, 옛날 그림을 원해요. 렘브란트와 조수아 레이놀즈(Joshua Reynolds), 뭐 그런 부류의 것 말이지요."

"더할 나위 없이 완벽하게," 비거씨는 고개를 끄덕여 동의를 표시했다. "옛날 대가들의 원판 그림, 아, 물론 우리는 현대적 그림과 마찬가지로 옛날 그림도 취급합니다."

"사실은," 상대편이 말했다. "내가 꽤 큰 집, 즉 장원(莊園)의 영주 저택을 한 채 샀어요." 그는 감명 깊은 어조로 덧붙였다.

비거씨는 미소지었다. 이같이 단순한 심성의 사람은 가장 매력적이며 순진난만한 유별성이 있기 때문이었다. 그는 이 남자가 어떻게 해서 그런 큰 돈을 벌었을까 하는 게 궁금했다. 이 남자가 말한 대로의 '장원저택'이라면 그건 정말 매력적인 것이었다. 여기엔 농노(農奴)신분에서부터 장원의 영주가 되기까지, 즉 봉건주의 피라미드식 계층구조의 광범한 저변으로부터 좁은 상층부에 이르기까지 자신의 진로를 개척해온 한 남자가 있을 수 있다. '장원'에 대한 경외롭고 자랑스러운 강조속에는 영주 자신의 역사와 당시의 사회계급 전체에 대한 역사가 함축되어 왔었다. 그러나 이 낯선 사람은 계속 지껄이고 있었다. 비거씨는 그의 생각이

10. 스토리텔링 초상화

더 멀리 방황하는 것을 그냥 놔둘 수 없었다. "그런 유형의 집에서는," 그는 말하고 있었다. "나와 같은 지위에 걸맞게 체면을 유지하고 있으려면 몇 점의 그림은 가지고 있어야 해요. 당신도 아시다시피 렘브란트와 뭐 그런 사람과 엇비슷한 수준의 옛날 거장들의 그림 몇 점은 갖고 있어야 되겠단 말이지요."

"물론이죠," 비거씨가 말했다. "옛날 거장은 사회적 우월성의 상징이니까요."

"바로 그거요," 상대편은 함빡 미소를 지으며 외쳤다. "내가 말하고 싶었던 바로 그것을 당신이 말했네요."

비거씨는 꾸벅 절을 하고는 웃었다. 자신이 말한 사소한 풍자적인 언사를 순수한 진지함으로 받아들인 어떤 한 사람을 발견하게 되어 무척 기뻤던 것이다.

"물론 우리는 아래층 응접실에만은 거장들의 그림이 꼭 필요합니다. 하지만 그런 것들을 침실에도 걸어 둔다면 도가 지나쳐 질리는 물건이 되겠지요."

"둘 모두 도를 지나쳐 시시한 게 되겠죠," 비거씨는 찬성을 표했다.

"사실은," 장원의 주인은 말을 계속했다. "내 딸이 스케치를 좀 하지요. 그리고 그 스케치가 무척 아름다워요. 그 애가 그린 그림들을 액자에 넣어 침실마다 걸어 두고 있답니다. 가족 중에 미술가가 있다는 게 유용하지요. 그림 구입하는 데 그만큼 돈 절약이 되거

10. 스토리텔링 초상화

든요. 그러나 물론 아래층(거실)에는 뭔가 옛날 그림을 걸어두어야 하겠지만요."

"제가 손님께서 원하시는 바로 그것을 가지고 있다는 생각이 듭니다." 비거씨는 일어나 벨을 울렸다. "제 딸도 스케치를 좀 하지요. 그 애는 체구가 크고 금발이며 바의 여급 같아 보이는 인물을 한 점 그렸는데, 나이는 서른 하나이지만 아직 결혼은 하지 않았고 한창 때가 좀 지나고 있는 그런 인물 말이지요."

그의 비서가 문간에 나타났다. "프랫트양, 뒷방에 있는 그 베네치아 초상화를 가져 와요. 자네는 내가 어느것을 의미하는지 알 거야."

"당신은 이곳에서 수입이 아주 좋군요." 장원 주인이 말했다. "사업이 잘 되기를 바랍니다."

비거씨는 한숨을 내쉬었다. "불경기(slump)에요." 그는 말했다. "우리들 화상들은 다른 어떤 사람들보다 경기가 더 나쁘다고 느끼고 있어요."

"아, 슬럼프." 장원 주인은 낄낄댔다. "나는 언제나 슬럼프를 예견했지요. 어떤 사람들은 호황기가 언제까지 지속될 것이라고 생각하는 것 같았어요. 얼마나 어리석은지! 나는 경기물결의 정상부에서 모든 걸 팔아치웠거든요. 그게 바로 내가 왜 지금 그림을 살 수 있는지 이유지요."

비거씨도 따라 웃었다. 이 사람이야말로 딱 맞는 부류의 고객이었다. "저도 경기가 붐이었을 기간에 뭐든

10. 스토리텔링 초상화

팔아치웠어야 했는데," 그는 말했다.

 장원 주인은 눈물이 그의 뺨을 타고 굴러내릴 때까지 웃어댔다. 그는 프랫트양이 그 방에 다시 들어올 때까지도 여전히 웃고 있었다. 그녀는 그림 한 점을 자신의 앞에 마치 방패처럼 두 손에 꼭 쥐고서 날라왔다.

 "그걸 이젤 위에 놓게나, 프랫트 양," 비거씨가 말했다. "자," 그는 장원 주인을 향해 몸을 돌렸다. "이 그림 어떻게 생각하세요?"

 그들 앞의 이젤 위에 세워진 그 그림은 포동포동한 얼굴에 하얀 피부, 봉긋하게 높이 솟은 가슴에다 끝단이 깊게 주름잡힌 푸른비단 옷을 입고 있는 반신(半身) 초상화였는데, 그림의 주제는 18세기 중엽의 전형적인 이탈리아 여성인 것 같았다. 약간의 자기만족적인 미소가 쀼루퉁한 입술에 감돌았으며, 마치 축제(carnival) 날이 끝나고 방금 벗은 듯한 검정색 가면(mask)을 한 손에 들고 있었다.

 "아주 멋져요," 장원 주인이 말했다. 하지만 그는 못 미더운 듯이 덧붙였다. "이건 바로 렘브란트 그림 같지는 않군요. 그렇죠? 이건 온통 너무 명료하고 선명하네요. 일반적으로 옛 거장들의 그림에서는 그 어느 것도 완전히 볼 수는 없는데, 그들의 그림은 무척 어둡고 흐릿하거든요."

 "지당한 말씀이십니다," 비거씨는 말했다. "그러나 옛 거장들이라고 해서 모두가 렘브란트 같지는 않습니

10. 스토리텔링 초상화

다."

"나는 그렇지 않다고 생각하는데." 장원 주인은 수긍하기 힘든 것 같아 보였다.

"이것은 18세기 베네치아식 그림입니다. 그들의 그림은 언제나 선명하지요. 지안골리니(Giangolini)는 그때의 화가였어요. 손님께서도 아시다시피 그는 일찍 죽었어요. 그래서 그의 그림은 기껏해야 5~6점이 알려져 있을 따름입니다. 그리고 이것이 그 중 하나랍니다."

장원 주인은 끄덕였다. 그는 희소성의 가치는 평가할 수 있었다.

"사람들은 이 그림을 언뜻 보면 롱하이(Longhi)의 영향을 감지하게 되지요." 비거씨는 젠체하며 말을 이었다. "그리고 얼굴을 그리는 데 있어서는 로살바(Rosalba)의 피부 채색상의 박진미(迫眞美) 같은 무언가가 있어요."

장원 주인은 거북한 듯이 비거씨로부터 그림으로, 그리고 그림으로부터 비거씨 쪽으로(시선을 옮겨가며) 보고 있었다. 거기엔 여러분 이상의 더 많은 지식을 지닌 어떤 사람이 빗대어 말을 건네올 만큼의 그런 당황스러운 소지가 전혀 없었다. 그래서 비거씨는 자신의 유리성을 한껏 밀어붙였다.

"신기한 점은," 그는 말을 계속했다. "이 그림에서는 티에폴로(Tiepolo)의 화법을 전혀 볼 수 없다는 겁니다. 그렇게 생각되지 않으세요?"

10. 스토리텔링 초상화

 장원 주인은 고개를 끄덕였다. 하지만 그의 얼굴은 침울한 표정을 띠고 있었다. 그의 아기 같은 입 언저리가 내려 앉았다. 누가 봐도 그가 거의 눈물을 왈칵 쏟을 것 같은 기대가 갈 정도였다.
"그림에 관해 정말로 아시는 분에게 얘기를 해드리게 되어 기쁩니다. 그림에 대해 이렇게 아시는 분이 거의 없거든요." 마침내 비거씨는 상냥스러워지며 말했다.
"글쎄요, 내가 그 주제로 매우 깊숙하게 들어가 본 적이 있다고 말할 수는 없어요." 장원 주인은 조심스럽게 말했다. "하지만 그림을 보면 내가 뭘 좋아하는 지는 알지요." 그의 얼굴은 다시 밝아졌다. 마치 좀더 안전한 기반 위에 자신이 다시 올라 서있는 듯 느끼는 것처럼.
"타고난 본능이지요," 비거씨는 말했다. "그건 매우 귀중한 천혜의 선물입니다. 저는 선생님의 모습만을 보고서도 선생님께서 그런 본능을 갖고 계시다는 걸 금방 알 수 있었지요. 저는 선생님께서 저희 화방으로 들어오시는 순간에 벌써 그걸 알 수 있었답니다."
 장원 주인은 무척 기뻐했다. "그런데 실은," 그는 말했다. 그는 자신이 점점 더 크고 더 중요하게 되어가는 것을 느꼈다. "실은," 그는 비판적인 태도로 머리를 한 쪽으로 젖혔다. "그래요. 나는 그게 상당히 좋은 미술작품이라고 생각한다는 점을 말해야겠어요. 아주 훌륭해요. 하지만 사실은 나는 좀더 역사적인 작품

10. 스토리텔링 초상화

을 좋아해 왔어요. 내가 뭘 의미하는지를 당신이 아신다면 말이지요. 당신도 아시다시피 좀더 선조 같은 어떤 사람-예컨대 앤 볼린(Anne Boleyn), 닐 그윈(Neil Gwynn), 또는 웰링턴 공작(the Duke of Wellington), 또는 그와 비슷한 어떤 사람-처럼 이야기가 있는 어떤 사람의 초상화를 좋아해요."

"그러나 존경하는 선생님, 저도 막 말씀드리려던 참이었어요. 이 그림은 스토리가 있습니다." 비거씨는 몸을 앞으로 기울이고는 장원 주인의 무릎을 가볍게 톡톡 두드렸다. 그의 눈은 털이 무성한 눈썹 아래에서 인자하고 즐거워하는 광채를 띤 채 반짝거렸다. 그가 짓는 미소에는 다 알고 있다는 듯한 친절함을 띠고 있었다. "가장 주목할 만한 이야기가 이 그림의 제작 작업과 연관되어 있답니다."

"그게 정말이세요?" 장원 주인은 눈을 치켜 올렸다.

비거씨는 의자에 등을 기댔다. "저기 선생님께서 보고 계시는 그 숙녀는요," 그는 손을 흔들어 초상화를 가리키며 말했다. "허트모어 백작(Earl Hurtmore) 4세의 부인이었죠. 그 가족은 현재 별세했고, 얼 9세가 바로 작년에 죽었어요. 저는 이 그림을 그 집이 팔릴 때 구득했습니다. 이들 옛 선조들 가계의 소멸을 보게 된다는 게 슬픕니다." 비거씨는 한숨을 내쉬었다. 장원 주인은 마치 교회에 와 있는 것처럼 엄숙한 표정이 되었다. 잠시 침묵이 흘렀다. 그러자 비거씨는 어조를

10. 스토리텔링 초상화

바꾸어 말을 계속했다. "이 그림에서 제가 보기로는 얼 4세가 그늘진 얼굴에 침울하고 노인 모습을 띤 사람이었던 것처럼 보입니다. 아무도 그가 젊었다는 것은 결코 상상할 수 없어요. 그는 영원히 쉰 살인 것처럼 보이는 부류의 사람이었던 거죠. 그의 인생에서의 주된 관심사항은 음악과 로마시대 골동품이었어요. 그의 초상화로서는 한 손에는 상아제 플룻을 잡고 다른 한 손을 한 점의 로마시대 조각품에 얹고 있는 것이 있습니다. 그는 적어도 그의 인생 절반을 이탈리아를 여행하면서 골동품을 찾고 음악을 듣는 데 보냈죠. 그가 쉰 다섯 쯤 되었을 때, 그는 이제 결혼할 때가 거의 되었다고 갑자기 결심을 했어요. 이 사람이 바로 그가 선택한 숙녀죠." 비거씨는 그림을 가리켰다. "그의 돈과 직함은 그의 많은 결함을 벌충할 수 있었음에 틀림없어요. 용모로 보아서는 허트 모어 부인이 로마시대의 골동품들에 대단한 흥미를 갖고 있었다고는 아무도 상상할 수 없거든요. 저는 그녀가 음악에 대한 지식과 음악사에 대해서도 신경을 많이 썼다고는 생각하지 않습니다. 그녀는 옷을 좋아했고, 사교를 좋아했으며, 도박을 좋아했고, 남자들과 새롱거리며 즐기기를 좋아했습니다.

 그들 신혼부부 사이가 아주 잘 지낸 것 같지는 않습니다. 그러나 그래도 공개적인 불화는 피했습니다. 결혼 1년 후에 허트 모어 경은 이탈리아로 또 다시 여행

10. 스토리텔링 초상화

을 떠나기로 결정했습니다. 그들은 초가을에 베니스에 도착했죠. 허트 모어 경에게 있어서는 베니스가 무한한 음악을 의미했습니다. 그것은 미세리코르디아(Misericordia)의 고아원에서는 갈루피(Galuppi)의 매일의 콘서트를 의미했으며, 산타 마리아에서는 피키니(Piccini)를 의미했고, 산 모이제에서는 새 오페라를 의미했죠. 또한 그것은 수백개의 교회에서 울려 퍼지는 감미로운 칸타타를 의미했으며, 아마추어 음악가들의 개인적인 콘서트를 의미했고요. 그리고 그것은 포르포라(Porpora) 등 유럽내 최우수 성악가들을 의미했으며, 타르티니(Tartini)를 비롯한 최우수 바이올리니스트를 의미했습니다. 그러나 허트모어 부인에게 있어서는 베니스가 좀 다른 무엇을 의미했답니다. 그것은 리도토(Ridotto)에서의 도박을, 가면 무도회를, 방탕한 만찬 파티들을-즉 세상에서 가장 즐거운 도시의 기쁨을 주는 모든 것을 의미했습니다. 이들 부부는 각자 자신의 독립된 생활을 영위하면서 둘 다 이곳 베니스에서 거의 무한정 행복했을지도 모르죠. 그러나 어느날 허트모어 경은 자기 아내의 초상화를 그리도록 해야겠다는 불운한 생각을 품게 되었답니다. 젊은 지안골리니(Giangolini)가 촉망받는 신진 화가로 그에게 추천되었죠. 허트모어 부인은 모델 되기(sitting)를 시작했습니다. 지안골리니는 멋지고 당당했습니다. 그는 젊었습니다. 그는 자신의 미술가적인 기법이 완벽한

10. 스토리텔링 초상화

것처럼 욕정적인 면에서도 완벽한 기법을 지녔습니다. 만약 허트모어 부인이 그의 유혹에 저항할 수 있었더라면 그녀는 인간적인 사람 이상이었을 것입니다. 하지만 그녀는 인간적인 것 이상이 못 되었죠."

"우리들 중 누구도 그 이상은 아니지요, 안 그래요?" 장원 주인은 비거씨의 옆구리를 살짝 찌르고는 웃었다.

 비거씨는 정중하게 그 유쾌한 웃음에 동참했다. 그 웃음소동이 진정되자, 그는 말을 계속했다.

"결국 그들은 함께 국경을 건너 도망가기로 결정했습니다. 그들은 비엔나에서 그 부인이 여행용 가방 속에 주도면밀하게 챙겨 넣은 허트모어 가정의 보석들에 의지하여 살기로 했습니다. 그 허트모어 가정의 보석들은 2만파운드를 상회하는 값어치였습니다. 그래서 그들은 마리아 테레사 통치하의 비엔나에서 그 2만파운드에서 나오는 이자로 멋지게 살아갈 수 있을 것이었죠."

"그러한 채비들은 쉽게 이루어졌습니다. 지안골리니는 친구가 한 사람 있었는데, 그 친구는 그들을 위한 모든 것을 마련해 줬어요. 즉 그들에게 가명으로 된 여권을 얻어 주었고, 본토에서 기다리는 데 있어야 할 말을 빌려다 주었으며, 마음대로 처분해도 되는 곤돌라(베네치아식 작은 배)도 한 척 마련해 주었죠. 그들은 마지막 모델 시팅이 있는 날 도망가기로 결정했습

10. 스토리텔링 초상화

니다. 그날이 왔어요. 허트모어 경은 자신의 일상적 습관에 따라 자기 아내를 곤돌라에 있는 지안골리니의 화실로 데려가서 등받이가 불룩한 모델자리에 앉히고는 그녀를 거기에 남겨둔 채 미세리코르디아에서 열리는 갈루피의 콘서트를 들으러 다시 떠나갔습니다. 그때는 카니발이 한창 무르익었을 때였죠. 사람들은 환한 대낮인데도 가면을 쓰고 이리저리 돌아다녔습니다. 허트모어 부인은 지금 선생님께서 거기 그 초상화에서 그녀가 쥐고 있는 것을 보시는 바와 같이 검정색 비단으로 된 마스크를 썼습니다. 그녀의 남편은 향락자가 아니었고 카니발 향연을 부정하지도 않았으나, 관습 따위에 순응하지 않음으로써 자신에게 관심이 끌리도록 하기보다는 자기 주변 사람들의 괴상한 유행에 그냥 따르기를 더 선호했습니다."

"길다란 검정 망토, 모서리가 세 군데인(3절의) 커다란 검정색 모자, 흰 종이로 길쭉한 코를 만든 가면은 그 카니발 주간들에서 모든 베네치아 신사들이 착용한 보통의 차림새였습니다. 허트모어경은 사람들의 눈에 띄는 데 신경을 쓰지 않았기에 다른 사람들과 똑같은 복장을 착용했죠. 어떤 유쾌한 베네치아 가면극 배우의 어릿광대 제복을 입은 이 침울하고 근엄한 표정의 영국 귀족의 광경에서는 무척 우스꽝스럽고 어울리지 않는 그 어떤 것이 있었음에 틀림없었습니다. '풀시넬라(Pulcinella)의 복장을 한 늙은 어릿광대'라는 것이

10. 스토리텔링 초상화

그를 사랑하는 주위 사람들이 그를 두고 서로에게 묘사한 말이었습니다. 즉 어릿광대로 분장한 불멸의 희극의 그 옛 노망자 말이죠. 어쨌든, 제가 말씀드린 것은 이날 아침 허트모어 경이 언제나처럼 자기 아내를 자신이 임차한 곤돌라에 와서 그녀를 태워 데리고 갔다는 것이죠. 그리고 그녀는 그녀의 편에서 본다면 자신의 품이 넓은 망토의 접힌 부분 아래에 조그마한 가죽 상자 하나를 휴대하고 그 속에 허트모어가의 보석들을 안치한 채 그들의 비단 침대 위에서 편안하게 휴식을 취했습니다. 그 곤돌라의 어둑하고 작은 침실에 앉아서 그들은 교회와 들과 풍요로운 돌림무늬의 궁전들과 높지만 고만고만한 집들이 그들 옆을 미끄러지듯 지나갔습니다. 허트모어 경은 자신의 펀치(Punch)식 가면 아래로부터 근엄하고, 느릿하며, 침착한 목소리로 말했습니다."

"'학식 높은 마티니 신부님께서는,' 그는 말했습니다. '내일 우리와 식사를 함께 하러 오시는 영광을 내게 주시겠다는 약속을 하셨어요. 나는 어느 누가 음악사에 대해 그분보다 더 많이 알고 있는 사람이 있겠는지 의심스러워요. 나는 당신에게 우리가 그에게 특별한 경의를 표할 수 있도록 애써 주기를 부탁하겠소.'"

"'제가 그렇게 할 거라고 확신하셔도 돼요, 주인님' 그녀는 자신의 내면에 웃음기 있는 흥분이 보글보글 끓어오르는 것을 거의 참을 수 없을 지경이었죠. 내일

10. 스토리텔링 초상화

 만찬 때이면 그녀는 저 멀리 국경을 넘고, 고리지아(Gorizia)를 지나서, 비엔나 길을 따라 말을 달릴 것이었으니까요. 불쌍한 늙은 어릿광대여! 그러나 아니, 그녀는 그에게 손톱만큼도 미안한 마음이 없었죠. 결국 그는 자신의 음악을 갖고, 깨어진 대리석의 잡동사니 조각들을 갖고 살아가게 되겠지. 그녀는 그런 상상을 하면서 자신의 망토 아래에 숨겨 있는 보석함을 더욱 단단히 움켜쥐었죠. 그녀의 비밀은 정말 어떻게나 도취될 정도의 즐거움이었던지!"
 비거씨는 자신의 양손을 깍지 끼워 모아쥐고는 극적으로 가슴 위를 눌렀다. 그는 즐기고 있었다. 그는 자신의 긴 여우같은 코를 장원 주인 쪽으로 돌리고는 인자하게 미소를 지었다. 장원 주인으로서는 잔뜩 경청하고 있었을 따름이었다.
 "그래요?" 그는 물었다.
 비거씨는 양손의 깍지를 풀고는 그것을 자신의 무릎 위에 놓았다.
 "그래서," 그는 말했다. "곤돌라가 지안골리니의 집 문간에 끌려 닿았고, 허트모어 경은 그의 아내가 곤돌라에서 나오도록 도왔으며, 그녀를 1층에 있는 그 화가의 커다란 방으로 인도해 올라갔으며, 그의 일상적인 정중한 판에 박힌 인사말과 함께 그녀를 그 화가의 보호권에다 맡겼고, 그리고는 미세리코르디아에서 열리는 갈루피의 아침 콘서트를 들으러 떠나갔습니다.

10. 스토리텔링 초상화

연인들은 2시간을 재미있게 보내고는 그들의 마지막 준비를 갖추었죠."

"늙은 어릿광대가 시야에서 안전하게 사라지고 그 화가의 유능한 친구가 이 카니발 기간중의 베니스의 거리와 수로(水路)에 있는 그 외 모든 사람들처럼 가면을 쓰고 망토를 걸치고는 불쑥 나타납니다. 거리와 수로에는 도처에 포옹과 악수와 웃음소리가 따라다니고요. 만사가 너무나 믿기지 않을 만큼 성공적이었으며, 어떠한 낌새도 야기되지 않았습니다. 허트모어 부인의 망토 아래에서는 보석함이 나오죠. 그녀는 그것을 열고, 놀람과 감탄의 이탈리아 말 외침이 크게 일어납니다. 브릴리언트 컷의 찬란한 다이아몬드, 진주, 큼직한 허트모어 에메랄드, 루비버클, 다이아몬드 귀걸이들— 이 모든 찬란하고 반짝이는 물건들은 애정을 갖고 검토되고 숙련되게 취급되었던 것이었어요. 적어도 5만 시퀸(sequin; 베니스 금화단위)이 되리라는 것이 그 쓸모있는 친구의 평가였죠. 두 연인들은 황홀하게 서로의 팔 속으로 몸을 던졌습니다."

"그 유능한 친구는 그런 그들을 제지했습니다. 아직 해야 할 마지막 몇가지 일들이 남아 있었던 거죠. 경찰부(the Ministry of Police)에 가서 자신들의 여권에 서명을 해야 했지요. 아, 이는 일종의 단순한 형식적 절차, 그러나 그래도 그것은 해야 할 일이었고요. 그 친구는 동시에 밖으로 나가 그 도피여행에 필요한

10. 스토리텔링 초상화

자금을 마련하기 위해 부인의 다이아몬드 하나를 팔 것이었어요."

 비거씨는 잠시 말을 멈추고는 권련담배에 불을 붙였다. 그는 담배연기를 한 모금 후욱 불어내고는 말을 계속했다.

 "그래서 그들은 모두 각자의 가면과 어깨망토를 걸치고는 착수에 들어갔습니다. 그 유능한 친구는 어떤 한 방향으로 가고, 화가와 그의 연인은 다른 방향으로 흩어져 갔죠. 아, 베니스에서의 사랑이여!" 비거씨는 무아지경이 되어 눈을 위로 휘 돌렸다. "선생님께서는 일찍이 베니스에 가계신 적이 있고, 사랑에 빠져보신 적이 있습니까?" 그는 장원 주인에게 물었다.

 "디에프(Dieppe) 이상으론 결코 더 멀리 가보지 않았죠." 장원 주인은 고개를 내저어며 말했다.

 "아, 그러시다면 선생님께서는 인생의 중대한 경험들 중의 하나를 놓치셨군요. 선생님께서는 젊은 허트모어 부인과 그 화가가 그들의 가면 위 눈구멍들을 통해 서로를 응시하면서 긴 수로를 미끄러지듯 흘러내려가는 동안 그들의 심경이 정말 어떠했겠는지를 결코 충분하고 완전하게 이해하실 수 없을 겝니다. 어쩌면 이따금 그들은 키스도 했을지 모릅니다. 비록 가면을 벗지 않고는 키스하는 게 어려웠을 것이며, 그럴 경우에는 언제나 그들이 탄 배의 작은 선실의 창문을 통해 밖에서 어느 누가 그들의 맨 얼굴을 알아볼 수도 있는 위험이

10. 스토리텔링 초상화

도사리고 있었겠지만 말이지요."

"아니, 전체적 맥락에서 보았을 때," 비거씨는 반사적으로 결말을 지어 말했다. "그들은 서로를 쳐다보는 것만으로 자신들의 행동을 제한했을 것으로 추측합니다. 그러나 베니스에서는 그들은 수로를 따라 졸며 흘러가는 동안 서로 쳐다보는 것, 단지 쳐다보는 것만으로도 어지간히 만족할 수는 있었을 겝니다."

그는 손으로 허공을 어루만지고는 목소리를 점차 누그러뜨려 침묵에 빠졌다. 그는 아무 말도 하지 않은 채 담배를 두 서너 모금 뻐끔뻐끔 빨았다. 그가 말을 계속했을 때, 그의 목소리는 무척 조용하고 평탄했다. "그들이 떠나간 뒤 반 시간 쯤 되어서 곤돌라 한 척이 지안골리니의 집 문간에 끌어 닿았으며 종이 가면을 쓴 한 남자가 검정색 망토에 감싸인 채 머리에는 어김없이 3절모를 쓰고 배에서 내려 그 화가의 방이 있는 위층으로 올라갔습니다. 방은 텅 비어 있었고, 초상화가 이젤에서 상냥하게 그리고 좀 얼이 빠진 듯이 웃고 있었습니다. 그러나 화가는 그 앞에 서 있지 않았으며 모델 자리도 비어 있었죠. 그 긴 코의 가면은 무표정한 호기심으로 멀뚱멀뚱 방을 휘둘러 보았습니다. 여기 저기를 훑어보다가 마침내 그의 시선은 사랑하는 여자가 테이블 위에 조심성 없이 놓아두었던 자리에 눈에 띄게 세워져 있는 보석함에 머물렀죠. 그 시선은 그 기괴한 가면 뒤에서 우묵하게 패여 들어가

10. 스토리텔링 초상화

고 어둡게 그늘진 채 그 물건에 오랫동안 고정된 채 머물렀습니다. 그 긴 코의 늙은 어릿광대는 한동안 명상에 잠긴 듯 했습니다."

"몇 분 뒤에 계단에 발자국 소리가 났고 함께 웃어대는 두 사람의 목소리가 들렸습니다. 그러자 가면을 쓴 남자는 급히 몸을 돌려 창밖을 내다보았습니다. 그의 뒤로 문이 요란하게 열렸고, 흥분과 유쾌함과 웃음기 있는 무책임함에 취한 채 연인들이 후다닥 들이닥쳤습니다.

"아, 카로 아미코(Caro amico; 사랑하는 친구여)! 벌써 돌아왔구나. 다이아몬드 매각건은 어떻게 잘 되었나?"

"창가의 망토 입은 사람은 미동도 않았으며, 지안골리니는 유쾌하게 계속 지껄여댔습니다. 여권 서명에 있어서는 어느 경우에서건 아무런 어려움이 없었으며, 아무런 질문도 없었습니다. 그는 이제 호주머니에 여권을 갖고 있었고, 즉시 출발할 수 있었습니다."

"허트모어 부인은 갑자기 주체할 수 없게 웃기 시작했으며, 웃음을 멈출 수 없었습니다.

"무슨 일인가요?" 지안골리니도 웃으면서 물었습니다."

"난 이런 생각을 하고 있었죠," 그녀는 자신의 발작적인 환희의 도중에 숨을 헐떡거리며 말했습니다. "나는요 늙은 어릿광대가 그 미세리코르디아에 앉아서 올

10. 스토리텔링 초상화

뻬미처럼 근엄하게 음악을 들으며 앉아 있는 걸 생각하고 있었어요." - 그녀는 거의 숨이 막혔으며, 그 말소리는 마치 눈물을 흘리며 말하고 있는 것처럼 날카로우면서 힘들게 나왔습니다 - "늙은 갈루피의 따분한 옛날 칸타타를 들으며 말이죠."

"창가에 있던 남자는 빙그르르 돌아서서 말했습니다. '불행하게도 부인, 그 유식한 대음악가는 오늘 아침 몸이 불편해졌고, 콘서트가 없었어요.' 그는 자신의 가면을 벗었습니다. '그래서 나는 외람스럽게도 마음대로 평소보다 더 빨리 돌아오게 됐다오.' 허트모어 경의 그 길쭉하고 음울한 웃음기 없는 모습이 그들의 앞에 떡하니 마주 섰습니다."

"연인들은 한 순간 말문이 막혀 그를 물끄러미 쳐다보았습니다. 허트모어 부인은 자신의 손을 가슴에 갖다 댔습니다. 그것은 그녀를 몸서리칠 만큼 깜짝 놀라게 했으며, 자신의 배 멍치에까지 공포감이 차오름을 느꼈습니다. 불쌍한 지안골리니는 자신의 종이 가면만큼이나 안색이 하얗게 변했습니다. 공공연한 신사 친구들간 '치치스베이(cicisbei; 유부녀의 애인 되기)'의 날들에서조차, 격노하고 질투하는 남편이 살인행위라는 수단을 쓴 사건들이 기록에 올라 있었습니다. 그는 무장을 하고 있지 않았지만, 그 불가해한 검정색 망토 속에 어떤 파괴적 무기가 감춰져 있었는지를 신(神)만이 알았을 겁니다. 그러나 허트모어 경은 잔인하거나

10. 스토리텔링 초상화

품위가 없는 구석이란 조금도 없었습니다. 그가 한 것이라곤 매사에 그랬던 것처럼 근엄하고 조용하게 테이블로 걸어가서 보석함을 들어올려 극히 조심스럽게 뚜껑을 닫고는 '이건 내 상자라고 생각되는데'라고 말하면서 그 방을 의연하게 걸어나갔습니다. 연인들은 의아하게 서로를 쳐다보며 남아 있었고요."

잠시 침묵이 흘렀다.

"그래서 어떻게 됐죠?" 장원 주인이 물었다.

"앤티 클라이맥스(Anti-climax; 용두사미)죠," 비거씨가 머리를 애처롭게 흔들면서 대답했다. "지안골리니는 5만 시퀸을 가지고 도망가자고 흥정했습니다. 그러나 허트모어 부인은 곰곰이 생각해본 결과 가난하지만 즐거운 부부생활을 한다는 생각에는 별로 흥미가 나지 않았습니다. 그녀는 마침내 여인의 자리는 가정에ー즉 수치스러운 집안비밀을 간직하고서라도 가정에 있어야 한다고 결심했습니다. 그러나 허트모어 경도 이 일을 정말로 똑같은 시각으로 볼 것인가? 그것이 문제였는데, 몹시도 걱정스럽고 불안한 문제였습니다. 그래도 그녀는 스스로 가서 그를 만나기로 결심했습니다."

"그녀는 저녁식사 시간에 때맞춰 돌아갔습니다. '결출하신 주인님께서는 식당에서 기다리고 계십니다' 집사장이 말했습니다. 높은 문이 그녀 앞에 휙 열렸습니다. 그녀는 턱을 높이 쳐들고는 비장하게 머리가 빙빙 도는 듯 어지러움을 느끼면서 미끄러져 들어갔지만,

10. 스토리텔링 초상화

속으로는 얼마나 겁이 났던지! 그녀의 남편은 난로가에 서 있었으며, 그녀를 맞으려고 앞으로 다가왔습니다."

"'부인, 당신을 기다리고 있었다오,' 그는 말했으며 그녀의 자리로 그녀를 인도했습니다. 그것이 그 사건에 대해 그가 던진 유일한 언급이었습니다. 오후에 그는 하인을 보내 그 화가의 화실에서 초상화를 가져오도록 했습니다. 그것은 한 달 뒤에 그들이 영국으로 떠날 때 그들의 짐꾸러미의 일부가 되었습니다. 이 이야기는 한 세대로부터 그 다음 세대로 그림과 함께 전해져 내려갔습니다. 저는 작년에 이 초상화를 샀을 때 그 가계의 한 옛 친구로부터 그 이야기를 듣게 되었답니다."

비거씨는 피우던 담배 꽁초를 난로 받침대로 던졌다. 그는 자신이 이 이야기를 참 잘해냈다고 스스로 경탄했다.

"무척 재미있군요," 장원 주인이 말했다. "정말 재미있어요. 전적으로 역사적이네요. 그렇지 않소? 닐 권(Neil Gwynn)이나 앤 볼레인(Anne Boleyn)을 두고서도 사람들은 거의 (그렇게) 더 잘 이야기할 수는 없을게요. 그렇죠?"

비거씨는 애매하게 어렴풋하게 웃었다. 그는 베니스에 대해 생각하고 있었다. 러시아 백작부인이 그의 펜션에 머물고, 그의 침실 바깥의 안뜰에는 덤불 많은

10. 스토리텔링 초상화

나무가 서있고, 그녀가 사용했던 그 강렬하고 끝내주는 향수(당신이 처음 그 냄새를 맡는다면 아마도 숨이 막히게 될), 그리고 리도(Lido) 해변 휴양지에서 수영하는 장면, 그리고 곤돌라, 그리고 희뿌연 하늘을 등진 살루트 교회의 둥근 지붕, 가르디(Guardi)가 그것을 그렸을 때 보였던 그대로 눈에 선했다. 얼마나 오래 전이었으며 얼마나 멀리 사라져간 일인지. 하지만 그것 모두가 얼마나 지금과 똑같은가! 그는 그때 거의 한낱 소년이었을 따름이지만, 그것은 그의 처음이자 커다란 모험이었다. 그는 자신의 몽상에서 후다닥 깨어 났다.

장원 주인은 말하고 있었다. "자, 이제, 선생은 저 그림에 대해 얼마를 받고 싶으신가요? 그는 물었다. 그의 어조는 초연하고 대수롭지 않은 듯했다. 그는 흥정에 대해서는 희귀한 사람이었다.

"글쎄요," 비거씨는 25년 전의 러시아 백작부인과 천국 같은 베니스에 대한 상념을 마지 못해 그치고는 말했다. "저는 손님들에게 이것보다 좀 덜 중요한 작품을 고르라고 천 번이나 부탁해 왔습니다. 하지만 저는 이 그림이 선생님께는 7에 50으로 귀속된다 해도 괘념치 않겠습니다."

장원 주인은 휘파람 소리를 냈다. "7에 50이라?" 그는 되뇌었다. "이건 너무 많군요."

"하지만 존경하는 선생님," 비거씨는 항변했다. "이

10. 스토리텔링 초상화

만한 크기와 품질의 렘브란트 그림에 대해서 선생님께서는 얼마를 지불하셔야 되겠는지를 생각해 보십시오. 적어도 2만 파운드는 주셔야 될 겁니다. 700파운드 50실링이라면 절대로 너무 많은 것이 아닙니다. 반대로 선생님께서 가지시려는 이 그림의 중요성을 너무 낮게 감안하시는 겁니다. 선생님께서는 이것이 매우 훌륭한 예술작품이라는 걸 아실 만큼의 충분한 평가력을 갖고 계시고요."

"아, 그걸 부정하지는 않습니다." 장원 주인은 말했다. "내 말은 전적으로 7에 50이라는 것이 큰 돈이라는 거죠. 아유! 내 딸이 스케치를 한다는 게 기쁘네요. 단번에 7에 50에 달하는 고가(高價)의 그림으로 침실을 꾸며야 된다면 하고 생각해 봐요!" 그는 웃었다.

비거씨는 미소를 지었다. "선생님께서는 또한 기억하셔야 됩니다," 그는 말했다. "즉 선생님께서는 아주 훌륭한 투자를 하고 계시다는 것을 말입니다. 작고한 베네치아 예술가들은 지금 인기가 한창 오르고 있거든요. 여유 자금이 있으시다면―" 그때 문이 열렸고 프랫트(Pratt) 양의 금발에 곱슬곱슬한 머리가 불쑥 나타났다.

"크로월리(Crowely)씨가 만나 뵐 수 있겠는지를 알고자 합니다, 주인님."

비거씨는 누쌀을 찌푸렸다. "기다리라고 전하게." 그는 신경질적으로 말했다. 그는 헛기침을 하고는 장원

10. 스토리텔링 초상화

주인 쪽으로 돌아섰다. "제가 만약 여유 자금이 얼마라도 있다면 저는 그것을 몽땅 작고한 베네치아 예술가들에게로 쏟아붓겠습니다. 잔돈까지 죄다 싹 쓸어서요."

그는 그 말을 하면서 자신이 얼마라도 자금이 있다면 그것을 몽땅 문예부흥기 이전의 고(古) 미술품, 입체파 화가의 작품, 흑인 조각품, 일본 판화 등에 쏟아붓겠노라고 사람들에게 얼마나 자주 말해왔던지를 스스로 놀랍게 생각했다.

결국 장원 주인은 600파운드 80실링으로 수표를 써서 그에게 건넸다.

"선생은 아까 얘기하신 그 스토리에 대해 타이핑한 것을 내가 갖고 있도록 해줄 수 있어야 해요." 그는 모자를 눌러 쓰면서 말했다. "그것은 만찬에 참석한 손님들에게 들려주기에 훌륭한 이야깃거리가 될 게요. 그렇게 생각지 않소? 나는 그 자세한 내용을 아주 정확하게 간직하고 싶소."

"아, 물론입죠, 물론이고 말고요," 비거씨는 말했다. "그 세부내용이 가장 중요하지요."

그는 그 키가 작고 뚱뚱한 남자를 문간까지 안내하여 배웅했다. "굿 모닝, 굿모닝."─드디어 그는 갔다.

이윽고 얼굴 양 옆에 구렛나루가 난 키가 크고 창백한 한 청년이 문간에 나타났다. 그의 눈은 어둡고 울적했다. 그의 표정, 즉 전반적인 겉모습은 로맨틱했으나,

10. 스토리텔링 초상화

동시에 좀 처량해 보였다. 이 사람이 바로 젊은 화가 크로월리였다.

"기다리게 해서 미안하오," 비거씨가 말했다. "그래, 뭣 때문에 나를 만나고자 했소?"

크로월리씨는 당황한 기색이었고 망설였다. 그는 이런 부류의 짓을 해야하는 걸 얼마나 싫어했던가! "사실은," 그는 결국 말했다. "저는 끔찍할 만큼 돈이 없습니다. 저는 어쩌면 선생님께서 괘념치 않으시다면, 형편이 되신다면 일전에 제가 선생님을 위해 그려 드린 그 물건에 대해 보수를 지급해 주실 수 있겠는지 어쩔지를 생각했습니다. 이렇게 선생님을 괴롭혀 드려 정말 몹시 송구합니다."

"천만에, 나의 사랑하는 친구여," 비거씨는 자기 자신을 돌볼 줄(자기관리 방법)을 모르는 이 불쌍한 녀석에게 미안함을 느꼈다. 불쌍한 청년 크로월리는 아기 때부터 누구의 도움도 받지 못한 사람이었다. "그때 우리가 얼마에 하기로 결정했던가요?"

"20파운드였다고 생각합니다만," 크로월리씨는 위축되어 말했다. 비거씨는 자기 수첩을 꺼내들더니 "우리 25파운드로 합시다," 하고 말했다.

"아, 아니에요. 정말 그럴 수 없어요. 너무나 감사합니다." 크러월리씨는 소녀처럼 얼굴이 붉어졌다. "그리고 저어, 저의 풍경화 몇 점으로 전람회를 여는 것을 좋아하시지 않을지도 모른다고 생각합니다만, 혹시 괜

10. 스토리텔링 초상화

찮으시겠습니까?" 그는 비거씨의 자비스런 분위기에 고무되어 물어보았다.

"아니, 아니오. 당신 자신의 그림은 아무것도 원치 않아요." 비거씨는 냉혹하게 머리를 내저었다.

"현대화라는 것은 돈이 안 돼요. 하지만 당신이 그린 옛 거장들의 모조품은 아무리 많아도 받아 주겠소." 그러면서 그는 손가락으로 허트모어 부인의 매끈하게 채색된 어깨 위를 통통 두드렸다. "베네치아식 그림을 또 하나 그려 보시오," 그는 덧붙여 말했다. "이번 것은 대 성공이었소."

제 *11* 편

여인이 나왔는가, 호랑이가 나왔는가

- 프랭크 리차드 스톡턴
(1834-1902)

  리차드 스톡턴은 미국 필라델피아 출신으로 주로 우화(寓話) 또는 설화적(說話的)인 단편소설(fairy tales)을 많이 쓴 작가로 유명하다. 그러나 그는 스토리를 교훈적으로 윤리화(didactic moralizing) 하는 전통적 우화 기술방식 대신에, 명석한 유모어를 사용하여 인간의 탐욕(greed)과 폭력, 그리고 권리의 남용과 기타 인간적 결함(foibles)을 명석한 유모어를 섞어 우회적으로 풍자하고 지적하는 표현기법을 즐겨 썼다.
  여기에 소개되는 "The Lady or the Tiger?"는 그가 1882년 The Centry지(誌)에 발표하여 미국·영국에서 큰 주목을 끌고 일약 명성을 떨친 단편인데, 인간의 심층적 심리를 빈틈없고 극적인 구성과 긴장감 있는 화술로서 파헤쳐 들추어낸 걸작으로 꼽힌다. 이후에도 유사한 작품으로 "The Griffin and the Minor canon(1885)", "The Bee-Man of Om(1887)" 등 다수가 있다.

11. 여인이 나왔는가, 호랑이가 나왔는가

여인이 나왔는가, 호랑이가 나왔는가

그래서 그의 재빠르고 근심에 찬 시선이 질문을 던진 것은 "어느쪽으로?"였다. 그녀에게는 그것이 그가 서있는 곳에서 큰 소리로 외치는 것인양 분명했다. 일각도 지체할 여유가 없었다. 그 질문은 섬광처럼 던져졌으며, 그것에 대해 응답이 또 다른 섬광처럼 나와야 한다.

아주 옛날에 반(半)야만적인 왕이 살았는데, 멀리 떨어진 라틴계 이웃나라들의 발전에 영향을 받아 다소 닦여지고 연마되기는 했지만 아직도 그의 생각은 절반이 야만적으로 되어 있을 정도로 과장되고 현란스러우며 제한을 받지 않은 상태였다. 그는 열광적인 환상가였고, 게다가 거스를 수 없을 만큼 권위주의적인 사람

11. 여인이 나왔는가, 호랑이가 나왔는가

이었으며, 제 뜻대로 여러가지 환상들을 현실로 변환시켰다. 그는 스스로에게 이야기하는 것에 몹시 빠져 있었고, 그래서 그와 그 자신은 어떤 것에건 합의에 이르러 그 일이 결국 이루어졌다. 그의 가정적인 체제나 정치적인 체제의 성좌가 지정된 행로에서 순탄하게 움직여 나갈 때면 그의 성품은 온후하고 다정했다. 그렇지만 조그만 얽힘이라도 있어서 그 성좌의 일부 진로가 정해진 궤도를 벗어나게 되면 그는 더욱 온후하고 다정했는데, 그 이유는 굽은 것을 쭉 바로 펴지게 하고 울퉁불퉁한 곳을 으깨는 것만큼 그렇게 그를 크게 기쁘게 하는 것은 아무것도 없기 때문이었다.

그의 야만성에 의해 반사적으로 생겨난 생각들 가운데서 구체화된 것은 공공 투기장(arena)이었는데, 그 안에서 남자답고 야수 같은 용맹을 보여줌으로써 자신의 주제에 대한 생각들이 다듬어지고 계발되었다.

그러나 여기에서도 그 열광적이고 야만적인 환상이 명확히 나타나기 시작했다. 그 왕의 투기장은 사람들에게 죽어가는 검투사의 격정적인 절규를 듣는 기회를 주기 위한 것이 아니었고, 또한 사람들에게 '종교적인 소신들과 굶주린 맹수의 턱과의 쟁투'를 볼 수 있도록 하기 위한 것도 아니었으며, 오로지 사람들의 정신적인 에너지를 넓히고 개발하는 데 더 훨씬 더 부응하도록 하는 목적을 위해서였다. 그 거대한 원형극장은 회랑(복도)이 빙 둘러쳐져 있고, 불가사의한 지하실과 보

11. 여인이 나왔는가, 호랑이가 나왔는가

이지 않는 통로가 있었는데, 일종의 시적인 정의 실현의 매개체였으며, 그 안에서 불편부당하고 부패되지 않은 기회의 판결에 의해 범죄는 처벌되고 덕행은 보상을 받게 되었다.

 어떤 신민(臣民)이 그 왕의 관심을 불러일으키기에 충분할 만큼 중요한 범죄를 저질렀다고 고발되면, 어떤 지정된 날에 그 이름에 아주 걸맞은 구조물인 왕의 투기장에서 그 피고인의 운명이 결정될 것이라는 공고가 내려진다. 그 형식과 계획은 전적으로 그의 머리에서 나온 목적에서 원용된 것이었지만, 매사에 자기 생각으로 골수에까지 철저했던 왕은 자신의 환상을 즐기는 것 이상으로 더 많은 충성심을 얻어내는 데 기여했던 전통이라고는 전혀 몰랐으며 인간의 생각과 행동에 대한 모든 채용된 형태에다 자신의 야만적인 이상주의의 풍성한 성장을 거기에 접목시켰다.

 모든 사람들이 그 회랑에 모이고, 왕은 자신의 신료들에게 둘러싸여 그 투기장의 한쪽에 있는 왕좌(王座)에 높이 앉게 되면, 그는 어떤 신호를 보내고 자기 밑에 있는 문이 열리며, 그러면 고발된 신민이 그 원형극장으로 걸어나왔다. 그의 바로 반대쪽의 사방이 둘러싸인 광장의 다른쪽에는 정확하게 똑같고 나란히 위치한 2개의 문이 있었다. 그 문들 쪽으로 곧장 걸어가서 그중 하나의 문을 여는 것은 재판에 회부된 그 사람의 의무이자 특권이었다. 그는 어느 문이든 자기 마

11. 여인이 나왔는가, 호랑이가 나왔는가

음이 내키는 대로 문을 열 수 있었다. 그는 앞에 말한 바 있는 불편부당하고 부패되지 않은(청렴한) 기회의 그것 외에는 아무런 지침(안내)이나 영향도 받지 않게 되어 있었다.

 만약 그가 어느 한쪽 문을 열면 거기에서는 굶주린 호랑이가, 즉 확보할 수 있었던 가장 사납고 잔인한 호랑이가 그 죄에 대한 징벌로서 즉시 그에게 튀어올라 그를 갈기갈기 찢었다. 그 범죄사건이 이렇게 결정되는 순간, 음울한 쇠 종들이 쨍그렁 쨍그렁 울렸고, 투기장의 바깥쪽 언저리에 자리잡고 있던 고용된 대곡(代哭)꾼들로부터는 커다란 곡성이 일어났으며, 수많은 방청객들은 고개를 떨구고 가슴을 짓누르는 위축된 심정으로 천천히 각자의 집으로 귀로에 올랐다. 그 사람이 매우 젊고 유망한 사람이거나 매우 연로하고 존경받는 사람이면 그가 그러한 비참한 운명을 당하게 되었음을 크게 애도하면서.

 그러나 그 피고인이 다른 쪽 문을 열면 거기에서는 여인이 한 사람 나왔는데, 그 여인은 피고인의 연령과 직분에 가장 알맞은 사람으로서 왕이 자기의 적절한 신민들중에서 선택할 수 있었던 사람이었으며, 피고인은 자기의 결백에 대한 보상으로서 즉시 이 여인과 결혼했다. 그가 이미 아내와 가족을 두고 있거나, 자기의 애정을 자신이 선택한 어떤 대상자에게 주기로 약정되어 있건간에 그런 것은 하등의 문제가 되지 않았

11. 여인이 나왔는가, 호랑이가 나왔는가

다. 왕은 어떠한 그러한 하부적 조치들이라도 응보와 보상에 대해 자기가 세운 위대한 계획에 간섭하게 되는 상황을 허용하지 않았다.

 다른 예에서도 그렇지만 그 실행은 즉시 그리고 그 투기장에서 이루어졌다. 왕좌의 밑에 있는 또 하나의 문이 열리고 한 성직자가 그 두 남녀가 나란히 서있는 장소로 나아갔는데, 그 뒤로는 일단의 성가대원들과 황금색 각적(뿔피리)으로 즐거운 곡조를 불며 결혼축하의 춤 스텝을 밟는 무희들이 따라갔으며, 결혼식은 신속하고도 유쾌하게 엄숙히 거행되었다. 그리고는 즐거운 브라스 벨들이 맑은 종소리를 드높이 울려댔고, 군중은 기쁨의 환호성을 질러댔으며 결백하다고 판결된 그 남자는 화동들이 자기 앞길에 꽃을 흩뿌리며 앞서 가는 가운데 신부를 이끌고 자기 집으로 나아갔다.

 이것은 그 왕이 재판을 집행하는 반 야만적인 방법이었다. 그 방법의 공명 정대함은 명백하다. 죄인은 어느 문에서 여인이 나올 것인지를 알 수 없었다. 그는 자기 마음이 내키는 대로 어느 쪽 문이나 열었지만, 그 다음 순간에 자신이 맹수에게 집어 삼켜질른지 장가를 들게 될른지에 대해서는 손톱만큼의 생각도 갖고 있지 않은 채였다. 호랑이가 몇몇 경우에서는 어느 한 쪽 문으로 나왔고, 또다른 몇몇 경우에서는 다른 쪽 문으로 나왔던 것이다. 그러나 이 법정의 판결들은 공정하지 못했을 뿐만 아니라 단연코 확정적이었다. 피

11. 여인이 나왔는가, 호랑이가 나왔는가

 고인은 자신을 유죄로 판결하게 되면 즉각 처벌되었고, 결백하다고 판결하게 되면 그가 그걸 좋아하든 않든간에 현장에서 보상을 받았다. 왕의 투기장에서 내려진 판결로부터 벗어날 길은 전혀 없었다.
 그러나 이 제도는 무척 인기있는 제도였다. 사람들은 그 중대한 재판일들 중의 어느 날에 함께 모이면 자신들이 피 튀기는 살육을 목격하게 될른지, 신나는 결혼식을 구경하게 될른지를 절대로 몰랐다. 이같은 불확실성 요소는 그렇게 하지 않으면 달성될 수 없는 그 행사에 흥미를 더해 주었다. 이렇게 하여 대중은 즐거워지고 기뻐졌으며, 그 사회의 지식층은 이 계획의 불공평성에 대해 비난을 가할 수 없었다. 왜냐하면 피고인은 자기 수중에 전체적인 일의 귀추에 대해 아무런 정보를 갖고 있지 않기 때문이었다.
 이 반 야만적인 왕에게는 자신의 화려한 환상만큼이나 막 피어나는 딸이 하나 있었는데, 그녀는 왕 자신만큼이나 열렬하고 전제적인 영혼을 지니고 있었다. 그러한 경우에 으레 있는 일이지만, 그녀는 가히 왕 자신의 눈동자였으며 그에게서 어느 누구보다도 사랑을 받았다. 그의 신료들 중에 왕녀를 사랑하는 전통적인 로맨스의 주인공들에게 공통적인 현상이지만 품성은 아름답지만 직분이 낮은 한 청년이 있었다. 이 왕녀는 연인이 되는 그 청년이 무척 마음에 들었는데, 그는 이 왕국내에서 어느 누구도 그를 능가할 수 없을

11. 여인이 나왔는가, 호랑이가 나왔는가

정도로 잘 생겼고 용맹했기 때문이었다. 그녀는 열정적으로 그를 사랑했는데, 그 열정 속에는 그것을 훨씬 더 뜨겁고 강렬하게 해줄 만큼 야만성을 충분히 지니고 있었다. 이 애정행각은 몇 달 동안 행복하게 진척되어 나갔으나, 끝내 어느날 왕이 그 실체를 우연히 발견하게 되었다. 그는 궁중에서의 자신의 책무에 관한한 조금도 망설이거나 동요도 하지 않았다. 그 젊은이는 즉각 감옥에 내던져졌으며, 왕의 투기장에서 그의 재판을 열 날짜가 지정되었다. 물론 이 재판은 특별히 중요한 행사였고, 그래서 백성들은 말할 것도 없거니와 왕 자신도 이 재판의 시행과정과 진척결과에 대해 큰 관심을 갖게 되었다. 이전에는 이러한 사건이 결코 일어난 적이 없었고, 이전에는 감히 왕의 딸을 사랑한 신민이 결코 없었다. 그 후에는 이러한 일들이 충분히 흔하게 되었고, 그래서 조금도 신기하거나 놀랄 일이 아니었지만.

 가장 포악하고 잔인한 짐승을 찾기 위해 왕국내의 호랑이 우리들을 모두 탐색했는데, 그 우리들 중에서 가장 흉포한 괴물같은 놈이 투기장용으로 선택될 수 있을 것이었다. 그리고 한편으로는 운명이 자신에게 다른 운명을 허용하지 않는 쪽으로 결정이 날 경우에 그 청년이 적당한 신부를 맞이할 수 있도록 하기 위해 전국에 걸쳐 처녀의 나이와 미모의 등급을 유능한 재판관들이 주의깊게 조사했다. 물론 그 피고인에게 책임

11. 여인이 나왔는가, 호랑이가 나왔는가

질 행위가 있었음은 누구나 다 알고 있었다. 그는 공주를 사랑했으며, 그나 그녀나 그 밖의 어느 누구도 그 사실을 거부하는 생각은 해본 적이 없었다. 그러나 왕은 이러한 부류의 사실이 법정의 기능 수행에 간여하게 되는 것을 생각하지 않고자 했으며, 이렇게 하는 데서 그는 크나큰 기쁨과 만족을 느꼈다. 이 사안이 어떻게 진척되건간에 그 청년은 처분될 것이었으며, 왕은 그 청년이 공주를 사랑하도록 스스로를 허용한 것이 그릇된 것이었건 아니건간에 뭔가가 결정될 행사의 진전과정을 지켜보는 데서 심미적인 즐거움을 느낄 것이었다.

 지정된 날짜가 다가왔다. 먼 곳에서도 가까운 곳에서도 사람들이 모였고 투기장의 거대한 회랑으로 우루루 몰려들었다. 한편 입장을 허가받지 못한 군중들은 외곽 벽을 등지고 운집했다. 왕과 그의 신료들은 유례가 없을 정도로 끔찍한 그 운명의 어두운 문(portal)들인 쌍둥이 문의 반대쪽에 자리를 잡았다.

 이제 모든 것이 준비되었다. 신호가 보내졌다. 왕측 일행의 밑에 있는 문 하나가 열렸고, 공주의 연인이 투기장으로 걸어나왔다. 키가 크고 아름답고 잘 생긴 그의 외모는 감탄과 걱정의 낮은 탄성으로 인사를 받았다. 관중의 절반은 그들 가운데서 그처럼 장중한 청년이 살고 있었음을 알지 못했다. 공주가 그를 사랑했음은 조금도 놀랄 일이 아니구나! 그런 그가 저기에

11. 여인이 나왔는가, 호랑이가 나왔는가

서 있다는 것은 이 얼마나 끔찍한 일인가!

 청년은 투기장으로 나아가자 관습대로 돌아서서 왕에게 절을 했다. 그러나 그는 왕의 존재에 대해서는 전혀 생각지 않았으며, 그의 시선은 부왕의 오른쪽에 앉아 있는 공주에게만 고정되었다. 그녀의 본성에 야만성의 절반이라도 없었더라면 거기에는 여성의 본성도 들어있지 않았을 가능성이 있다. 그러나 어느 경우에건 그녀의 강렬하고 열정적인 영혼은 자신이 무척이나 끔찍하게 관심을 가진 현장에 자신이 불참하도록 허용하지는 않을 것이었다.

 그녀는 자신의 연인이 왕의 투기장에서 스스로의 운명을 결정해야 한다는 칙령이 내려진 그 순간부터, 밤이나 낮이나 아무것도 생각하지 않았으며, 오로지 이 중대한 행사와 그 행사에 관련된 온갖 주제들만을 생각해 왔었다.

 이러한 사건에서 이전에 흥미를 느껴본 적이 있었던 그 어떤 사람보다도 더 큰 힘과, 영향력과, 강한 성격을 가졌기에, 그녀는 다른 어떤 사람도 해내지 못했던 일을 해냈을 것이었다. 즉 그녀는 스스로 그 문들의 비밀을 파악했을 것이었다. 그녀는 자기 앞의 탁트인 공간과 함께 저 문들 뒤에 있는 2개의 방 가운데 어느 방에 호랑이 우리가 들어서 있고, 어느 방에 여인이 기다리고 있는지를 알았을 것이다. 이들 두꺼운 문의 틈새로는 그 내부에 가죽으로 무겁게 휘장이 쳐져 있

11. 여인이 나왔는가, 호랑이가 나왔는가

어서, 어떠한 소리나 낌새도 내부로부터 그 문들 중의 어느 하나의 빗장을 들어올리려고 다가가는 사람에게로 새어나간다는 것은 불가능했다. 그러나 금(金)의 힘, 그리고 여성의 의지력은 그 비밀을 공주에게로 가져다 주었을 것이다.

그녀는 어느 방에 여인이 있어서 그녀의 방문이 열리면 온통 얼굴을 붉히고 환하게 미소를 지으며 나타날 준비를 하고 있는지를 알았을 뿐만 아니라, 그 여인이 누구인가도 알고 있었다. 그 여인은 그 청년이 자기보다 훨씬 더 높은 위치의 사람에게 접근하는 야망을 품었던 죄가 결백한 것으로 판명되면 그 피고인 청년에 대한 보상용으로 선정된 궁정내 신분높은 처녀들 중에서 가장 멋지고 사랑스러운 여성들 중의 한 사람이었으며, 그래서 공주는 그녀를 미워했다. 이따금 공주는 이 멋진 여인이 자기 연인이 된 남자에게 경애하는 시선을 던지는 것을 실제로 목격했거나 보았다고 생각했으며, 때로는 공주는 그러한 시선이 자기 연인에게 감지되었거나 그로부터 되돌려 받아지기까지 했다고 생각했다. 이따금 공주는 그들이 함께 이야기하는 것을 목격했었다. 그것은 한, 두 순간에 불과했지만, 잠깐 사이에 많은 이야기가 이루어질 수도 있었을 게다. 그것은 거의 중요하지 않는 화제들에 관한 것이었을 수도 있겠지만, 그녀는 그것을 어떻게 알 수 있었단 말인가? 그녀는 사랑스러웠지만, 감히 공주의 연인에게

11. 여인이 나왔는가, 호랑이가 나왔는가

눈을 처들었다. 만약 강도높은 야만적인 피가 전적으로 야만적인 선조들의 긴 계통을 통해 온통 그녀에게 전이되었다면, 그녀는 저 침묵의 문 뒤에서 얼굴이 빨개져 떨고 있는 여인을 미워했을 것이다.

그녀의 연인이 돌아서서 그녀를 쳐다보았고 그의 시선이 그녀의 시선과 마주쳤을 때, 그녀는 자기 주변의 수많은 근심에 잠긴 얼굴들 중에서 어느 누구보다 더 창백하고 하얗게 되어 거기에 앉아 있었으므로, 그는 영혼이 하나가 되어 있는 연인들에게 주어지는 재빠른 인지력에 의해 어느 문 뒤에 호랑이가 웅크려 있고, 어느 문 뒤에 여인이 서 있는지를 공주가 알고 있다는 것을 알아차렸다. 그는 그녀가 그것을 알고 있기를 기대했었다. 그는 그녀의 성격을 이해하고 있었으며, 그의 영혼은 그녀가 이 일을 스스로 명확히 파악하기 전까지는 모든 다른 구경꾼들과 왕에게까지 숨긴 채 결코 여기에 편안히 앉아 있을 수는 없을 것임을 확신하였다. 어느 확실성 요소에 있어서건 그 청년에게 유일한 희망은 이 미스터리를 알아냄에 있어서 공주의 성공 여부에 달려 있었는데, 그가 그녀를 올려다본 순간에 그는 그녀가 성공했음을 알아차렸다.

그래서 그의 재빠르고 근심스러운 시선이 질문을 던진 것은 "어느 쪽으로?"였다. 그것은 마치 그가 서있는 장소에서 그 질문을 큰 소리로 외치기나 한 것처럼 그녀에게는 명백하게 감지되었다. 일각의 지체도 있어

11. 여인이 나왔는가, 호랑이가 나왔는가

서는 안 된다. 그 질문은 섬광처럼 순식간에 던져졌고, 이제 답이 또 다른 섬광처럼 나와줘야 한다.

 그녀의 오른쪽 팔은 그녀의 앞 움푹진 난간 위에 얹혀 있었다. 그녀는 팔을 들어올렸고, 작게 그러나 민첩한 동작으로 오른쪽을 향했다. 그녀의 연인 외에는 아무도 그녀를 보지 못했다. 그녀를 제외한 모든 사람들의 시선은 투기장에 서 있는 그 남자에 못 박혀 있었다.

 그는 돌아섰으며 확고하고 신속한 걸음으로 텅 빈 광장을 가로질러 걸어갔다. 모든 사람들의 가슴이 박동을 멈췄고, 모든 숨소리가 그대로 정지되었다. 모든 시선이 그 남자의 위에 움직이지 않은 채 고정되었다. 그는 한치의 망설임도 없이 오른 쪽에 있는 문으로 나아갔으며 그걸 열었다.

 이제 이 이야기의 요점은 이렇다: "그 문에서 호랑이가 나왔는가, 아니면 여인이 나왔는가?"

 우리는 이 질문을 곰곰이 생각하면 할수록 답하기가 점점 더 어려워진다. 이 문제는 인간의 심성(心性)에 관한 연구가 되겠는데, 인간의 심성은 열정이라는 구불구불한 미로를 통과하며 우리를 인도하기 때문에 거기에서 우리의 진로를 찾아낸다는 게 어렵다. 여성 독자들이여, 이것에 관해서는 이렇게 생각해 보시라. 이 문제의 결정은 당신 자신에게 달려있지 않고, 마치 뜨거운 피가 끓는 반 야만적인 공주에게 달려 있는데,

11. 여인이 나왔는가, 호랑이가 나왔는가

 그녀의 영혼은 절망과 질투가 뒤섞인 불길 위에서 달구어진 백열상태에 있는 것인 양 생각해 보시라. 그녀는 그를 잃었고, 하지만 누가 그를 차지해야 할 것인가?

 얼마나 자주, 깨어 있을 때나 꿈속에서도, 그녀는 자기 연인이 그 뒤[안]에 잔인한 호랑이의 송곳니가 기다리고 있는 문을 여는 것을 생각할 때 미칠 듯한 공포로 소스라치게 놀랐으며 두 손으로 얼굴을 감쌌던가!

 그러나 그녀는 또한 얼마나 더 자주 그가 다른 쪽 문을 여는 것을 보았던가! 그녀는 그가 여인이 있는 문을 열게 되어 날뛸 듯한 기쁨으로 소스라치게 놀라는 광경을 목격하게 되었을 때 비통한 몽상 속에서 얼마나 이를 갈며 노여워하고 자기 머리칼을 쥐어뜯었던가! 그가 뺨이 붉어지고 득의의 환희로 눈을 반짝거리는 그 여인을 달려가 맞이하는 것을 그녀가 보게 되었을 때, 그가 되찾은 생명의 기쁨으로 전신이 달아오른 채 그 여인을 이끌고 나아가는 것을 그녀가 보게 되었을 때, 수많은 군중들로부터 즐거운 환성이 터져나오고 행복의 종소리가 요란하게 울리는 것을 그녀가 듣게 되었을 때, 성직자가 기쁨에 겨운 자기의 시종자들을 거느리고 신랑·신부에게로 나아가 그녀의 바로 목전에서 그들을 남편과 아내로 만들어 주는 것을 그녀가 보게 되었을 때, 그리고 그 두 남녀가 자신들의 앞

11. 여인이 나왔는가, 호랑이가 나왔는가

에 뿌려진 꽃길 위로 함께 걸어나가고, 이어서 즐거워 떠드는 군중의 엄청난 함성이 뒤따라 일어나며, 그 함성 속에서 자신의 절망에 찬 한 가닥 울부짖음은 그 환성에 압도되어 사라지고 잠기는 것을 보게 되었을 때, 그녀의 영혼은 얼마나 격심한 고통으로 불타올랐던가!

그가 단번에 죽어 가서 반 야만적 내세의 축복받은 곳(천국)에서 그녀를 기다리도록 하는 것이 더 나은 일일까?

하지만 저 무시무시한 호랑이, 저 날카로운 비명소리들, 저 피!

그녀의 결정은 한 순간에 표시되었지만, 그것은 며칠 낮·밤에 걸친 고민에 찬 숙고가 있은 뒤에 이루어졌었다. 그녀는 그이로부터 질문받을 것을 알았고, 그럴 때 그녀는 무엇을 답해 줄 것인지를 결정했었으며, 그래서 하등의 주저함이 없이 자기 손을 오른 쪽으로 움직였었다.

그녀의 결정에 대한 문제는 경솔하게 고려될 성질의 것이 아니며, 필자 자신을 그것에 관해 대답해 줄 수 있는 사람으로 감히 자처하는 것은 제가 할 바(소임)가 아닐 것이다. 그래서 저는 이 문제를 전적으로 독자 여러분 모두에게 맡긴다.

즉, 열려진 문에서는 과연 어느 쪽이 나왔는지ー여인이었는가, 아니면 호랑이었는가?

제 12 편

아버지와 계란

- 셔우드 앤더슨
(1876-1941)

셔우드 앤더슨은 오하이오주 Camden의 가난한 집안에서 태어나 정규교육을 받지 못했으나, 시카고 등지에서 노동자, 광고작가를 거쳐 페인트사업, 농장, 출판사, 주간신문사 등 자영사업을 하면서 꾸준히 소설.단편소설 등 저작활동을 병행했다. 사업상의 실패와 성공, 4차례에 걸친 결혼생활 등 인생의 숱한 고난을 겪으면서 고단한 삶과 절망에 빠진 인물들에 대한 내면적 심리탐구를 즐겨 표현했으며, 1919년 "Winesburg, Ohio"를 발표하면서 작가로서 널리 인정받았다. 후기 작품으로는 "Poor White", "Horses and Men", "Dark Laughter", 그리고 단편소설집 "The Triumph of the Egg" 등이 있다. 그는 미국 단편소설의 형태와 주제, 그리고 포크너, 헤밍웨이, 슈타인벡 등 차세대 작가들에게 큰 영향을 미쳤다. 만년에 남미 여행중 파나마에서 병사했으며, 묘비에 다음과 같은 비명(碑銘; epitaph)이 새겨졌다.

"죽음이 모험이 아니라, 삶이 바로 대모험이다(Life, Not Death, Is the Great Adventure"

12. 아버지와 계란

아버지와 계란

**병아리들은 사람들과 너무나 흡사하여 생(生)에 대한
당신의 판단을 뒤섞어 놓는다. 만약 질병이 그들을
죽이지 않으면 그들은 당신의 기대가 한껏 부풀어지게
기다리고, 그런 다음에 마차 바퀴 밑에서
걸어다니다가, 으깨져 죽어서 창조주에게로
되돌아간다.**

 나의 아버지는 천성이 쾌활해지려 하고 친절해지려는 생각을 지닌 사람이라고 나는 확신한다. 그는 34세가 될 때까지는 토마스 버터우드라는 이름을 가진 한 남자의 농장인부로 일했는데, 그 농장은 오하이오주의 비드웰(Bidwell) 타운 근처에 있었다. 아버지는 당시에 자기 소유의 말 한 필을 갖고 있었으며 토요일 저녁이면 읍내로 말을 타고 가서 다른 농장인부들과 사교활

12. 아버지와 계란

동을 하면서 몇 시간을 보냈다. 읍내에서 그는 맥주를 몇 잔 마시고는 벤 헤드씨 살롱 주변을 서성댔는데, 이 술집은 토요일 저녁이면 찾아오는 농장인부들로 북적댔다. 카운터에서는 노래가 불려지고 술잔들이 쟁그렁 쟁그렁 부딪쳤다. 10시가 되어서 아버지는 호젓한 시골길을 따라 말을 타고 집으로 돌아와서는 말을 밤새 편히 쉬도록 해주고는 자신도 잠자리에 들었는데, 자신의 사회적 지위 안에서 무척 행복했다. 그 시절에 그는 출세를 하려고 노력한다는 생각은 전혀 없었다.

 아버지가 당시 시골 교사였던 어머니와 결혼한 것은 그가 35세 되던 해의 봄이었으며, 그 이듬해에 내가 몸을 뒤틀며 울부짖으면서 세상으로 나왔다. 그러자 무엇인가가 그 두 사람에게 생겨났다. 그들은 야심적으로 되었다. 세상에서 더 높이 되려는 미국적 열정이 그들을 사로잡았던 것이다.

 그렇게 된 데에는 어머니에게 책임이 있었을런지도 모른다. 그녀는 교사였으므로 분명히 여러 책과 잡지를 읽었었을 게다. 내가 짐작컨대 그녀는 가필드와 링컨과 그 밖의 다른 사람들이 어떻게 가난한 처지에서 명성과 위대성으로 떨쳐 일어났는지를 읽었을 것이다. 내가 그의 곁에 누워 있을 때ㅡ아니 그가 해산 자리에 누워 있을 때에도ㅡ그녀는 내가 언젠가는 사람과 도시를 다스리게 될 것을 꿈꾸었을지도 모른다. 어쨌든 그녀는 아버지를 설득하여 농장인부로서의 직분을 포기

12. 아버지와 계란

하게 했고, 말을 팔게 했으며, 자기 소유의 독립적인 사업을 시작하도록 했다. 그녀는 긴 코와 걱정스러운 회색 눈을 지닌, 키가 크고 조용한 여인이었다. 그녀는 자기 자신에 대해서는 아무것도 바라는 게 없었다. 다만 아버지와 내게 대해서만은 그녀는 치유할 수 없을 만큼 야심에 불탔다.

그 두 사람이 뛰어든 첫번째 사업은 상황이 좋지 않게 결말이 났다. 그들은 비드웰에서 8마일 떨어진 곳에 있는 그리그스(Griggs) 길옆에 10 에이크의 척박하고 돌 많은 땅을 빌려서 양계업을 힘차게 시작했다. 나는 그곳에서 자라나 소년시절로 접어들었으며 거기에서 인생에 대한 첫 인상을 느끼게 되었다. 당초부터 그들은 재앙을 불러올 인상이었다. 내게 대해서 말한다면 내가 만약 인생의 보다 어두운 면을 보는 경향이 있는 침울한 사람이라면, 나는 그 원인을 내가 양계농장에서 행복하고 즐거운 소년시절을 보냈다면 내게 어떤 일이 일어났을까 하는 사실에 돌린다.

이 문제에 대해 정통하지 않은 사람은 병아리에게 일어날 수 있는 그 많은 비극적인 일들에 대해 아무런 생각을 가질 수 없다. 병아리는 알에서 깨어나고, 여러분들이 부활절 카드에 그려져 있는 것을 보는 것과 같은 조그만 솜털 복숭이로 몇 주를 살아가며, 그리고는 섬뜩할 만큼 벌거숭이가 되고, 여러분 아버지의 이마에 맺힌 땀이 사다 준 곡식과 식사를 엄청나게 먹어

12. 아버지와 계란

치우고, 핍(pip)이니 콜레라니 기타 이름으로 불리어지는 각종 병을 얻어, 멍한 눈빛으로 해를 바라보며 서 있고, 그리고는 앓다가 죽는다. 몇 마리의 암탉과 때로는 수탉이 하느님의 불가해한 목적에 부응하려고 작정한 듯이 고생 고생 끝에 성숙하기에 이른다. 그리고 (그 성숙한) 암탉은 계란을 낳고, 그 계란에서 다른 병아리들이 나오고, 이렇게 하여 그 끔찍한 순환이 이행된다. 그것은 전적으로 믿을 수 없을 만큼 복잡하다. 대부분의 철학자들은 양계농장에서 길러졌음에 틀림없다. 사람들은 병아리 한 마리에게 너무 많은 것을 바라며 그래서 그만큼 지독하게 환멸을 느낀다. 생애의 여정을 막 시작한 작은 병아리들은 총명하고 기민해 보이지만, 사실은 아주 끔찍할 만큼 어리석다. 병아리들은 사람들과 너무나 흡사하여 생(生)에 대한 당신의 판단을 뒤섞어 놓는다. 만약 질병이 그들을 죽이지 않으면 그들은 당신의 기대가 한껏 부풀어지게 기다리고, 그런 다음에 마차 바퀴 밑에서 걸어다니다가, 으깨져 죽어서 창조주에게 되돌아간다. 해충이 그들의 어린 몸에 떼지어 몰려들고, 그래서 치유용 가루약 구입에 재산이 들어가야 한다. 인생의 후반에 들어서 나는 양계로부터 이루어질 운명에 관한 주제에 관하여 문학이 어떻게 구축되어 왔는지를 알게 되었다. 그것은 선·악에 대한 지식의 나무를 막 갉아먹은 신들에게 읽혀지도록 의도되었다. 그것은 일종의 희망에 찬 문

12. 아버지와 계란

학이며, 몇 마리의 닭을 가진 단순하고 야심에 찬 사람들에 의해 많은 것이 이루어질 수 있다는 사실을 표명하고 있다. 그러나 그것에 의해 미혹되지 말지어다. 그것은 당신을 이롭게 하기 위해 쓰여진 게 아니다. 당신은 세상이 나날이 더 나아져 가고 있고 선이 악을 이길 것이라고 믿고 싶다면 차라리 알라스카의 얼어붙은 산으로 금(金)을 찾으러 가거나, 정치가의 정직성을 신뢰하라. 그러나 닭에 관해 쓰여진 문학은 읽거나 믿지 말아라. 그것은 당신을 이롭게 하기 위해 쓰여진 게 아니다.

 하지만 나는 지금 주제에서 좀 빗나갔다. 내 이야기는 기본적으로 닭 그 자체에 관한 것이 아니다. 정확히 말한다면 그것은 계란에 초점을 두려는 것이다. 10년 동안 아버지와 어머니는 우리 집의 양계농장이 수익이 나도록 고투했으며, 그리고는 그 몸부림을 포기하고는 다른 사업을 시작했다. 그들은 오하이오주 비드웰 읍내로 이사했으며 요식업을 시작했다. 부화되지 않는 인큐베이터 때문에 걱정하고, 그 조그만-그들 식으로 말하면 귀여운-털복숭이가 반 벌거숭이의 영계시절로 이행하고, 그로부터 죽어가는 성계시절로 이행하기까지의 과정을 걱정하면서 보낸 10년이 지나서야, 우린 모든 걸 내버리고 소지품을 챙겨 마차 위에 짐을 꾸려 넣은 채 비드웰로 향하는 그리그스 길을 따라 마차를 몰고 갔는데, 그것은 상승의 인생여정을 시

12. 아버지와 계란

작할 새로운 장소를 찾아가는 일종의 조그만 희망의 캐러밴(caravan)이었다.

 그러나 우리는 처량해 보이는 한 떼의 사람들임에 틀림 없었으며, 전쟁터에서 도망쳐 나오는 피난민 같지 않았다고 생각되지는 않는다. 어머니와 나는 그 먼 길을 걸어서 갔다. 우리집 짐을 실은 마차는 그날 하루 동안 이웃집 앨버트 그리그스씨에게서 빌렸었다. 마차의 양 옆으로는 값싼 의자의 다리들이 쑥 내밀어져 있었고, 침대와 테이블과 부엌세간들이 가득 든 상자들 더미 뒤에는 살아 있는 병아리를 담은 궤짝이 있었으며, 그 위에는 나의 유년시절에 나를 태우고 이리저리 밀고 다녔었던 유모차가 있었다. 왜 우리가 그 유모차에 집착해서 버리지 않고 갖고 왔는지 나는 모른다. 어린애들이 더 태어날 가능성은 거의 없었고 그 유모차는 바퀴가 부러져 있었는데도 말이다. 가진 게 별로 없는 사람들은 이렇게 자신들이 소유하고 있는 것들에 끈덕지게 집착한다. 그건 인생을 무척 낙담시키는 사실들 중의 하나이다.

 아버지는 마차의 꼭대기에 올라탔다. 그는 그때 45세의 대머리 남자였고, 조금 살이 쪘으며 어머니와 병아리들과 오래 함께 살아왔던 탓에 습관적으로 말수가 적고 위축되어 있었다. 양계농장에서의 우리의 10년 동안 내내 그는 인근 농장들에서 일꾼으로도 일했는데, 그가 번 돈의 대부분은 병아리 병을 치료하기 위

12. 아버지와 계란

한 치료약들에 쓰였다. 즉 월머씨의 화이트 윈드 콜레라 치료약이라든지 빌도우 교수의 산란촉진 영양제나 몇 가지 다른 조제약품들에 쓰였는데, 이들 약품들은 어머니가 가끔잡지에 광고된 것을 본 것들이었다. 아버지의 머리에는 바로 귀 위에 2개의 작은 머리칼 다발이 얹혀 있었다. 어린아이 때 나는 그가 겨울철 일요일 오후에 난로 앞 의자에서 잠에 빠져 있을 때 그를 쳐다보며 앉아 있곤 하던 일이 기억난다. 나는 이미 그 당시에 책을 읽기 시작했고, 내 자신의 생각을 갖기 시작했는데, 그의 머리 정수리를 지나고 있는 대머리 길이 마치 카이사르가 그의 군단을 이끌고 로마에서 경이로운 미지의 세계로 나아가기 위해 만들었을지도 모르는 어떤 길과 같은 넓은 길 같은 것이라고 상상했다. 나는 아버지의 귀 위까지 자란 머리숱(머리칼 뭉치)은 삼림 같다고 생각했다. 나는 길을 걸으며 반은 잠에 취고 반은 깨어 있는 상태로 빠져들었으며, 양계농장이란 없고 삶이 바로 계란 없는 행복한 일인 저 먼 행복한 곳으로 뻗어 있는 길을 따라 걸어가고 있는 조그만 아이가 된 꿈을 꾸었다.

여러분들은 우리가 양계농장에서 읍내로 도피해 가는 것을 글로 쉽게 나타낼 수 있을지 모르겠지만. 어머니와 나는 온통 8마일을 걸었다. 그러면서 그녀는 마차에서 무엇이 떨어지는 게 없는지를 확인했고, 나는 경이로운 세계를 상상했다. 아버지 옆의 마차 좌석에는

12. 아버지와 계란

그의 가장 중요한 보물이 놓여 있었는데, 이제 그것에 관해 이야기하겠다.

수백 또는 심지어는 수천 마리의 병아리들이 계란에서 나오는 양계농장에서는 이따금 놀랄 만한 일들이 일어난다. 사람에서와 마찬가지로 계란에서도 흉물이 태어난다. 그러한 사고는 흔히는 일어나지 않고, 어쩌면 천 번의 태어남 중에서 한 번 정도 일어난다. 다리가 네 개, 날개가 두 쌍, 머리가 둘 등을 가진 병아리가 태어나는 것을 여러분은 보게 된다. 그러한 병아리들은 오래 살지 못한다. 그들은 자신들을 잠시 위기에 처하게 만든 그들의 창조주의 수중으로 빨리 되돌아간다. 그 불쌍한 작은 것들이 살 수 없다는 사실은 아버지에게는 인생의 비극들 중의 하나였다. 그는 다리가 다섯 개인 암탉 성계나 머리를 둘 가진 수탉 성계로까지 키워낼 수만 있다면 자신은 큰 재산을 모으게 될 것이라는 따위의 어떤 생각을 지니고 있었다. 그는 그 기이한 것을 시골 장터로 가지고 가서 그것을 다른 농장인부들에게 전시함으로써 부자가 될 것이라고 꿈꾸었다.

어쨌든 그는 우리 집 양계농장에서 태어난 그 작고 기괴한 것들을 모두 모았다. 그것들은 알콜에 넣어 보존되었으며 각각의 유리병 속에 하나씩 넣었다. 이것들을 그는 조심스럽게 궤짝 하나에 집어넣었으며, 읍내로 가는 우리의 여정에서 그것은 그의 마차 옆 자리

12. 아버지와 계란

에 소중하게 얹혀 운반되었다. 그는 한 쪽 손으로는 말들을 몰았으며, 다른 쪽 손은 그 궤짝에 꼭 붙이고 있었다. 우리가 목적지에 도착하자 그 궤짝은 금방 내렸고 속에 든 병들을 꺼냈다. 우리가 오하이오주 비드웰 타운에서 식당주인으로서 일한 세월 동안 내내, 각각의 작은 유리병 속에 든 그 흉물들은 카운터 뒤의 선반에 얹혀 있었다. 어머니는 이따금 항의했지만 아버지는 그의 그 보물 건에 대해서는 꿈쩍도 않는 일종의 바위였다. 그 흉물들은 가치가 크다고 그는 단언했다. 사람들은 이상하고 신기한 것들을 보기 좋아한다고 그는 말했다.

참, 우리가 오하이오주 비드웰 타운에서 요식업을 시작했다고 말했던가? 그러나 그건 좀 과장되었다. 비드웰 타운은 타운 자체가 낮은 산의 기슭과 작은 강변에 있었다. 철로는 이 타운을 경유하여 운행하지 않았으며 역은 거기에서 북쪽으로 1마일 떨어져 픽클빌(Picklevile)이라는 곳에 있었다. 그 역에는 사이다 공장과 야채 절임공장(pickle factory)이 하나씩 있었지만, 우리가 이사해 가기 전에 둘 다 폐업했었다. 아침과 저녁에는 버스들이 비드웰의 간선도로에 있는 호텔로부터 터너스 파이크(Turner's Pike)라고 부르는 도로를 따라 역까지 내려왔다. 우리가 그 외딴 곳으로 가서 요식업을 시작한 것은 어머니의 아이디어였다. 그녀는 그것에 관해 1년 동안이나 이야기했고 그리고

12. 아버지와 계란

는 어느날 훌쩍 길을 떠나 철도역 맞은편에 있는 빈 창고건물을 빌렸다. 음식점이 수익성이 있을 것이라는 것이 그녀의 생각이었다. 그녀는 말하기를 여행객들은 읍내에서 나와 열차를 타려고 서성거리며 기다릴 것이고, 읍내 사람들은 역으로 와서 들어오는 열차를 기다릴 것이라고 했다. 그들은 몇 점의 파이를 사거나 커피를 마시려고 식당으로 들어올 것이라는 것이었다. 나도 이제 나이가 들어서야 그녀가 거기로 가기로 작정함에 있어서는 또 다른 동기가 있었음을 알고 있다. 그녀는 내게 대해서는 정말 야심에 불탔다. 그녀는 내가 출세하기를 바랐고, 그래서 도시 학교로 들어가 도시 사람이 되기를 바랐던 것이다.

 픽클빌에서 아버지와 어머니는 그들이 언제나 그랬었던 것처럼 열심히 일했다. 우선 그곳을 식당이 되도록 모양을 갖출 필요가 있었다. 그렇게 하는 데 한 달이 걸렸다. 아버지는 선반을 설치하고 그 위에 야채 담는 양철통들을 얹었다. 그는 간판에 페인트를 칠하고 그 위에 커다란 붉은 글자로 자신의 이름을 써넣었다. 그리고 그의 이름 아래에는 "여기서 드시오(EAT HERE)"라고 강렬한 지시어를 썼는데, 실제로는 손님들이 좀처럼 그렇게 따라주지는 않았다. 쇼케이스도 하나 사들였으며 그 안을 권연과 엽연으로 채웠다. 어머니는 마루와 방의 벽을 힘주어 문질러 닦았다. 나는 읍내에 있는 학교를 다녔으며, 농장에서 멀리 떠나와

12. 아버지와 계란

있게 되어 즐거웠고 풀이 죽고 측은해 보이던 병아리들의 존재를 보지 않게 되어 즐거웠다. 그렇지만 여전히 아주 기쁘지는 않았다. 저녁이면 나는 학교를 마치고 터너스 파이크 길을 따라 집으로 걸어 왔으며, 읍내 학교 마당에 어린이들이 놀고 있던 광경이 기억났다. 한 떼의 어린 소녀들이 깡충깡충 뛰어 다니고 노래를 부르면서 지나갔었다. 나도 그렇게 해보았다. 나는 얼어붙은 길을 따라 한 쪽 다리로 진지하게 뛰면서 내려갔다. "빨리 빨리 뛰어서 이발소로 가자." 나는 쇠된 소리로 노래를 불러댔다. 그러다가는 걸음을 멈추고 의심스러운 듯이 주위를 둘러보았다. 나는 내가 즐거운 분위기에 젖어 있는 것이 눈에 뜨일까봐 두려웠다. 죽음이 일상적인 내방객으로 찾아왔던 양계농장에서 키워졌던 나 같은 사람에 의해서는 행행져서는 안될 짓을 내가 하고 있었다는 느낌이 들었던 게 틀림없었다.

　어머니는 우리 집 식당이 밤에도 영업을 한 채로 있어야 한다고 작정했다. 밤 10시에 여객열차 한 대가 우리 집을 지나 북쪽으로 갔으며, 뒤이어서 완행 화물열차가 한 대 지나갔다. 그 화물열차 승무원들은 픽클빌에서 스위칭(switching; 선로나 화물칸을 바꾸는) 작업을 할 일이 있었으며, 그 일이 끝나면 따끈한 커피와 음식을 들기 위해 우리 식당으로 왔다. 이따금 그들 중의 어떤 사람은 계란 프라이를 주문하기도 했

12. 아버지와 계란

다. 새벽 4시가 되어 그들은 북쪽 방향으로 돌아갔으며 그 후 다시 우리 식당을 찾아왔다. 조그만 장사가 커지기 시작했다. 어머니는 밤에는 자고, 낮에는 아버지가 자고 있는 동안 음식점을 돌보고 우리 식구들을 먹였다. 그는 어머니가 밤 동안 차지했었던 바로 그 침대에서 잤으며, 나는 비드웰 읍내로 가서 학교에 출석했다. 그 기나긴 밤들 동안 어머니와 나는 자고 있었고 아버지는 우리 식구들의 점심 도시락을 위한 샌드위치에 들어갈 고기를 요리했다. 그러다가 출세에 관한 한 가지 아이디어가 문득 그의 머리에 떠올랐다. 출세지향의 미국적 정신이 그를 사로잡았다. 그도 또한 야심적으로 되었던 것이다.

 할 일이 거의 없는 그 기나긴 밤이면 아버지는 생각할 시간을 갖게 되었다. 그것은 그가 이전에는 겪지 않던 일이었다. 그는 과거에는 충분히 유쾌하지 못했었기 때문에 성공하지 못했었다고 단정했으며, 그래서 앞으로는 유쾌한 인생관을 가지기로 작정했다. 이른 아침에야 그는 2층으로 올라가서 어머니와 같이 침대에 들었다. 그녀는 잠이 깼으며 그 두 사람은 이야기를 했다. 모서리에 있는 내 침대에서 나는 그들의 이야기를 들었다.

 그와 어머니 두 사람은 우리 식당에 식사하러 오는 손님들을 즐거워하도록 해보자는 것이 아버지의 아이디어였다. 나는 지금 그가 한 말들을 기억할 수는 없

12. 아버지와 계란

지만, 그는 다소 얼른 감지되지 않는 방식으로 일종의 대중 엔터네이너가 되기로 한다는 인상을 주었다. 사람들, 특히 비드웰 읍에서 오는 젊은 사람들이 우리 음식점으로 오게 되면(이들은 매우 드물게 왔지만) 밝게 즐기는 대화가 이루어지게 마련이었다. 아버지의 말들로 미루어 나는 '즐거운 식당주인 되기 실행'의 뭔가가 추구될 것으로 짐작했다. 어머니는 그것에 대해 처음부터 의심스럽게 여겼음에 틀림없었지만, 아버지를 실망시킬 말은 일체 하지 않았다. 자신과 어머니가 그들과 함께 되려는 열정은 비드웰 읍내의 젊은 사람들의 가슴에 튀어 닿을 것이라는 것이 아버지의 생각이었다. 저녁이면 유쾌하고 행복한 무리들이 터너스 파이크의 길을 따라 노래를 부르며 내려올 것이며, 그들은 기쁨과 웃음으로 떠들면서 우리 식당으로 떼지어 우르르 몰려올 게다. 노래도 있고 축제도 벌어질 것이다. 나는 아버지가 그 문제에 대해 그렇게 정교하게 말했다는 인상을 주려는 의도는 없다. 내가 말했던 것처럼 아버지는 말수가 적은 사람이었다. "그들은 어울려 지낼 어떤 곳을 원한다. 내 말인즉, 그들은 어울려 지낼 어떤 곳을 원한다는 것이다,"라고 그는 거듭거듭 말했다. 그게 그가 능력껏 말했던 최상의 표현이었다. 그 나머지는 나 자신이 상상해서 빈 칸을 채워 넣었던 것이다.

2~3주 동안 아버지의 이 생각은 온통 우리 집을 휩

12. 아버지와 계란

쌌다. 우리는 이야기를 많이 하지는 않았지만, 우리의 일상생활에서 무뚝뚝한 모습 대신에 미소가 그 자리를 대신하게 하려고 열심히 노력했다. 어머니는 식구들을 보고 웃었으며, 나도 그 영향을 받아 우리 집 고양이에게 미소를 지었다. 아버지는 기뻐하려는 조바심으로 좀 들떠서 불안정하게 되었다. 그에게도 쇼맨의 기질이 자신의 내면 어딘가에 잠재해 있었음은 의심할 여지가 없었다. 그는 밤에 그가 서빙하는 철도 사람들에 대해서는 자신의 에너지를 크게 소모하지 않았지만, 그가 할 수 있는 무언가를 보여 주기 위해 비드웰 읍내로부터 젊은 남녀가 들어오기를 은연중 기다리고 있는 것 같았다. 음식점 카운터에는 철사로 얽은 광주리 하나가 언제나 계란을 담은 채 놓여 있었는데, 그것은 엔터테이닝을 한다는 아이디어가 그의 머리 속에 태동했을 때 이미 그의 눈 앞에 존재했음에 틀림없었다. 거기에는 계란들이 스스로를 아버지의 아이디어 개발과 연관되게 하는 방식에 관해 배태기적인 무슨 인연이 있었다. 하지만 어쨌든 계란은 아버지의 인생에서의 새로운 충동을 도리어 망가뜨렸다. 어느 날 나는 밤늦게 아버지의 목에서 나오는 분노의 고함소리에 잠을 깼다. 어머니와 나는 둘 다 침대에서 곧추 앉았다. 그녀는 떨리는 손으로 자신의 머리 맡 테이블 위에 놓여 있는 램프에 불을 켰다. 아래층 우리 식당의 현관 문이 쾅 소리를 내며 닫혔으며 잠시 뒤에 아버지가 쿵

12. 아버지와 계란

쿵거리며 위층으로 올라왔다. 그는 손에 계란을 하나 쥐고 있었고 그의 손은 마치 몸에 오싹오싹 한기가 든 듯이 떨고 있었다. 그의 눈에는 반 미친 듯한 광기가 감돌았다. 그가 우리를 노려보고 서 있었기에 나는 그가 틀림없이 어머니나 나를 향해 그 계란을 던질 작정이라고 생각했다. 그러더니 그는 전등옆의 테이블 위에 그것을 슬며시 내려놓더니 어머니의 침대 옆에 무릎을 꿇고 푹석 주저앉았다. 그는 소년처럼 울었으며, 나도 그의 슬픔에 도취되어 그와 함께 울었다. 우리 둘은 조그만 2층 방을 우리들의 구슬피 울어대는 소리로 가득 채웠다. 우스꽝스럽긴 하지만, 우리가 연출한 그 정경에 대해 나는 그의 머리 정수리를 가로질러 달리는 그 대머리 길을 어머니의 손이 끊임없이 가볍게 두들겨 주던 사실만을 기억하고 있을 따름이다. 나는 어머니가 그에게 무슨 말을 했는지, 그리고 어떻게 그녀가 그를 달래어 아래층에서 무슨 일이 일어났던가를 자신에게 말하도록 했는지를 나는 잊어버렸다. 그의 설명 또한 내 마음에서 말끔이 사라졌다. 나는 오로지 내 자신의 슬픔과 놀람, 그리고 아버지가 침대 옆에 무릎을 꿇고 앉아 있었을 때 그의 머리 위에 트인 반지르한 길이 전등 빛을 받아 반짝거리던 것을 기억할 따름이다.

　아래층에서 무슨 일이 일어났던가에 관하여. 나는 마치 아버지의 좌절에 한 사람의 증인이었던 것처럼, 몇

12. 아버지와 계란

가지 설명할 수 없는 이유로 그 이야기도 알고 있다. 사람은 때가 지나면 많은 설명할 수 없는 일들도 알게 된다. 어느날 저녁 비드웰의 어떤 상인의 아들인 젊은 죠 케인(Joe Kane)이 그의 아버지를 마중하려고 픽클빌에 왔는데, 그의 아버지는 남쪽에서 올라오는 밤 10시 열차를 타고 오기로 예정되어 있었다. 그런데 그 열차는 3시간이나 연착했으며, 그래서 그는 빈둥거리며 그 열차가 도착하기를 기다리기 위해 우리 식당으로 들어왔다. 때마침 완행 화물열차가 들어왔고 그 화물열차 승무원들이 식사를 했다. 죠는 식당에 아버지와 함께 혼자 남겨지게 되었다.

그 비드웰의 젊은이는 우리 식당에 들어오는 순간부터 아버지의 행동에 어리둥절해졌음에 틀림없었다. 아버지가 틀림없이 자기를 보고 어슬렁거린다고 화가 나 있다는 게 그의 생각이었다. 그는 식당 주인이 자기가 나타남으로써 분명히 방해를 받았다고 여겼으며 그래서 발길을 돌려 나가려고 생각했다. 하지만 때마침 비가 오기 시작했고 그는 읍내까지 오래 걸어서 갔다가 되돌아온다는 것을 상상할 수 없었다. 그는 5센트짜리 권연 하나를 샀으며 커피 한 잔을 주문했다. 그는 마침 호주머니에 신문 한 부가 들어 있었고, 그래서 그걸 꺼내어 읽기 시작했다. "저는 밤 열차를 기다리고 있는데, 연착입니다." 그는 미안해하면서 말했다.

죠 케인은 그 전에 한 번도 아버지를 본 적이 없었으

12. 아버지와 계란

며, 아버지는 오랫동안 그의 내방객을 응시한 채 가만히 있었다. 그는 마치 첫 무대 등단 같은 공포의 엄습으로 고통받고 있었음에 틀림 없었다. 인생에서 너무나 흔히 일어나는 일이지만, 그는 이제 그 젊은이를 직면하게 된 그러한 상황을 너무나 많이 너무나 자주 생각해 왔던 탓에 정작 그런 상황이 출현하자 다소 신경이 예민해졌다.

그 한 가지로서 그는 자기 손을 어떻게 해야 할지 몰랐다. 그는 신경질적으로 카운터 너머로 한쪽 손을 쑥 내밀고는 죠 케인과 악수를 했다. "하우-데-두(안녕하시우)," 그는 말했다. 죠 케인은 보던 신문을 내려놓고는 그를 빤히 쳐다보았다. 아버지의 시선은 카운터 위에 놓여 있는 계란 광주리에 멈췄으며 그는 말하기 시작했다. "자(Well)," 그는 머뭇거리며 시작했다. "자, 자네는 크리스토퍼 콜럼버스에 대해 들었겠지, 에?" 그는 마치 화가 나 있는 것 같았다. "그 크리스토퍼 콜럼버스는 사기꾼이었어," 그는 강한 어조로 단언했다. "그는 계란을 뾰족한 끝이 바닥에 닿게 곧추 세우게 하겠다는 이야기를 했지. 그는 말했지, 분명 말했어. 그리고 그는 가버렸고 계란 끄트머리는 깨졌어."

그의 내방객에게는 아버지가 콜럼버스의 이중성을 생각하고는 좀 제 정신이 나간 것 같아 보였다. 그는 투덜거리며 욕을 해댔다. 콜럼버스는 결국 중요한 순간에 속였기 때문에 그를 위인이라고 어린이들에게 가르

12. 아버지와 계란

치는 것은 잘못된 일이라고 아버지는 단언했다. 콜럼버스는 계란을 끝부분으로 곧추 서있게 하겠다고 단언했으며, 그리고는 자기 손을 펴서 공개하면서 마술사처럼 속임수를 썼다는 것이었다. 아버지는 여전히 콜럼버스에 대해 불평하면서 카운터 위의 광주리에서 계란을 하나 꺼내 쥐고는 왔다 갔다 했다. 그는 그 계란을 자신의 두 손바닥 사이로 이리저리 굴렸다. 그는 온화하게 미소지었다. 그는 인체로부터 나오는 전기에 의해 계란에 생성되는 영향에 관한 말들을 중얼거리기 시작했다. 그는 계란의 껍질을 깨뜨리지 않고 그것을 자기 손 안에서 앞·뒤로 굴림에 의해 그것을 끝 쪽으로 곧추 세울 수 있다고 단언했다. 그는 자기 손의 온기(溫氣)와 자기가 가하는 부드러운 굴림운동이 계란에게 새로운 중력 중심점이 생기게 되도록 할 것이라고 설명했다. 그러자 죠 케인도 조금 흥미를 갖게 되었다. "나는 수천개의 계란을 다뤄 보았지," 아버지는 말했다. "계란에 대해서는 아무도 나보다 더 잘 알고 있지 않을 거야."

 그는 그 계란을 카운터 위에 세웠으나 옆으로 넘어졌다. 그는 그 묘기를 몇 번이고 되풀이 시도해 보았으며, 매번 계란을 자신의 손바닥 사이에서 굴렸고 전기의 경이성과 중력의 법칙에 관한 말들을 해댔다. 반시간의 노력 끝에 아버지는 잠깐 계란이 서있도록 하는데 성공하자, 그의 내방객을 쳐다보았으나 내방객이

12. 아버지와 계란

더 이상 그것을 구경하고 있지 않다는 것을 알아차렸다. 자신이 행한 노력의 성공 장면으로 죠 케인의 관심을 불러오는 데 겨우 성공할 즈음에 계란은 다시 굴러서 옆으로 누웠다.

쇼맨의 열정에 불타고 동시에 자신의 첫번째 노력의 실패로 크게 당황하여, 아버지는 이제는 기형 닭들이 든 병을 선반 위 제 자리에서 끄집어 내어 그것들을 자기 내방객에게 보여주기 시작했다. "이 놈처럼 다리 7개와 머리 2개 가진 닭, 어때 갖고 싶지 않아?" 그는 자기가 간직한 보물들 중에서 가장 눈에 띄는 흉물을 내보이면서 말했다. 유쾌한 미소가 그의 얼굴에 감돌았다. 그는 자신이 젊은 농장인부였고 토요일 저녁이면 읍내로 말을 타고 갔을 때 벤 헤드씨 살롱에서 사람들이 하는 것을 보았던 대로 카운터 너머로 손을 뻗어 죠 케인의 어깨를 찰싹 치려고 애썼다. 그의 내방객은 병속의 알콜에 담겨 둥둥 떠 있는 그 끔찍하게 기형적인 조류의 몸체를 보자 기분이 좀 언짢아져서 나가려고 일어섰다. 아버지는 카운터 뒤쪽에서 나와 그 젊은이의 팔을 꽉 붙잡았고 그를 제자리로 도로 이끌고 갔다. 그는 좀 화가 났고, 그래서 잠시 얼굴을 돌려 억지로 웃어야 했다. 그리고는 그는 그 병들을 도로 선반 위에 얹어 놓았다. 관대함을 분출시켜 그는 다소 억지로 자기 비용으로 죠 케인에게 새로 커피 한 잔과 권연을 하나 더 들게 했다. 그리고는 그는 냄비

12. 아버지와 계란

를 집어들고는 카운터 밑에 놓여 있던 단지에서 식초를 따라 부어 그 안에 넣었으며, 자기가 이제 막 새로운 묘기 하나를 해보일 것이라고 선언했다. "나는 식초가 든 이 냄비 속에서 계란을 데우겠어." 그는 말했다. "그리고는 이 계란을 껍질을 깨뜨리지 않고서 이 병목 속으로 집어 넣을 거야. 계란은 일단 병 안에 들어가 있게 되면 자신의 정상적인 형태를 되찾고 껍질은 다시 단단해질 거야. 그러면 나는 그 속에 계란이 든 이 병을 자네에게 주겠네. 자네는 이 병을 자네가 가는 곳이면 어디든 이리저리 갖고 다닐 수 있을 거야. 사람들은 자네가 계란을 어떻게 이 병속에 집어넣었는지 알고 싶어 하겠지. 그러나 그들에게 그 비밀을 말해 주지는 말게. 다만 그들로 하여금 추측하도록 하게나. 이게 내가 이 묘기로써 재미가 있도록 하려는 방법이지."

 아버지는 그의 내방객에게 히죽이 웃으며 윙크를 보냈다. 죠 케인은 지금 자기 앞에 마주해 있는 이 남자는 약간 정신이상이 있는 사람이지만 해를 끼칠 사람은 아니라고 단정지었다. 그래서 그는 자기에게 갖다 준 커피를 마셨으며 자기 신문을 다시 읽기 시작했다. 계란이 식초 속에서 데워지자 아버지는 그것을 숟가락에 얹어 카운터 쪽으로 날라 왔으며, 뒷방으로 가서 빈 병을 하나 가져왔다. 그는 자신의 묘기를 시작했을 때 그의 내방객이 그를 지켜보고 있지 않았기 때문에

12. 아버지와 계란

화가 났지만, 그래도 유쾌하게 작업에 들어갔다. 오랫동안 그는 그 계란을 병목 속으로 들어가게 애쓰느라고 고투했다. 그는 계란을 다시 데울 작정으로 식초 냄비를 도로 스토브 위에 올려놓았고, 그러고는 그것을 집어 올렸는데 그 바람에 손가락을 데었다. 식초 속에서 두번째 온욕(溫浴)을 하고나자 계란껍질은 조금 물렁해졌으나 아버지가 의도한 목적을 달성하는 데는 충분하지 않았다. 그는 해보고 또 해보았으며, 절망적 결말의 기분이 그를 사로잡았다. 마침내 그 묘기가 막 완성될 참이라고 그가 생각했을 때, 연착된 열차가 역으로 들어왔으며 죠 케인은 냉담하게 문간 쪽으로 나가기 시작했다. 그동안에도 아버지는 그 계란을 정복하여 자기 식당으로 들어온 손님들을 즐겁게 해주는 방법을 알게 된 사람으로서의 자신의 평판을 확립하게 될 그 일을 완수해 내려고 최후의 필사적 노력을 기울였다. 그는 계란에 안달이 나서 많이 집적거렸지만, 이번에는 그것에 약간 거칠게 다뤄보기를 시도했다. 그는 욕설을 해댔고 그의 이마에 땀이 돋아나왔다. 하지만 계란은 그의 손 아래에서 깨졌다. 내용물이 그의 옷 위로 뿜어져 나왔는데, 문간에서 걸음을 멈춘 죠 케인이 뒤돌아서서 그 광경을 보고는 웃어댔다.

분노의 으르렁거리는 소리가 아버지의 목구멍에서 튀어나왔다. 그는 풀쩍 풀쩍 뛰었고 발음이 똑똑치 않은

12. 아버지와 계란

일련의 말들을 큰 소리로 질러댔다. 그는 카운터 위의 광주리에서 또 하나의 계란을 꺼내 쥐고는 그것을 내던졌으나, 죠 케인이 잽싸게 문을 빠져나가 피했기 때문에 가까스로 그 젊은이의 머리에 맞지는 않았다.

그러자 아버지는 손에 계란 하나를 쥐고 위층으로 어머니와 나에게 왔던 것이다. 나는 그가 무엇을 할 작정이었는지를 모른다. 나는 그가 그 계란을, 아니 모든 계란을 다 깨뜨릴 어떤 생각을 가졌고, 그리고는 어머니와 나에게 그가 다시 시작하는 것을 보게 할 작정을 하지 않았나 추측한다. 하지만 그가 정작 어머니 면전으로 오게 되자, 그에게 어떤 심경의 변화가 일어났다. 그리고는 그 계란을 조용히 테이블 위에 내려놓고는 내가 이미 앞에서 설명했듯이 침대 옆에 무릎을 꿇고 주저앉았던 것이다. 이윽고 그는 그날 밤에는 식당 문을 닫고는 위층으로 올라와 잠자리에 들기로 결정했다. 그렇게 결정하자 그는 불을 끄고 그와 어머니 두 사람은 두런두런 많은 대화를 나눈 뒤 잠이 들었다. 나도 잠이 들었으나 나의 잠은 고통스러웠다. 나는 종종 새벽에 잠이 깨었고 오랫동안 테이블 위에 놓여 있는 그 계란을 바라보았다. 나는 왜 계란이 있어야 하고, 그리고 다시 계란을 낳는 암탉이 왜 그 계란에서 나와야 하는지 의아스러웠다. 그 문제는 내 피 속으로 들어와 지금까지 거기에서 머물러 왔는데, 그것은 아마도 내가 아버지의 아들이었기 때문일 것이라고 생각

12. 아버지와 계란

된다. 어쨌든 이 문제는 풀리지 않은 채 아직도 내 마음 속에 남아 있다. 그리고 그것은 하지만 적어도 우리 가족에 관한한, 그 계란의 완전하고 최종적인 승리의 또 다른 증거라고 결론을 내리는 바이다.

제 13 편
경관과 성가

- 오 헨리
(1862-1910)

오 헨리(O.Henry)는 필명이며 본명은 William Sydney Porter로서 노스 캐롤라이나주 Greensboro에서 태어났다. 고교 졸업후 삼촌이 경영하는 드럭스토어에서 일하면서 약사 자격증까지 땄다. 이후 텍사스주로 이주하여 Austin과 Houston 등지에서 목장인부(ranch hand), 제도사(drafts man), 은행 출납원(bank teller), 잡지사 기자(journalist) 등을 전전하며 글을 쓰기 시작했다. 그는 글쓰기 외에도 그림(sketching)에 능했으며, 노래와 기타·만들린 연주도 잘하여 합주단 활동을 하는 등 활발한 사교생활도 했다.

그러나 은행원 시절의 계산실수로 인한 금전 횡령죄로 기소되어 한때 온두라스로 도피했으나 이후 자수하여 3년간 교도소에서 복역했다. 그는 온두라스 도피중 단편 "Cabbages and Kings"를 썼는데, 그 글에서 'banana republic(바나나 공화국)'이라는 신조어를 만들어 이후 널리 보급되었다. 수감생활중 구내 병원에서 약사로도 일하면서 14편의 단편소설을 썼다. 출감후 뉴욕으로 이주, 7년여 동안「뉴욕

월드선데이 매거진」에 무려 381편에 달하는 단편소설을 발표하는 등 왕성한 작품활동을 했다.

그는 평소 대주가(heavy drinker)로서 간경변(cirrhosis of the liver)과 당뇨 합병증(complications of diabetes), 그리고 심장병이 겹쳐 48세의 짧은 인생을 살았다. 그는 25세때 어린 소녀(당시 17세) Athol Estes와 그녀 부모의 반대를 무릅쓰고 결혼을 강행했다. Athol은 결핵으로 늘 병약했으며 딸 Margraret을 남기고 일찍 죽었다. 오 헨리는 45세때 또다시 나이 어린 Sarah Lindsey Coleman과 재혼했으나 Sarah는 그의 사망 1년전에 그의 곁을 떠났다. 오 헨리는 고향 노스캐롤라이나주의 Riverside Cemetry에 묻혔으며, 17년 뒤 그의 딸 Margaret도 그의 곁에 묻혔다.

그는 위트와 풍자섞인 대화의 주고 받기, 등장인물의 뚜렷한 캐릭터, 치밀한 줄거리 구성, 그리고 그 특유의 재치있는 반전 결말(twist ending)이 주류를 이루는 짧은 소설을 주로 썼다.

대표적 작품으로서는 여기 소개된 것 외에도, The Gift of the Magi(현자의 선물), The Ransom of Red Chief(붉은 추장의 몸값), The Last Leaf(마지막 잎새), The Defeat of the City(도시의 패배), After Twenty Years(20년후), A Retrieved Reformation(소생한 개심) 등이 꼽힌다.

1952년 그의 5편의 단편소설을 모아 영화로 제작되었는데, 그 중에서 여기 소개되는 "The Cop and the Anthem"이 가장 갈채를 받았다. 현재 미국에서 매년 저명 단편소설에 주어지는 문학상이 그의 이름을 따서 「오 헨리 상」으로 불리운다.

경관과 성가

그 젊은 여자가 떡갈나무에 착 달라붙은 담쟁이덩굴 같이 행동하는 가운데 소우피는 경찰관 옆을 지나갔는데, 내심 낙담이 되어 우울한 분위기에 압도되었다. 그는 (체포·구금되지 않고) 언제까지나 자유롭게 살 팔자로 운명지어진 것 같았다.

 소우피는 메디슨 스퀘어의 자기 벤치에서 불안하게 몸을 움직였다. 기러기들이 밤 하늘 높이 떠서 꽥꽥 울며 날아갈 때, 바다표범 가죽 코트가 아직 없는 부인네들이 자기 남편에게 갑자기 친절해질 때, 그리고 소우피가 공원내 자기 벤치에서 불안하게 몸을 뒤척일 때, 여러분들은 겨울이 가까이 와있음을 알 수 있을 게다.

13. 경관과 성가

 마른 잎새 하나가 소우피의 무릎에 떨어졌다. 그것은 잭 프로스트(Jack Frost; 미스터 겨울, 동장군)가 보내는 인사장(card)이다. 잭씨는 매디슨 스퀘어의 단골 거주자들에게 친절하여 자신의 연례적 방문에 대하여 공정한 예고를 보낸다. 그는 4면8방 노천이라는 저택의 하인인 북풍에게 네거리의 모퉁이에서 자신의 명함판지를 건네주는 데, 그래서 각 지역 주민들은 준비를 갖출 수 있게 된다. 소우피의 마음은 자신이 단독 세입위원회가 되어 다가오는 겨울의 혹독함에 대비하여 준비해야 할 때가 다가왔다는 사실을 인식하게 되었다. 그 때문에 그는 자기 벤치 위에서 그렇게 비정상적으로 불안하게 몸을 뒤척였던 것이다.
 소우피의 내면에 틀어박힌 야심들이란 아주 대단한 건 아니다. 그 야심들 중에는 졸리는 듯한 남녘 하늘의 지중해에 유람선이 비수비안(Vesuvian)만(灣)으로 떠가고 있는 것을 생각하는 따위는 절대로 없다. 그 섬에서 3개월 지내는 게 그의 영혼이 갈구하는 전부이다. 보리아스(북풍의 신)와 청색코트(경철관)들을 피해 안전하게, 그리고 확정적으로 보장된 식사와 잠자리, 게다가 뜻맞는 동지들과 함께 지내는 그 3개월이 소우피에게는 갈망하는 것들 중에서도 단연 핵심이다.
 아늑한 블랙웰(Blackwell) 교도소는 수년 동안 그의 겨울 숙소였었다.
 자기보다 더 유복한 친구인 뉴욕인들이 해마다 겨울이

13. 경관과 성가

면 으레 팜 비치(Palm Beach)와 리베라(the Rivera)로 가는 탑승권을 구입했었던 것과 똑같이, 소우피는 그 섬으로의 연례적 헤지라(성스러운 천도)를 위한 자기 나름의 수수한 조치를 취해 왔었다. 이제 그 시기가 도래했다.

간밤에는 그 고색이 짙은 공원 분수대 부근 벤치 위에서 잠을 자면서 석 장의 안식일 신문을 자신의 코트 밑과, 발목 주위에, 그리고 무릎 위에 고루 배분했으나 추위를 물리치지는 못했다. 그래서 소우피의 마음에는 그 섬이 크게 적시적절하게 모습을 드러냈던 것이다. 그는 시(市)의 피부양가족들을 위한 자선이라는 이름으로 제공되는 각종 지원들을 경멸했다. 소우피의 의견으로는 법(法)이 자선사업활동보다 오히려 더 온화하다고 본다. 시(市)와 자선단체가 운영하는 많디 많은 복지기관 리스트가 있어서, 그중 한 곳에 그가 가기로 마음만 정하면 간소한 생활에 맞춰 그런대로 숙박과 식사를 제공받을 수도 있다. 그러나 소우피의 자존감 높은 정신에게는 그러한 자선시설이 베푸는 선물은 도리어 거추장스럽다. 당신은 자선단체의 손에서 건네받는 혜택마다 코인(약간의 돈)으로 지불하든가, 그렇지 않으면 정신적 굴종으로라도 값을 지불해야 한다. 카이자르에게는 브루터스가 있었듯이, 자선시설이 제공하는 침상에는 모두 그 나름의 목욕이라는(목욕을 해야 하는) 사용료가 붙게 마련이다. 또한 모든 빵 덩

13. 경관과 성가

어리는 그것을 얻기 위한 개인적인 심사를 받아야 하는 그 나름의 대가(보상)를 요구한다. 이런 까닭에 법(法)의 손님이 되는 게 차라리 더 낫다. 법은 비록 규정에 의해 진행된다고 하더라도 한 사람의 신사로서의 사적인 사안들에는 부당하게 간섭하지는 않는다.

  소우피는 일단 그 섬으로 가기로 결심하자 즉시 자신의 소망을 완성하는 일에 착수했다. 그렇게 하는 데는 쉬운 일이 여러 가지 있다. 그중에서도 가장 유쾌한 방법은 어떤 값비싼 레스토랑에서 호사스럽게 식사를 하는 것, 그리고는 결제불능(파산)을 선언한 뒤 조용히 그리고 소란도 피우지 않고 경찰관에게 인도되는 것이다. 이후에는 치안판사의 말을 수용하는 게 그 나머지 단계의 할 일이다.

  소우피는 자신의 벤치를 떠나 매디슨 스퀘어에서 어슬렁어슬렁 걸어 나왔으며, 브로드웨이와 5번가가 합류하는 경계지점의 편평한 아스팔트 길을 건넜다. 그는 거기서 브로드웨이로 올라가는 쪽으로 몸을 돌렸으며 어떤 번쩍거리는 카페 앞에 멈춰 섰는데, 거기는 저녁이면 포도와 누에와 원형질로 구성된 최상의 선별된 만찬용 식품들이 몰려 있는 곳이었다.

  소우피는 자신이 입은 조끼의 맨 아래쪽 단추로부터 위쪽까지 자신감을 가졌다. 그는 면도도 해있었고, 그의 코트는 버젓했으며, 그의 단정하고 미리 묶여진 검정색 4각 넥타이는 추수감사절날 숙녀선교단이 그에게

13. 경관과 성가

선물했었던 것이다. 만약 그가 그 레스토랑의 식탁에 당도하기만 하면 의심할 나위 없는 성공이 그의 차지가 될 게다. 식탁에 나타나기만 하면 되는 그의 할 일(몫)은 웨이터의 마음에 아무런 의심을 불러일으키지 않을 것이다. 청둥오리 구이 한 마리는 샤블리 백포도주 한 병과, 그리고는 카망베르 크림치즈와 데미타세 찻종에 담긴 블랙커피 한잔, 엽연 한 개피와 함께 어울려 근사한 일품이 될 것이렸다. 별도 요금인 엽연은 1달러면 충분할 것이고. 식대 총액은 그 카페 지배인으로부터 극도의 분풀이를 불러올 정도로 그렇게 높지는 않을 것이다. 하지만 고기는 그의 겨울 피신처로 가는 여정 동안 그를 배 부르고 행복한 상태로 남아 있게 해줄 게다.

그러나 소우피가 그 레스토랑의 문 안으로 발을 내딛자 수석 웨이터의 시선은 곧장 그의 닳아 해어진 바지와 케케묵은 구두 위로 떨어졌다. 그는 강력하고 재빠른 팔로 그를 빙그르르 돌려세워 조용히 그리고 황급히 인도(人道)로 옮겨 놓아서 위협당한 청둥오리 고기가 그(소우피)에게서 능욕당할 뻔한 운명을 막았다.

소우피는 브로드웨이에서 발길을 돌렸다. 그 탐나는 섬으로 갈 그의 여정은 식도락적인 것이 되지는 않게 되어 있는 것 같았다. 교도소로 들어가는 다른 어떤 방법이 강구되어야 한다.

6번가 모퉁이에서는 판유리 뒤에 전등들과 교묘하게

13. 경관과 성가

 진열된 물건들이 상점 윈도우를 눈에 잘 띄게 해주었다. 소우피는 돌멩이를 하나 주워들고는 그것을 윈도우가 뚫어지게 냅다 던졌다. 경찰관이 앞장선 가운데 사람들이 그 모퉁이 주변으로 달려 왔다. 소우피는 두 손을 포켓에 찌른 채 가만히 서 있었으며, 경찰제복에 달린 단추들을 보고 웃었다.
 "이 짓을 저지른 사람이 어디 있소?" 그 경찰관은 흥분해서 물었다.
 "당신은 내가 이 일과 관련된 어떤 것을 했을지도 모른다고 생각지 않소?" 소우피는 마치 행운을 맞이하는 사람처럼 빈정거리지도 않고 친근하게 말했다.
 그 경찰관의 마음은 어떤 단서로서도 소우피를 받아들이기를 거부했다. 윈도우를 박살내는 사람들은 법의 앞장이들(경찰관들)과 담판하기 위해 현장에 남아 있지는 않는다. 보통 그들은 걸음아 날 살려라 하고 줄행랑을 친다. 그 경찰관은 마침 어떤 남자가 그 블록의 아래쪽 중간 지점에서 차를 잡으려고 급히 내닫는 것을 보았다. 곤봉을 꺼집어낸 채, 그는 그 남자를 추적하는 일에 끼어들었다. 소우피는 두 차례나 일이 성공적이지 못하자 마음 속으로 정나미가 떨어져 빈둥거리며 걸어갔다.
 그 거리의 반대 쪽에는 아무런 거창한 허식이 없는 수수한 레스토랑이 하나 있었다. 그 레스토랑은 식욕이 왕성한 손님들과 돈 주머니가 수수한 손님들을 대

13. 경관과 성가

상으로 음식을 내놓았다. 레스토랑의 식기와 분위기는 두터웠지만 수프와 식탁보는 얇았다. 소우피는 그곳으로 들어가면서 아무런 도전 의식도 갖지 않은 채 경멸받을 만한 구두를 신었으며 속사정을 다 말해주는 듯한 바지를 그대로 입고 있었다. 테이블 하나를 골라 앉아서 그는 비프 스테이크, 구운 케이크, 도우넛, 그리고 파이를 말끔히 먹어 치웠다. 그리고는 웨이터에게 자신은 동전 한 푼도 없고 게다가 자기자신은 이방인이라는 사실을 털어놓았다.

"자, 이제 바빠지니까 경찰을 부르시오," 소우피가 말했다. "그리고 신사를 계속 기다리게 하지 마시오."

"너 같은 사람을 데려갈 경찰은 아무도 없어," 웨이터는 버터 케이크 같은 탁한 목소리와 맨해턴 칵테일에 들어있는 체리 같은 시뻘건 눈으로 소리쳤다. "에잇, 이 사기꾼아!"

웨이터 두 사람이 달겨들어 소우피를 그의 왼쪽 귀가 딱딱한 보도 위에 깔끔하게 닿도록 내동댕이쳤다. 하지만 그는 마치 목수(木手)의 자가 펼쳐지는 것처럼 몸의 관절을 차곡차곡 질서있게 펴서 일어나서는 옷에 먼지를 툭툭 쳐서 틀어냈다. 체포라는 게 한낱 장밋빛 꿈일 따름인 것 같았으며, 그 섬은 그에게서 너무나 멀리 있는 것 같았다. 두 집 떨어져 있는 드럭 스토어 앞에 서 있던 경찰관 한 사람이 그 광경을 보고는 그냥 피식 웃더니 그 거리의 아랫 쪽으로 걸어가버렸다.

13. 경관과 성가

소우피는 다섯 블록을 걸어간 뒤에야 비로소 자신의 용기가 다시 체포를 졸라대도록 허용했다. 이번에는 그 기회라는 게 자신에게는 바보스러울 정도로 식은 죽 먹기라고 일컬을 내용으로 나타났다. 겸손하고 붙임성있는 모습의 한 젊은 여자가 쇼 윈도우 앞에서 면도용 컵과 잉크스탠드들을 왕성한 호기심으로 쳐다보고 있었으며, 그 윈도우로부터 2야드 떨어져 준엄한 태도를 지닌 거구의 경찰관 한 명이 수도전에 기대어 서있었다.

이번에는 비열하고 혐오스러운 '난봉꾼(masher)' 역을 떠맡는다는 게 소우피의 착상이었다. 세련되고 우아한 외관을 한 자신의 희생양, 거기에다 근접해 있는 저 성실한 경찰관—이러한 여건은 그가 곧 자신의 팔이 유쾌하게 그리고 공식적으로 움켜잡히는 느낌을 받게 해줄 것이고, 이는 그 적절하게 작은, 정말 꼭 끼게 작은 그 섬에서 자신의 월동용 숙소를 보장하게 될 것이라고 믿도록 그를 고무시켰다.

소우피는 숙녀 선교단이 미리 메어놓은 넥타이를 쫙 바로 펴고, 오그라드는 커프스를 밖으로 끌어내고, 모자를 섹시한 스타일로 눌러 쓰고는 그 젊은 여자를 향해 다가갔다. 그는 그녀를 똑바로 쳐다보았는데, 갑작스러운 기침과 떠듬거림이 생겼으나, 웃고 능글맞게 눈웃음을 쳤으며, 건방지고 비열한 '난봉꾼' 특유의 장황한 수작으로 돌입했다. 소우피는 슬쩍 곁눈으로 경

13. 경관과 성가

찰관이 자기를 뚫어지게 주시하고 있는 것을 보았다. 그 젊은 여자는 몇 걸을 떨어져 나가더니, 다시 그녀의 몰입적인 관심을 그 면도용 컵들에 쏟아부었다. 소우피는 뻔뻔스럽게 그녀의 곁으로 발걸음을 옮기며 뒤따라가서는 모자를 벗어 들고 말했다.

"아, 저기. 베델리아! 나한테 와서 한 바탕 놀아보지 않겠소?"

경찰관은 여전히 쳐다보고 있었다. 그러자 그 희롱을 당한 20대 젊은 여자는 그냥 손짓으로 그를 불렀으며, 그래서 소우피는 이제 정말로 자신의 그 섬나라 안식처로 가는 노정에 들어서게 될 것이었다. 이미 그는 그 경찰서의 아늑한 온기까지 느낄 수 있다고 상상했다. 그 젊은 여자는 그와 마주하게 되자 손을 내뻗쳐 소우피의 코트 소매를 붙잡았다.

"그럼요, 마이크," 그녀는 기쁨에 차서 말했다. "당신이 저한테 맥주 한 박스를 쏠 생각이라면 저는 이미 당신에게 더 일찍 승낙했을 거예요. 하지만 경찰관이 주시하고 있군요."

그 젊은 여자가 떡갈나무에 착 달라붙은 담쟁이덩굴같이 행동하는 가운데 소우피는 경찰관 옆을 지나갔는데, 내심 낙담이 되어 우울한 분위기에 압도되었다. 그는 (체포·구금되지 않고) 언제까지나 자유롭게 살 팔자로 운명지어진 것 같았다.

다음 모퉁이에서 그는 돌연 자신의 동행인을 떨쳐버

13. 경관과 성가

 리고는 후다닥 내달았다. 그는 밤이면 가장 밝은 거리들, 가장 밝은 가슴들, 가장 밝은 맹세들, 그리고 가장 밝은 대사(대화)를 만날 수 있는 지구(地區)에서 발길을 멈췄다.

 모피를 두른 여자들과 멋진 코트를 걸친 남자들이 겨울 대기 속으로 유쾌하게 움직였다. 어떤 무시무시한 마법이 자신을 체포로부터 면제되게 했었다는 급작스러운 공포가 소우피를 사로잡았다. 그러한 생각은 거기에다 약간의 정신적 공황상태까지 가져다 주었다. 그때, '치안문란'의 즉각적 조짐이 있다는 혐의로 한때 그가 붙잡혔었던 휘황찬란한 극장 앞에서 그는 마침 호기롭게 빈둥거리고 있는 또 다른 경찰관과 맞닥뜨렸다.

 그러자 소우피는 인도에서 자신이 낼 수 있는 최고의 거친 목소리로 술 취한 사람이 지껄여대는 것 같은 뜻 모를 말들을 외쳐대기 시작했다. 그는 춤을 췄고, 악을 썼으며, 고함도 질러댔고, 그렇지 않으면 하늘에다 대고 울부짖었다.

 경찰관은 곤봉을 빙빙 휘두르며 소우피 쪽으로 등을 돌리고는 시민들에게 말해 주었다.

 "이 사람은 예일대 젊은이들 중의 한 사람인데 오늘 자신들이 하트포드대를 영패시켰다는 걸 자축하고 있소. 시끄럽죠. 하지만 아무런 해를 끼치지는 않아요. 우린 그들을 내버려두라는 지시를 받았소."

13. 경관과 성가

  소우피는 쓸쓸해져서 자신의 그 소용없는 소리 지르기를 중지했다. 경찰관은 끝내 절대로 자신에게는 손을 쓰지 않을 것인가? 그의 상상으로는 이제 그 섬은 도달할 수 없는 아르카디아(Arcadia; 이상향)인 것 같았다. 그는 으스스한 바람에 대처코자 자신의 얇은 코트의 단추를 채웠다.

  담배가게에서 그는 어떤 잘 차려입은 남자가 흔들 라이트에서 담배에 불을 붙이고 있는 것을 보았다. 그는 그 가게로 들어오면서 문간옆에 자신의 실크 우산을 세워 두었었다. 소우피는 안으로 걸음을 내딛었으며 그 우산을 슬쩍 움켜쥐고는 그곳을 천천히 어슬렁거리며 빠져 나왔다. 라이트에 불을 붙이고 있던 그 남자는 황급히 뒤쫓았다.

  "내 우산이오." 그는 엄중하게 말했다.

  "아, 그래요?" 소우피는 경(輕)절도(죄)에다 모욕행위(죄)까지 덧붙히면서 비웃었다. "그럼, 경찰을 부르지 그래요? 내가 가져갔소. 당신의 우산을 말이오. 왜 경찰을 부르지 않소? 저쪽 모퉁이에 경찰 한 사람이 서 있네요."

  우산 주인은 자신의 발걸음을 늦췄다. 행운이 다시 자기를 등지고 달아나버릴 것 같은 불길한 예감이 들면서 소우피도 그렇게 했다. 경찰관은 두 사람을 진기한 듯이 쳐다보았다.

  "물론," 우산 주인남자는 말했다. "그건, 글쎄. 당신

13. 경관과 성가

도 아시다시피 어떻게 이런 실수가 일어나는지… 만약 그게 당신 것이라면 날 용서해 주길 바래요. 나는 그걸 오늘 아침 레스토랑에서 줏었어요. 만약 그게 당신 것이라고 식별이 된다면, 왜…(이런 일이), 어쨌든 당신이 (용서)해 주길 바라오만…"

"물론 이건 내것이오," 소우피는 악랄하게 말했다.

우산의 전(前) 주인남자는 물러갔다. 경찰관은 오페라 망토를 입은 어떤 장신의 블론드(흑발) 여성이 2블록 저쪽에서 접근하고 있는 전차 앞쪽에서 길을 건너는 것을 도와주려고 황급히 달려갔다.

소우피는 도로 개량작업을 한다고 여기 저기 손상시켜 놓은 거리를 통과하여 동쪽으로 걸어나갔다. 그는 분노에 차서 그 우산을 노상의 움푹 패인 구덩이로 내던졌다. 그는 헬멧을 쓰고 곤봉을 차고 있는 사람들에게까지 투덜거리며 불평했다. 그는 그들의 손아귀로 붙잡혀 들어가고 싶었으나 그들은 그를 아무런 잘못이 있을 수 없는 일종의 왕(王)으로 간주한 것 같았기 때문이었다.

마침내 소우피는 동쪽으로 번쩍거림도 소란스러움도 희미하게 잦아져버린 몇 번가들 중의 하나에 당도했다. 그는 자신의 얼굴을 여기서 저 아래인 매디슨 스퀘어 쪽으로 돌렸는데, 이는 자신의 집이 비록 공원 벤치일 지라도 그 나름의 귀소 본능이 살아 있기 때문이었다.

13. 경관과 성가

 비정상적으로 조용한 모퉁이에서 소우피는 어느 막다른 곳에 이르렀다. 오래된 교회였는데, 고풍스럽고 얼핏 산만해 보이며 지붕 옆에 박공이 달린 건물이었다. 보랏빛 얼룩 무늬의 창문 하나를 통해 한 줄기 부드러운 빛이 은은하게 비쳐 나왔다. 거기에는 의심할 나위 없이 그 교회의 오르가니스트(Organist)가 다가오는 안식일에 연주할 성가(聖歌)를 확실히 마스터할 요량으로 건반을 쉬엄 쉬엄 두드리고 있을 것이었다. 거기 있는 동안 감미로운 음악이 소우피의 귀에까지 퍼져 나와서 그를 철제 울타리의 촘촘하게 얽힌 망(網)에 꼼짝 못하게 묶어 두었다.
 달이 머리 위에 떴는데, 환히 빛났으며 잔잔했다. 자동차들과 행인들도 거의 없었다. 참새들이 처마에서 졸린 듯이 재잘거렸다. 아주 잠깐 동안, 그 정경은 어떤 시골의 교회 안마당 같았다고 할 수 있었다. 그래서 그 오르가니스트가 연주한 성가는 소우피를 철제 울타리에 시멘트처럼 굳어 붙게 했다.
 왜냐하면 그도 자신의 삶이 어머니와 장미와 야심과 친구와 청순한 생각과 목깃(칼라) 같은 것들을 포함하고 있었던 시절에는 그러한 것을 잘 알았었기 때문이었다.
 소우피의 수용적으로 변한 심적 상태와 그 고풍스런 교회 주변으로부터 나오는 영향의 결합은 그의 영혼에 급작스럽고 놀랄 만한 변화를 만들어 냈다. 그는 자신

13. 경관과 성가

 이 굴러떨어진 구덩이를, 타락한 시절을, 무가치한 욕구들을, 생기 잃은 희망들을, 마취된 능력들을, 그리고 자신의 실체를 구성하고 있는 기저동기들을 빠른 전율 속에서 바라보았다.

 그리고 또한 한 순간에 그의 가슴은 이러한 고상한 분위기에 몸이 오싹할 정도로 절절하게 반응했다. 일종의 즉흥적이고 강렬한 충동이 자신의 절망적인 운명과 싸우도록 떠밀었다. 그는 수렁에서 자신을 끌어내고 싶었다. 그는 다시금 스스로의 사람이 되고 싶었다. 그는 자신을 거머쥐어 왔던 악(惡)을 정복하고 싶었다. 시간은 있었다. 그는 아직 비교적 젊었다. 그는 자신의 옛 열정적인 야심들을 소생시키고 그것을 머뭇거리지 않고 추구하고 싶었다. 그 엄숙하고 감미로운 오르간 곡(曲)들은 그의 내면에 일종의 혁명을 불러일으켰다. 내일 그는 왁자지껄한 도심 지구로 들어가 일자리를 찾아볼 생각이었다. 어떤 모피 수입업자는 한때 그에게 운전기사 자리를 주겠노라고 제안했었다. 그는 그 사람을 찾아서 그 자리를 부탁해볼 생각이었다. 그도 세상 속의 어떤 사람이 될 작정이었다. 그리고 그는 또 …를 할 생각이었다.

 그때 소우피는 어떤 손이 자기의 팔에 놓여지는 것을 느꼈다. 그는 놀라서 한 경찰관의 넓직한 얼굴을 들여다 보았다.

 "당신, 여기서 뭘 하고 있소?"

13. 경관과 성가

"아무것도요." 소우피가 말했다.
"그럼, 따라오시오." 경찰관이 말했다.

"섬에서 3개월", 그 다음날 아침 경범죄 즉결재판소에서 치안판사는 말했다.

제 14 편

구슬 목걸이

- 서머셋 모옴
(1874-1965)

　서머셋 모옴은 아버지가 파리 주재 영국 대사관의 법무관이었던 관계로 파리에서 태어나 10세까지 살았으나, 부모의 사망으로 영국에 돌아와 숙부에게 의탁하여 자랐다. 그의 가문은 법률가 집안이었지만, 모음은 독일 Heidelberg University에 유학하여 철학과 문학을 공부했다. 영국에 돌아와서는 의학을 공부하여 의사생활을 하면서 소설을 쓰기 시작했다. 1차세계대전 중에는 프랑스 육군에 배속된 영국적십자 앰블런스부대에서 복무했다. 종전후 타이티·인도 등 각지를 여행했으며 1928년 프랑스에 정착했으나, 2차세계대전 발발로 파리가 함락되자 미국으로 건너와 헐리우드에서 영화대본 업무에 종사하면서 극작가, 소설가, 단편소설 작가로 활발한 활동을 했다. 그의 작품은 간단·명료한 대화형식이 주류를 이루며, 자신의 다양한 경험에서 비롯된 실제와 픽션이 뒤엉켜 있는 것이 특징이다. 또한 단편소설에서도 드라마처럼 주인공의 뚜렷한 캐릭터와 극적인 줄거리가 있어서 독자의 흥미를 돋군다. 대표작으로는 유명한 of Human Bonadge(인간의 굴레) 외에, The Moon and Sixpence, The razor's Edge, Liza of Lambeth 등이 꼽힌다.

14. 구슬 목걸이

구슬 목걸이

"'저 젊은 아가씨가 차고 있는 건 아주 아름다운 목걸이군요,'라고 보르셀리가 말했어요."
"'아, 그러나 저 아가씨는 리빙스톤씨 댁의 여가정교사랍니다,' 하고 메어리 린기트는 말했죠."
"'저도 그건 어쩔 수 없어요,' 그는 말했어요. '저 아가씨는 저의 생애에서 일찍이 보아 왔던 그 크기에서 가장 세련된 진주 목걸이들 중의 하나를 차고 있거든요. 저건 틀림없이 5만 파운드의 값어치가 될 겁니다.'"

"제가 당신 옆에 이렇게 자리하게 되어 얼마나 다행인지," 우리가 저녁식사를 하려고 앉았을 때 로라(Laura)가 말했다.
"나도 그래요," 나는 정중하게 대답했다.

14. 구슬 목걸이

"두고 봐야지요. 저는 특히 당신에게 이야기할 기회를 갖게 되기를 바랐어요. 당신에게 들려드릴 이야기가 하나 있어요."

이 말에 내 가슴은 약간 덜컹 내려앉았다.

"당신은 당신 자신에게 관해 이야기하는 게 더 낫다고 생각되는데," 나는 대답했다.

"아니면 내게 대한 이야기라도."

"아, 그러나 저는 당신에게 그 이야기를 꼭 해야 해요. 저는 당신이 그것을 (글 쓰는 데) 잘 이용할 수 있을 거라고 생각하거든요."

"당신이 그렇게 해야 한다면, 꼭 그렇게 해야 한다면. 그러나 우선 메뉴나 살펴봅시다."

"당신은 제가 얘기하는 걸 원치 않으세요?" 그녀는 다소 감정이 상해서 말했다. "저는 당신이 기뻐하실 줄로 생각했어요."

"나도 기쁘지요. 하지만 당신이 연극을 쓰고는 그걸 내게 읽어 주고 싶었을지도 모르잖아요."

"이건 제 친구들 중의 몇 사람에게 일어났던 일이에요. 이건 완전히 실제적인 거라고요."

"그렇다면 그것은 권고할 만한 사항은 아니군요. 실제적 이야기는 만들어 낸 것만큼 그렇게 썩 진실하지는 않거든요."

"그 말씀은 무슨 의미죠?"

"별 말은 아니오," 나는 시인했다. "그러나 그건 근

14. 구슬 목걸이

사한 것 같기는 하네요."

"저는 당신이 저더러 주문을 하게 해 주시기를 바래요."

"나도 온통 주의하고 있다오. 난 이 수프는 먹지 않을 거요. 그건 살을 찌게 하거든."

그녀는 내게 옹색(난처)한 표정을 짓고는 메뉴를 응시했다. 그녀는 조그만 한숨을 내쉬었다.

"아, 이제 당신이 스스로를 거부한다면 저도 그래야 된다고 생각되네요. 제가 저의 몸매에 대해 어떻게 할 자유를 가질 여유가 없다는 걸 하느님은 아시리."

"하지만 당신이 커다란 크림 덩어리를 집어넣는 그런 부류의 수프보다 더 훌륭한 수프가 아직도 있나요?"

"보르쉬(Bortsch)." 그녀는 한숨을 쉬었다. "그건 제가 정말 좋아하는 단 한 가지 수프예요."

"신경 쓰지 마시오. 당신이 한다던 그 이야기나 들려주고 생선이 나올 때까지는 우리 이제 음식에 관해서는 잊읍시다."

"그래요, 저는 그 일이 일어났던 현장에 실제로 있었어요. 저는 리빙스톤씨 내외와 저녁식사를 하고 있었고요. 참 당신 리빙스톤네 아시죠?"

"아니오, 모르는 것으로 생각돼요."

"그럼, 당신은 그들에게 물어보실 수 있고, 그러면 제가 하는 말마다 그들이 일일이 확인해 줄 거예요. 그들은 자기네 집의 여(女) 가정교사에게 저녁식사에

14. 구슬 목걸이

오도록 부탁을 했는데, 그건 어떤 부인이 마지막 순간에 그들에게 (만찬 참석의) 약속을 파기했었기 때문이었죠. 그런 사람들은 얼마나 사려 깊지 못한지를 당신도 아시잖아요. 그리고 그 만찬 테이블에는 13명이 와 있기로 되어 있었고요. 그 댁의 여자 가정교사는 미스 로빈슨(Robinson)이라는 참한 아가씨이고, 당신도 아시다시피 스물 또는 스물 한 살이니 젊고, 상당히 예쁘죠. 저의 개인적 소견으로는 저 같으면 젊고 예쁜 그런 여자 가정교사는 절대로 고용하지 않을 거예요. (무슨 일이 일어날지) 결코 아무도 모르잖아요."

"그러나 사람들은 가장 최상의 것을 바라지요."

로라는 나의 소견에는 아무런 관심을 나타내지 않았다.

"그런 여자는 자신의 책무에 전념하는 대신에 젊은 남자를 생각하게 될 것이고, 그러면 당신이 말씀하시는 (최상을 추구하는) 방식에 익숙해지면 그녀는 그 댁을 나가서 좋은 데 결혼하고 싶어할 거예요. 그러나 미스 로빈슨은 탁월한 신원보증처를 가졌으며, 그녀가 무척 상냥하고 존경스러운 사람이란 사실은 저도 인정해야겠네요. 저는 그녀가 어떤 성직자의 딸이라는 사실이라는 점에 대해서는 믿고 있어요."

"만찬에는 한 남자가 있었는데, 그 사람에 대해서는 당신이 일찍이 들어본 적이 없다고 짐작되지만, 자기 직업분야에서는 대단한 명성을 지닌 사람이에요. 그는

14. 구슬 목걸이

카운트 보르셀리(Count Borselli)라는 사람인데 보석에 관해서는 이 세상의 누구보다도 더 많이 알고 있어요. 그는 메어리 린기트(Mary Lyngate)의 옆에 앉아 있었는데, 메어리는 자신이 지닌 진주에 대해 상당히 자만하고 있었으며, 대화 과정에서 그녀는 자신이 차고 있는 목걸이에 대해 어떻게 생각하느냐고 그에게 물었어요. 그는 말하기를 그것은 매우 예쁘다고 했죠. 그녀는 그 말에 감정이 꽤 상했고, 그래서 그것은 8천 파운드의 가치를 지녔다고 말해 줬더니, '맞아요, 그만한 가치는 있어요'라고 그가 말했어요."

"미스 로빈슨은 그 남자의 맞은 편에 앉아 있었는데, 그날 저녁 꽤 멋져 보이고 있었어요. 물론 저도 그녀의 드레스가 멋졌다는 건 인정하지만, 그건 소피(Sophie)의 구식 드레스였죠. 그러나 당신이 미스 로빈슨이 여자 가정교사였다는 사실을 몰랐다면 당신도 절대로 그것을 의심하지 않았을 거예요."

"'저 젊은 아가씨가 차고 있는 건 아주 아름다운 목걸이군요,' 라고 보르셀리가 말했어요."

"'아, 그러나 저 아가씨는 리빙스톤씨 댁의 여 가정교사랍니다,' 하고 메어리 린기트는 말했죠."

"'저도 그건 어쩔 수 없어요,' 그는 말했어요. '저 아가씨는 저의 생애에서 일찍이 보아 왔던 그 크기에서는 가장 세련된 진주 목걸이들 중의 하나를 차고 있거든요. 저건 틀림없이 5만 파운드의 값어치가 될 겁니

14. 구슬 목걸이

다.'

"'터무니없는 말씀이세요.'

"'내 말인즉 그냥 사실이 그렇다는 걸 말씀드렸던 거죠.'

"메어리 린기트는 몸을 구부렸고 목소리가 꽤나 날카로워졌죠."

"'미스 로빈슨, 당신은 지금 카운트 보르셀리씨가 무슨 말을 하고 있는지 알고나 있나요?' 메어리가 소리쳤어요. '그는 당신이 차고 있는 그 진주 목걸이의 값어치가 5만 파운드라고 말하고 있어요.'

"바로 그 순간에 대화가 잠시 멈추어진 관계로 모든 사람들이 듣게 되었죠. 우리는 모두 고개를 돌려 미스 로빈슨을 쳐다보았는데, 그녀는 약간 얼굴을 붉히고는 웃었어요.

"'글쎄요, 저는 썩 훌륭한 바게인 거래를 했답니다.' 그녀가 말했어요. '저는 이 목걸이 값으로 고작 15실링을 지불했을 따름이니까요.'

"'당신 지금 분명히 말한 거예요.'

"우리는 모두 웃었어요. 물론 그건 터무니없는 말이었죠. 우리 모두는 대개 아내들이란 진짜이고 값비싼 진주 목걸이들을 자기네들 남편에게는 가짜라고 속여왔다는 얘기는 들어왔어요. 하지만 그런 이야기도 이제는 언덕처럼 케케묵은 이야기죠."

"고마워요, 당신," 나는 내 자신이 상상해본 조그만

14. 구슬 목걸이

줄거리를 생각하면서 말했다.

"그러나 그녀가 5만 파운드 값어치의 목걸이를 소유하고 있다면 여 가정교사는 여 가정교사로 그냥 남아 있을 거라고 생각하는 것은 너무 우스꽝스러워요. 카운트씨가 일종의 큰 실수를 했음이 분명해요. 그래서 그런 기이한 일이 일어난 거고요. 우연일치의 긴 팔(운명)이 뻗쳐 들어온 거죠."

"그렇지 않을 수도 있어요." 나는 말을 되받아 넘겼다. "하지만 거기엔 생각해볼 과제가 너무 많이 있어요. 당신은 「영어 용법사전」이라는 서명(書名)의 멋진 책을 보지 못했소?"

"저는요, 하필 제가 정말로 흥분되어 가고 있는 시점에 당신이 이렇게 가로막지 않았으면 좋겠어요."

그러나 나는 다시 그렇게 하지 않을 수 없었는데, 그 때 막 구운 연한 연어고기가 나의 왼쪽 팔꿈치를 돌아 슬며시 들여밀어졌기 때문이었다.

"리빙스톤 부인이 우리들에게 훌륭한 만찬을 주고 있군요," 내가 말했다.

"연어고기는 살을 찌게 하나요?" 로라가 물었다.

"무척," 나는 큰 구원처를 얻은 것처럼 대답했다.

"허풍," 그녀는 말했다.

"계속하시오," 나는 그녀에게 간청조로 말했다. "우연일치의 긴 팔이 막 제스쳐를 취할 참이었어요."

"그래요, 그때 그 댁의 집사가 미스 로빈슨에게 다가

14. 구슬 목걸이

가 허리를 굽히고는 그녀의 귀에 무언가를 속삭였죠. 저는 그녀가 약간 창백해졌다고 생각되었어요. 루즈를 바르지 않은 것은 큰 실수죠. 어떤 속임 본성이 당신을 속이게 될지 당신은 절대 모를 거예요. 그녀는 분명히 흠칫 놀란 표정이었고 몸을 앞으로 구부렸어요.

"'리빙스톤 부인님, 도슨(Dawson) 집사가 지금 말하기를 홀에 어떤 두 사람이 와있는데 즉시 저한테 이야기를 좀 하고 싶다고 한 대요.'

"'그럼, 가보는 게 좋겠네요.' 소피 리빙스톤이 말했어요.

"미스 로빈슨은 일어나 방을 떠났어요. 물론 우리들 마음속으로부터는 똑같은 생각이 확 터져 나왔지만 제가 가장 먼저 말했죠. "'저는 그 사람들이 그녀를 체포하러 오지 않았기를 바래요.' 소피에게 말했어요. '아이구 어쩌나, 이건 부인에게 너무나 끔찍한 일이 되겠군요.'

"'보르셀리씨, 당신은 그게 진짜 목걸이었다고 확신하나요?' 소피가 물었어요.

"'아, 정말이고 말고요.'

"'만약 그게 훔친 것(장물)이라면 오늘밤 그녀가 감히 뻔뻔스럽게 그걸 차고 있지는 못했을 거예요,' 라고 제가 말했어요.

"소피 리빙스톤은 화장을 했음에도 안색이 마치 죽은 사람처럼 창백하게 변했고, 저는 그녀가 자신의 보석

14. 구슬 목걸이

함에 아무 이상이 없는지 미심쩍게 여기고 있는 것을 감지했어요. 저야 조그만 다이아몬드 목걸이를 차고 있었을 따름이지만 그래도 본능적으로 그게 여전히 제자리에 있는지 만져 보려고 손을 제 목에 갖다 댔죠.

"'되지도 않는 이야기 하지 말아요.' 리빙스톤 씨가 말하더군요. '세상에 어떻게 미스 로빈슨이 그런 값비싼 진주 목걸이를 훔치는 위험한 짓을 했었단 말이오?'

"그녀는 장물 취득자일지도 모르죠,' 제가 말했어요.

"'아, 그러나 그녀는 아주 훌륭한 신원조회처가 있었다구요.' 소피가 말했어요.

"'그런 사람들이야 언제나 그렇죠.' 제가 말했어요.

나는 다시 한번 로라를 적극적으로 가로막지 않을 수 없었다.

"당신은 그 사건에 대해 매우 밝은 견해를 가지려고 마음먹고 있지는 않는 것 같군요." 내가 논평을 가했다.

"물론 저도 미스 로빈슨을 나쁘게 말할 아무것도 알고 있지는 않았고 그녀를 무척 상냥한 처녀라고 생각할 이유를 죄다 알고 있기는 했어요. 그러나 그녀가 악랄한 도둑이었고 잘 알려진 국제적 사기단의 일원이었다는 사실을 알아차리는 게 더 가슴 떨리는 일이 될 것이었던 거죠."

"꼭 영화 같구려. 나는 그와 같은 흥분할 일이 일어

14. 구슬 목걸이

난다는 건 영화 속에서만 있는 일이 아닐까 하고 정말 몹시 염려가 되오."

"그래요, 우리는 숨을 죽이는 긴장감 속에서 기다렸어요. 아무 소리도 나지 않았어요. 저는 홀에서 어떤 난투극이나 적어도 숨막히는 쇠된 소리라도 들을 것으로 예상했어요. 저는 그 고요가 무척 불길하다고 생각했어요. 그러자 문이 열렸고 미스 로빈슨이 걸어 들어오더군요. 저는 문제의 그 목걸이가 없어졌음을 단번에 알아차렸죠. 저는 그녀가 창백하고 흥분해 있다는 걸 알 수 있었어요. 그녀는 테이블로 돌아와 앉았으며 한 가닥 미소를 지으며 그것을 그 위에 쏟았어요."

"뭐 위에?"

"당신 참 바보로군요, 테이블 위지 어디겠어요. 진주 목걸이를요."

"'저의 목걸이예요,' 그녀가 말했어요.

"카운트 보르셸리가 앞으로 몸을 구부리더니,

"'아, 그러나 그것은 가짜인데요,' 하고 말했어요.

"'그렇다고 제가 아까 여러분들께 말씀드렸잖아요,' 그녀는 웃었어요.

"'하지만 그건 조금 전에 당신이 차고 있던 것과 똑같은 목걸이가 아니군요,' 그가 말했어요.

"그녀는 고개를 흔들고는 불가해하게 미소를 지었어요. 우리는 모두 호기심을 느꼈죠. 저는 소피 리빙스톤이 자기의 여 가정교사가 자신을 그와 같은 관심의

14. 구슬 목걸이

초점이 되게 해준데 대하여 무척 기뻐하고 있었는지는 모르며, 리빙스톤 부인이 미스 로빈슨이 설명을 해주는 게 좋겠다는 암시를 했을 때 그녀(로빈슨)의 태도에 어떤 불량스러운 의심이 든다는 생각을 했어요. 글쎄, 미스 로빈슨이 말하기로는 그녀가 홀에 들어가니까 거기에 두 남자가 눈에 띄었었는데, 그들은 자신들이 재롯트씨 보석가게에서 왔다고 하더라는 거예요. 그녀는 바로 그 가게에서 아까 말했던 대로 그녀의 목걸이를 15 실링을 주고 샀었는데, 걸쇠가 느슨하여 그 목걸이를 도로 갖다 주었고, 그날 오후에 그냥 찾아왔을 뿐이라는 거예요. 그 남자들은 말하기를 그들이 그녀에게 준 것은 그녀가 맡겨 둔 것과는 다른 목걸이라고 했대요. 어떤 사람이 진짜 진주 목걸이를 줄갈이 해달라고 맡겨 두었었는데 종업원이 실수를 했다고 했어요. 물론 저는 어느 누가 정말로 값비싼 목걸이를 재롯트씨 가게로 가져갈 만큼 어떻게 그렇게나 어리석을 수 있었는지 이해할 수 없어요. 재롯트씨네 가게 사람들은 그런 부류의 물건을 취급하는 데 익숙해져 있지 않은데다가 진짜를 가짜와 구분할 줄 모를 텐데 말이에요. 그러나 일부 여성들은 의외로 얼마나 바보스러운지 당신도 아시잖아요. 어쨌든 그것은 미스 로빈슨이 차고 있었던 목걸이었고 값어치가 5만 파운드에 달했던 거죠. 그녀는 당연히 그것을 그들에게 돌려줬는데 그 외에 다른 행위를 할 수 없었을 거예요. 저

14. 구슬 목걸이

는 그 일이 일종의 곡해였음에는 틀림없었지만 그들은 그녀에게 그녀 자신의 목걸이를 되돌려 주었을 거로 생각해요. 그리고는 그들은 물론 자신들이 아무런 의무에 기속되어 있는 것은 아니지만 당신도 아시다시피 사무적이 되려고 할 때 사람들이 흔히 말하는 어리석고 젠체하는 방식 — 즉 자기들은 그녀가 그런 걸 요구하든 않든간에 위자료 조로 그녀에게 3백 파운드에 해당하는 수표 한 장을 그녀에게 주라는 지시를 받았다는 거예요. 미스 로빈슨은 실제로 그 수표를 우리들에게 보여줬어요. 그녀는 망아지처럼 천진난만하게 기뻐했어요."

"이런, 그것은 한 편의 행운이었네, 그렇잖소?"

"당신은 그렇게 생각하셨군요. 결과적으로 드러난 일이지만 그것은 그녀의 파멸이었죠."

"아, 그건 (또) 어떻게 된 건대요?"

"글쎄, 그녀는 자신이 휴가를 떠날 때가 다가오자 소피 리빙스톤에게 말하기를 자기는 프랑스 도우빌 (Deaubille) 휴양지에 한 달 동안 가 있으면서 그 3백 파운드를 몽땅 다 써버릴 결심을 했다는 거예요. 물론 소피는 그녀를 단념하도록 설득하려고 애썼으며 그 돈을 저축은행에 넣어두도록 간청했지만, 그녀는 그 말을 들으려 하지 않았어요. 그녀는 말하기를 자신은 이전에 결코 이러한 기회를 가지지 못했었으며 다시 이런 기회를 절대로 갖지 못할 거라고 했는데, 그녀의

14. 구슬 목걸이

그 말은 적어도 4주 동안은 공작부인처럼 살겠다는 의미였죠. 소피는 정말 아무런 조언도 해줄 수 없었고, 그래서 물러섰어요. 소피는 자신이 갖고 싶지 않은 옷들을 미스 로빈슨에게 많이 팔았어요. 그녀는 그 옷들을 계절 따라 내내 입어 왔던 것들이었고 그래서 그 옷들에 지겨워 죽겠을 정도로 넌더리가 나 있었던 거죠. 소피는 그 옷들을 미스 로빈슨에게 그냥 주었다고 말하지만, 그녀가 전적으로 그렇게 했다고는 짐작되지 않아요. 감히 말씀 드리지만 그녀는 그 옷들을 매우 싸게 팔았을 거예요. 그리고 미스 로빈슨은 완전히 혼자서 도우빌로 떠나갔어요. 그리고는 어떤 일이 일어났을 거라고 당신은 생각하세요?"

"아무 생각도 안 나는군요," 내가 대답했다. "나는 그저 그녀가 매우 즐거운 시간을 보냈기를 바랄 뿐이라오."

"글쎄, 그녀는 돌아올 예정이었던 1주일 전에 소피에게 편지를 보내 왔는데, 그녀는 자신의 계획들을 바꾸었고 다른 직업에 종사하게 되었으며, 자기가 돌아가지 않더라도 리빙스톤 부인이 자신을 용서해 주기를 바란다고 했어요. 물론 가여운 소피는 격노했죠. 실제로 무슨 일이 일어났느냐 하면 미스 로빈슨은 도우빌에서 어떤 부유한 아르젠틴 남자를 사귀었고 그와 함께 파리로 떠나갔어요. 그녀는 그 이후 줄곧 파리에 있었죠. 그런데 제가 플로렌스에서 그녀를 직접 목격

14. 구슬 목걸이

했는데, 그녀의 팔꿈치 바로 위로는 팔찌들이, 그리고 그녀의 목 둘레에는 몇 줄의 진주가 걸려 있었어요. 물론 저는 그녀를 모른 체했죠. 사람들은 그녀가 (고급주택지인) 볼로뉴 숲(Bois de Boulogne)에 집을 갖고 있다고들 말하며, 롤스로이스(영국제 고급차)도 갖고 있는 것으로 저는 알고 있어요. 몇 달이 지나자 그녀는 그 아르젠틴 남자를 내동댕이치고는 그리스 남자를 붙잡았어요. 저는 그녀가 지금 누구와 지내고 있는지는 모르지만, 그녀가 결국 언젠가는 파리에서 단연코 제일 약삭빠른 매춘부가 될 것으로 봐요."

"아까 당신이 그녀가 파멸했다고 말할 때 당신은 순전히 기술적(인위적)인 의미로 그 말을 사용하는 것이라고 나는 결론이 가요." 내가 말했다.

"무슨 뜻으로 당신이 그런 말씀을 하시는지 저는 모르겠네요," 로라가 말했다. "그러나 당신은 그것으로부터 스토리를 하나 만들어 낼 수 있을 거라고는 생각되지 않으세요?"

"불행하게도 나는 진주 목걸이에 대한 스토리를 이미 하나 썼다오. 누구든 진주 목걸이에 관한 스토리들이라도 계속 써낼 수는 없어요."

"저는요 직접 그걸 써볼 작정을 반은 했어요. 물론 다만 저는 그 결말을 바꿀 거예요."

"아, 어떻게 결말을 지을 건대요?"

"글쎄요, 저는 그녀를 전쟁에서 심하게 몸이 망가진

14. 구슬 목걸이

어떤 은행원과 약혼하도록 하겠어요. 즉, 외다리만 가졌거나 얼굴 절반이 총상으로 떨어져 나갔거나 하는 은행원과 말이죠. 그리고 그들은 끔찍할 만큼 가난해서 수년내에는 결혼할 전망이라곤 전혀 보이지 않으며, 그래서 그 남자는 교외에 조그만 집 한 채를 사려고 자기의 모든 적금을 쏟아 붓고 있는 중이고, 그가 마지막 회차의 할부금을 마저 적립했을 때 겨우 결혼할 준비가 갖춰지게 돼요. 그리고 그때서야 그녀는 그에게 그 3백 파운드를 건네주고, 그래서 그들은 거의 믿을 수 없을 만큼 무척 행복해져요. 그리고 그는 그녀의 어깨 위에 얼굴을 파묻고 소리쳐 울어요. 그는 꼭 어린애처럼 울죠. 그리고 그들은 교외에 있는 집을 사고 결혼해요. 그리고 그들은 자신들과 함께 살아가야 할 그의 노모가 있어요. 그래서 그는 매일 은행으로 출근하고, 그리고 그녀는 아기를 갖지 않도록 조심만 한다면 일일 가정교사로 아직도 일하러 나갈 수는 있어요. 그리고 그 남자는 당신도 아시다시피 그의 상처 때문에 자주 병이 나고, 그래서 그녀는 그를 간호하는데, 그것은 정말 무척 애처로운 정경이지만 달콤하고 아름다워요."

"그런 스토리는 오히려 따분한 것 같소," 내가 과감하게 말했다.

"그래요, 하지만 그렇게 결말내는 게 윤리적이죠," 로라가 말했다.

제 15 편

말 도둑

- 어스킨 콜드웰
(1903-1987)

  어스킨 콜드웰은 조지아주 Moreland에서 장로교회 목사 아버지와 학교교사 어머니 사이에서 외아들로 태어났다. 목사인 아버지를 따라 미국 남부의 여러 주(州)로 이사를 다녔으며, 장로교 계열의 대학을 중퇴후 작가생활을 시작했다. 2차대전 중에는 소련의 초청으로 우크라이나에 특파원으로 나가 있었으며, 이후에도 해외여행을 자주 했다.
  그는 소설 25편, 단편소설 150편 외에도, nonfiction과 자서전 등의 많은 글을 썼는데, 그의 작품성향은 가난, 인종차별, 사회문제를 중심테마로 농민과 보통근로자들의 편에서 그들의 삶과 고난 등을 부각시키는 데 노력했다. 대표작으로 소설 담배밭길(Tobacco Road; 1932)과 신의 작은 땅(God's Little Acre; 1933)이 흔히 꼽히며, 특히 전자는 영화로, 후자는 코미디 드라마로 제작·방영되기도 했다..

15. 말 도둑

말 도둑

내가 이전에 목요일 밤에 거기로 그녀를 만나러 갔던 적은 서,너 차례가 되었는데, 그것에 관해 루드 모셀리씨는 몰랐습니다. 나오미는 나더러 목요일 밤이면 자기를 만나러 오라고 말했죠.

나는 루드 모셀리씨의 얼룩빼기 말을 훔치지 않았습니다.
 사람들은 어디서나 나를 도둑으로 추단하려고 애써오고 있습니다만, 어쨌든 나를 조금이라도 아는 사람들은 나의 생애를 통틀어 이전에는 내가 결코 이와 같은 불상사에 처해본 적이 없었다는 사실을 여러분들에게 말해줄 것입니다. 특히 존 터너(John turner)씨가 나에 관한 모든 걸 여러분들에게 말해줄 것입니다. 몇 년 동안인지는 정확하게 모르겠으나 나는 수시로 그의

15. 말 도둑

밑에서 일해 왔습니다. 내 짐작으로는 내가 소년이었을 때로부터 거의 나의 전 생애 동안 줄곧 그를 위해 일해 왔습니다. 그래서 존 터너씨는 내가 말을 훔치려 하지 않았을 것임을 압니다. 그것이 바로 루드 모셀리씨가 맹세코 내가 훔쳤다고 주장하는 것과 똑같이, 나는 나대로 그의 말을 훔치지 않았다고 내가 말하는 이유이지요. 나는 내가 말 도둑으로 전락해버리고 말 만큼 (그렇게 나쁘게) 자라지는 않았습니다.

그저께 밤, 존 터너씨는 나에게 자신의 암말 벳시(Betsy)를 타고 가라고 말했습니다. 나는 2년 동안 내내 일요일 밤마다 그래왔던 것처럼 얼마 뒤에 멀지 않은 곳으로 잠깐 길을 좀 떠나고 싶다고 했더니 그는 나더러 어서 그렇게 하고 벳시를 타고 가라고 했습니다. 존 터너씨는 나에게 텍사스 말안장을 가지고 가라고 말했습니다만, 나는 그에게 안장 위에 앉아 타는 데는 관심이 없다고 했습니다. 나는 굴레와 고삐만으로 타고가고 싶었고 그래서 그 외 다른 것은 원하지 않았습니다. 어쨌든 그것은 내가 말을 타는 데 가장 좋은 방법이었으니까요. 게다가 나는 내가 가려는 그곳에서 내 밑에 삐걱거리는 안장을 깔고 있고 싶지 않았습니다. 내가 무슨 말썽을 피우려는 것이 아니었습니다. 그렇게 하는 것은 그저 나 자신의 일종의 사소한 사적인 일이므로 아무도 그것에 대해 나무랄 권리는 없습니다. 나는 일요일 밤이면 거의 언제나 안장을

15. 말 도둑

깔고 타고 갔지만, 그저께 밤은 목요일 밤이었고 그것이 바로 내가 갈 때 안장을 사용하지 않은 이유입니다.

 존 터너씨는 내가 밖으로 나가 말썽(분란)을 일으킬 부류의 사람이 아니라는 걸 여러분들에게 말씀드릴 수 있을 것입니다. (그러니) 내게 관해서는 그에게 (모두) 물어보십시오. 그는 나의 전(全) 생애 동안 나를 알아왔으며, 그동안 나는 그나 그밖의 다른 사람들에게 곤란을 끼친 적이 절대로 없었습니다.

 내가 그날 밤 저녁식사 후에 마굿간에서 벳시를 데리고 나오자 존 터너씨는 헛간 앞마당으로 나와서 그 텍사스 안장을 가져가고 싶지 않느냐고 내게 거듭 물었습니다. 그 암말 벳시는 작고 **빼빼** 말랐지만, 나는 그런 것에는 신경을 쓰지 않았지요. 나는 존 터너씨에게 말 맨 등에 타고 가는 게 오히려 더 좋다고 말했습니다. 그는 내가 둘 다 이것저것 해보아도 자기는 괜찮으니 얼른 가서 그것에 관해 내가 좋아하는 대로 하라고 말했습니다. 그는 벳시의 갈기를 문질러 주면서, 그리고 입밖으로 꺼내어 나한테 차마 묻지는 않은 채, 내가 어디로 가려고 하는지를 알려고 애쓰면서 바로 거기에 줄곧 서 있었죠. 그러나 그는 아마도 내가 어디로 가려고 하는지를 알았을 겁니다. 왜냐하면 그는 내게 관해서는 모든 걸 다 알고 있으니까요. 내 짐작으로는 그가 나를 재미있게 여겨 웃어주고 싶었을 터

15. 말 도둑

이지만, 내가 어디로 향하려는지에 관해 내가 그렇게 하도록 허용하지 않는 한 그렇게 웃어댈 수는 없었을 것입니다. 그래서 그는 내가 안장 때문에 번거롭게 되기를 바라지 않는다면 안장 없이 자기의 암말을 타도 좋다고 내게 말했으므로 나는 문을 열고 비숍 교차로를 향해 나있는 도로를 따라 말을 타고 내려갔습니다.

그것은 그저께 밤, 즉 목요일 밤이었습니다. 그때는 어두워지고 난 약간 뒤였지만, 나는 존 터너씨가 헛간 앞마당 문에 약간 기댄 채 서서는 내가 말을 타고 나가는 것을 지켜보는 것을 내가 볼 수 있었습니다. 나는 그날 새 땅에 가서 계속 밭을 갈고 왔으므로 완전 녹초가 되어 있었습니다. 그것은 내가 언제나 일요일 밤이면 그랬던 것과 같은 질주를 하지 못했던 하나의 이유입니다. 나는 결국 그렇게 몹시 서둘러 가고 싶지 않았기 때문에 벳시로 하여금 스스로 자신의 적절한 시간을 취하도록 내버려 둔 채 천천히 타고 갔습니다. 그렇게 해서 나는 대략 두 시간을 일부러 헛보냈으며 갔던 거리는 고작 3마일 조금 남짓했을 따름이지요. 그게 바로 내가 그렇게 갔던 이유입니다.

모든 사람들은 내가 줄곧 루드 모셀리씨의 막내 딸 나오미(Naomi)를 만나러 가왔다는 사실을 알고 있습니다. 그날밤도 나는 그녀를 다시 만나러 가고 있었습니다. 그러나 대략 9시 반까지는 거기에 나타날 수 없었습니다. 루드 모셀리씨는 내가 그녀를 만나러 1주일

15. 말 도둑

에 한 번만 오도록, 즉 일요일 밤 외에 오는 것은 허용하지 않았습니다. 그런데 그저께 밤은 목요일이었죠. 내가 이전에 목요일 밤에 거기로 그녀를 만나러 갔던 적은 서너차례가 되었는데, 그것에 관해 루드 모셀리씨는 몰랐습니다. 나오미는 나더러 목요일 밤이면 자기를 만나러 오라고 말했죠. 이것이 바로 루드 모셀리씨가 1주일에 한 번밖에 자기 집에 올 수 없다고 말했는데도 내가 거기에 줄곧 갔었던 이유입니다. 나오미는 나더러 어떻게든 오라고 했으며, 그리고 그녀는 그동안 줄곧 앞마당의 나무들 밑에 있는 그네로 나와서 나를 만나왔었던 거죠.

　나는 결코 루드 모셀리씨에 대해 하등의 나쁜 감정을 갖고 있지는 않았습니다. 존 터너씨는 여러분들에게 내가 그러지 않았다는 걸 말해줄 것입니다. 나는 루드 모셀리씨를 특별히 좋아하지는 않지만, 좋아하지 않게 될 것으로 기대되는데 그 이유를 그 자신도 알고 있습니다. 내가 나오미를 좋아하듯이 여러분들께서도 자기가 무척 좋아하는 여성을 만나러 가는 데 1주일에 한 번이라는 건 충분하지 않을 겁니다. 그리고 내가 짐작컨대 그녀도 나를 조금은 좋아하고 있습니다. 그렇지 않다면 루드 모셀리씨가 나더러 오지 말라고 한 날인 목요일에 자기를 만나러 오라고 나오미가 나한테 말하진 않았을 테죠. 루드 모셀리씨는 내가 1주일에 한 번 이상 그녀를 만나러 가면 아마도 그것은 그에게는 상

15. 말 도둑

황 파악할 기회를 주지 않은 채 우리가 결혼하게 되는 쪽으로 생각을 떠올리게 될 것으로 생각하고 있습니다. 이것이 바로 1주일에 한번 일요일 밤 외에는 자기 집에 올 수 없다고 말한 이유입니다.

 그는 내가 자기의 얼룩빼기 말인 라이트풋(Light foot)을 훔쳤다고 20년 동안 나를 교도소로 보내게 하려는 마음을 굳히고 있습니다. 내가 짐작하기로는 그는 내가 그 말을 훔치지 않았다는 것을 너무나 잘 알고 있을 겁니다. 그러나 그는 자기가 나오미를 나 아닌 딴 사람에게 결혼시킬 수 있을 때까지 나를 해치울(투옥시킬) 좋은 기회를 잡았다고 생각하고 있습니다. 이것이 바로 내가 그 모든 게 성립되지 않을 것이라고 보는 이유인데, 나에 대해 일찍이 소문을 들은 이 고장 사람들은 누구나 내가 말 도둑이 아니라는 사실을 알고 있기 때문이죠. 존 터너씨는 나에 관한 그러한 사실을 여러분들에게 말해 줄 것입니다. 존 터너씨는 그것보다도 더 많이 나를 알고 있습니다. 나는 매우 오랫동안 그를 위해 일해 왔는데, 그는 한때 나를 가족의 일원으로 만들려고 애쓰기까지 했으나 내가 그에게 그렇게 하지 않도록 했습니다.

 그래서 그저께 밤, 즉 목요일 밤에 나는 벳시의 맨 등 위에 올라타고 집을 나섰죠. 나는 내가 살고 있는 데서 길을 따라 약 1마일 내려가면 있는 샛강 밑에서 (일부러) 잠시 시간을 헛 보냈는데, 내가 시계를 다시

15. 말 도둑

보니까 그때가 정확히 9시였습니다. 나는 다시 벳시에 올라타고는 루드 모셀리씨의 집을 향해 말을 몰아갔습니다. 그 집 주변과 헛간 주변에는 모든 게 조용하고 적막했습니다. 그때는 거의 막 루드씨 댁의 취침시간이었죠. 나는 헛간 앞마당의 출입문 바로 앞까지 말을 타고 갔는데, 그건 목요일 밤에 거기 갈 때면 언제나 내가 했던 그대로였습니다. 나는 나오미의 방안에 불이 켜져 있는 것을 볼 수 있었는데, 그 방에서 그녀는 자기 언니인 메어리 리(Mary Lee)와 함께 잠을 잡니다. 우리는 언제나 언니가 딴 사람과 외출해 있거나, 아니면 어쩌면 9시 반 쯤에는 취침할 준비가 되어 있기를 마음에 그려왔었죠. 내가 그들의 창문을 올려다 보니까 나오미는 침대에 가로 누워 있고, 메어리 리는 그 침대 옆에 서서 무언가 말을 건네고 있었습니다. 그건 나쁜 상황 같아 보였는데, 그 이유로서 메어리 리는 자기가 잠자리에 들기 전에 나오미더러 옷을 벗고 먼저 취침하도록 하려고 애썼을 때면 그건 언제나 나오미가 그 방을 떠나기 전에 메어리 리가 잠이 드는 것을 기다려야 했으므로 그녀가 그 방을 빠져 나오는 데 있어서 그녀에게 또 한 시간이나 더 긴 시간이 걸리게 되는 걸 의미했기 때문이죠. 그녀는 메어리 리가 잠이 드는 걸 기다려야 했고, 그제서야 일어나 어둠 속에서 옷을 입어야 했으며, 그런 다음에 그녀는 앞마당으로 내려와 나무 아래의 그네에서 나를 만날 수 있

15. 말 도둑

었습니다.

 나는 나오미가 자기 언니와 함께 있다가 어떻게 빠져 나오고 있는지를 알려고 기다리며 10~15분 동안 거기 벳시의 등 위에 앉아 있었습니다. 내 짐작으로는 만약 우리가 메어리에게 우리의 이 비밀을 알게 해줬었다면 그녀는 그것에 관해 양해하는 쪽으로 행동했을 터인데, 어떤 또는 다른 이유에서인지 나오미는 그런 위험을 무릅쓸 결심을 할 수 없었습니다. 그러나 메어리가 그것에 관해 그릇된 행동을 하게 되고 그래서 곧장 루드 모셀리씨에게 달려가 말해버릴 수도 있는 가능성이 농후한 기회도 있었기에, 우리는 그러한 모험을 감행하고 싶지 않았던 것입니다.

 잠시 후에 나는 나오미가 일어나서 옷을 벗기 시작하는 걸 보았습니다. 나는 그것이 그녀가 나와서 나를 만나려면 또 한 시간이나 그보다 더 긴 시간을 기다려야 함을 의미한다는 사실을 금방 알았죠. 달이 떠오르기 시작하고 있었으며, 그래서 헛간 앞마당인 거기에는 낮 같이 밝아지고 있었습니다. 나는 출입문을 열고 그 앞마당에 벳시의 고삐를 풀어놓는 습관이 있었지만, 그저께 밤에는 그렇게 하는 게 두려웠습니다. 만약 루드 모셀리씨가 물이나 그밖에 어떤 것을 마시려고 일어나서 우연히 헛간 쪽을 내다보다가 말 한 필이 거기에 서 있는 걸 보게 된다면, 그는 그게 자기 말들 중의 하나라고 생각하여 밖으로 나와서 그 말을 마방

15. 말 도둑

에 가둬 놓으려고 하거나 아니면 그 밖에 그게 내가 거기 와 있는 것이라고 상황을 파악하게 될 것이었으니까요. 어쨌든 그가 밖으로 나오게 되면 그는 벳시를 보자마자 그게 자기의 암말이 아니라는 걸 알게 될 것이고 당장 그 자리에서 대가를 치러야 할 재해가 생긴 것으로 알게 되겠죠. 그래서 나는 헛간 문을 열고 벳시를 그 안으로 이끌어 넣고는 어둠 속에서 내가 발견할 수 있었던 제일 첫번째의 빈 마방에 그 말을 넣었습니다. 나는 불을 켜는 게 겁이 났는데, 그 이유는 바로 그때 루드 모셀리씨가 창밖으로 내다보다가 내가 키는 성냥불을 보게 된다면 정말 그땐 그가 어떻게 행동할 것인지를 몰랐기 때문이죠. 그래서 나는 벳시를 마방에 집어넣은 다음 문을 닫았으며, 그리고는 밖으로 되돌아 나와서 나오미가 방을 빠져나와 앞마당에 있는 그네에서 나를 만날 수 있는 기회를 찾기를 기다렸습니다.

 내가 집으로 떠나올 준비가 되었을 때는 대략 12시 30분이나 1시 쯤이었습니다. 달은 구름에 가리워져 있었고 헛간 안은 그 어떤 곳보다 더 어두웠습니다. 내가 바로 앞의 내 손도 볼 수 없었을 만큼 그렇게나 어두웠죠. 나는 그때에도 불을 켜는 게 두려웠고 더듬어서 헛간 안에서 앞으로 나아가 그 마방의 문을 열고는 벳시를 끌어내려고 안으로 걸어 들어갔습니다. 아무것도 볼 수 없었으며, 그러다가 나는 그의 목을 찾게 되

15. 말 도둑

었는데, 나는 벳시가 너무 오래 서 있어야 했을 때는 언제나 그렇게 하고 있었던 것처럼 자기 목에 적절하도록 굴레를 벗겨놓았음에 틀림없다고 생각했죠. 나는 벳시를 어느 정도 끌지 않고서 거기서 바로 타고 오려고 시도하기가 두려웠는데, 그 이유는 이 놈이 헛간 앞마당에서는 곧잘 겁을 잘 타서 거기에서 법석을 떨며 이리저리 뛰기 시작하고 그래서 급기야는 루드 모셀리씨를 깨우게 될지도 모른다고 겁이 났기 때문입니다. 나는 그 굴레를 찾으려고 땅 바닥을 이리저리 더듬었지만 어디서고 그걸 발견할 수 없었습니다. 그래서 나는 마방 문 쪽으로 되돌아가서 내가 당초에 온통 흥분해 있었을 때 내 스스로 그걸 벗겨 놓았을지도 모르겠다고 생각하면서 문 위를 더듬었는데, 거기에 고삐 밧줄이 걸려 있었습니다. 나는 그것을 말 머리에 잽싸게 둘리고는 말을 끌고 밖으로 나왔죠. 그때는 아직도 너무나 어두워서 나는 아무것도 볼 수 없었으며, 나는 더듬어 바깥쪽으로 나아갔고 헛간 앞마당의 출입문을 통과했습니다. 나는 도로에까지 이르자 다리를 그 말 위에 훌쩍 던져 걸치고는 루드 모셀리씨의 거처 주변에서 더 이상 시간을 낭비하지 않고 곧장 집을 향해 출발했죠. 말은 좀 재미있어 하면서 총총 걸음으로 빠르게 달린다고 생각되었는데, 그 이유는 그 놈은 나를 좌우로 미끄러지게 할 만큼 흔들어대는 자유를 가졌고 나는 꼭 붙잡을 안장의 자루끝이 없었기 때문이

15. 말 도둑

죠. 나는 어디 붙잡을 데도 없는 채로 말 등에서 떨어지지 않게 하는 데 온통 진땀을 빼게 되었는데, 그래서 그 말에 관해서는 아무것도 생각지 못했습니다. 그러나 나는 온전하게 집에 도착했으며 그 고삐 밧줄을 살짝 떼내었고 말을 그의 마방 안에 밀어 넣었죠. 그때는 새벽 한 시나 두 시 쯤이었습니다.

 새벽이 지나고 그 다음날 아침, 내가 노새들을 붙잡아 새 땅에서 다시 밭을 가는 일에 착수하려고 그들의 등에 장구를 채울 준비가 되고 있을 때, 루드 모셀리씨와 군(郡) 보안관을 포함한 3~4명의 다른 사람들이 읍내 쪽으로부터 뻗어 있는 도로를 따라 쏜살같이 말을 타고 달려 올라와서는 말뚝에 말줄을 걸어맸습니다. 그러자 존 터너씨가 나와서 보안관의 등을 찰싹 치면서 농담조의 이야기를 건넸죠. 그들은 근 반시간 동안 그와 같은 이야기들을 계속했으며, 그러고는 보안관이 존 터너씨에게 내가 어디 있느냐고 물었습니다. 존 터너씨는 그해 봄에 일단의 옥수수를 심었던 새 땅으로 내가 일하러 나갈 준비를 하고 있다고 그에게 말했으며, 그러자 보안관은 존 터너씨가 나에 대한 보증인 지위를 가졌다고 말했습니다. 존 터너씨는 그에게 무슨 일 때문인지, 농담이나 뭐 그런 유사한 것 아니냐고 그에게 물었죠. 그러자 보안관은 존 터너씨에게 말하기를 그것은 (내가) 루드 모셀리씨의 얼룩빼기 말인 라이트풋을 훔쳤기 때문이라고 말했습니다.

15. 말 도둑

존 터너씨는 자신이 아직도 그 말을 농담으로만 생각했기 때문에 그를 보고 웃었지만, 보안관은 서류를 끄집어 내어 그것을 그에게 보여 주었습니다. 그래도 존 터너씨는 여전히 그것을 믿으려 하지 않았으며, 어딘가에 일종의 혼란(mix-up)이 있었을 거라고 그들에게 말했는데, 그 이유로서는 내가 말을 훔치려 하지 않았을 것이기 때문이라고 했죠. 존 터너씨는 내가 말 도둑이 아니라는 사실을 알고 있습니다. 나는 나의 전 생애에 걸쳐 이전에는 어떤 종류의 말썽에도 개입된 적이 결코 없었으니까요.

 그들은 나를 곧바로 읍내로 데리고 갔으며, 보안관 구치소의 독방에 나를 밀어 넣었습니다. 나는 내가 루드 모셀리씨의 말을 훔치지 않았음을 알았으며, 그래서 이 일에 관해 조금도 두렵지 않았습니다. 그러나 그들은 나를 읍내로 데리고 온 뒤에, 그들 모두는 되돌아 갔으며 보안관은 헛간을 들여다 보고는 루드 모셀리씨의 얼룩빼기 말인 라이트풋이 벳시의 마방 안에 있음을 발견했습니다. 존 터너씨는 만사가 온통 혼선을 일으킨 것 같은데, 그 이유로서는 내가 그 말을 훔치지 않았다는 것을 알았고 내가 그런 짓을 하지 않을 것이라는 점을 알았기 때문이라고 말했습니다. 그러나 그 말, 즉 얼룩빼기 말은 분명 거기에 있었고, 그 말의 고삐 밧줄은 그 마방의 문 위에 걸려 있었습니다. 그 후에 그들은 루드 모셀리씨 집으로 돌아가서 헛간

15. 말 도둑

앞마당에서 나의 발자국들을 조사했으며, 그리고는 거기에서 벳시의 굴레를 발견했죠. 루드 모셀리씨는 내가 존 터너씨의 암말을 거기까지 타고 왔었고, 고삐를 풀어 놓았으며, 그 굴레를 자기의 라이트풋에 걸고는 그걸 타고 갔다고 말했습니다. 그러나 그들은 그래서 어떻게 하여 그 고삐밧줄이 존 터너씨의 마구간에까지 와있게 되었는지에 대해서는 결코 말하지 않았습니다. 루드 모셀리씨 마방의 문은 잠겨 있지 않았고, 그것은 부서져 있지 않았죠. 이제 생각하니까 나는 내가 벳시를 그 마방 안으로 밀어 넣고는 그것을 단단히 잠그는 것을 잊었던 것 같아 보입니다. 왜냐하면 벳시는 어떻게 어떻게 하여 그곳을 빠져 나와서는 그날 밤 어느때에 제 스스로 집으로 돌아왔기 때문이죠.

　루드 모셀리씨는 내가 자신의 막내 딸 나오미 일로 자기를 괴롭힐 기회를 갖지 못할 곳으로 나를 한 20년간 멀리 보내버릴 작정이라고 말하고 있습니다. 그는 그녀를 비숍 교차로 저 너머에 있는 어떤 홀아비 농장주에게 결혼시킬 것을 원하고 있는데, 그 농부는 20필지의 밭을 경작하고 있으며 방이 15개나 딸린 커다란 하얀색 집을 갖고 있답니다. 존 터너씨는 나의 사건을 맡아주도록 읍내에서 가장 명석한 변호사를 채용하겠다고 말하고 있습니다. 그러나 그건 크게 도움이 될 것 같아 보이지는 않습니다. 왜냐하면 나의 발자국은 루드 모셀리씨의 헛간 앞마당 도처에 찍혀 있

15. 말 도둑

고, 그의 말 라이트풋은 분명히 존 터너씨의 마굿간에 있었으니까요.

 내 짐작에 나는 그렇게 하기로 마음만 먹는다면 어떻게든 이 상황에서 근근히 빠져 나올 수는 있을 것입니다. 그러나 나는 그와 같은 일들은 하고 싶지가 않습니다. 그렇게 하는 것은 나오미를 좋지 않은 상태에 빠뜨리게 될 것입니다. 그 이유는 내가 그녀를 만나러 거기에 갔었고, 벳시를 조용하게 있도록 하기 위하여 그를 그 집 마방에 밀어 넣었으며, 내가 떠나올 준비가 되었을 때 어둠 속에서 실수로 라이트풋을 데리고 나왔다고 한다면—글쎄, 그건 단순히 나빠 보인다는 것, 그게 이유의 모두이죠. 그녀는 목요일 밤이면 식구들 모두가 잠자리에 든 뒤에 나를 만나러 집을 살짝 빠져 나오는 버릇에 빠져 있었다고 말해야 될 것이고, 그러면 그것은 바로 주위 모두에 대하여 나쁘게 비쳐지게 될 것입니다. 그러면 그녀는 언젠가는 차라리 나 아닌 다른 사람과 결혼하는 게 더 낫겠다는 생각을 머리에 떠올릴지도 모를 것이며, 그때쯤이면 그녀는 나와 교제를 해왔고 그래서 취침시간이 지난 뒤에 나를 만나러 집 밖으로 몰래 잽싸게 빠져나왔다는 악명을 갖게 될 것입니다.

 나오미는 내가 말 도둑이 아니라는 사실을 알고 있습니다. 그녀는 내가 어둠 속에서 실수로 루드 모셀리씨의 얼룩빼기 말 라이트풋을 타고 떠났고, 그 마방의

15. 말 도둑

문을 묶어 놓지 않은 채 떠나갔으며, 그래서 벳시가 제 스스로 우리 밖으로 나서서 집으로 가게 되었다는 이 모든 사실이 어떻게 일어나게 되었는지를 알고 있습니다. 루드 모셀리씨는 나오미를 농경지 20필지를 경작하는 그 홀아비 농장주에게 결혼시킬 수 있게 될 만큼 나를 어떻게 20년간 멀리 보내버리려 하고 있는지를 군청 소재지 도처의 사람들에게 말해 오고 있습니다. 나에게는 루드 모셀리씨가 그걸 아주 자랑스러워하고 있는 것 같이 비쳐집니다. 왜냐하면 그는 나를 함정에 빠뜨렸고, 그래서 어쩌면 나오미가 무엇이 진실인지 자기가 알고 있는 바를 말해줄 기회를 잡기 전에 충분할 만큼 확실히 나를 멀리 보내버릴 수 있을지도 모르니까요.

그러나 아무튼 나는 나오미가 그러한 기회를 잡는다면 무엇이 진실인지를 말해줄 것인지를 알지 못합니다. 모든 사람들이 나는 존 터너씨 댁에 고용된 농장 인부에 지나지 않음을 알고 있고, 그래서 나는 나오미가 결국 여러 사람들 앞에 곧장 나와서 자기가 알고 있는 사실을 말해주지 않을지도 모른다고 생각해 왔습니다.

나는 보안관 앞에 바로 나아가 이 혼란상황이 어떻게 일어나게 되었는지를 설명하겠습니다만, 이 지저분한 사건에 나오미의 이름을 거론한다는 게 좀 싫습니다. 만약 이것이 그저께 밤, 즉 목요일 대신에 일요일 밤

15. 말 도둑

이었다면, 나는 그렇게 할 수도 있으련만, 그러나 글쎄 어느 경우이든 그녀의 이름을 들먹인다는 것 자체가 바로 너무 나쁜 것 같은데, 이게 지금 내 심정의 전부죠.

 만약 나오미가 읍내로 나와서 자기가 알고 있는 사실을 말해 준다면, 나는 그녀의 말을 중지시키게 될 말은 한 마디도 하지 않겠습니다. 그녀가 그렇게 하는 것 자체가 자신이 기꺼이 그 일을 말하고 있는 것이고 기꺼이 나와 결혼하려 한다는 것을 의미하기 때문이죠.

 그러나 그녀가 그냥 집에 머물러 있고, 그래서 루드모셀리씨와 그 홀아비 농장주로 하여금 나를 20년간 멀리 떠나 보내도록 내버려 둔다고 해도 나는 그냥 그대로 떠나야 될 것입니다. 이게 제 심정의 전부죠.

 나는 늘 나오미에게 말하기를 그녀를 위해서라면 이 세상의 그 어떤 것이라도 하겠다고 말했는데, 그래서 내 짐작으로는 이번이야말로 정말로 내가 스스로의 언약을 지키는 사람인지 아닌지를 증명하게 될 바로 그 때가 될 것으로 봅니다.

제 16 편

파리

- 캐서린 맨스필드
(1888-1923)

캐서린 맨스필드는 뉴질랜드 웰링턴에서 부유한 은행가 집안에서 태어나 고교때부터 소설을 쓰기 시작했으며 런던의 Queen's College에 유학하여 문학과 첼로를 배웠다. 19세때 런던으로 이주하여 D.H.Lawrence와 Virginia Woolf 등 모더니스트 작가들과 교류하면서 상징주의 등 새로운 문학교류에 심취했다.
 파리에 정착후 1923년 34세로 사망하기까지 지병인 폐결핵(pulmonary tuberculosis)으로 고생하면서도 생애중 가장 많은 글을 썼다. 평생을 '자유정신'으로 살아간 그녀는 후기 모더니스트로서 20세기의 다른 작가들에게 미친 영향이 크다. 여기 소개되는 'The Fly'는 그녀가 형제자매들 중에 가장 애지중지했던 막내 남동생이 프랑스 육군에 배속되어 1차세계대전 참전 중 전사한 것과 관련이 있다고 여겨진다

16. 파 리

파 리

**6년 전에, 6년이라…, 세월은 어떻게 그렇게도 빨리 지나갔던가! 그건 어제 일어난 일이었을지도 모른다.
사주(社主)는 얼굴에서 손을 뗐다.
그는 어찌할 바를 몰랐다.**

"여기 앉아 있으면 자네는 편안하겠구나," 우디필드(Woodifield) 노인은 외쳤다. 그리고는 자기 친구인 사주(社主)의 책상 옆에 있는 큼직한 녹색의 가죽 안락의자에서 아기가 유모차에서 쳐다보듯이 사주를 힐끗 쳐다보았다. 그의 얘기는 끝났다. 그는 이제 떠날 시간이 되었다. 그러나 그는 나가고 싶지 않았다. 그가 퇴직을 하고 발작증세를 겪은 이후로 아내와 딸들은 주중 화요일을 제외하고는 매일 그를 줄곧 집 안에 갇혀 지내게 해왔었다. 화요일이면 그들은 그에게 옷

16. 파 리

을 차려 입히고 머리를 빗겨주고는 그날 낮 동안 시내로 나갔다가 급히 귀가하도록 허락해 주었다. 시내에서 그가 무슨 짓을 하더라도 그의 아내와 딸들은 상상하기 어려웠다. 그의 친구들에게 폐라도 끼친다면⋯ 아마 그럴 것이라고 그들은 짐작했다. 나무가 그 마지막 잎새들에 집착하는 것과 똑같이 우리도 우리의 과거 마지막으로 즐거웠던 것에 집착하는 것일 게다. 그래서 우디필드 노인은 거기 그대로 앉아서 궐연을 피웠으며, 사무용 의자에서 몸을 굴리고 있는, 뚱뚱하고 혈색이 좋으며 자기보다 나이가 다섯 살이나 더 많건만 아직도 강건하게 지내고 아직도 지배적 지위를 행사하고 있는 사주를 탐욕스럽게 응시했다. 어쨌든 그를 만나 보는 건 기분 좋은 일이었다.

"이거 참, 여기 앉아 있으니 아늑하구만," 노인의 목소리는 탐내듯이 감탄하듯이 덧붙였다.

"그렇지, 아주 편안하고 말고," 사주는 동의했으며, (읽고 있던) 「파이낸셜 타임」지를 종이칼로 툭툭치며 넘겼다. 사실상 그는 자기 방을 자랑스러워했다. 그는 그것이 찬탄받게 되는 걸 좋아했는데, 우디필드 노인에게 감탄받는 게 특히 좋았다. 머플러를 감은 저 허약한 늙은이를 환히 잘 보이게 저 방 한가운데에 놓아둔다는 것은 그에게 깊고 견실한 만족감을 주었다.

"나는 저걸 최근에 장만했다네," 그는 과거 (얼마간? 수주 동안) 설명했었던 대로 또 설명했다. "새 카펫,"

16. 파 리

 그러면서 그는 커다란 흰색 원 무늬가 있는 선홍색 카펫을 가리켰다. "새 가구," 그는 육중한 책장과 뒤틀어 놓은 당밀 같은 장식 다리가 달린 테이블 쪽을 턱으로 가리켰다. "그리고 전열기!" 그는 다섯 개의 투명한 진주빛 소시지가 비스듬히 파여진 구릿빛 냄비 속에서 매우 부드럽게 은은한 빛을 내며 익어가고 있는 것을 거의 날뛸 정도로 기쁨에 겨워 손짓으로 가리켰다.

 그러나 그는 배후에 폭풍우를 실은 구름 사진을 배경으로 한 희미한 스펙트럼의 사진 속 공원들 중의 한 곳에 제복을 입은 근엄한 표정의 한 소년이 서 있는 테이블 위쪽의 사진에는 우디필드의 관심을 끌어가지 않았다. 그것은 새로운 것은 아니었으며, 6년이 넘는 기간 동안 거기에 있어 왔었다.

 "자네한테 얘기해줄 게 있었다네." 우디필드 노인은 말했는데, 그의 두 눈은 그걸 기억해내느라 희미해졌다. "그게 뭐이었더라? 오늘 아침 집에서 떠나올 때 그걸 마음속에 담아뒀는데." 그의 손이 떨리기 시작했으며, 붉은 반점들이 그의 턱 수염 위로 돋아났다.

 '불쌍한 늙은 녀석, 그는 죽어가고 있구나.'라고 사주는 생각했다. 그리고 친절한 느낌이 들어서 사주는 늙은이에게 찡긋 눈짓을 했으며, 그리고는 농담조로 말했다. "그게 무엇이었는지 내가 자네한테 말해주지. 자네가 다시 차가운 바깥으로 나가기 전에 자네를 기

16. 파 리

분좋게 해줄 어떤 게 여기에 약간 있어. 이건 더할 나위 없이 훌륭한 약이라네. 이건 어린애에게도 해롭게 하지 않을 거야." 그는 자신의 시곗줄에서 열쇠를 꺼내 자기 책상 밑의 찬장을 열고는 검정색의 땅딸막한 병 하나를 끄집어냈다. "이게 그 약이야." 그는 말했다. "그리고 나한테 이걸 구해준 그 남자는 내게 말하기를 이건 윈저 성(城)의 지하실에서 극비리에 꺼내온 것이라나."

 그것을 보자 우디필드 노인의 입은 절로 벌어졌다. 그는 사주가 토끼를 낳았다고 해도 그보다 더할 수 없을 만큼 놀란 표정이 되었다.
 "이건 위스키로군, 그렇지 않나?" 그는 나지막하게 소리질렀다.

 사주는 병뚜껑을 돌려 따고는 다정하게 그에게 라벨을 보여 주었다. 위스키였다.

 "자네 알잖아." 그는 의아스럽게 사주를 쳐다보며 말했다. "집에서는 식구들이 내게 그런 걸 건드리지도 못하게 한다구." 그리고는 그는 금방 울려는 것 같은 표정이 되었다.

 "아, 이곳은 부인네들보다는 우리가 좀 더 잘 알고 있는 곳이지," 사주는 그 술병과 함께 테이블 위에 얹혀 있던 2개의 텀블러 잔(바닥이 평평한 큰 컵)을 덥석 끄집어 쥐고는 각 잔에 인심 좋게 듬뿍 부었다. "쭉 들게나. 그건 자네의 건강에 좋을거야. 그리고 거

16. 파 리

기에다 물은 섞지 말게. 이 같은 보약에 손을 대는 건 일종의 신성모독이라네, 아!" 그는 자기 잔을 단숨에 들이키고는 손수건을 꺼내어 급히 콧수염을 문질렀으며, 아직도 잔을 바지 위 가죽커버에 비벼대고만 있는 우디필드 노인에게 눈썹을 찡긋하고 치켜 올렸다.

드디어 노인도 꿀꺽 삼켰으며, 잠시 침묵이 흐르고 나서 심약하게 말했다. "짜릿하게 진하구만!"

그러나 어쨌든 그건 그를 훈훈하게 덥혀 주었고, 그게 자신의 차가운 늙은 뇌 속으로 스며들었으며—그러자 문득 기억이 떠올랐다.

"그게 이거야," 그는 자기 의자에서 몸을 무겁게 들어올리면서 말했다. "나는 자네가 좋아할 거라고 생각했네. 우리 집 여식들이 지난 주 벨지움에 가있으면서 불쌍한 레기(Reggie)의 무덤을 찾아보았는데, 걔들이 우연히도 자네 아들의 무덤도 보게 되었대. 레기와 자네 아들의 무덤은 서로 아주 가까이 있는 모양이야."

우디필드 노인은 잠시 말을 멈추었으나, 사주는 아무 대답을 하지 않았다. 그의 눈꺼풀이 약간 떨리는 것만이 그가 노인의 말을 들었음을 나타냈다.

"여식들은 그 장소가 유지되고 있는 방식에 기뻐했대," 노인의 목소리가 크게 나왔다. "아름답게 돌봐지고 있었대. 그 무덤들이 고국에 있었다 해도 그보다 더 나을 수는 없었을 거라네. 자네도 거기로 건너 가 봤지, 안 그래?"

16. 파 리

"아니, 가보지 않았네!" 몇 가지 이유로 사주는 건너 가보지 않았다. "그곳은 (규모가) 수마일이라네," 우디필드 노인은 떨리는 소리로 말했다, "게다가 온통 정원처럼 말끔하대. 꽃들이 모든 무덤들 위에 자라고 있대. 멋진 넓은 길들이 있고." 그 녀석은 멋지고 넓은 길을 얼마나 좋아했는지가 노인의 목소리에서 분명하게 나타났다. 말이 다시 멈추어졌다. 그러자 노인은 놀랍게도 기분이 밝아졌다.

"그곳 호텔이 말야, 여식들에게 잼 한 병 값으로 얼마를 지불하도록 했는지 자네 알아?" 노인은 외쳤다. "10프랑이래! 날강도라고 말하겠네. 게르트루드 말로는 조그만 병이래, 반 크라운짜리 동전보다 결코 더 크다고 볼 수 없는. 그래서 여식은 그들이 자기에게 10프랑을 부과하자 한 스푼 밖에 먹지 않았대. 게르트루드는 그들에게 교훈을 주려고 그 병을 가져왔대. 둘 다 아주 잘했지. 그건 우리의 감정을 이용하는 장사지 뭐야. 그들은 우리가 그곳을 둘러보려고 거기에 갔기 때문에 무엇이든 지불할 용의가 갖춰진 것으로 생각하고 있어. 이게 아까 내가 하려던 그 말이야." 그리고는 그는 몸을 돌려 문간 쪽으로 나갔다.

"옳은 말이야, 그렇고 말고!" 사주는 무엇이 그렇게 맞는지에 대해서는 손톱만큼의 생각도 하지 못했음에도 크게 외쳤다. 그는 자기 책상을 빙 둘러 나왔으며, 발을 지척거리며 문간으로 뒤쫓아 가서 늙은이를 전송

16. 파 리

했다. 우디필드는 가버렸다.

 오랫동안 사주는 그곳에 머물러 서서 아무것도 없는 곳을 응시했으며, 그 사이에 머리가 희끗한 사무실 집사가 그를 보고는 달려오라고 불려질 것을 기대하는 한 마리 개처럼 자신의 반침(좁은 방)을 잽싸게 들락날락했다. 그러자 "메이시, 난, 반 시간동안 아무도 만나지 않겠네." 사주가 말했다.

 "알아듣겠어? 절대로 아무도 안 만난다고."

 "잘 알겠습니다. 사주님."

 문이 닫혔고, 굳은 무거운 발걸음이 환한 카펫을 가로질러 나갔으며, 뚱뚱한 몸이 스프링 의자에 털썩 주저앉았다. 그리고는 사주는 몸을 앞으로 기울이고는 두 손으로 얼굴을 감쌌다. 그도 울고 싶었고, 울 작정이었으며, 울 채비가 되어 있었었는데….

 우디필드 노인이 그 애의 무덤에 대해 자기에게 불쑥 그런 말을 내던졌을 때 그것은 그에게 끔찍할 만큼 충격이 되었었다. 그것은 정확히 말해 마치 땅이 열리고 그 애가 우디필드의 여식들이 그를 멀거니 내려다보고 있는 가운데 가만히 누워 있는 것을 자신도 본 것 같았다. 그렇다는 게 이상한 일이었다. 6년이 지났건만, 사주는 그 애가 변함없이 흠결도 없이 제복을 입은 채 영원히 잠들어 있는 그대로의 상태를 제외하고는 그 애를 결코 생각해 본 적이 없었다. "내 아들아!" 사주는 신음소리를 냈다. 그러나 아직 눈물은 전혀 나오지

16. 파 리

않았다. 과거에, 그 애의 죽음 이후 첫 몇달, 아니 첫 몇년 동안, 격렬한 울음의 폭발이 아닌 그 어떤 것도 그를 달랠 수 없는 그러한 슬픔에 압도되어 그러한 말 밖에는 할 수 없었다. 그때, 그는 모든 사람들에게 천명했었다. 시간이 아무리 흘러도 그에게는 아무런 차이를 가져올 수 없을 거라고. 어쩌면 다른 사람들은 슬픔에서 회복되었을지도 모르고, 자신들의 상실을 저감시키며 살아갔을지도 모르겠지만, 그는 아니었다. 어떻게 그게 가능했단 말인가? 그의 아이는 외아들이었다. 그가 태어난 이후로 줄곧 사주는 그 애를 위해 이 사업을 견실하게 키우는 데 힘을 다했었다. 그것이 그 애를 위한 것이 아니라면 그것은 아무 다른 의미를 지닐 수 없었다. 인생 자체가 아무 다른 의미를 지닐 수 없게 되기에 이르렀었다. 그 애가 자기 후임자로 들어와서 자기가 떠나간 그 자리에서 사업을 계속해 나가도록 한다는 그 약속을 그 애 앞에서 영원히 언약하지 않았더라면 도대체 어떻게 그가 그렇게나 억척같이 일할 수 있었겠으며, 자기를 거부할 수 있었겠으며, 그 세월 동안을 온통 지탱해 나갈 수 있었겠는가?

그리고 그 약속은 아주 가까이 다가와 실현되고 있었다. 그 애는 전쟁이 나기 전 1년 동안 사업요령을 익히느라 사무실에 출근했었다. 매일 아침, 그들은 함께 집을 떠났었고, 같은 기차를 타고 돌아왔었다. 그리고 그는 그 애의 아버지로서 얼마나 많은 축하를 받

16. 파 리

앉던가! 놀랄 것도 없이, 그 애는 신통하게도 사업 일을 잘 이해했었다. 직원들간 인기에 있어서도 나이든 메이시까지 쳐서 그들 중 어느 누구도 그 애에 이를 만큼 충분히 해낼 수 없었다. 게다가 그는 손톱만큼도 그르치는 일이 없었다. 아니, 그는 모든 사람에게 적절한 말을 쓰는 것이며, 그 소년스러운 표정이며, '단순히 대단하다!'고 해야 할 그의 말하는 습관이며, 그 모든 게 그야말로 그의 명석하고 타고난 본성 그것이었다.

 그러나 그 모든 것은 끝나버렸으며, 마치 그것이 처음부터 아예 없었던 것처럼 없어져 버렸다. 그날, 메이시가 그 전보(電報)를 그에게 건네주었던 그 날이 왔었고, 그 전보는 앉아있던 그곳 전체를 자기 머리 언저리에 온통 들이받히게 하는 충격을 가져다 주었었다. "귀하에게 …을 전하게 되어 심히 유감스럽게 생각합니다." 그러자 그는 직장을 접고 떠났었으며, 자신의 인생 자체가 파괴된 몰락한 사람이 되었었다.

 6년 전에, 6년이라…, 세월은 어떻게 그렇게도 빨리 지나갔던가! 그건 어제 일어난 일이었을지도 모른다. 사주는 얼굴에서 손을 뗐다. 그는 어찌할 바를 몰랐다. 자신에게 무언가가 잘못된 것 같았다. 그는 자신이 느끼고 싶었던 대로 느끼고 있지 않았다. 그는 일어나서 그 애의 사진을 보기로 마음 먹었다. 그러나 그것은 그 애의 사진들 중 좋아하는 사진이 아니었다.

16. 파리

 그 표정은 자연스럽지 않았다. 그건 차가웠고, 근엄해 보이기까지 했다. 그 애는 결코 저렇게 보이지 않았었다.

 그 순간 사주는 파리 한 마리가 자신의 넓직한 잉크병에 빠져 있었고, 다시 밖으로 기어나오려고 연약하게 그러나 필사적으로 안간힘을 쓰고 있음을 알아차렸다. 도와줘요! 도와줘요! 그 몸부림치는 다리들이 말하고 있었다. 그러나 잉크병의 내벽은 축축하고 미끄러웠다. 파리는 다시 빠졌으며 다시 허우적거리기 시작했다. 사주는 펜을 쳐들었고, 그 파리를 잉크병 밖으로 끄집어 올렸으며, 그것을 흔들어 압지 조각 위에다 올려놓았다. 극히 짧은 순간 동안, 파리는 잉크가 주변으로 줄줄 배어나오는 그 검정색 압지 조각 위에 가만히 누워 있었다. 그러더니 앞 다리들이 흔들렸고 (바닥을) 붙잡았으며, 잉크에 흠뻑 젖은 자신의 작은 몸을 끌어 올리고는 날개에서 잉크를 털어내는 끝없는 작업을 시작했다. 위와 아래, 위와 아래, 다리는 날개를 따라 계속 움직였는데, 마치 돌이 마차 굴대의 위·아래에서 구르는 것 같았다. 그리고는 잠시 멈춤이 있었고, 파리는 발끝으로 일어서려는 듯이 먼저 한쪽 날개를 펼쳤고 이어서 다른 쪽 날개를 펼쳤다. 녀석은 드디어 성공했고, 앉았으며, 작은 고양이처럼 자기 얼굴을 씻기 시작했다. 이제 당신은 그 작은 앞 다리들이 서로를 가볍게 그리고 기쁨에 차서 부벼대는

16. 파리

것을 상상할 수 있을 것이다. 이제 그 소름 끼치는 위험은 끝났고, 파리는 탈출해 나왔으며, 다시 생활할 준비가 되었다.

그러나 바로 그때 사주는 한 가지 생각이 떠올랐다. 그는 펜을 도로 잉크 속으로 집어넣었고, 자신의 두꺼운 팔을 압지 위로 기울였다. 그러자 파리가 날개를 아래로 내리려고 애를 쓰고 있을 때 커다랗고 묵직한 잉크 한 점이 흘러 내렸다. 그로 인해 파리는 어떻게 될 것인가? 정말 어떻게! 그 조그만 불쌍한 녀석은 다음에 자신이 직면하게 될 상황 때문에 단연 겁을 집어먹었고 정신을 잃었으며, 움직이기가 두려웠던 것 같았다. 그러나 그때 녀석은 고통스러운 듯이 제 몸을 앞으로 끌어당겼다. 앞 다리들이 흔들렸고, (바닥을) 붙잡았으며, 이번에는 더욱 느리게 아까와 같은 작업이 처음부터 다시 시작되었다.

사주는 녀석이 일종의 대담한 작은 악마라는 생각이 들었으며, 그 파리의 용기에 대해 진정한 찬탄의 감정을 느꼈다. 그것은 바로 매사에 끈질기게 대처하는 방법이었다. 올바른 정신이었다. 절대로 죽겠다고 낙담하지 말지어다. 그것은 오직 …의 문제였느니라. 그러나 파리는 자신의 그 힘든 작업을 다시 끝냈다. 그러자 사주는 그 사이에 자신의 펜에 잉크를 채울 적당한 시간을 가지게 되었고, 녀석의 그 새로 세척된 몸 위에 짙은 잉크를 또 한 방울 정면으로 흔들어 넣었다.

16. 파 리

이번에는 파리에 어떤 일이 일어날까? 고통스러운 숨막힐 듯한 긴장의 순간이 뒤따랐다. 그러나 보라, 앞다리들이 다시 떨리고 있었다. 사주는 안도의 황홀감을 느꼈다. 그는 파리 쪽으로 몸을 기울이고는 녀석에게 부드럽게 말했다, "너 정말 영민한 애…" 그러자 그는 실제로 녀석의 몸 위에 숨을 불어넣어 그 말리는 과정을 도와 주겠다는 훌륭한 생각을 하게 되었다. 그와 똑같이, 이제 그러한 노력에 대해 소심하고 심약한 그 무엇(결심)이 생겼다. 그래서 사주는 펜을 잉크병 속으로 잠그면서 이번은 정말로 마지막 시도가 되어야겠다고 마음먹었다.

　그랬다. 마지막 잉크 반점이 흠뻑 젖은 압지 위에 떨어졌고, 질질 끌려 더럽혀진 파리는 거기에 드러누웠으며, 움직이지 않았다. 뒷다리들은 몸에 착 달라붙었고, 앞 다리들은 보이지도 않게 되었다.

　"자, 힘내라," 사주는 말했다. "서둘러라!" 그리고는 그는 펜으로 녀석을 흔들어댔다─허사였다. 아무 일도 일어나지 않았고, 일어날 기미도 보이지 않았다. 파리는 죽었던 것이다.

　사주는 그 파리의 시체를 종이칼 위에 묻혀 들어올리고는 그것을 휴지통 속으로 휙 내던졌다. 그러나 사무치는 듯한 비참한 감정이 그를 엄습하여 몹시도 놀란 기분에 젖어들었다. 그는 앞으로 내달아 벨을 눌러 메이시를 불렀다. "새 압지를 좀 갖다 주게," 그는 준엄

16. 파 리

하게 말했다. "그리고 그 일을 서둘러 해주게." 그리고 그 늙은 사내가 발소리를 죽이며 걸어나가고 있는 동안, 그는 아까 생각했었던 게 무엇이었던가를 의아하게 여기는 상태로 빠져들었다. 그게 무엇이었더라? 그게 …였었지. 그는 손수건을 꺼내어 그것을 자신의 옷 칼라 안으로 가져갔다. 이후 그의 생애 동안, 그는 기억할 수가 없었다.

제 17 편

타국에서

- 어네스트 헤밍웨이
(1899-1961)

어네스트 헤밍웨이는 시카고 교외에서 태어났으며 고교 졸업 후 the Kansas City Star지의 기자가 되었는데, 이때의 경험은 후일 그의 단순·간결한 문체의 구사에 큰 영향을 미쳤다. 1918년 1차 세계대전에 참전, 이탈리아 육군에 복무 중 다리에 부상을 입어 밀라노의 한 병원에서 치료 중 종전이 되어 귀국했다. 귀국 후 Toronto의 Star Weekly지 특파원으로 파리 등 유럽에서 활동하기도 했으며, 대표작은 The Sun Also Rises, A Farewell to Arms, For Whom the Bell tolls, The old Man and the Sea(1953 풀리처상, 1954 노벨상) 등이 있다. 여기 소개되는 작품은 그가 밀라노 병원에서 치료받던 때를 소재로 삼은 듯하다.

그는 모험심이 강하여 스페인 내전을 취재했으며(1937), 2차대전중에는 영국으로 건너가 노르망디 상륙전까지 참관했으나, 네 번의 결혼과 자살로 생을 마감했다.

타국에서

"남자는 결혼할 수 없어. 결혼할 수 없다구," 그는
화가 나서 말했다. "남자가 모든 걸 잃게 되면, 그는
그것을 잃고 말 자리에 주제넘게 자기 자신을 갖다
놓아서는 안 되지.
자기 자신을 거기에 갖다 놓아서는 안 된다구.
그는 잃을 수 없는 것들을 찾아야 돼."

가을이 되어도 전쟁은 늘 거기에 있었지만, 우리는 더 이상 거기로 가지 않았다. 밀라노의 가을은 추웠으며, 어둠이 무척 일찍 내렸다. 그러면 전등불이 들어왔고, 거리를 따라 걸으며 창문들을 살짝 들여다보는 건 즐거웠다. 상점들의 바깥에는 놀이기구들이 많이 걸려 있었는데, 여우 털에 눈가루가 흩날리고 바람이 그 여우 꼬리들에 불어댔으며, 사슴이 뻣뻣하고 무겁

17. 타국에서

게 그러나 속이 텅 비게 걸려 있었으며, 작은 새들이 바람에 날리고 바람은 새 깃털을 접어 올렸다. 때는 차가운 가을이었으며 바람은 산에서 내려왔다.

 우리는 매일 오후 그 병원에 모두 가 있었으며, 우리가 어스름 속으로 시내를 가로질러서 거기로 걸어가는 데는 몇 갈래의 다른 길이 있었다. 그 길들 중의 둘은 운하를 끼고 가는 길이었지만 멀었다. 그러나 그래도 언제나 당신은 운하를 가로지르는 다리를 건너 그 병원으로 들어갔을 것이다. 거기에는 또 다리 3개를 선택할 일이 남았다. 그 다리들 중의 하나 위에는 어떤 아주머니가 군밤을 팔고 있었다. 그녀의 목탄 난로 앞에 서 있으면 따뜻했으며, 나중에는 그 군밤이 호주머니에서 따뜻했다. 그 병원은 아주 오래되었고 무척 아름다웠는데, 출입문을 통해 들어가서 안마당을 가로질러 걸어갔으며, 나올 때는 다른 쪽에 있는 문으로 나오게 된다. 그 병원에는 으레 안마당에서 출발해서 나가는 장의행렬이 있었다. 그 오래된 병원의 건너편에는 벽돌로 된 새로 내다지은 병동들이 있었는데, 매일 오후에 우리는 거기서 만났다. 우리는 모두 무척 정중했고 서로에게 무슨 일이 있었는지에 관심이 많았으며, 각각 매우 큰 차이를 내게 되어 있는 치료기계들에 앉았다.

 의사는 내가 앉아 있는 기계로 다가오더니 말했다. "당신은 전쟁이 나기 전에는 뭐 하는 걸 제일 좋아했

17. 타국에서

소? 스포츠를 연습했던가요?"

나는 말했다. "예, 축구요."

"좋아요," 그는 말했다. "당신은 이전보다 더 훌륭하게 다시 축구경기를 할 수 있을 거요."

나의 무릎은 굽혀지지 않았으며 다리가 장딴지의 작동 없이 무릎에서 발목으로 곧장 바로 떨어졌다. 그래서 그 기계는 무릎을 굽게 해서 마치 세발자전거를 탈 때처럼 움직이도록 할 작정이었다. 그러나 무릎은 아직 굽어지지 않았으며, 그 대신에 무릎이 굽어지는 부분에 이르면 그 기계가 급히 한 쪽으로 덜커덩 하고 기울어졌다. 의사는 말했다. "이건 결국 완치될 게요. 당신은 운이 좋은 젊은이요. 당신은 선수처럼 축구를 다시 하게 될 거요."

내 옆의 기계에는 한쪽 손이 (위축되어) 아기 손처럼 작은 소령 한 분이 있었다. 그는 의사가 자신의 손을 살펴보고 있을 때 나에게 눈웃음을 보냈는데, 그 손은 두 개의 가죽 손잡이 사이에 끼어 있었고, 그 가죽 손잡이들은 위·아래로 튀면서 경직된 손가락들을 찰싹 찰싹 때렸다. 그는 말했다. "나도 축구경기는 하게 되겠소, 주임 의사님?" 그는 아주 우수한 펜싱선수였었으며 전쟁 전에는 이탈리아에서 가장 훌륭한 펜싱선수였었다. 의사는 뒷방에 있는 자기 집무실에 가더니 그 소령의 손과 거의 비슷하게 작게 위축되었던 손 하나가 나타나 있는 사진을 한 장 들고 왔다. 그 사진에는

17. 타국에서

 기계 치료과정을 받기 전에 찍은 손과 그 후에 더 커진 손이 보였다. 소령은 자신의 성한 손으로 그 사진을 집어들고는 그것을 매우 주의깊게 살펴 보았다.
 "다쳤던가요?" 그는 물었다.
 "산업재해 사고였죠," 의사가 말했다.
 "아주 흥미로워요, 아주 흥미로워요," 소령은 그 사진을 의사에게 도로 건넸다.
 "자신이 생기지요?"
 "아니오," 소령이 말했다.
 매일 청년 세 명이 그 병원에 왔는데, 이들은 나와 거의 같은 연배였으며 셋 모두 밀라노 출신이었다. 그 중 한 명은 변호사가 될 작정이었고, 한 사람은 화가가 될 작정이었으며, 나머지 한 명은 군인이 될 마음을 갖고 있었다. 우리는 그 기계치료 일이 끝나고 나면 이따금 스칼라(Scala) 옆 건물에 있는 카페 코바(Cova)로 함께 걸어 왔다. 우리는 네 명이 함께 했기 때문에 (두려움 없이) 공산당 본부를 통과해서 지름길로 걸어갔다. 사람들은 우리들이 장교였기 때문에 미워했는데, 우리가 그 옆을 지나갈 때면 어느 와인 술집에서 어떤 사람이 "아 바쏘 글리 우피샬리(A basso gli ufficiali!; 야 꺼져 버려, 장교놈들)"라고 소리쳤다. 또 한 명의 청년이 가끔 우리와 함께 걸어서 다섯 명이 되기도 했으며, 그 청년은 얼굴을 가로질러 검정색 실크 손수건을 부착하고 있었는데, 당시에 그는 코가

17. 타국에서

없어서 얼굴을 재생시키기로 되어 있었다. 그는 육군 사관학교에서 전선으로 바로 나갔었으며, 전방으로 처음 투입된지 한 시간도 채 안되어 부상을 당했었다. 의사들은 그의 얼굴을 재생시켰으나, 매우 연로한 가정의 출신이었기 때문에 그 코를 정확하게 맞춰 놓을 수는 없었다. 그는 (치료후) 남미로 가서 은행에서 일했다. 그러나 그것도 오래 전의 일이었고, 그래서 우리들 중의 어느 누구도 그후에는 그가 어떻게 돼가고 있었는지를 몰랐다. 우리는 그때 오로지 전쟁이 언제나 거기에 있었지만, 우리는 더 이상 거기로 가게 되지 않을 것이라는 것만 알았다.

 우리 모두는 얼굴에 검은 실크 붕대를 두르고 있는 청년을 제외하고는 똑같은 메달을 달고 있었다. 그 청년은 어떤 메달이든 그것을 받을 만큼 전선에 충분히 오래 있지 않았었다. 변호사가 될 안색이 몹시 창백한 키 큰 청년은 아르디티(Arditi; 이탈리아 육군의 정예 강습부대) 소속의 중위였으며 우리가 하나씩 가진 부류의 메달을 그는 무려 3개나 달고 있었다. 그는 매우 오랫동안 죽음을 끼고 살았으며 (숙소가) 조금 떨어져 있었다. 우리는 모두 조금씩 떨어져 지냈다. 그래서 우리를 함께 묶어준 것은 우리가 매일 오후 그 병원에서 만난다는 것 외에는 아무것도 없었다. 그래도 우리가 저녁 어둠 속으로 그 와인 술집들에서 흘러나오는 불빛과 노랫소리 속에서, 그리고 때로는 남자들

17. 타국에서

과 여자들이 인도에 꽉 차서 밀치락달치락 할 때면 그들을 밀어젖히고 지나가기 위하여 거리 속으로 격렬하게 걸어나가야 하기도 하면서 시내의 그 다루기 힘든 구간을 통과하여 곧장 코바로 걸어갈 때, 과거에 일어났었던 어떤 사태의 기미가 거기에 존재함으로써 우리는 서로 결속되는 느낌이 들었는데, 그래서 그들, 즉 우리를 싫어하는 사람들은 그것을 이해하지 못했다.

우리들 스스로는 모두 코바를 이해했는데, 그곳은 풍성하고 따뜻했으며, 너무 환하게 밝지도 않았고, 어떤 시간대에는 시끄럽고 담배연기가 자욱했으며, 테이블에는 언제나 아가씨들이 있었고, 벽면 선반위에는 사진이나 삽화가 많이 들어 있는 잡지와 신문들이 얹혀 있었다. 코바에 종사하는 아가씨들은 매우 애국적이었는데, 나는 이탈리아에서 가장 애국적인 사람들은 그 카페의 아가씨들이라는 사실을 알게 되었으며, 지금도 그들은 여전히 애국적이라고 믿는다.

그 청년 장교들은 처음에는 내가 달고 있는 메달에 대하여 매우 정중했으며 내가 그 메달들을 어떻게 받게 되었는지를 내게 물었다. 나는 그들에게 증서들을 보여주었는데, 그 증서들은 매우 아름다운 말로 쓰여져 있었으며 우호적(fratellanza)이라는 말과 자기희생적(abnegazione)이라는 말로 가득찼지만, 그러한 형용사들을 제거한 채 정말로 말한다면 나는 미국인이었

17. 타국에서

기 때문에 그 메달들을 받았던 셈이었다. 그 이후로는 비록 내가 외부자들에 대해서는 그들의 친구이긴 했지만 내게 대한 그들의 태도는 조금 바뀌었다. 그들이 나의 표창장들을 읽어본 후에는 나는 그들의 친구이긴 했으나 결코 정말로 그들의 친구는 아니었던 모양이다. 왜냐하면 거기에 적힌 나의 공적은 그들의 공적과는 달랐으며 그들은 내가 한 것과는 아주 다른 일들을 해서 자신들의 메달을 받았기 때문이었다. 내가 부상을 당했었던 일, 그것은 사실이었다. 그러나 부상을 당했다는 것도 결국 사실은 사고라는 것을 우리 모두는 알고 있었다. 그렇지만 나는 결코 그 리본(훈장)들을 부끄러워하지는 않았으며, 때로는 칵테일 시간이 끝난 뒤 그들이 자신들의 메달을 받기 위해 했었다는 그 모든 일들을 나도 했다고 스스로 생각하곤 했다. 그러나 밤에 바람은 차갑고 상점들이 모두 문을 닫은 가운데 그 텅빈 거리를 걸어서 숙소로 돌아오면서 가로등 가까이 바짝 붙어서 오려고 애쓰면서 나는 결코 그러한 일들을 하지 않았다는 것을 알았으며, 죽는다는 게 무척이나 두려웠고, 종종 밤에 나 혼자 침대에 누워서는 죽는다는 걸 두려워하고 내가 다시 전선으로 되돌아가면 어떻게 될 것인지를 궁금하게 생각했다.

　메달을 단 그 세 청년들은 사냥용 매와 흡사했다. 하지만 나는 그러한 매가 아니었다. 비록 한 번도 사냥을 당해보지 않은 사람들에게는 내가 매 같아 보였을

17. 타국에서

수 있을런지도 모르지만 말이다. 그들 세 청년장교들은 이 점을 더 잘 알고 있었으며 그래서 우리는 소원해졌다. 그러나 나는 전선에 투입된 첫날 부상을 당한 그 청년과는 좋은 친구로 남았다. 왜냐하면 그는 이제 그가 어떻게 변하게 될 줄은 절대로 모를 것이고, 그래서 그는 또한 (군대에) 받아들여질 수도 없을 것이기 때문이었다. 거기에다 나는 아마도 그 또한 매로 변하려 하지는 않을 것으로 생각되었기 때문에 그를 좋아했다.

뛰어난 펜싱선수였었던 소령은 용맹이란 걸 믿지 않았으며, 기계에 앉아 있는 동안 나의 이탈리아어 문법을 바로잡아 주는 데 많은 시간을 보냈다. 그는 내가 어떻게 이탈리아어를 하는 데 대하여 나를 칭찬해 주었으며, 우리는 매우 쉽게 함께 이야기를 했다. 어느 날 나는 이탈리아어는 나에게 너무나 쉬운 언어인 것 같아서 그것에 큰 관심은 가질 수 없었으며, 모든 게 말하기가 너무 쉬웠다고 말했었다. 그러자 소령은 "아, 그렇죠," "그러면 왜 문법 사용법에 착수하지 않소?"하고 말했다. 그래서 문법 사용법에 착수했다. 그러자 얼마 안되어 이탈리아어는 그만 매우 어려운 언어가 되어버려 내가 문법을 철저하게 기억하지 않는 한 그에게 이야기하는 게 두려워졌다.

소령은 아주 정기적으로 빠지지 않고 그 병원으로 왔다. 내가 확신하는 바이지만 그는 그 기계들을 믿지

17. 타국에서

않고 있었지만 그럼에도 일찍이 하루도 빠지지 않고 그곳에 왔다고 생각된다. 우리들 중 아무도 그 기계들을 믿지 않았던 때가 한 번 있었는데, 어느 날 소령은 그것은 죄다 터무니없는 기계들이라고 말했다. 그러자 그 기계들은 새로워졌는데, 그것들이 개선되도록 촉구한 사람은 바로 우리들이었다. 그것은 바보 천치 같은 아이디어이고, "흔해 빠진 이론"이라고 그는 말했었다. 나는 그후 나의 문법 익히는 일을 하지 않았는데, 그러자 그는 나를 가리켜 어리석고 불가능한 망신거리라고 했으며, 마치 바보처럼 나를 성가시게 했다. 그는 체구가 작은 남자였으며, 오른 손을 그 기계에 찔러 넣고는 가죽 손잡이들이 자신의 손가락을 사이에 낀 채 위·아래로 툭툭 치며 움직이는 동안 벽면을 똑바로 쳐다보면서 의자에 곧추 앉아 있었다.

"당신은 전쟁이 끝나고 그 치료가 끝난다면 무엇을 할 거요?" 그는 물었다. "문법적으로 말하시오!"

"저는 미국에 가겠습니다."

"결혼했소?"

"아닙니다. 그러나 결혼하기를 바랍니다."

"당신은 역시 바보에 더 가깝구만," 그는 말했는데, 몹시 화가 난 것 같았다.

"남자는 결혼해서는 안돼."

"왜요, 시뇨르 마지오레(Signor Maggiore; 소령님)?"

17. 타국에서

"나보고 '시뇨르 마지오레'라고 부르지 마시오."

"왜 남자는 결혼해서는 안되나요?"

"남자는 결혼할 수 없어. 결혼할 수 없다구." 그는 화가 나서 말했다. "남자가 모든 걸 잃게 되면, 그는 그것을 잃고 말 자리에 주제넘게 자기 자신을 갖다 놓아서는 안 되지. 잃고 말 자리에 자기 자신을 거기에 갖다 놓아서는 안 된다구. 그는 잃을 수 없는 것들을 찾아야 돼."

그는 몹시 화가 나서 그리고 통렬하게 말했으며, 말하고 있는 동안 줄곧 전면을 똑바로 쳐다보았다.

"하지만 왜 그는 반드시 그것을 잃게 되나요?"

"그는 잃을 거야," 소령은 말했다. 그는 벽을 바라보고 있었다. 그리고는 그는 기계를 내려다 보더니 자신의 그 왜소한 손을 가죽 손잡이들 사이에서 홱 당겨 빼내어 자기 넓적다리에다 대고는 세게 쳤다.

"그는 그걸 잃게 될거라구," 그는 거의 고함에 가깝게 소리쳤다. "나하고 더 이상 논쟁하지 말게!" 그리고는 그는 그 기계를 운전하는 종사자를 큰 소리로 불렀다.

"이리 와서 이 빌어먹을 물건을 옆으로 돌려 놓으시오."

그는 가벼운 처치와 마사지를 받으러 다른 방으로 들어갔다. 그러자 나는 그가 의사에게 전화를 좀 쓰도 되겠느냐고 묻는 소리를 들었으며, 그리고는 문을 닫

17. 타국에서

았다. 그가 다시 방으로 돌아왔을 때, 나는 나대로 다른 기계에 앉아 있었다. 그는 케이프(cape; 목에 매는 짧은 망토)를 걸치고 모자를 쓰고 있었는데, 곧장 내가 앉아 있는 기계 쪽으로 오더니 팔을 내 어깨에 얹었다.

"미안하네." 그는 말했다. 그는 자신의 성한 손으로 내 어깨를 가볍게 두들겼다. "나도 막돼먹은 사람이 되고 싶지는 않다네. 내 아내가 방금 죽었다네. 나를 용서해 줘야 해."

"오-" 나는 그에게 연민을 느끼며 말했다. "참, 안됐군요. 너무 죄송해요."

그는 아랫 입술을 깨물고는 거기 그대로 서 있었다. "너무 힘들구만." 그는 말했다. "나 자신을 완전히 체념할 수가 없어."

그는 나를 곧장 지나쳐서 창문을 통해 밖을 내다 보았다. 그러자 그는 울기 시작했다. "나는 도저히 나 자신을 체념하고 받아들일 수가 없어," 그는 그렇게 말하더니 말문이 막혔다. 그리고는 그는 울면서, 자기 머리를 들어 허공을 바라보면서, 몸을 곧추 세우고 군대식으로 몸을 움직이면서, 두 뺨에 눈물을 흘리면서, 그리고 입술을 깨물고는 그 기계를 지나쳐서 문 밖으로 걸어 나갔다.

의사는 나에게 말하기를 소령의 아내는 매우 젊었고 폐렴으로 사망했는데, 소령은 부상으로 인해 완전히

17. 타국에서

(야전에서) 제외될 때까지도 그녀와 결혼하지 않았었다고 했다. 그녀는 불과 며칠밖에 앓아눕지 않았었다. 아무도 그녀가 죽을 것이라고는 예상하지 않았다. 소령은 사흘 동안 병원에 나오지 않았다. 그러더니 그는 정상적 시간에 나왔는데, 그의 제복 소매에 검은 완장을 두른 채였다. 그가 돌아왔을 때, 벽 여기 저기에는 액자에 넣은 커다란 사진들이 있었는데, 그것들은 사람들이 그 기계들에 의해 치료받았기 전과 치료받은 후의 각종 상처에 관한 사진들이었다. 소령이 이용하던 기계 앞에는 그의 손과 흡사한 완전히 회복된 손 사진 석 점이 있었다. 나는 의사가 그것들을 어디에서 구해 왔는지는 알지 못한다. 그러나 나는 언제나 우리가 그 기계들을 사용하는 데 있어서는 최초의 환자들이었음을 이해하고 있었다. 하지만 그 사진들도 소령의 심경에 특별한 변화를 일으키지는 못했다. 그는 창 밖만 내다보고 있었을 따름이니까.

제 18 편

신부(新婦)가 옐로우 스카이에 오다

- 스티븐 크레인
(1871-1900)

스티븐 크레인은 뉴저지주에서 감리교 목사의 8남매중 막내로 태어났으나, 생의 대부분을 뉴욕시에서, 그리고 만년의 몇 년간은 영국에서 보냈다. 부친 별세후에는 성장기의 상당 부분을 연차가 많은 형과 누나들의 돌봄 아래 지냈다.

8세에 이미 시를 발표하는 등 어려서부터 문재(文才)에 뛰어났으나, 정작 정규교육은 늦게 받았으며, 대학은 목사양성 대학과 준(準) 군사대학을 거쳐, 마지막은 시라큐스대학교에서 청강생으로 영문학을 공부했으나 '대학은 시간낭비의 곳'이라고 선언하고 모두 중도에 그만두었다.

1891년부터는 특정 직업을 갖지 않고 오로지 프리랜서 또는 임시 특파원 신분의 저널리스트와 작가로서 본격적인 작품활동에 들어갔으며 이후에도 평생을 그렇게 살았다. 1897년 쿠바 내란을 취재하러 가는 배에 자신을 따라 나섰던 매춘가옥(brothel, bawdy house)의 연상 여주인이자 2차례 이혼경력의 Cora Taylor와 연인관계로 발전하면서 정식 결혼은 하지 않았으나 여생 동안 고락을 함께 했는데, Cora는 때로는 와병중인 크레인을 대신하여 현장취재에 나서는 등 열성적인 반려자가 되었다. 영국에서는 H.G.Wells와 Henry James, Joseph Conrad 등 진보적인 그룹의 저명작가들과 친교했으며, 1900년 Cora와 함께 독일 흑림(Black Forest) 끝자락에 있는 온천 휴양지(Badenweiler) 여행중 지병인 결핵이 악화되어 그곳 요양원(Sanatorium)에서 29세로 요절했다. 그의 무덤은 뉴저지주의 Evergreen Cemetry(현재; Hillside)에 있다.

그는 운명하기 직전까지 그의 마지막 소설 "O' Ruddy"를 구술(dictation)로 Cora에게 받아쓰게 하는 등 짧은 일생에 치열한 삶과 작품활동을 전개했으며, 미국 자연주의/리얼리즘 문학의 선구자로서 현대 미국 작가들(특히 헤밍웨이 등)에 지대한 영향을 미쳤다. 주요 작품으로는 전쟁을 배경으로 한 심리소설 "The Red Badge of Courage" 외, "Maggie: A Girl of Streets", "George's Mother" 등, 그리고 단편소설로는 여기 소개된 작품 외에도 자신이 Cora와 함께 취재차 승선했었던 쿠바행 배(Commodore)에서의 난파·표류경험을 쓴 "The Open Boat"를 비롯, "The Blue Hotel", "The Monster" 등이 꼽힌다. 그의 작품 성향은 생생한 현장감과 격렬함, 독특한 대사, 정신적 공포와 위기감, 그리고 사회적 고립 등에 대한 치밀하고 아이러니한 묘사를 특징으로 하고 있다.

18. 신부(新婦)가 옐로우 스카이에 오다

신부(新婦)가 옐로우 스카이에 오다

"우리는 3시 42분에 옐로우 스카이(Yellow Sky)에 도착하게 될 거요," 그는 그녀의 눈을 부드럽게 들여다보며 말했다.
"아, 그래요?" 그녀는 그런 사실을 모르고 있었던 것처럼 되물었다. 자기 남편의 설명에 놀라움을 나타내는 것은 그녀의 아내다운 상냥함의 일부였다.

멋진 풀먼 열차(Pullman; 호화 침대차)가 그 이름에 걸맞게 무척 기품있게 곡선을 그리며 앞으로 내달았는데, 창박으로 흘끗 내다보는 것만으로도 텍사스 평원이 동쪽으로 흘러들어오는 게 그냥 증명되는 것 같았다. 끝없이 편평한 녹색 풀밭, 흐릿한 색조의 공간을 형성하고 있는 메스퀴트(mesquite) 교목과 선인장들, 작은 집단들을 이룬 목조 가옥들, 밝고 부드러운 나무

18. 신부(新婦)가 옐로우 스카이에 오다

 들의 삼림들, 이 모든 것이 아슬아슬하게 동쪽으로, 그리고 절벽위 지평선상으로 휩쓸며 들어오고 있었다.
 한 신혼부부가 산 안토니오에서 이 객차를 탔다. 남자의 얼굴은 수많은 나날에 바람과 햇빛을 씌어 뻘개져 있었고, 그가 새로 맞춰 입은 검정 양복의 직접적 결과로서 그의 벽돌색 두 손은 연신 남을 의식하며 무척이나 겸연쩍은 듯한 방식으로 움직이고 있었다. 이따금 그는 자신의 옷차림새를 공손하게 내려다 보았다. 그는 마치 이발소에서 차례를 기다리는 손님처럼 양 무릎에 한 손씩 얹은 채 앉아 있었다. 그가 다른 승객들에게 흘끗 던진 시선들도 은밀했으며 수줍어하는 것이었다.
 신부는 예쁘지 않았을뿐더러 아주 젊지도 않았다. 그녀는 청색의 캐시미어 드레스를 입었는데, 그 드레스에는 조그만 벨벳 천이 군데 군데 붙어 있었으며, 쇠단추들이 많이 달려 있었다. 그녀는 연신 고개를 돌려 자신의 부푼 두 소매를 응시했는데, 그 소매는 빳빳하고 똑발랐으며 높았다. 그러한 것들은 그녀를 당황케 했다. 그녀는 음식 짓는 일을 해왔었고 앞으로도 의무에 충실하게 그렇게 음식 짓는 일을 할 것으로 기대되는 것은 아주 분명했다.
 그녀가 객실에 들어왔을 때 승객들 몇 사람이 조심성 없이 그들을 뚫어지게 쳐다 본 탓에 생겨난 그녀 얼굴의 홍조는 이처럼 평범하고 수준 이하의 생김새를 감

18. 신부(新婦)가 옐로우 스카이에 오다

안할 때는 도리어 보기에 이상스러웠는데, 그녀의 용모는 조용하게 거의 무감동한 화선(畵線)으로 그려진 것 같았다.

 그러나 그들은 분명히 무척 행복했다. "이전에 특등 객차(parlor car)를 타본 적이 있어요?" 그는 기쁨에 겨워 미소를 지으며 물었다.

 "아니에요." 그녀가 대답했다. "전혀 없어요. 그것은 좋겠죠. 안 그런가요?"

 "멋져요! 그리고 잠시 뒤에 우리는 식당으로 나갈 거고, 근사한 성찬을 받게 될 거요. 이 세상에서 가장 훌륭한 식사를. 1달러를 내고요."

 "오, 그렇게 하나요?" 신부가 외쳤다. "1달러를 내고요? 왜요, 그건 너무 많아요 ─ 우리에겐 ─ 안 그런가요, 잭(Jack)?"

 "어쨌든 이건 그냥 여행이 아니잖소." 그는 용감하게 대답했다. "우린 철저하게 할 거요."

 나중에 그는 자신들이 타고 있는 열차에 관해 그녀에게 자세히 설명해 주었다. "당신도 알다시피, 텍사스의 한쪽 끝에서 다른 쪽 끝까지는 거리가 천 마일이라오. 이 열차는 텍사스를 곧장 가로질러 달리는데, 네 번밖에는 절대 서지 않아요." 그는 임자로서의 자부심을 느꼈다. 그는 그녀에게 그 객차의 눈부시게 화려한 내부 시설들을 가리켰다. 그녀는 해록색(쪽빛) 무늬의 벨벳, 빛나는 황동, 은(銀), 그리고 유리, 오일 풀의 표

18. 신부(新婦)가 옐로우 스카이에 오다

면처럼 은은하게 밝게 빛나는 목재를 찬찬히 살펴보게 되자 정말 눈이 절로 벌어졌다. 한쪽 편에는 독립된 방을 위한 받침대를 청동 조각상이 억세게 붙들고 있었으며, 천장의 편의공간에는 올리브와 은으로 칠해진 프레스코 벽화가 있었다.

 그들을 둘러싼 이같은 환경은 그날 아침 산 안토니오에서 치러진 자신들의 결혼을 조명해 주었다. 이것은 그들이 누리게 된 새로운 신분을 나타내주는 환경이었고, 그래서 특히 남자의 얼굴은 의기양양하게 희색이 만면했는데, 그게 그 특등객차의 흑인 승무원에게는 도리어 우스꽝스럽게 보이게 했다. 이 흑인 승무원은 멀찍이서 이따금 그 광경을 즐기고 으쓱대는 듯이 이빨을 드러내고는 희죽이 웃음을 지어 보냈다. 또 때로는 그는 그들 부부가 멸시당하고 있다는 사실이 그들에게 분명하게 잘 드러나지는 않게 하는 방식으로 그들을 교묘하게 골려주기도 했다. 그는 (윗 사람에게는 아첨하고 아랫 사람에게는 거들먹거리는) 극도로 주체할 수 없는 부류의 속물근성에서 나오는 모든 방법들을 치밀하게 사용했으며, 그들에게 은연중 억압감을 주었다. 하지만 그들은 이같은 위압감에 대해서 잘 알지 못했으며, 어쩌다 한 번씩 여러 승객들이 조소하는 기쁨의 시선을 빤히 그들에게 퍼부어도 그들은 바로 잊었다. 역사적으로(흔히) 그들이 처한 그러한 상황에서는 무한한 유모러스한 뭔가가 있게 마련이었다.

18. 신부(新婦)가 옐로우 스카이에 오다

"우리는 3시 42분에 옐로우 스카이(Yellow Sky)에 도착하게 될 거요," 그는 그녀의 눈을 부드럽게 들여다보며 말했다.

"아, 그래요?" 그녀는 그런 사실을 모르고 있었던 것처럼 되물었다. 자기 남편의 설명에 놀라움을 나타내는 것은 그녀의 아내다운 상냥함의 일부였다. 그녀는 호주머니에서 조그만 은제(銀製) 시계를 꺼내어 자기 앞에 들고서는 약간 미간을 찡긋하며 그것을 주의깊게 응시했다. 그러자 신랑의 얼굴이 (금세) 환하게 빛났다.

"그건 내가 산 안토니오에서 친구한테서 샀어요," 그는 그녀에게 기쁨에 겨워 말해 주었다.

"12시 17분이네요." 그녀는 일종의 수줍고 서툰 애교를 지은 채 그를 올려다 보며 말했다. 한 승객이 이런 정황을 눈치채고는 극도로 냉소적인 태도가 되어 수많은 거울들 중의 하나에 비쳐진 자기자신에게 눈을 찡긋찡긋 해보였다.

마침내 그들은 식당차로 갔다. 흑인 웨이터들이 번쩍이는 하얀 옷을 입고 두 줄로 서서 그들이 입장하는 것을 호기심과 함께 사전 통고된 사람인가에 대해서도 침착하게 살폈다. 부부는 마침 그들을 식당으로 향하게 하는 일에 기쁨을 느끼는 한 웨이터가 있는 쪽으로 시선을 내리 깔고는 들어갔다. 그 웨이터는 아버지 같이 자애로운 안내인의 태도로 그들을 바라보았는데,

18. 신부(新婦)가 옐로우 스카이에 오다

 그의 표정은 자비심으로 환하게 빛났다. 그러한 보호는 그들의 일상적 존중에 섞여 있는 것인데도 그들에게는 예사롭게 비쳐지지 않았다. 그래서 객차로 돌아오자 그들의 얼굴에는 도리어 일종의 도망쳐 나온 기색이 완연했다.
 왼쪽으로 수마일이나 뻗어 있는 긴 자줏빛의 경사면으로는 작은 띠 모양의 옅은 안개가 끼어 있었는데, 거기에는 리오 그란데(Rio Grande) 강이 울부짖으며 흘러갔다. 열차는 그곳으로 일정한 각도로 접근하고 있었으며, 그 꼭지점에 옐로우 스카이가 있었다. 이제 옐로우 스카이로부터의 거리가 점점 더 짧아지자 남편은 그에 비례하여 어쩔 줄 몰라했다. 그의 붉은 벽돌색의 두 손이 특히 눈에 띄게 더욱 끈질기게 그랬다. 이따금 그는 신부가 앞으로 기대어 그를 정식으로 호칭하자 좀 넋이 나가서 멍한 상태가 되기까지 했다.
 사실 잭 포터(Jack Potter)는 어떤 행위의 그림자가 일종의 납 덩이처럼 자신을 내리 누르는 것을 느끼기 시작하고 있었다. 그는 옐로우 스카이의 타운 보안관이자, 알려진 사람, 좋아하는 사람, 변두리에서는 두려운 사람, 그리고 저명 인사인 그는 산 안토니오로 가서 그가 사랑한다고 확신하는 여성을 만났었고, 거기서 그는 일상적으로 (거의 매일) 기도를 올리고는 옐로우 스카이측과 하등의 상의도 없이 정말로 자기와 결혼해 달라고 그녀를 설득했었는데, 이는 (옐로우 스

18. 신부(新婦)가 옐로우 스카이에 오다

카이와의 고용) 계약의 그 어느 부분에도 없는 행위였다. 그는 지금 순진하고 의심할 줄 모르는 지역사회 앞으로 자기 신부를 데려오고 있는 것이었다.

물론 옐로우 스카이의 사람들도 결혼이 자신들을 기쁘게 해주므로 일반적 관습에 따라 결혼을 했겠지만 말이다. 하지만 그런 것을 포터는 자기 친구들에 대한 의무나, 자신의 직무에 대한 그들의 이념이거나, 또는 그는 자기자신을 흉악하다고 느꼈기 때문에 이러한 일들에서는 사람들을 통제하지 않는 무언적 관례(형식)라고 생각했다. 그는 어떤 엄청난 범죄를 저질렀었다. 산 안토니온에서는 이 여성을 마주한 자리에서조차, 자신의 급격한 충동에 떠밀려 온갖 사회적 울타리들에 앞뒤 가리지 않고 다가갔었다. 산 안토니오에서 그는 어둠 속에 숨어 지내는 남자 같았다. 그 먼 도시에서는 어떤 우호적인 의무나 어떤 형식을 잘라내기 위해서든 칼은 쉽게(으레) 그의 손에 쥐어져 있었다. 그러나 이제 옐로우 스카이의 시간이-즉 낮의 시간이 다가오고 있었다.

그는 자신의 결혼이 그의 고장에서는 중대한 사안이 될 것이라는 사실을 잘 알았다. 그것은 단순히 새 호텔이 불타는 것에 버금가는 일일 수가 있다. 그의 친구들은 그를 용서하지 않을 수도 있다. 종종 그는 전보로 이 사실을 그들에게 이야기해 주는 게 좋겠다는 생각이 들었었지만, 새로운 겁이 그를 엄습했었다. 그

18. 신부(新婦)가 옐로우 스카이에 오다

래서 그는 그렇게 하지 않았다. 그리고 이제 열차는 놀라움과 환희와 비난의 현장을 향해 그를 급히 데려가고 있는 것이다. 그는 아지랑이 행렬이 열차를 향해 서서히 흔들리며 다가오는 것을 차창으로 내다 보았다.

옐로우 스카이에는 브라스 밴드 같은 게 하나 있는데, 이 밴드는 지역주민에게 기쁨을 주기 위해 열심히 연주했다. 그는 거기에 생각이 미치자 실없이 웃음이 났다. 주민들은 만약 그가 신부와 함께 희망에 차서 도착하는 것을 짐작할 수 있다면, 그들은 역에서 갈채와 웃음이 넘치는 축하인사를 던지는 가운데서 그 밴드로 행진을 하면서 그들 신혼부부를 그의 아도버 벽돌집까지 호위해 갈 것이다.

그래서 그는 역에서 집까지 가는 여정(旅程)에서는 전적으로 속도와 검소라는 온갖 종류의 수단을 사용하기로 마음 먹었다. 일단 안전권내에서는 일종의 육성 공고를 발하고, 그리고는 그들이 자신들의 일종의 열광을 소진시키는 데 시간여유를 가질 때까지는 주민들에 섞여 가지 않겠다는 결심을 했다.

신부는 걱정스럽게 그를 쳐다보았다. "잭, 무슨 근심되는 일이라도?"

그는 다시 웃었다. "아무 걱정도 안 하고 있어요, 여보. 나는 오로지 옐로우 스카이만을 생각하고 있어요."

18. 신부(新婦)가 옐로우 스카이에 오다

 그녀는 함빡 얼굴을 붉혔다.
 공통적인 죄책감이 그들의 마음에 엄습하여 더욱 정제된 부드러움을 가져다 주었다. 그들은 약간 흥분된 시선으로 서로를 응시했다. 그러나 포터는 이따금 불안정한 웃음을 웃었으나, 신부의 얼굴 위 홍조는 완전히 영속적인 것 같았다.
 옐로우 스카이의 정서에 거역자가 된 그는 빠르게 다가오는 풍경을 엄밀하게 주시했다. "우린 거의 다 왔어요." 그는 말했다.
 이윽고 승무원이 다가와서 열차가 포터의 집 근처에 접근했음을 알렸다. 그는 손에 솔을 쥐고 있었는데, 그의 젠체하던 우월감이라곤 전혀 없이 포터가 이리저리로 몸을 천천히 돌리는 동안 그의 새 옷을 털어 주었다. 포터는 다른 손님들이 그렇게 했었던 대로 코인을 하나 더듬거리며 찾아내서는 그것을 그 승무원에게 주었다. 그것은 자신이 처음 갖게 된 말에 편자를 박는 사람의 행위처럼 무겁고 경직된 일이었다.
 승무원이 그들의 가방을 들었으며, 열차가 속도를 늦추기 시작하자 그들은 관모를 쓴 듯한 그 차의 플랫폼 쪽으로 움직여 나아갔다. 이윽고 열차의 견인 엔진과 그것이 달고 있는 길다란 객차 행렬이 옐로우 스카이 역으로 돌진했다.
 "여기서는 열차에 물을 넣어야 해요." 포터는 마치 누가 죽음이라도 선고하는 것처럼 조여든 목에서 나오

18. 신부(新婦)가 옐로우 스카이에 오다

는 듯한, 그리고 슬픔에 잠긴 듯한 어조로 말했다. 열차가 정지하기 전에 그의 시선은 플랫폼을 한쪽 끝에서 저쪽 끝까지 휩쓸 듯 훑어보았는데, 조금은 서툴고 조바심내는 듯한 분위기로 물 탱크 쪽으로 걸어가고 있는 역무원 외에는, 플랫폼 위에 아무도 없다는 것을 보고는 기뻤으며 한편으로는 놀랐다. 열차가 완전히 멈춰서자 승무원은 먼저 내려서 다소 잠정적인 걸음의 위치에 발을 딛고 서있었다.

"이리 와요, 여보," 포터는 쉰 목소리로 말했다. 그가 그녀가 내리는 것을 도우면서 그들은 (눈이 마주치자) 겸연쩍은 분위기로 서로 웃었다. 그는 흑인 승무원에게서 가방을 받아들고는 자기 아내에게 자신의 팔에 꼭 달라붙으라고 말했다. 그들이 재빨리 살금살금 걸어나가고 있을 때, 그의 살금거리는 시선은 그들이 트렁크 2개를 부리고는 그냥 두고 왔다는 것과, 또한 저쪽 앞 짐칸 가까운 데서 역무원이 몸을 돌려 손짓을 하며 자기를 향해 뛰어오는 것을 알아차렸다. 그는 자신이 갖게 된 결혼의 행복이 옐로우 스카이에 미치는 최초의 영향을 알고는 웃었으며 웃으며 신음소리를 냈다. 그는 자기 아내의 팔을 자신의 옆구리에 꽉 붙혀 잡고는 도망갔는데, 그걸 보고 그들 뒤에서 승무원이 얼 빠진 듯이 낄낄대고 웃고 있었다.

남부 철도를 운행하는 캘리포니아 특급열차는 21분

18. 신부(新婦)가 옐로우 스카이에 오다

내에 옐로우 스카이에 들어오게 예정되어 있었다. '위어리 젠틀맨 살롱(Weary Gentleman Salon; 지친 신사들의 살롱이란 뜻)'에서는 여섯 사람이 있었는데, 그 중 한 사람은 말을 많이 그리고 빠르게 해대는 드러머(drummer)였고, 셋은 때맞춰 말을 조심해서 하지 않는 텍사스 사람이었으며, 둘은 전적으로 위어리 젠틀맨 살롱에서의 일반적인 관행 방식으로 말하지 않는 멕시코 출신의 양 치던 사람들이었다. 그리고 바(bar) 주인의 개는 바 문 앞에 가로놓여 있는 보드 워크(boardwalk; 널빤지를 깐 가설통로) 위에 드러누워 있었다. 그의 머리는 자신의 두 발 위에 얹혀 있었으며, 자주 사람들의 발길에 차인 적이 있는 개의 끊임없는 경계의 눈초리로 졸리는 듯이 여기 저기를 흘끔거렸다. 모래밭 가로의 건너편에는 몇 군데의 생생한 녹색 잔디밭이 있었는데, 이글거리는 태양을 쬐며 자신들 가까이에 불타는 모래들 가운데서 그렇게 존재한다는 것이 마음 속에 의심을 불러일으킬 만큼 겉 보기에도 무척 놀라웠다. 그 잔디밭들은 무대에서 잔디를 나타내기 위해 깔아 놓은 잔디 방석(grass mats)과 꼭 빼닮았다. 철도역의 좀더 서늘한 끄트머리에는 한 남자가 비스듬한 의자에 코트도 걸치지 않은 채 앉아서 담배를 피워 물었다. 리오 그란드(Rio Grande)의 깔끔하게 깍인 둔덕이 이 마을 인근을 삥 둘러싸고 있었으며, 그 건너에는 거대한 자홍색(자두색) 메스퀴트 평원

18. 신부(新婦)가 옐로우 스카이에 오다

이 보였다.

 살롱에서의 분주한 드러머와 그의 동료들을 빼고는, 옐로우 스카이 전체가 졸고 있었다. 최근에 새로 들어온 단원인 그 드러머는 판매대에 기품있게 기대고는 새로운 무대에 맞닥드린 음유시인 같은 자신감에 차서 많은 이야기들을 읊어댔다.

 "영감이 팔에 장롱을 들고 아래층으로 내려오다가 넘어진 바로 그 순간에 할멈은 석탄 두 통을 들고 올라가고 있었지, 그리고는 물론…" 그 드러머의 얘기는 열려진 문 안으로 갑자기 나타난 한 젊은 남자에 의해 제지당했다. 그는 말했다. "스크랫치 윌슨(Scratch Wilson)은 취했고, 그래서 양 손이 느슨하게 풀렸어." 그러자 두 멕시칸은 금방 자신들의 술잔을 내려놓고는 그 살롱의 후문 입구에서 급히 사라졌다. 그러나 순진하고 익살맞은 드러머는 대답했다. "좋아, 늙은 영감. 그가 취했다고? 어쨌든 들어와서 한잔 하자구."

 하지만 그러한 정보는 그 방에 있는 모든 사람들의 머리에 분명한 균열을 만들었으므로 급기야 드러머도 그 중대성을 알게 되었다. 모두가 금세 엄숙해졌다.

 "말해봐," 그는 어리둥절해져서 말했다. "이게 뭐야?" 그의 세 동료는 유창한 이야기를 시작하려는 제스처를 취했으나, 문간에 서있는 그 젊은이가 그들의 기선을 제압했다.

 "친구야, 그건 말이지," 그는 대답했다. "그가 이 살

18. 신부(新婦)가 옐로우 스카이에 오다

롱에 돌아오게 되면 그 이후 2시간 동안 이 타운은 헬스 리조트가 될 수 없다는 것을 의미하지."

 바 주인은 문간으로 가서 그것을 잠그고는 빗장을 걸었다. 그리고 창문에서 손을 내뻗쳐 육중한 목제 셔트를 끌어 내리고는 거기에도 빗장을 질렀다.

 즉시 어떤 엄숙하고 교회 같은 침울한 분위기가 그곳을 엄습했다. 그래도 그 드러머는 이 사람 저 사람을 쳐다보면서, "그러니 말해봐," 그는 소리쳤다. "어쨌든 이게 무어란 말이야? 총 싸움이 일어날 것이라는 것을 의미하는 건 아니겠지?"

 "싸움이 있게 될지 어떨지는 모른다." 한 사람이 준엄하게 대답했다. "그러나 어떤 총질은 있을 게다—어떤 멋진 총질이."

 그들에게 경고를 했던 그 젊은이는 손을 내저었다. "아, 싸움이 매우 빨리 일어날 거야. 누구든 그걸 원한다면 말이지. 누구든 거리에서는 싸움을 벌일 수 있지. 이제 막 싸움이 기다리고 있어."

 드러머는 낯선 자에 대한 관심과 개인적인 위험에 대한 인식 사이에서 마음이 왔다 갔다 하는 것 같았다.

 "(아까) 당신은 그의 이름이 뭐라고 했던가?" 그는 물었다. "스크랫치 윌슨," 그들은 입을 모아 말했다. "그는 누구든 죽일까? 당신네들은 어떻게 할 작정이지? 이런 일이 자주 일어나나? 그는 이번처럼 1주일에 한번 또는 그 이상 와서 사납게 굴며 돌아다니나?

18. 신부(新婦)가 옐로우 스카이에 오다

그는 저 문을 부수하고 들어올 수 있을까?
"아니, 그는 저 문을 부술 수는 없어," 바 주인이 대답했다.
"그는 그걸 세 차례나 시도했어. 그러나 그가 온다면 당신은 낯선 사람이니 바닥에 납작 엎드리는 게 좋을 거야. 그는 낯선 사람은 귀신같이 알아보고 쏘는데, 총알은 문을 관통해서 들어올 수도 있지."

그후에 드러머는 그 문에도 줄곧 엄중한 시선을 유지했다. 바닥을 꽉 껴안아야 할 때는 아직 도래하지 않았지만, 그는 조그만 예방조치로서 벽 쪽으로 살금살금 다가갔다. "그는 누구든 죽일까? 그는 다시 말했다.

그 물음에 그 남자는 낮게 그리고 경멸하는 듯이 웃었다.

"그는 걷잡을 수 없이 쏘지. 그는 골칫덩어리일 뿐이야. 그와의 실험에서는 아무런 쓸모도 생각지 마시오."

"당신이라면 이런 경우에 어떻게 할 건지? 당신이라면?"

한 남자가 응답했다. "글세, 그와 잭 포트는ー"
"하지만," 다른 남자들이 한 입으로 가로 막았다. "잭 포트는 산 안토니오에 가있어."

"아, 그가 누군데? 그가 이 일에 뭘 하게 돼있는데?"
"아, 그는 이곳 타운의 보안관이지. 그가 이런 소동

18. 신부(新婦)가 옐로우 스카이에 오다

에 접하게 되면 그는 나가서 스크랫치와 싸울거야."

"와우!" 드러머는 이마를 쓸어내리며 말했다. "그는 참 좋은 직책을 가졌구나."

그러나 그 목소리는 단순한 속삭임으로 어조가 잦아들었다. 드러머는 커져가는 걱정과 당황스러움 때문에 생겨난 더 많은 질문들을 하고 싶었다. 하지만 그가 그런 시도를 하자 다른 남자들은 짜증이 나서 그를 쳐다보았으며 그에게 조용히 있으라는 시늉을 했다. 긴장된 기다림 속의 정적이 그들을 엄습했다. 그 방의 깊은 어둠 속에서 그들이 거리에서 나는 소리들을 듣고 있는 동안 그들의 눈은 빛났다. 한 남자가 바 주인에게 세 가지 손짓을 보내자, 바 주인은 유령처럼 움직이면서 유리컵 하나와 술병 하나를 그 남자에게 건넨다. 그 남자는 위스키를 유리 컵에 가득 붓고는 술병을 소리없이 내려 놓았다. 그는 그 위스키를 단숨에 들이키고는 미동도 없을 만큼 조용하게 다시 문간 쪽으로 몸을 돌렸다. 드러머는 바 주인이 바 아래쪽에서 소리없이 윈체스터 연발총을 꺼내오는 것을 보았다. 이윽고 그는 바 주인이 자기에게 손짓하는 것을 보고는 발끝으로 방을 가로질러 갔다.

"당신은 나하고 바 뒤쪽으로 가있는 게 좋겠어."

"아니오, 고맙소." 드러머는 진땀을 흘리며 말했다. "나는 차라리 뒷문으로 도망칠 수 있는 곳에 있겠소."

술병을 든 남자가 친절하게 그러나 단호하게 몸짓을

18. 신부(新婦)가 옐로우 스카이에 오다

보내자, 드러머도 그 제안에 따랐다. 그는 자신이 머리를 그 바의 수평 아래로 둔 채 어떤 상자 위에 자리잡았다는 것을 알고는, 그리고 그 무슨 장갑판을 닮은 아연과 구리로 된 각종 기구들을 보고는 자신이 축복받았음을 알았다. 바 주인도 그 옆의 한 상자 위에 편안하게 자리를 잡았다.

"당신도 알다시피," 그는 속삭였다. "여기 이 스크랫치라는 자는 총을 지닌 괴짜지─정말 괴짜라고. 그가 싸움판에 등장하면 우리는 당연히 각자 숨을 구멍을 샅샅이 찾지. 그는 여기 강을 따라 횡행했던 옛날 갱들 중 거의 마지막 갱이지. 그는 술이 취하면 정말 공포의 대상이야. 그가 술을 안 했을 때는 정말 그만이지─말하자면 단순하고, 파리 한 마리 해치지 않는, 이 고장에서 가장 멋진 녀석이지. 하지만 그가 술에 취하면─우우!"

얼마 동안 침묵이 있었다. "나는 잭 포터가 산 안토니오에서 돌아왔으면 좋겠어," 바 주인은 말했다. "그는 언젠가 윌슨의 다리를 쏘았거든. 그래서 그는 이번 일에도 바로 착수해서 이 곤경을 해소시킬 거야."

이윽고 그들은 멀리서 총성이 나고, 뒤이어 세 번의 거친 울부짖음이 있는 것을 들었다. 그 소리는 즉시 어두운 살롱에 있는 사람들간의 결속을 허물어뜨렸다. 발을 끄는 소리가 있었다.

장식 목적으로 구매되었었고, 주로 뉴욕의 이스트 사

18. 신부(新婦)가 옐로우 스카이에 오다

이드에서 일부 유태인 여성들이 만들었던 밤색 플란넬 셔츠를 입은 한 남자가 모퉁이를 돌아서 옐로우 스카이의 중앙로 가운데로 걸어갔다. 그 남자는 그의 양손에 길고 무거운 진청색 리발버 총을 들었다. 그는 이따금 소리도 질러댔는데, 이러한 소리들은 한 남자의 통상적인 목소리의 세기와는 상관없는 것 같은 볼륨으로 지붕들 위를 날카로운 소리로 날아서 외관상 황량해 보이는 이 마을을 관통하며 울려 퍼졌다. 그것은 마치 주변의 정적이 그의 위에다 무덤의 아치를 형성한 것 같았고, 사나운 도전의 울부짖음은 정적의 벽에 부딪혀 울려퍼졌다. 그리고 그가 신은 부츠는 황금빛 도금이 된 무늬들이 군데군데 찍힌 빨간 구두코를 하고 있었는데, 그것은 동절기에 뉴 잉글랜드 언덕에서 썰매 타는 꼬마 소년들에게나 사랑을 받을 만한 그런 부류의 부츠였다.

그 남자의 얼굴은 위스키 때문에 생긴 분노로 불탔다. 그는 눈을 굴리며, 그러나 매복에 대해 예민해진 상태로 조용한 문간들과 창문들을 샅샅이 훑었다. 그는 마치 밤 고양이가 기어가는 동작으로 걸었다. 이따금 생각이 떠오를 때면 그는 위협적인 정보를 으르렁거리며 외쳐댔다. 그의 손에 들린 길다란 리발버식 총들은 밀짚처럼 다루기가 편했다. 그 총들은 전광석화처럼 재빠르게 움직여졌다. 양 손의 작은 손가락들은 이따금 음악가의 방식으로 (자유자재로) 놀았다. 셔츠

18. 신부(新婦)가 옐로우 스카이에 오다

의 아랫 칼라로부터의 평평한 가슴과 목의 인대는 열정이 그를 움직이는 대로 연신 불룩하게 펴졌다 가라앉았다 했다. 그가 내지르는 그만의 소리는 그의 끔찍한 초대장이었다. 차분한 어도비 벽돌(집)들은 거리의 중앙에서 이런 조그만 것의 통행에 자신들의 기품을 잘 보존하고 있었다.

 싸움에 대한 제안은 전혀 없었다. 제안은 없었다. 그 남자는 허공에다 대고 소리쳤다. 그래도 아무런 끌어당김이 없었다. 그는 고함지르고 날뛰고 날뛰었으며 그의 리발버 총들을 이리 저리 아무데나 흔들어댔다.

 위어리 젠틀맨 살롱 바 주인의 개는 사태의 진전을 알아차리지 못했다. 녀석은 아직도 자기 주인의 문간 앞에서 졸며 누워 있었다. 개를 보자 그 남자는 잠시 걸음을 멈추더니 자신의 리발버 총을 익살맞게 치켜 올렸다. 그 남자를 보자 개는 푸숭푸숭한 머리를 한 채 어르렁거리며 뛰어오르더니 비스듬하게 저쪽으로 걸어갔는데, 그 남자가 크게 호통을 치자 갑자기 후다닥 뛰기 시작했다. 개가 좁은 골목으로 막 들어가려는데 갑자기 크고 시끄러운 소리와 휘파람 소리가 났으며 바로 그 앞에서 땅에 뭔가가 내뱉어졌다. 개는 날카로운 소리를 지르고는 겁에 질려 홱 몸을 틀어 새로운 방향으로 허둥지둥 뛰어갔다. 그러나 거기에서도 다시 시끄러운 소리, 휘파람 소리가 일어났고, 바로 그 앞에서 모래가 심술궂게 차여져 튀어 올랐다. 개는

18. 신부(新婦)가 옐로우 스카이에 오다

기겁을 하고는 다시 방향을 돌렸으며 좁은 우리 안에 갇힌 동물처럼 쩔쩔맸다. 그 남자는 무기를 엉덩이에 찬 채 웃고 서있었다.

끝내 그 남자는 위어리 젠틀맨 살롱의 닫힌 문 쪽에 관심이 갔다. 그는 그 문에 다가가 총으로 두들기면서 술을 내놓으라고 요구했다.

문이 꿈쩍도 않고 그대로 남아 있자, 그는 인도에서 종이 조각을 한 장 주워서 그것을 칼과 함께 문틀 안으로 찔러 박았다. 그러더니 그는 이 인기있는 리조트에 대하여 멸시하는 듯이 등을 돌리고는 그 거리의 반대쪽으로 걸어가더니 거기에서 발끝으로 몸을 민첩하고 유연하게 살짝 회전하고는 그 종이쪽지에다 사격을 가했다. 그는 그 표적에서 반 인치 정도 빗맞췄다.

그는 스스로에게 욕을 퍼붓고는 떠나갔다. 나중에 그는 자기의 가장 친근한 친구의 집 창문에다 기분좋게 연발 사격을 가했다. 말하자면 그 남자는 그 타운을 갖고 놀았다. 그 타운은 그에게는 일종의 장난감이었다.

그러나 여전히 싸움은 걸려오지 않았다. 잭 포터, 그의 옛 적대자의 이름이 그의 마음 속에 퍼뜩 들어왔다. 그는 자기가 그의 집에 가고, 그래서 한 바탕 사격을 퍼붓고, 그러면 그를 밖으로 나와서 싸우도록 이끌어내게 되리라고 결론지었다. 그는 아파치(북미 인디언) 전투음악을 흥얼거리면서 자기가 가고싶은 방향

18. 신부(新婦)가 옐로우 스카이에 오다

으로 옮겨 갔다.

 그가 거기에 당도하니, 포터의 집이 앞서 다른 아도버 벽돌집들이 그랬었던 것과 똑같이 조용하게 정면에 나타났다. 전략적인 위치를 잡으면서, 그 남자는 악을 쓰며 도전을 외쳤다. 그러나 그 집은 그를 마치 하나의 커다란 석신(石神)일지도 모른다고 여겼다. 그래서인지 그 집은 아무런 신호도 보내지 않았다. 꽤나 긴 시간을 기다린 뒤, 그 남자는 도전의 말을 더 많이 외쳐댔는데, 그것들이 뒤섞여 놀랄 만한 형용사를 이루었다.

 이윽고 그 집의 부동성(不動性)에 대해 자기자신을 극도의 분노의 상태로 휘젓고 있는 한 남자의 볼 만한 광경이 연출되었다. 그는 마치 겨울 바람이 북녘에 있는 목초지 오두막 한 채를 뒤흔들고 있는 것처럼 그 집에다 대고 분노를 터뜨리며 날뛰었다. 아마도 200명의 멕시코인들이 어울려 싸우는 것처럼 소란의 소리는 멀리 멀리 퍼져 나갔을 것이었다.

 어떤 필요성이 그에게 명령이나 한 것처럼, 그는 숨을 쉬기 위해 또는 자신의 총을 재장전하기 위해 잠시 소란을 멈추었다.

 포터와 그의 신부는 양순하게 그리고 잽싸게 걸었다. 이따금 그들은 수줍어하며 가만히 함께 웃었다.
 "다음 모퉁이오, 여보," 그는 마침내 말했다. 그들은

18. 신부(新婦)가 옐로우 스카이에 오다

 강한 바람을 거슬러서 몸을 구부리고 걸어가면서 한 쌍의 노력을 발휘했다. 그들이 모퉁이를 돌면서 포터가 자기 새 집의 첫 모습을 가리키려고 손가락을 막 쳐들 즈음에, 그들은 밤색 셔츠를 입은 한 남자와 정면으로 맞닥뜨렸다. 그 남자는 커다란 리발버 총에다 탄창을 격정적으로 밀어넣고 있었다. 순간적으로 그 남자는 자신의 총을 땅에 떨어뜨렸으며, 그러자 그는 번개처럼 다른 총을 자신의 가죽 총집에서 홱 빼들었다. 그 두 번째 무기는 신랑의 가슴에 겨누어졌다.

 잠깐 동안의 침묵이 있었다. 포터의 입은 그의 혀에게는 단순히 (쓸모없는) 무덤에 불과한 것 같았다. 그는 신부의 손에서 자기 팔을 푸는 본능을 나타냈으며, 그리고는 가방을 모래 위에 떨어뜨렸다. 신부에 대해서 말하면, 그녀의 얼굴은 낡은 옷처럼 누렇게 변색했다. 그녀는 어떤 끔찍한 종교의식에 제물로 붙잡혀온 사람처럼 되어 그 유령 같은 악한을 멀거니 쳐다보았다.

 두 남자는 불과 세 걸음의 거리에서 서로를 마주 쳐다보았다. 총을 든 그는 일종의 새롭고 조용한 잔인성을 나타내며 미소를 지었다.

 "자, 슬쩍 나한테로 다가와 봐," 그는 말했다. "살금살금 나한테 덤벼들어 보라구!" 그의 눈은 더욱 악의적으로 변했다. 포터가 조금 움직이자, 그 남자는 자신의 총을 살기등등하게 앞으로 내밀었다. "안돼, 그

18. 신부(新婦)가 옐로우 스카이에 오다

렇게 하지마, 잭 포터. 총구 앞에서 손가락 하나 움직이지 마. 눈썹 하나도 까닥하지 마. 이제 내가 당신한테 복수할 때가 왔어. 그걸 내 방식대로 할 꺼야. 그러니 아무 방해 말고 그냥 가만히 있으라구. 그래서 총이 당신에게 들이대어지는 걸 원치 않는다면 내가 하는 말을 잘 들어야 돼."

 포터는 그의 적을 쳐다보았다. "나는 총을 휴대하고 있지 않다네, 스크랫치," 그는 말했다. "솔직히 말해서 갖고 있지 않다구." 그는 빳빳하고 확고해지고 있었으나, 아직도 그의 마음 한 구석 어딘가에는 그 풀먼 열차의 환상 같던 은(銀), 그리고 유리, 오일 풀의 표면처럼 으슴푸레 빛나며 번쩍이던 목재—그 모두가 결혼의 영광이었고, 새로운 영역의 환경이었다. "자네도 알다시피 나도 싸울 때가 되면 싸워, 스크랫치 윌슨. 하지만 난 지금 총을 지니고 있지 않다네. 그러니 지금은 자네 혼자 마음대로 온통 총질을 해대야 할 걸세."

 그 적의 얼굴은 분노로 흙빛이 되었다. 그는 앞으로 걸음을 내딛었으며, 포터의 가슴 앞에 총을 이리 저리 휘둘러댔다. "총을 안 가졌다고 말하지 말라구, 이 새끼야. 그와 같은 거짓말 하지 말라구. 일찍이 총 안 가진 당신을 본 사람은 이 텍사스엔 아무도 없어. 나를 아무것도 아닌 어린애로 보지 말라구." 그의 눈은 분노의 빛으로 불타올랐으며, 그의 목은 펌프 같이 불

18. 신부(新婦)가 옐로우 스카이에 오다

룩대며 움직였다.

"나는 자네를 어린애만도 못한 사람으로 보지는 않네." 포터가 대답했다. 그의 발은 한 치도 뒤로 물러서지 않았다. "나는 그저 자네를 지독한 바보로 본다네. 거듭 말하거니와 난 총을 갖고 있지 않아, 갖고 있지 않다구. 자네가 나를 쏘아버릴 작정이라면, 지금 바로 시작하는 게 좋아. 자네는 이같은 기회를 결코 다시는 얻지 못할 거야."

 그렇게 수없이 강행된 논리적인 설득은 윌슨의 분노에 영향을 미쳤다. 그는 한결 조용해졌다. "당신이 총을 지니고 있지 않다면, 왜 안 갖고 있는거지?" 그는 비웃듯이 말했다. "주일 학교에라도 갔었나?"

"나는 아내와 함께 산 안토니오에서 지금 막 왔어. 나 결혼했다네." 포터가 말했다. "그리고 내가 아내를 집으로 데려올 때 자네 같은 어떤 얼빠진 남자가 배회하고 있을 거라고 생각했었다면, 난 총을 휴대했을 거네, 그러니 그걸 잊지 말게나."

"결혼했다고!" 스크랫치는 도무지 이해가 되지 않은 듯이 말했다.

"그래, 결혼했어, 결혼했다구," 포터는 분명하게 말했다.

"결혼을 했어?" 스크랫치가 말했다. 그는 상대편 남자의 곁에서 오무라들고 있는 여자를 그제사 처음 보는 것인 듯 쳐다보았다.

18. 신부(新婦)가 옐로우 스카이에 오다

"안돼!" 그는 말했다. 그는 딴 세계를 흘끗 살펴보기를 허용받은 사람 같았다. 그는 한 걸음 뒤로 물러섰으며, 총을 들고 있던 팔을 옆으로 내렸다. "이 여자가 부인?" 그는 물었다.

"그렇다네, 이 여자가 내 부인이지," 포터가 대답했다. 또 한 번의 침묵이 흘렀다.

"그래," 마침내 월슨은 느릿하게 말했다. "그렇다면 이제 다 끝났다고 생각돼."

"자네가 그렇게 말한다면 다 끝났네, 스크랫치. 자네도 알다시피 내가 말썽은 일으키지 않았지." 포터는 가방을 들어올렸다.

"그래, 나도 끝났다는 걸 인정해, 잭," 월슨이 말했다. 그는 땅을 쳐다보고 있었다. "결혼했다구!"

그가 무슨 기사제도(騎士制度)의 수련생이라도 되어서 그런 것은 아니었다. 그것은 전혀 낯선 여건의 출현에 그만 옛 평원에서 뛰놀던 순진무구한 단순한 어린아이가 되었을 따름이었다. 그는 오른 쪽에 떨어져 있던 리발버 총을 주워들었으며, 그 무기 두 자루를 각각의 총집에 집어넣고는 떠나 가버렸다. 그의 두 발이 둔중한 모래에 깔때기 모양의 자국을 만들어 놓았다.

제 19 편

발명가와 여배우

- 윌리엄 사로이언
(1908-1981)

윌리엄 사로이언은 캘리포니아주 Fresno의 아르메니아계 이민자인 부모로부터 태어났으며, 3살 때 교회 성직자였던 아버지의 죽음으로 5년간 고아원에서 지내기도 했었다. 그후 샌프란시스코 전신회사의 관리자 등으로 일하며 자력으로 학업을 계속했으며, 1930년대부터 본격적인 작가생활을 시작했다. 그는 이후 소설가, 단편소설 작가, 극작가로 명성을 떨쳤으며, 한때 MGM사 등에서 영화대본 작가로도 일했다.

주요 작품으로는 퓨리처상을 받은 "The Time of Your Life"(연극, 1939), "My Name is Aram"(단편소설집, 1940), 영화화되어 아카데미상까지 받은 "The Human Comedy"(소설, 1943) 등이 꼽힌다. 그의 작품성향은 흔히 어린시절의 경험과 이민자들의 고난을 소재로 삼으면서도 시적인 센티멘털리즘과 인생에 대한 열정, 그리고 박애주의·낙관주의를 지향하고 있다. 이 글에서는 철없고 꿈많은 이웃집 어린이 또래들간에 벌어지는 일들을 한 폭의 풍경화처럼 다정다감하고 코믹하게 그리고 있다.

19. 발명가와 여배우

발명가와 여배우

"난 무언가 반드시 발명을 해야 해," 짐은 생각했다.
그러나 그는 그 무언가를 생각하기에 충분할 만큼
벨 셰이드를 오랫동안 자신의 마음에서
지워버릴 수가 없었다.
"누가 그녀를 발명했든간에, 그는 작은 놀람 덩어리를
하나 갖게 된 게 틀림없어." 라는 생각이 들었다.

 골목길 건너편 집에는 남자아이 하나와 그의 두 누나가 있었다. 그는 때로는 그들이 좋았지만, 때로는 그에게 일어났던 최악의 대상이기도 했다. 왜냐 하면 그들은 언제나 그의 집 마당이 마치 자신들의 마당도 되는 것처럼 몰려왔기 때문이었다.
 그들은 셰이디(Shehady)라는 가족 성(姓)을 가졌으며, 그 남자아이를 그의 누나 둘은 패디(Paddy)라고 불렀다. 패디는 큰 누나를 벨리(Bellie; 배불뚝이란 뜻

19. 발명가와 여배우

의 Belly와 동음)라고 불렀지만 그녀는 자기 이름이 벨(Belle; 미인이란 뜻)이었기 때문에 그렇게 불리어지는 것을 싫어했다. 물론 또다른 누나의 이름도 정확하게는 데이지(Daisy; 데이지꽃의 뜻)였지만, 그는 그녀를 데이즈(Daze; 멍청이란 뜻이 내포)라고 틀리게 불렀다.

 벨은 언제나 자기 어머니의 옛날 옷으로 성장(盛裝)하고는 자신이 얼마라도 에바 가드너(Ava Gardner)나 매럴린 먼로(Marilyn Monroe), 또는 그녀가 근래 영화에서 보았던 어느 다른 여성들처럼 보이느냐고 물었는데, 물론 그녀는 결코 그렇게 보이지는 않았다. 그녀는 언제나 벨(Belle) 자신 같아 보였으며, 이 세상에서 그런대로 여자아이라고는 생각될 수 있는 수준 이상의 다른 티라고는 전혀 나타나지 않았다. 그러나 온통 그녀가 생각하는 것은 여성, 대단한 여성, 에바 가드너 같은 정말 대단한 여성이 되는 것이었다.

 어느날 패디가 마당으로 와서는 말했다. "벨리가 무엇이 되려고 하는지 짐작해봐, 짐(Jim)?"

 "그녀가 무엇이 되려고 하는지를 내가 어떻게 알아?" 짐이 말했다. 그는 언제나 이런 식으로, 즉 패디가 갑자기 무단히 다가와서는 그 특유의 쇠되고 들뜬 목소리로 다소 바보스러운 질문을 던지는 방식에 의해 좀 놀라고 괴로움을 받았다. 짐은 무엇을 발명할 것인가에 관해 궁리하고 있었을 때에 패디의 목소리를 듣게

19. 발명가와 여배우

되면 한, 두 번은 깜짝 놀란 적이 있었지만, 이제 그런 일이 1년 쯤이나 지난 근래에 들어서는 더 이상 놀라지는 않고 있으며 특별히 성가심을 당한다고 느끼지도 않고 있는 터이다.

"여배우지," 패디는 말했다. "벨리는 여배우가 되려고 해. 데이즈는 그런 언니와는 동참하지 않으려 하고,"

 짐은 뒷 마당의 나무에서 떨어진 호두의 바짝 마른 검은 꼬투리를 벗기고 있었다. 호두는 꼬투리를 벗긴 뒤에라야 망치로 깰 준비가 갖춰지는 것이었다. 호두는 견고했다. 하지만 그 두꺼운 속껍질을 깨뜨려 그 안에 든 과육(果肉; meat)에 이르러 보면 그것들은 너무나 완벽하게 정렬되어 있어서, 어느 누구도 그것이 어떻게 그렇게 된 셈인지, 또한 그것이 어떻게 세상에서 최고로 맛있는 그런 것인지 일찍이 생각해본 사람이나 있다고는 상상할 수 없다.

 그게 바로 짐이 꼬투리에서 나오는 검은 진액으로 두 손을 더럽혀 가면서 온갖 애를 쓰고 있는 것을 가치있게 해주는 이유였다. 그 호두나무는 오래 되었다. 그 나무에는 해마다 무척 많은 호두가 열렸다. 2,3년 전부터 차고에는 호두가 꽤 쌓여 있었다. 그의 어머니는 한때 호두가 너무나 많고 아무도 그것을 먹지 않고 있으니 땔감으로 사용해야겠다고 말한 적이 있다. 그러나 짐은 그녀에게 자기가 호두를 원하고 있다고 말했다. 그는 그것을 손질해서 먹으려고 작정하고 있었지

19. 발명가와 여배우

만, 물론 그도 결코 그렇게 하지 못했는데, 그의 어머니는 가끔 아마도 얼마를 태웠을 것이었다. 호두는 화력이 아주 좋았지만 그는 그것들이 불에 타버리는 것을 좋아하지 않았다. 그는 꼬투리와 빈 껍질을 상자에 넣어서 그것들을 그의 어머니가 태울 수 있도록 옆으로 치워 두었지만, 호두가 죄다 태워지는 것은 바라지 않았다. 그런 것들을 태우기만 해서는 안된다.

"뭘 하고 있니?" 패디가 말했다.

"이 호두들의 꼬투리를 벗기고 있어," 짐이 대답했다.

 패디는 짐이 호두 꼬투리 벗기는 걸 여남은 번이나 보아 왔었지만 매번 그같은 질문을 했다. 마치 짐이 호두가 만들어진 방식으로부터 자신을 세상에서 제일 가는 부자의 한 사람으로 만들어줄 그 무언가를 발명할 방법을 실제로 찾고 있는 중이기라도 한 것처럼 말이다. 짐은 (짐대로) 늘상 자기가 하는 그 일이 무슨 새로운 방식의 일인 것처럼 그 질문에 대답했다.

"내가 도와줄까?" 패디가 말했다.

"좋아, 하지만 넌 네 손이 더러워지는 걸 바라지 않을 텐데."

"상관 없어!"

 그래서 패티 세어디도 짐의 집 뒤뜰에 있는 나무 밑에 앉아서 호두 하나를 집어 꼬투리를 벗겨내기 시작했다.

"너의 집은 호두를 얼마나 많이 갖고 있니?" 패디가

19. 발명가와 여배우

알고 싶어했다.

"차고의 근 절반이 호두로 가득 찼어," 짐이 말했다.

"넌, 그것 모두의 꼬투리를 벗길 작정이니?"

"글쎄, 난 그것을 벗겨서 치워 두지," 짐이 말했다. "그래서 내가 속껍질을 깨뜨리고 싶을 때는 언제나 그것들은 꼬투리가 벗겨져 깨뜨려질 준비가 돼 있거든. 꼬투리가 손질돼 있지 않은 채 그것을 깨뜨리면 그것을 정확하게 깨드릴 수 없고, 그래서 호두 속의 대부분을 못 쓰게 만든단다."

"내가 이거 하나를 깨뜨려 속에 든 호두를 먹어도 될까?" 패디가 말했다.

"그럼," 짐이 말했다. "하지만 네 손을 다치게 하지는 말아라"

패디는 이미 두 번이나 자기 손을 다치게 한 적이 있는데, 한번은 셰어디 부인이 직접 짐의 집 마당으로 건너오기에 이를 만큼 심하게 다쳤지만, 그 두 소녀와 남자아이를, 그리고 그 어머니마저도 아무 때나 짐의 마당에 오지 않게 하기에 이를 만큼은 되지 않았다. 그리고 셰어디 부인은 패디가 어쩌다가 제 손을 그렇게나 다치게 되었는지를 짐이 그녀에게 말해 주기를 바랐다.

짐은 그녀에게 그 경위를 말해 주었고, 그러면 그녀는 그때 짐의 어머니도 집에 계셨는지를 물었다. 그가 어머님은 계시지 않았었다고 말해 주자 그녀는 그 자

19. 발명가와 여배우

리에 근 한 시간이나 그대로 서 있으면서 수십 가지의 다른 질문을 해대어서 짐으로 하여금 도무지 자기 일을 착수할 수 없게 만들었다. 그녀는 지난 여름 군(郡) 농산물 품평회 기간중 촌극(寸劇)에서 보았었던 레슬러들만큼이나 거구였지만, 우선 무엇보다도 살이 쪘다. 동시에 그녀는 신경 과민이어서 으레 생계비가 언제쯤 과거 그랬던 수준으로 내려가게 될는지까지 궁금해 했다. 어느날 짐은 셰어디 부인이 자기 어머니에게 그것에 관해 묻는 것을 들었는데, 그의 어머니는 모른다고 대답해서 셰어디 부인에게 별로 두움을 주지 못했다. 셰어디 부인은 그 이후 오랫동안 그것 외에 다른 어떤 말할 꺼리를 생각해 낼 수 없었다. 그녀가 패디의 손 다친 일 때문에 왔을 때, 짐은 패디가 호두를 깨뜨리다가 자기 손을 다치게 되었다고 말해 주었다. 그러자 그녀는 짐이 패디를 밀쳤거나 그와 비슷한 짓을 했는지, 그리고 짐이 그를 괴롭혔는지를 캐물었다. 짐은 패디를 밀치지 않았을 뿐만 아니라, 손을 다치게 하지 않고서 호두를 깨뜨리는 방법에 관해 패디에게 십여 차례나 시범까지 보여 줬었다고 말했다.

그러나 패디는 언제나 적어도 조금은 자기 손을 다치게 했다. 그는 심하게 다치면 놀라 펄쩍 뛰어오르고, 신음소리를 내고 발을 동동 구르면서 말했다. "나, 손을 으깨버렸어. 손을 온통 으깨버렸단 말야!" 그는 계속 다친 손을 흔들어댔고, 겅중 겅중 뛰었으며, 빙빙

19. 발명가와 여배우

돌며 뛰어다니다가는 마침내 울음을 터뜨려 비통하게 울어대고, 끝내는 그게 다 짐의 잘못이라고 말하면서 짐에게 욕을 퍼붓고 비난하고는 자기 집으로 달려가버렸다. 짐은 그가 자기 어머니에게 비통하게 울부짖고, 그러면 그의 어머니는 그 고통을 이완시키고 그것을 잊게 해주려고 온갖 부류의 바보스러운 것들을 말해주는 것을 들을 수 있었다.

"나는 내 손을 다치지 않게 할거야," 패디는 이제 이렇게 말했다. "누나 말로는 자기는 에바 가드너 같이 되려고 한대. 너도 알지? 온통 그런 식으로 된다는 것, 즉 호피(虎皮) 위에 누워 있는 것 따위, 그런데 그게 온통이니? 그녀는 지금 리놀륨(linoleum) 위에 누워 있단다."
"무슨 리놀륨?"
"부엌에서이지," 패디가 말했다. "거기서 연기하고 있어. 누나는 거실에서 연기하는 게 용납되지 않아서 리놀륨 위에서 하고 있어. 누나는 빈 퀘이커 귀리 상자를 갖고 그걸 벼개로 사용하고 있으며, 데이즈를 데리고 있으면서 자신에게 온갖 일들을 얘기하도록 해놓고는 에바 가드너가 하던 방식대로 매사를 되받아 말하는 연습을 하고 있어."
패디는 자신이 벗긴—그러나 그는 그것은 완전하게 벗기지는 않은—호두를 큰 가지만큼이나 큰 둥근돌 위

19. 발명가와 여배우

에 얹고는 그것을 두 손가락으로 조심스럽게 잡았다. 그런 다음 그는 망치를 집어들었고 짐은 패디가 하는 동작 하나 하나를 주시했는데, 그것은 만약 패디가 손을 다치게 할 것처럼 보이기만 하면 다시는 그렇게 다치지 않게 그를 제지하기 위해서였다. 패디는 호두 위에 망치를 내리쳤으나, 그것은 짐이 망치로 치도록 몇 차례나 가르쳐 준 자리인 한 가운데, 즉 호두가 봉합된 선(線)을 따라서가 아니었다. 호두는 으깨졌고, 패디의 손가락은 약간 다쳤으나 심하지는 않아서 그가 놀라 펄쩍 뛰어오르고 울 정도까지는 이르지 않았다. 패디는 금방 망치를 떨어뜨렸으며 그 으깨진 호두를 오른 손으로 집어올리고는 다른 쪽 손을 흔들어 대자 고통이 가셨다. 그러자 그는 갖고 있던 것을 왼손으로 옮기고는 먹을 만한 것이 될지도 모르는 다른 것을 찾으려고 깨진 호두 부스러기 속을 뒤졌다.

짐 또한 하나를 깨뜨려 그와 나누어 먹었는데, 패디가 말했다. "벨리는 유명하고 아름답지 않는 사람이 되는 것은 절대로 바라지 않아. 그녀는 또한 부유하고 세련되기를 원해. 그녀는 말하기를 매일 조금씩 연습해 나가면 그렇게 될 수 있을 거래. 그녀는 데이즈로 하여금 부엌 안팎을 들락날락하며 하인처럼 에바 가드너를 방문하러 가는 남자들처럼, 그녀의 연노한 아버지처럼, 그녀의 불쌍한 누이처럼, 그리고 그밖의 모든 사람처럼 행세하면서 그녀에게 온갖 것들을 말하게 함

19. 발명가와 여배우

으로써, 벨리 자신은 거기 리놀륨 위에 누워서 그런 데이즈에게 온갖 것들을 되돌려 말할 수 있는 게지."
"데이즈는 그녀에게 뭐라고 말하는데?" 짐이 말했다.
"글쎄, 너도 아는 것처럼," 패디가 말했다. "언젠가 에바 가드너나 그밖의 누구가 자기 어머니에게 이렇게 말한 적이 있었어. "난 당신을 절대로 다시는 보고 싶어하지 않을 거예요.," 그러나 그 늙은 어머니는 그녀 있는 데로 여러번 찾아갔는데, 그것은 오로지 그녀를 집으로 오도록 부탁하기 위한 것이었어. 그들은 외로운, 뭐 그런 사람들이었거든." 그래서 데이즈가 들어와서 이렇게 말하지. '오, 내 딸아, 집으로 돌아오렴. 우린 네가 필요하단다!' 그러면 벨리는 그녀에게 이렇게 되받아 말해. '3년 전에 당신은 나를 세상 속으로 몰아냈잖아요. 나는 결코 당신을 다시는 만나보고 싶지 않아요.'라는 그런 따위의 말을."
"내가 이 호두를 널 위해 깨뜨려 줄게" 짐이 말했다. 그는 호두를 한 가운데로 깔끔하게 깨뜨리고는 그 절반씩을 까니 그 속에 든 내용물의 대부분이 깨끗하고 온전하게 꺼내어질 수 있었다. 그는 그것을 패디에게 주고는, 자신의 것으로 또 하나를 깨뜨렸다.
"그녀는 배우로 무대에 서려고 해," 패디는 말했다. "(사실은) 그녀가 나더러 차고를 무대로 사용할 수 있겠는지 부탁하려고 나를 보낸 거야."
"어떤 차고 말인데?" 짐이 말했다.

19. 발명가와 여배우

"바로 이 차고 말이야," 패디가 말했다. "우리 집에는 차고가 없어. 허섭쓰레기로 가득찬 연장창고가 하나 있을 뿐이야. 너의 집 차고를 그녀가 무대로 사용할 수 있을까?"

"언제?" 짐이 말했다.

"글쎄," 패디는 말했다. "아마 지금일 거야. 그녀는 부엌안 통로에 있고, 그래서 어머니는 그걸 싫어해. 그녀는 어머니 주변으로 이리저리 돌아다녀야 하는데, 가끔 어머니는 서서 그들 둘이서 주거니 받거니 말하고 있는 것을 듣는단 말이야. 벨리는 말하기를 엄마가 그것을 조금도 좋아하지 않으면서 줄곧 거기 서 있는 상태에서는 연습을 할 수 없다고 해. 내가 그녀에게 가서 차고를 사용해도 좋다고 말할까?"

"그래, 좋아," 짐이 말했다.

그러자 패디는 일어나서 골목 건너 자기 집으로 뛰어 돌아갔다.

대부분의 경우 그들을 이웃 사람들로 두고 있는 것은 괜찮았다. 하지만 가끔은 그것은 그에게 일찍이 일어났던 최악의 것 같았다. 왜냐 하면 그는 그들에게 무엇이건 거절할 수 없었거나, 아니면 그들에게 그렇게 자주 건너오지 말아 달라고 부탁할 수 없었기 때문이었다. 게다가 그들이 온다는 것은 그가 언제나 생각중에 있던 다른 것들, 특히 그의 발명 일에 관해 생각하

19. 발명가와 여배우

는 것을 너무나 자주 중지해야 함을 의미했기 때문이었다. 그렇지만 이제 그는 패디의 누나들, 특히 벨리가 배우가 되기 위해 연습하는 것을 기대하게 되었다.

그는 차고 안으로 들어가서 차고가 어떻게 무대로서 역할을 할 것이라 상상할 수 있겠는지 알아 보려고 그곳을 새로운 시선으로 훑어 보았다. 한쪽 끝에는 검은 호두들로 가득찬 10여개도 더 되는 사과 상자들이 있었고, 다른 쪽 끝에는 몇개의 낡고 부서진 가구들, 몇개의 항아리와 냄비들, 그리고 잡지와 책과 기타 물건들이 든 몇개의 상자들이 있었다.

그가 차고에 있을 때 패디가 얼굴을 들이밀고는 말했다. "우리가 들어가도 되는지 누나가 알고 싶어해, 짐."

"좋아," 짐이 말했다.

그러자 패디, 벨리, 그리고 데이즈가 한 사람씩 차고 안으로 발을 들여놓았다. 벨리는 온통 검정 옷으로 치장하고 있었는데, 그녀는 에바 가드너나 기타 다른 여배우들 중의 한 사람 같이 눈이 크고 슬프며 꿈꾸는 듯하게 연기하려 하고 있었고, 데이즈는 반은 그녀를 찬탄하고 반은 자신이 무엇을 하게 될지를 모르는 표정인 채 그녀 가까이 서 있었다.

"자," 벨리가 말했다. "내 생각에는 여기쯤, 보다 시피 이곳이 내 방이야. 나는 지금 여기 호피 위에 누워 있고, 부자이지. 하지만 나는 돈은 무척 많이 갖고 있

19. 발명가와 여배우

지만 아이들이 없어서 슬퍼. 이제 내가 여기 누워 있으면, 어떤 사람이 문을 노크하고 있게 돼. 그는 내 소식을 듣고 찾아오는 한 남자인 거야. 나는 '녜?'라고 말하고, 그러면 너, 짐이 들어오는 거야."

"내가?" 짐이 말했다. "패디더러 그렇게 하라고 해줘. 나는 여기 앉아서 호두 꼬투리를 좀더 벗기며 구경할게."

"네가 그 역할을 해주면 정말 훨씬 더 좋겠는데, 짐," 벨리가 말했다. "데이지는 나의 하녀가 될 거야. 만약 내가 내 타이거들을 보고 싶다고 하면, 그녀는 그들을 데리고 들어올 거야. 또는 내가 리치 넛(litch nuts)을 몇개 먹고 싶다고 하면 그녀는 그것들을 금 쟁반에 얹어 가져오는 거야."

"난 그냥 여기 앉아서 구경할 게," 짐이 말했다.

"내가 이 낡은 소파 위에 누워도 되겠지?" 벨리가 말했다.

"그럼," 짐이 말했다.

벨리는 소파 위에 몸을 내뻗더니 슬픈 기색이 되었다. 그녀는 자신의 슬픔을 간직한 채 말했다. "데이지야, 넌 저기에 서 있고 내가 타이거들을 데려오라고 부탁하기를 기다려라. 패디, 너는 나가 있다가 잠시후 문을 노크해라."

"들어올 때 뭐라고 말해야 돼?" 패디가 말했다.

"당신이 그 유명한 마담 앙투아넷 드 라 투어

19. 발명가와 여배우

(Antoinette de la Tour)인가요?" 벨리는 그렇게 말하도록 그에게 일러주었다.

"마담 누구라고?" 패디가 말했다.

"앙투아넷," 벨리는 슬프게 말했다.

"앙투아넷,"

"드 라 투어," 벨리가 말했다.

"드 라 투어," 패디는 되풀이했다. "마담 앙투아넷 드 라 투어."

패디는 밖으로 나갔고 벨리는 연기할 준비가 되었다. 하지만 패디는 노크도 없이 바로 되돌아 들어왔다.

"그 다음에는 내가 뭐라고 말해야 돼, 벨리?"

"패디야!" 벨리는 가혹하게 말했다. "내가 너더러 벨리라고 부르지 말랬잖니. 나는 배우로 무대에 설 거란다. 내 이름은 이사벨 셰어디야. 하지만 물론 나는 그것을 벨 셰이드(Bell Shade)라고 바꿀 거다. 내 생각에 그건 무척 매력적이야. 그렇잖니, 짐?"

"벨 셰이드?" 짐이 말했다. "그렇게 생각되는데."

"자, 어쨌든," 패디가 말했다. "누나가 나한테 일러준 대로 말한 뒤에는 내가 뭐라고 말해야 하나?" 그는 그녀가 자신에게 뭐라고 말하도록 일러주었는지를 기억해 내려고 애썼다. "나더러 뭐라고 말하라고 일러줬지?" 그는 말했다.

"주의깊게 들어라, 패디," 벨리가 말했다. "당신이 마담 안토아넷 드 라 투어인가요?"

19. 발명가와 여배우

"알았어," 패디가 말했다. "그러고는 뭐라고 말하지?"

"글세," 벨리는 말했다. "너는 그렇게 말하지, 그리고는 내가 할 말을 내가 하거든 너는 내가 말하는 것이 너더러 말하도록 시키는 것이라면 무엇이건 말하는 거야. 사람들이 말 주고받는 방식을 너도 알잖아. 자, 이제 됐어, 시작하자."

패디는 차고 밖으로 나갔다. 그녀가 불리어지기를 언급했던 대로의 벨 셰이드는 곧 무드에 빠져 들었고,

데이즈는 전체 상황에 관해 진지해지려고 애써면서 소파 뒤에 서 있었다.

패디가 문을 노크했다.

"네?" 벨 셰이드가 말했다.

패디가 걸어 들어왔다. "당신이 마담 앙투아넷 드 라 투어인가요?" 벨 셰이드는 잠시 슬프게 그를 쳐다보고는 전보다 더욱 슬퍼지면서 말했다. "예, 저예요."

패디는 짐을 쳐다보았으나, 짐은 그에게 어떤 도움도 주지 않았다. 짐은 벨을 쳐다보고 있었으므로 패디는 데이즈를 바라보았으나 데이즈도 그에게 아무 도움을 주지 않았다. 데이즈는 마치 어린아이의 장례식장에 와있는 것 같아 보였기에 패디는 다시 벨리를 쳐다보았다.

"저는 당신을 만나기 위해 아라비아에서 왔습니다." 벨 셰이드는 그녀의 동생에게 그렇게 말하라고 일러

19. 발명가와 여배우

주었다.

"저는 당신을 만나기 위해 아라비아에서 왔습니다." 패디가 말했다.

"아라비아 어느 지역에서요?" 벨 세이드는 슬프게 말했다. 이제 여러분은 패디가 그 다음에 뭐라고 말해야 될지를 모른다고 해서 그를 완전히 나무랄 수는 없지만, 그는 자신이 아라비아의 어느 지역에서 왔었는지를 몰랐기 때문에 비참한 느낌이 들고 있었지만, 마찬가지로 분위기를 감히 깨뜨릴 수도 없었다.

"바그다드," 벨 세이드가 낮은 소리로 일러 줬다.

"바그다드요." 패디가 말했다.

"그곳은 대단히 멀리 떨어져 있지요." 벨 세이드는 무척 슬프게 말했다. "당신도 아시다시피 이곳은 파리이고, 파리와 바그다드는 아주 멀리 떨어져 있지요."

"예, 그렇죠." 패디가 말했다. 그도 이제 실제상황 기분으로 빠져들고 있었고, 그래서 바그다드에서 온 남자로서 온전하게 행세할 가능성이 생겨 말을 계속했다. "하지만 저는 확실하게 여기 왔잖아요."

"당신은 유쾌한 항해를 하셨나요? 벨 세이드가 말했다.

"저는 기차로 왔는데요." 패디가 말했다.

"오시는 도중에 잠을 잘 주무셨기를 기대합니다." 벨이 말했다.

"잠을 잘 잤어요," 패디가 말했다. "당신도 도중에

19. 발명가와 여배우

잠을 잘 주무셨으면 좋겠다고 생각합니다."

"저는 줄곧 여기 있었어요." 벨이 말했다. "저는 척(Chuck)이 결투를 한 이후로는 여행을 한 적이 없어요. 저는 줄곧 파리에 있었죠. 저의 기억을 간직한 채 여기 이 외로운 성(城)에서 말이죠."

"오," 패디가 말했다. 그는 빨리 생각하고는 우연히 무언가가 떠올라서 "척이 어떻게 됐나요?"라고 물었다.

"죽었어요," 벨이 말했다.

"그의 아버지는 어떻게 되었나요?"

"죽었죠."

"그는 동생이 있었나요?"

"예, 그는 어린 동생이 하나 있었어요," 벨이 말했다.

"그럼, 그는 어떻게 되었나요?"

"그는 죽어가고 있어요," 벨이 말했다. 그녀는 자기 손을 데이즈 쪽으로 내렸다.

"마리이(Marie)," 그녀는 말했다. "나의 타이거들을 좀 데리고 와. 난 외로워."

"예, 마담," 데이즈가 말했다.

데이즈는 손과 무릎을 딛고서 구물구물 기어서 소파를 돌아 벨 셰이드에게로 갔는데, 벨은 자신의 타이거들을 슬픈 듯이 바라보았다. 그녀의 손은 데이즈의 머리 위에 놓여졌다.

"나의 불쌍한, 외로운 타이거들아," 벨이 말했다.

19. 발명가와 여배우

"그런데," 패디가 말했다. "저는 바그다드로 돌아가야 할 거라고 생각돼요."

벨 셰이드는 놀라서 갑자기 일어나 앉았다. "기다려요!" 그녀는 소리쳤다.

"저는 조금 늦었어요," 패디가 말했다. "바그다드까지 돌아가려면 시간이 많이 걸려요."

"기다려욧, 기다려요!" 벨이 소리쳤다. "나를 두고 떠나지 말아요!"

"왜 안 되나요?" 패디가 말했다.

"저도 죽어가고 있거든요."

"그건 전염성 있는 어떤 것인가요? 패디가 말했다.

"아니, 아니오!" 벨이 말했다. "당신은 안전해요. 이건 위생적인 것이예요."

"당신은 무슨 병이 들었는데요?" 패디가 말했다.

"상심(傷心)인 거죠," 벨이 말했다.

"그럼 당신은 의사를 부르는 게 좋겠어요," 패디가 말했다.

그는 재빨리 밖으로 나갔다. 데이즈도 한 쌍의 타이거 되기를 중지하고는 일어나 짐에게로 갔다.

"벨은 유명해지고 싶어해," 그녀는 말했다. "그녀는 아주 훌륭해. 그렇게 생각되지 않니?"

벨 셰이드는 아직 연기하고 있었으며, 아직 상심으로 죽어가고 있었다. 패디는 안으로 되돌아와서는 잠시 그녀를 쳐다보았다. "참, 척이 누구지, 벨리?" 그는 말

19. 발명가와 여배우

했다.

"벨 세이드. 패디야! 제발 좀 나를 벨리라고 부르는 걸 그만두지 않을래?"

"그참, 어쨌든, 척이 누군데?"

"누구든지," 벨이 말했다. "(그냥) 극중의 한 남자지."

"오," 패디가 (그제서야 안심이 된 듯이) 말했다.

그들은 이제 모두 그 오래된 호두나무 아래 마당으로 나갔다. 짐은 앉아서 호두 꼬투리를 벗기기 시작했고 패디는 그의 옆에 앉았다. 벨과 데이즈도 앉았다. 그들은 그날 오후의 나머지 시간을 호두 꼬투리를 벗기고 속껍질을 깨뜨리며 그것을 먹고 무대와 인생 자체에 관해 이야기하면서 보냈다. 셰어디 부인이 골목길을 건너 그들에게 와서 멈춰 서서는 잠시 짐과 잡담을 나누었을 때는 거의 날이 어두워졌다.

"너의 엄마는 어떻게 지내시느냐?"

"잘 계셔요. 고맙습니다," 짐이 말했다.

"어디 계시지?" 셰어디 부인이 말했다.

"네, 어머니께서는 아직 직장에서 집으로 돌아오시지 않았어요," 짐이 말했다.

"가게에서?"

"가게 사무실에서요," 짐이 말했다.

"난 늘상 잘 잊어버린단 말야," 셰어디 부인이 말했

19. 발명가와 여배우

다. "월폴스(Walpole's), 그곳은 우리 타운내에서 제일 좋은 가게지. 내가 안부를 묻더라고 네 엄마에게 전해 드려라."

"네, 부인." 짐이 말했다.

그리고는 그들은 모두 어둠 속으로 떠나갔다.

짐은 호두 꼬투리와 속껍질을 모두 주워서 그것들을 상자 하나에 넣고는 그 상자를 거실의 난로 있는 데로 가져 왔다. 그러는 동안 줄곧 쓸모있는 무언가를 발명하는 것에 관해 생각하면서.

시간은 고작 5시였는데도 날은 이미 어두웠다. 어머니는 대략 6시 반이 지나서야 집에 오시게 된다. 그는 난로에 불을 붙이고는 창가에 앉아 골목 건너편 집을 바라보고, 그 집안의 사람들을 바라보았다.

셰어디씨는 서던 퍼시픽(the Southern Pacific)사의 직장에서 집으로 돌아와 있었으며, 셰어디 부인은 가족들 모두를 거실의 식탁에 앉혀 두고 있었다. 그녀는 사발들에 수프를 부어 그것들을 각자의 앞으로 하나씩 내려 놓았다.

그들은 좋은 가족이었으며 짐은 그들을 좋아했다.ー 약간 민감한 아버지, 무척 신경이 과민한 어머니, 단순한 아들, 그리고 두 딸들, 그중 하나는 배우가 되고 유명해지기를 바라며, 다른 하나는 뭘 하고 싶은지를 모르고 있다.

19. 발명가와 여배우

짐에게 있어서 대부분의 경우 골목길 건너편 집 사람들을 이웃으로 둔다는 것은 좋았다. 그러나 때로는 그가 생각을 하고 있을 때, 즉 그가 복잡하고 놀라운 그 무엇을 발명하려고 애써 궁리하고 있을 때, 그리고 그들만의 이상스러운 방식으로 몰려와 자신을 둘러싸고 있을 때, 그는 자신의 생활에 그들이 들어온다는 것이 거의 일찍이 자신에게 일어났던 일들 중 최악의 것일 따름이라고 여겼다.

"나는 뭔가를 반드시 발명해야 해," 짐은 생각했다. 그러나 그 무엇인간를 생각해내기에 충분할 만큼 그의 마음에서 벨 세이드를 오랫동안 지워버릴 수가 없었다.

"누가 그녀를 발명했던간에, 그녀를 발명한 사람은 작은 놀람 덩어리를 하나 갖게 된 게 틀림 없어,"라는 생각이 들었다.

제 20 편

하느님의 힘
- 셔우드 앤더슨
(1876-1941)

   셔우드 앤더슨은 오하이오주 Camden의 가난한 집안에서 태어나 정규교육을 받지 못했으나, 시카고 등지에서 노동자, 광고작가를 거쳐 페인트사업, 농장, 출판사, 주간신문사 등 자영사업을 하면서 꾸준히 소설·단편소설 등 저작활동을 병행했다. 사업상의 실패와 성공, 4차례에 걸친 결혼생활 등 인생의 숱한 고난을 겪으면서 고단한 삶과 절망에 빠진 인물들에 대한 내면적 심리를 진지하게 탐구·표현했으며, 1919년 "Winesburg, Ohio"를 발표하면서 작가로서 널리 인정받았다. 후기 작품으로는 "Poor White", "Horses and Men", "Dark Laughter", 그리고 단편소설집 "The Triumph of the Egg" 등이 있다. 그는 미국 단편소설의 형태와 주제, 그리고 포크너, 헤밍웨이, 슈타인벡 등 차세대 작가들에게 큰 영향을 미쳤다. 만년에 남미 여행중 파나마에서 병사했으며, 묘비에 다음과 같은 비명(碑銘; epitaph)이 새겨졌다.
   "죽음이 모험이 아니라, 삶이 바로 대모험이다 (Life, Not Death, Is the Great Adventure)."

20. 하느님의 힘

하느님의 힘

어느 여름 일요일 아침 커다란 성경책을 앞에 펼쳐 놓고 설교 원고지가 흐트러져 있는 채 그 방 책상에 앉아 있을 때, 하트먼 목사는 옆집 위층에서 한 여인이 침대에 누워 책을 읽으며 담배를 피우고 있는 것을 보자 (큰) 충격을 받았다.

커티스 허트먼 목사는 윈즈버그 장로교회의 성직자였으며 10년째 그 직위에서 일해 왔다. 그는 나이가 마흔이며 천성이 무척 조용하고 과묵했다. 그에게는 설교를 하려고 사람들 앞의 설교단에 서 있는 것이 언제나 힘든 일이었으며, 수요일 아침부터 토요일 저녁까지 줄곧 일요일에 설교해야 하는 두 차례의 설교에 대한 것 외에는 아무것도 생각하지 않았다. 일요일 아침 일찍 그는 그 교회의 종탑(鐘塔)안에 있는 '서재

20. 하느님의 힘

(study)'라고 불리어지는 조그만 방으로 들어갔다. 그의 기도 속에는 언제나 두드러진 한 가지 기조(基調)가 있다. "오 주여, 당신의 일을 위해 저에게 힘과 용기를 주소서!"라고 그는 자기 앞에 놓여 있는 과업에 직면하여 맨 바닥에 무릎을 꿇고 머리를 조아리며 간청했다.

 허트먼 목사는 다갈색 턱수염이 난 키가 큰 남자였다. 그의 아내는 뚱뚱하고 신경이 예민한 여성이었는데, 오하이오주 클리블랜드에 있는 내복 제조업자의 딸이었다. 목사 자신은 읍(邑)내에서는 꽤 인기가 있는 사람이었다. 그 교회의 장로들은 그를 좋아했는데, 그것은 그가 조용하고 젠체 하지 않기 때문이었다. 은행가의 아내인 화이트 부인(Mrs. White)은 그를 학자 같고 세련된 사람이라고 생각했다.

 그 장로교회는 스스로 윈즈버그내 다른 교회들과는 좀 격이 다른 위상을 견지했다. 즉 그 교회는 다른 교회들보다 더 크고 더 당당했으며 그곳의 목사직은 급여를 더 높게 받았다. 그는 자기 소유의 마차를 갖고 있었으며 여름날 저녁이면 이따금 아내와 함께 읍내 여기저기로 드라이브를 나갔다. 메인 스트리트를 지나고 벅케이 스트리트(Buckeye Street)를 오르내리면서 그는 사람들에게 근엄하게 인사를 건넸다. 그러는 동안 그의 아내는 은근한 자긍심에 덜떠서 (연신) 곁눈질로 그를 쳐다보았으며, 말이 놀라서 사납게 달아나

20. 하느님의 힘

지나 않을까 걱정했다.

 커티스 허트먼이 윈즈버그에 온지 꽤 오랜 세월 동안 그에게는 만사가 잘 되어 나갔다. 그는 자기 교회의 신도들 사이에 격렬한 열정을 불러일으킬 만한 사람은 아니었지만, 반면에 그는 적(敵)을 만들지 않았다. 사실 그는 무척 진지했으며 읍내의 큰길과 샛길로 하느님의 말씀을 직접 외치러 나갈 수는 없었기 때문에 오랫 동안 양심의 가책으로 이따금 고통을 받았다. 그는 실제로 성령의 불길이 자기 내면에서 불타오를까 생각했으며, 강력하고 신선한 새로운 힘의 흐름이 자신의 목소리와 영혼으로 폭풍처럼 밀려들어오고, 그래서 자신의 내면에 나타난 성령 앞에서 사람들이 떨게 되는 그날을 꿈꾸었다. "저는 보잘것 없는 지팡이어서 그런 일은 결코 저에게는 실제로 일어나지 않을 것입니다," 그는 낙심하여 깊은 생각에 잠겼으며, 그러자 참을성 있는 한 가닥 미소가 그의 얼굴을 밝게 비추었다. "오 잘, 저는 충분히 잘 해나갈 거라고 생각합니다," 그는 철학가처럼 덧붙여 말했다.

 일요일 아침이면 허트먼 목사가 자신의 내면에 하느님의 힘이 증폭되기를 빌었던 그 교회 종탑 안의 방에는 창문이 하나밖에 없었다. 그것은 마치 문짝처럼 돌쩌귀 위에 달려 있는, 길고 좁으며 바깥으로 밀어 젖혀서 열리는 창문이었다. 납이 약간 첨가된 창유리로 만들어진 그 창문 표면에는 그리스도가 한 어린아이의

20. 하느님의 힘

머리 위에 손을 얹고 있는 모습을 보여주는 무늬가 새겨져 있었다. 어느 여름 일요일 아침 커다란 성경책을 앞에 펼쳐 놓고 설교 원고지가 흐트러져 있는 채 그 방 책상에 앉아 있을 때, 허트먼 목사는 옆집 위층에서 한 여인이 침대에 누워 책을 읽으며 담배를 피우고 있는 것을 보자 (큰) 충격을 받았다. 그는 발끝으로 창가로 걸어가 창문을 조용히 닫았다. 그는 여인이 담배를 피운다는 생각에 공포에 질렸으며 또한 자신의 눈이 하느님의 책 페이지에서 떠나 곧장 여인의 벗은 어깨와 하얀 목 위로 치켜떠 쳐다보았다는 사실을 생각하고는 몸을 떨었다. 그는 머릿 속이 어질어질한 채 설교단으로 내려와서 자신의 제스처나 자신의 목소리에 대해서는 한번도 생각하지 않은 채 긴 설교를 했다. 그러나 그 설교는 힘과 명료함이 있었기 때문에 비상한 관심을 끌었다. "그녀가 듣고 있을까, 내 목소리가 그녀의 마음 속으로 어떤 메시지를 전달할 수 있을까," 그는 앞으로 일요일 아침이면 은밀한 죄(罪) 쪽으로 깊숙이 빠져든 것이 분명한 그 여인에게 다가가 감동을 주고 그녀를 일깨울 말들을 해줄 수 있을지도 모른다고 생각하고 또 그렇게 바라기 시작했다.

　목사가 자신을 그토록 혼란스럽게 만들었던 광경을 창문을 통해 보았었던, 장로교회의 그 옆집에는 두 여인이 거주하고 있었다. 즉 거기에는 윈즈버그 내셔널 뱅크에 돈을 넣어두고 있는 반백(半白)의 자신감 있어

20. 하느님의 힘

보이는 과부인 엘리자벳 스위프트(Elizabeth Swift) 아주머니가 학교 교사인 그의 딸 케이트 스위프트(Kate Swift)와 함께 살고 있었다. 그 여교사는 나이가 설흔이었으며 깔끔하고 잘 정돈돼 보이는 자태를 지녔다. 그 여교사는 친구가 거의 없었으며 독설을 잘 내뱉는다는 평판을 받고 있었다. 허트먼 목사는 그녀를 생각하기 시작하면서 그녀가 한때 유럽에 건너가 있었으며 뉴욕시에서 2년 동안 살았었다는 사실을 기억해 냈다. "결국 어쩌면 그녀의 흡연은 아무런 의미를 지니고 있지 않을 것이다,"라고 그는 생각했다. 그는 자신이 대학생이었고 이따금 소설을 읽었던 때를 기억하기 시작했는데, 한때 자기 수중에 들어왔던 한 책에서는 여러 페이지에 걸쳐 다소 세속적이지만 선량한 여성들이 담배를 피웠었다. 새로운 결심이 분출되면서 그는 그 주(週) 내내 자신의 설교업무에 몰두했으며 이 새로운 청강자의 귀와 마음속에 도달하려는 자신의 열정에 휩싸여 그는 설교단에서 겪는 곤혹스러움과 일요일 아침 그 서재에서 기도하는 필요성 양쪽을 다 잊었다.

 허트먼 목사의 여성에 대한 경험은 다소 제한적이었다. 그는 인디애나주 문치이(Muncie) 출신 짐마차 제작업자의 아들이었으며 대학을 고학하여 졸업했다. 그 내복 제조업자의 딸은 그가 학창시절 동안 살았던 집에 하숙을 했었는데 공식적이며 오랜 기간에 걸친 구혼 끝에 그녀와 결혼했지만, 사실은 그런 일들이 대

20. 하느님의 힘

부분 그녀 자신에 의해 진행되었었다. 그가 결혼하던 날 그 내복 제조업자는 자기 딸에게 5천 달러를 주었었고 적어도 그 금액의 두 배를 유언으로 (더) 남겨줄 것을 약속했다. 허트먼 목사는 자신이 결혼으로 행운을 입었다고 생각했으며, 자신이 다른 여성을 생각하는 것을 스스로 결코 허용하지 않았었다. 그는 다른 여성을 생각하는 것을 바라지도 않았다. 그가 원했던 것은 오로지 하느님의 과업을 묵묵히 그리고 진지하게 수행하는 것이었다.

 그랬던 목사의 마음속에 일종의 버둥거림이 잠을 깨고 일어났다. 케이트 스위프트의 귀에 도달하고 싶은 마음과, 자신의 설교를 통해 그녀의 마음속으로 깊이 파들어 가고싶은 바람에서, 그는 하얀 어깨를 드러내고 조용하게 침대에 누워 있는 그 자태를 다시 보고싶어지기 시작했다. 그가 일으킨 이러한 생각들 때문에 잠을 이룰 수 없었던 어느 일요일 아침에 그는 일어나 나와서 거리를 걸었다. 메인 스트리트를 따라 걸은 뒤 옛 리치몬드 광장에 이르렀을 때, 그는 돌을 하나 집어들고는 종탑 안의 그 방으로 돌진했다. 그 돌로 그는 창문의 한쪽 모서리를 깨뜨리고는 출입문을 걸어 잠근 뒤 펼쳐진 성경 앞 책상에 앉아서 기다렸다. 케이트 스위프트의 방 창문의 불라인드가 걷어 올려지자 그는 그 깨어진 구멍을 통해 그녀의 침대를 똑바로 들여다 볼 수 있었다. 하지만 그녀는 거기에 없었다. 그

20. 하느님의 힘

녀 또한 이미 일어나서 산책을 나갔었고, 블라인드를 들어올린 그 손은 엘리자벳 스위프트 아주머니의 손이었던 것이다.

　목사는 케이트의 침대를 '엿보고 싶은' 육욕(肉慾)으로부터 이렇게 구출되자 기쁨에 겨워 울 뻔했으며 하느님을 찬미하며 자신의 집으로 되돌아 갔다. 하지만 그는 어떤 좋지 않는 심경에서 그 깨어진 구멍을 막는 것을 잊었다. 창문 모서리에서 깨져나간 유리조각은 미동도 않고 서서 그리스도의 얼굴을 황홀한 눈으로 쳐다보고 있는 창유리 무늬속 소년의 바로 맨발 뒷꿈치를 꼬집고 있었다.

　커티스 허트먼은 일요일 아침에 자신의 설교원고를 잊었다. 그는 자신의 회중(신도들)에게 (원고 없이 그냥) 이야기했으며 그 이야기에서 그는 사람들이 자신들의 목사를 별난 사람이며 날 때부터 무결점의 인생을 살아가도록 예정된 사람이라고 생각하는 것은 잘못이라고 말했다. "저 자신의 경험으로 본다면 제가 알기로는 하느님 말씀을 전하는 우리네 목사들도 여러분을 엄습하는 것과 똑같은 유혹에 의해 괴롭힘을 받고 있습니다," 그는 단언했다. "저도 유혹을 받았으며 유혹에 굴복한 적이 있습니다. 저를 일으켜 세운 것은 오로지 저의 머리 밑에 얹힌 하느님의 손이었습니다. 그가 저를 일으켰듯이 그렇게 또한 여러분도 일으켜 세울 것입니다. 절망하지 마십시오. 당신이 죄악의 시

20. 하느님의 힘

간에 들었을 때는 눈을 들어 하늘을 쳐다보시면 당신은 다시 또 다시 구원받게 될 것입니다."

 허트먼 목사는 단호하게 침대의 그 여인에 대한 생각들을 자신의 마음 속에서 꺼내 놓았으며 자기 아내 앞에서 한 사람의 연인 같은 그 무엇이 되기 시작했다. 그들이 함께 마차로 드라이브를 나갔던 어느날 저녁, 그는 벅키 스트리트(Buckeye Street)에서 급수장 저수지 위쪽의 고스펠 언덕(Gospel Hill)의 어둠 속으로 말의 방향을 돌렸으며, 그때 자신의 팔을 뻗어 사라 허트먼의 허리를 감았다. 또한 아침에 식사를 마치고 집 뒷켠에 있는 자신의 서재로 들어갈 채비가 되었을 때, 그는 식탁을 빙둘러 가서는 아내의 뺨에 키스도 했다. 케이트 스위프트의 생각이 자신의 머리 속으로 들어올 때면, 그는 웃음을 짓고는 하늘을 향해 눈을 쳐들었다. "주여, 저를 중재하여 주옵소서," 그는 중얼거렸다. "저를 예정된 그 좁은 길에 남아 당신의 과업에 전념할 수 있게 해주소서."

 그리고는 이제 정말로 이 갈색 턱수염이 난 목사의 마음속에는 실질적인 몸부림이 시작되었다. 우연히 그는 케이트 스위프트가 저녁에는 침대에 누워 책을 읽는 버릇이 있다는 사실을 알게 되었다. 침대 옆 탁자 위에는 전등이 하나 놓여 있는데, 그 불빛은 그녀의 하얀 어깨와 맨살의 목 위로 흘러 내렸다. 그런 사실을 알아낸 저녁에 목사는 그 칙칙한 방 책상에 9시부

20. 하느님의 힘

터 11시가 지날 때까지 앉아 있었으며, 그녀의 방 불이 꺼졌을 때 그는 교회에서 비틀거리며 나와서는 2시간 넘게 거리를 걸으며 기도를 했다. 그는 케이트 스위프트의 어깨와 목에 키스 하기를 바라지는 않았으며 자신의 마음을 그러한 생각들에 머물게 허용하지도 않았다. 그러나 그는 자신이 무엇을 바라는지를 알지 못했다. "저는 하느님의 어린애이오니 저 자신에게서 저를 구해 주셔야 합니다." 그는 거리를 헤메는 동안 가로수 아래 어둠 속에서 외쳤다. 그는 어느 나무 곁에 서서 바쁘게 흘러가는 구름이 가득 덮힌 하늘을 바라보았다. 그는 하느님에게 친밀하고 가깝게 말했다. "아버지, 제발 저를 잊지 말아 주십시오. 내일은 나가서 그 창문의 구멍을 수리할 수 있는 힘을 저에게 주십시오. 다시금 저의 눈을 하늘을 향하게 들어올려 주십시오. 당신이 필요한 이 시간에 당신의 종인 저와 함께 계셔 주십시오."

조용한 거리들을 지나고 오르 내리며 목사는 걷고 걸었으며 며칠이고 몇주 동안 그의 영혼은 고통을 받았다. 그는 자신에게 다가온 그 유혹을 이해할 수 없었을 뿐더러 그것이 다가온 이유조차도 헤아릴 수 없었다. 그는 하느님을 힐난하기 시작하는 식으로 스스로에게 말하기를 자신은 참된 일에 계속 발을 붙여 있으려고 노력해 왔었으며 죄악을 찾아 주위로 달려가지 않았었다고 했다. "젊은 시절 내내, 그리고 지금의 저

20. 하느님의 힘

의 인생에 걸쳐 저는 저의 과업에 묵묵히 정진해 왔습니다." 그는 단언했다. "그런데 이제 왜 제가 유혹을 받아야 합니까? 그러한 과정에서 제가 무엇을 했기에 이같은 짐이 저에게 부과되어야 합니까?"

그해 초가을부터 겨울 동안 세 번이나 커티스 허트만은 자기 집에서 슬며시 빠져나와 종탑 안의 그 방으로 들어가서는 어둠 속에 앉아서 케이트 스위프트가 침대에 누워 있는 자태를 바라보다가는 거리로 나가 걸으며 기도를 했다. 그는 자기자신을 이해할 수 없었다. 몇주 동안 그는 그 여교사를 거의 생각하지 않은 채 자신은 그녀의 몸을 쳐다보려는 육욕을 정복했었다고 스스로에게 말하면서 일을 계속하며 지냈다. 그러자 무엇인가가 일어났다. 그가 설교에 관한 일을 열심히 하며 자기 자신의 집 서재에 앉아 있을 때, 그는 흥분되어 방 윗목 아랫목을 서성대기 시작하곤 했다. "나는 거리고 나갈 거야," 그는 스스로에게 말했으며, 교회의 출입문에 자신을 들여 놓게 했을 때에도 그는 자기가 거기에 가 있게 된 이유를 자신에게 끈덕지게 부정했다. "나는 창문에 난 그 구멍을 수리하지 않을 것이며, 밤에 여기 와서 그녀가 나타나 있는 그 상태에서도 내 눈을 쳐들지 않고 앉아 있도록 나 스스로를 단련할 거야. 나는 이 일에서 패퇴하지는 않겠다. 주님께서는 내 영혼의 시험꺼리로서 이 유혹을 고안하셨으며, 나는 어둠 속으로부터 옳음의 빛으로 나아가는

20. 하느님의 힘

나의 길을 더듬어 찾아 나아갈 터이다."

 날씨가 몹시 춥고 눈이 윈즈버그 거리에 깊이 쌓인 정월 어느날 밤, 커티스 허트먼은 교회의 종탑 안에 있는 그 방을 마지막으로 찾아갔다. 그가 자신의 집을 떠났을 때는 시간이 9시가 지났으며, 너무 서둘러 출발한 탓에 방한용 덧신을 신는 것을 잊었다. 메인 스트리트에는 그날의 야간 경비원인 홉 히긴즈(Hop Higgins) 외에는 아무도 나와 있지 않았으며, 타운 전체를 통털어 그 야간 경비원과 젊은 조지 윌리어드(George Williard) 외에는 아무도 깨어 있지 않았다. 윌리어드는 마침 기사를 하나 쓰려고 애쓰면서 윈즈버그 이글(Winesburg Eagle)지(紙) 사무실에 앉아 있었다. 허트먼 목사는 그 거리를 따라 교회로 걸어 갔는데, 눈보라를 헤치고 나아가면서 이번에는 철저하게 죄악에 굴복하겠노라고 생각했다. "나는 그 여인을 쳐다보고 싶고 그녀의 어깨에 키스하는 생각을 하고 싶으며 내가 선택하는 대로 생각하도록 나 자신을 내버려 둘 작정이다." 그는 모질게 단언했으며 눈물이 눈 속으로 고여들었다. 그는 목사직에서 벗어나 어떤 다른 방식의 인생을 살겠다고 생각하기 시작했다. "어떤 도시로 가서 사업계로 투신하리라," 하고 그는 선언했다. "만약 내 천성이 죄악에 저항할 수 없는 그런 것이라면 난 스스로 그 죄악에 굴복하리라. 적어도 내 마음이 내 아내가 아닌 다른 한 여인의 어깨와 목을

20. 하느님의 힘

생각하면서 하느님의 말씀을 설교하는 위선자는 되지 않으리라."

 정월 밤 교회 종탑 안의 그 방은 추웠으며, 커티스 허트먼은 그 방으로 들어가자 금방 거기에 머물러 있게 되면 병이 날 것이라는 것을 알았다. 그의 발은 눈 속으로 터벅터벅 걸어왔던 탓에 젖어 있었으며 방 안에는 난로도 없었다. 옆집의 그 방에는 케이트 스위프트가 아직 나타나지 않았다. 완강한 결심으로 이 남자는 앉아서 기다렸다. 그는 의자에 앉아 성경이 놓인 책상의 가두리를 꽉 붙잡고는 자기 인생에서 가장 기괴한 생각을 하면서 어둠속을 노려 보았다. 그는 자기 아내를 생각했으며 그 순간에 그녀를 거의 미워할 지경이 되었다. "그녀는 언제나 열정에 대해서는 수치스럽게 생각해 왔으며 나를 속였다," 라고 생각했다. "남자는 여성에게서 생기있는 열정과 아름다움을 기대할 수 있는 권리를 갖고 있다. 남자도 자신이 한 마리 동물이라는 사실을 잊어야 할 권리는 갖고 있지 않으며 내게 있어서도 그리스인 같은 무언가가 있다. 나는 내 가슴에 품고 있는 여인을 내버리고 다른 여인을 찾겠다. 나는 이 여교사를 사로잡겠다. 나는 모든 사람들이 보는 가운데서 황급히 달려가겠으며, 내가 만약 육체적 정욕의 존재라면 나는 나의 정욕을 위해 그렇게 살아가겠다."

 이 혼란해진 남자는 일부는 추위 때문에, 일부는 자

20. 하느님의 힘

신이 개입된 고투 때문에 머리부터 발끝까지 덜덜 떨렸다. 시간은 흘렀으며 열(熱)이 그의 몸을 엄습했다. 그는 목이 아프기 시작했고 이빨이 딱딱 맞부딪쳤다. 서재 바닥 위에 놓인 그의 발은 두 쪽의 얼음 조각 같게 느껴졌다. 그래도 그는 여전히 포기하려 하지 않았다. "나는 이 여인을 보겠으며 일찍이 내가 감히 결코 생각해 보지 못했던 생각들을 생각하겠다." 그는 스스로에게 말하면서 책상 가장자리를 꽉 붙잡고 기다렸다.

커티스 허트먼은 교회에서 기다린 그날 밤의 영향으로 거의 죽을 지경에 이르렀지만, 그는 그렇게 일어났던 그 사건에서 자신을 위한 삶의 방식이 무엇이라고 간주했던가를 알게 되었다. 그가 기다렸던 다른 날 저녁들에서는 그는 그 유리창의 작은 구멍을 통해서 침대가 차지한 부분을 제외하고는 그 여교사 방의 어느 다른 부분도 볼 수 없었다. 그가 어둠 속에서 기다린 결과 드디어 그 여인이 갑자기 하얀 나이트 가운을 입고서 침대 위에 앉아 있는 것이 눈에 띄었다.

불이 켜지면서 그녀는 벼개들 사이로 자신을 받치고는 책을 읽었다. 이따금 그녀는 담배곽에서 권연 한 개피를 꺼내어 피우곤 했다. 오로지 그녀의 드러난 맨살의 어깨와 목만이 보였다.

그 정월 밤 그가 추위로 죽을 뻔했던 후에, 그리고 그의 마음이 두, 세번 실제로 이상스러운 환상의 세계

20. 하느님의 힘

로 살짝 빠져나가서 급기야 의지력을 발휘하여 억지로 자신을 의식세계로 되돌아 오게 해야 했던 이후에, 케이트 스위프트가 (다시) 나타났다. 그 옆집 방안에 불이 켜졌으며, 기다리던 남자는 빈 침대쪽으로 노려보았다. 그의 눈앞 침대 위로 한 발가벗은 여인이 몸을 던졌다. 얼굴을 아래로 눕히고 그녀는 눈물을 흘렸으며 두 주먹으로 벼개 위를 쳤다. 그녀는 급기야 왈칵 울음을 터뜨리면서 반쯤 일어나서는 자신을 쳐다보려고 기다리고 있었던 남자(목사)의 면전에서, 생각지도 않게 죄악의 그 여인은 기도하기 시작했다. 전등불 속에서 그녀의 자태는 호리호리하면서도 강건했으며, 그 납이 첨가된 유리창 위에 새겨진 그리스도의 면전에 서 있는 소년의 모습과 같아 보였다.

커티스 허트먼은 자신이 어떻게 교회를 빠져 나왔는지를 도무지 기억할 수 없었다. 그는 일어나 울면서 그 방의 바닥을 따라 무거운 책상을 끌고 나왔다. 정적 속에서 성경이 쾅하고 큰 소리를 내면서 바닥에 떨어졌다. 그 옆집에 불이 꺼졌을 때 그는 비틀거리며 계단 통로를 내려와 거리로 나왔다. 그는 거리를 따라가서는 윈즈버그 이글 신문사의 출입문에서 안으로 뛰어들어갔다. 사무실에서 자기 나름의 고충을 겪으며 윗쪽 아랫쪽을 쿵쿵거리며 걷고 있던 조지 윌리어드에게, 그는 거의 종잡을 수 없게 말을 해대기 시작했다. "하느님께서 하시는 방식은 인간의 이해를 초월해 있

20. 하느님의 힘

다," 그는 재빠르게 달려가 문을 닫으면서 외쳤다. 그는 그 젊은이 앞으로 나아가기 시작했는데, 그의 두 눈은 번쩍이고 목소리는 열정으로 찌렁찌렁 울렸다. "나는 그 빛을 발견했다," 그는 외쳤다. "이 도시에 온지 10년이 지난 뒤에, 하느님께서는 한 여인의 몸으로 나에게 자신을 드러내셨다." 그의 목소리는 낮아졌으며 속삭이기 시작했다. "나는 이해하지 못했다," 그는 말했다. "내 영혼에 대한 시험이라고 생각했던 것은 성령에 대한 일종의 새롭고 더 아름다운 열정을 불러일으키기 위한 준비에 불과했다. 하느님께서는 침대 위에서 옷을 벗은 채 무릎을 꿇고 있는 여교사 케이트 스위프트라는 한 개인의 모습으로 나에게 나타나셨다. 당신은 케이트 스위프트를 알고 있는가? 비록 그녀 자신은 그 사실을 모르고 있을지도 모르지만, 그녀는 하느님의 한 도구로서 진리의 메시지를 전달하고 있다."

커티스 허트먼 목사는 뒤돌아서 그 사무실을 나와 달렸다. 문간에서 그는 걸음을 멈추고는 황량한 거리의 위·아래 쪽을 쳐다본 후에 다시 조지 윌리어드에게로 되돌아 갔다. "나는 구제를 받았고, 두려움이 없다." 그는 그 젊은이가 볼 수 있도록 피가 흐르는 주먹을 위로 쳐들었다. "내가 그 창문의 유리를 산산조각 나게 부수었다," 그는 소리쳤다. "이제 그 창문은 완전히 바꿔져야 한다. 하느님의 힘이 내 안에 있었고 그러기에 내가 그것을 내 주먹으로 깨뜨렸던 것이다."

제 21 편

빌의 눈

- 월리엄 마치
(1893-1954)

　월리엄 마치는 William Edward Campbell로도 불리우며 앨러배머주 Mobile의 가난한 집안에서 태어나 고등학교를 겨우 졸업하고 한때 목재소(lumber mill)에서 일했다. 그후 법률사무소에 취업하여 Universy of Alabama에서 법학을 공부했으나 졸업은 하지 못했다
　제1차 세계대전중 미 해병대에 자원 입대, 비상한 전공(戰功)을 세워 프랑스와 미국정부, 미해군으로부터 무공훈장을 받았다.
　종전후 다시 법률사무소에서, 그후 사업가로 성공적인 활동을 하면서 단편소설과 소설을 발표하여 최우수미국단편소설상(3회), 오 헨리 단편소설상(4회), 전미 도서상(National Book Award)을 받았다.
　그는 보통 사람들의 힘든 근로현장을 배경으로 한 심리적 리얼리즘을 즐겨 다루었는데 단편소설집 4권과 소설 6편을 남겼다. 그중 Company K(1933)는 그의 첫 소설로서 1차대전 참전경험을 소재로 한 것이고, 만년(1954)에 쓴 The Bad Seed는 베스트셀러로 전미 도서상을 받았는데 두 작품 모두 영화로도 제작되었다.

이 글은 대량해고가 만연했던 시절 산업재해로 눈 부상을 당한 청년가장의 실명(失明) 위험이라는 막다른 상황에서도 내비치는 가족부양의 엄중한 책임감, 직장복귀에의 필연적 집념, 자신의 주치의에 대한 무한한 신뢰, 그리고 이를 안타깝게 바라보는 의사의 따스한 정감(情感)이 서로간에 주고받는 대화 속에 은은하게 녹아나고 있는 휴머니즘 소설이다.

21. 빌의 눈

빌의 눈

빌이 말했다. "내가 무엇에 관해 걱정해야 하나요? 이런 종류의 수술로 그분이 유명해지셨죠, 그렇지 않나요? 그분이 나를 다시 볼 수 있게 해주시지 못한다면 그럼 누가 할 수 있단 말인가요?"
"맞아요," 간호사가 말했다.
"당신이 하시는 말씀은 진실이예요."

간호사는 빌(Bill)이 앉아 있는 방으로 들어왔으며 모든 게 의사를 맞이할 준비가 잘 되어 있는지를 직접 확인하려고 주위를 휘둘러 보았다. 자신들은 이런 부류의 병원의 이런 유명한 사람들에게는 익숙하지 않았으며, 그래서 그녀는 빌을 보러 올 때마다 그가 자신이 대답할 수 없는 어떤 질문을 던질까 하여 두려웠다. 즉 그녀가 견습생 시절에 배웠으나 금세 잊어버렸던 어떤 기술적인 사항, 예컨대 "코너스 양, 림프선

21. 빌의 눈

(lymph)을 정의하고, 그것이 인체 경제에서 작용하는 목적을 간략하게 설명해 봐요." 하는 등의 질문 말이다.

 그녀는 자신의 집게 손가락을 테이블 위로 죽 훑어서 얼룩이 있는지를 면밀하게 점검했으며 걸레를 찾으려고 자기 주위를 재빠르게 살펴 보았다. 아무것도 없자 그녀는 자신의 제복을 무릎 위로 들어올려 그것이 몸에서 떨어져 있게 붙잡고는 자신의 속치마로 그 테이블을 닦았다. 그녀는 자신의 허벅지가 노출된 것을 의식하고 있었으며, 그래서 천천히 고개를 돌려 빌을 쳐다 보았다. 그는 근육질의 목과 마치 그가 한때 취급하며 일했었던 금속으로 주조된 것 같아 보일 만큼 탄탄한 가슴을 지닌 강건하고 땅달막한 남자였다. 그는 그녀가 판단키로 스물다섯 살 쯤 되었다. 그렇게나 젊고 혈기 방장한 남자가 방금 그녀 자신이 나타내 보인 매력들에 대해 남자라면 당연히 그래야 하는 것인데도 눈이 보이지 않아 그것을 볼 수도 없고 그것에 반응할 수 없다는 사실이 그녀를 흥분시켜 초조해진 기분으로 말하기 시작했다.

"그런데, 저는 당신이 이것을 기꺼이 극복하리라고 생각해요. 저는 당신이 기꺼이 한 가지 또는 다른 방법을 확실히 알게 될 거라고 생각해요."

"나는 지금 알고 있습니다" 빌이 말했다. "나는 걱정하지 않고 있어요. 지금 내 마음 속에는 아무런 의심이 없어요, 그리고 전에도 결코 없었고요."

21. 빌의 눈

"저는 당신이 훌륭한 환자였다고 말해야 겠네요. 당신은 대부분의 사람들이 그랬던 것과는 달리 당황하지 않았거던요."

"내가 왜 걱정해야 하나요?" 빌이 물었다. "일찍이 어떤 사람이 그랬다면, 나야말로 이번에 휴식을 갖게 되었죠. 일찍이 행운을 입은 사람이 있었다면, 나야말로 바로 그런 행운아죠. 당신이 내 말의 뜻을 아신다면 말이죠." 나는 이런 일류 의사님이 단지 내 아내가 편지를 써서 부탁했기 때문에 아무런 대가 없이 나를 수술해 주게 되었으니 행운을 입은 거죠." 그는 만족스럽게 웃었다. "맙소사! 주님, 하지만 저는 휴식을 갖게 되었어요! …그분이 나를 치료해 주고 계신다는 점에서 당신은 아마도 내가 어떤 백만장자나 미합중국의 대통령, 또는 그와 유사한 어떤 존재라고 생각하셨나 보군요."

"그건 사실이에요," 코너스 양은 신중하게 말했다. "그분은 멋진 분이세요." 그녀는 아직도 자신의 제복을 무릎 위로 붙잡고 있다는 사실을 알아차리자 갑자기 그것을 떨어뜨리고는 손바닥으로 스커트를 매만져 폈다.

"그분은 어떻게 생기셨나요?" 빌이 물었다.

"기다리세요!" 그녀는 말했다. "당신은 지금 오랫동안 기다려 오셨고, 조금만 더 기다리신다면 아마도 당신은 직접 그가 어떻게 생기신 분인가를 보시게 될 것입니다."

21. 빌의 눈

"그분이 이 안대를 떼내시면 나는 온전히 볼 수 있게 되겠죠," 빌이 말했다.

"아마도 아무 문제가 없을 게요. 나는 확실히 볼 수 있을 테니까요."

"당신은 낙관적이시네요," 간호사가 말했다. "당신은 낙담하시지 않네요. 저는 당신에 대해 그렇게 말하고 싶어요."

빌이 말했다. "내가 무엇에 관해 걱정해야 하나요? 이런 종류의 수술로 그분이 유명해지셨죠, 그렇지 않나요? 그분이 나를 다시 볼 수 있게 해주시지 못한다면 그럼 누가 할 수 있단 말인가요?"

"맞아요," 간호사가 말했다. "당신이 하시는 말씀은 진실이에요."

빌은 그녀의 회의적 태도에 대해 관대하게 웃었다. "전세계 도처에서 그분께로 사람들은 환자들을 보내죠. 그렇지 않나요? 당신 스스로 그런 사실을 내게 말했잖아요 누이님!…그런데, 사람들이 뭣 때문에 그렇게 한다고 생각하세요? (단순히) 해양 항해를 위해서인가요?

"그건 맞는 말씀이세요," 간호사가 말했다. "당신은 제 말을 그렇게 이해하셨군요. 저는 찬물 끼얹는 사람은 되고 싶진 않아요. 저는 다만 그럴 거라고 했을 따름이에요."

"당신은 내게 그분이 얼마나 멋진 사람인가를 말할 필요가 없었어요,"

21. 빌의 눈

한참 침묵이 흐른 뒤에 빌이 말했다. 그는 낄낄 웃고는 손을 내뻗어 코어스 양의 손을 잡으려고 애썼지만, 그녀는 웃으며 옆으로 비켜 섰다. "그건 내가 스스로 알았다고 생각지 않으세요?" 그는 계속해 말했다. "그분이 병실로 들어와 내게 말을 건넸을 그 순간에 나는 그가 멋진 남자라는 사실을 알았거든요. 저는 알았어요." 그리고 그는 말을 멈추고 의자에서 몸을 뒤로 기울이고는 한쪽 손의 손등을 다른 쪽 손의 손가락들로 문질렀다. 그는 자신이 한 말이 우스꽝스럽게 되는 것을 방지하기에 딱 맞는 시간에 말하기를 멈추었다고 느꼈다. 코너스양이나 그외 누구에게나 그가 그 의사를 자신의 가슴 속에서 정말 어떻게 느꼈는지를, 또는 그분에 대한 자신의 감사의 마음을 설명함에 있어서 아무런 핵심이 없었다. 그러한 것들에 관해 이야기한다는 것은 거기엔 아무런 의미(쓸데)가 없었다.

코너스양은 테이블 쪽으로 가서 빌의 아내가 그 전날 그에게 갖다준 에스터꽃 꽃다발을 재정돈했는데, 눈을 가늘게 뜨고는 얼굴을 의미심중하게 그 꽃에서 뗀 채였다. 그러더니 그녀는 갑자기 동작을 멈추고는 허리를 똑바로 폈다.

"들어보세요!" 그녀는 말했다. "지금 그분이 오고 계세요."

"그래요," 빌이 말했다.

코너스양은 출입문 쪽으로 가서 문을 열었다. "아, 선생님, 선생님의 환자분은 준비를 갖추고 선생님을

21. 빌의 눈

기다리고 있답니다." 그녀는 뒤로 물러서면서 이런 지위 높은 분이 정말로 자신이 어떤 것을 염두에 둔다면 물을 수도 있는 질문들을 생각했다. "저는 바깥에 복도로 나가 있겠습니다." 그녀는 나가면서 덧붙였다. "제가 필요하다면, 기다리겠습니다."

 의사는 빌이 앉아 있는 곳으로 와서 전문 직업적으로 그를 살펴 보았으나, 금방 말을 하지는 않았다. 그는 창문 쪽으로 가더니 어둡고 무거운 커튼을 당겼다. 그는 작고 통통한 사람인데, 높고 반구형인 이마를 가졌고 손은 몹시 유약했으며 동작에 절도가 없어서 그런 사람이 실제로 했던 그런 정교한 수술을 시행한다는 것이 불가능할 것 같았다. 하지만 그의 눈은 온화하고 진청색이었으며 몹시 온정적이었다.

 "우린 선생님께서 들어오시기 전에 선생님에 관해 방금 이야기하고 있었답니다." 빌이 말했다. "간호사와 저를 의미하는 말입니다만, 저는 간호사더러 선생님께서 어떻게 생기셨는지를 제게 말해 주도록 노력하고 있었거든요."

 의사는 의자를 끌어당겨 자신의 환자와 마주보고 앉았다. "나는 그녀가 좋은 보고를 해줬기를 바라며, 내게 대해 너무 가혹하지 않았기를 바랍니다."

 "그녀는 말해주지 않았어요." 빌이 말했다. "그건 필요하지 않았어요. 저는 듣지 않고도 선생님께서 어떻게 생기신 분인가를 알고 있거던요."

 "당신의 생각을 나한테 말해 주시오. 그러면 나는 당

21. 빌의 눈

신이 얼마나 알아맞췄는지 말해 주겠소."

 그는 테이블 쪽으로 옮겨가서 전등의 스위치를 켜고는 조명이 자기가 만족할 만큼 어두워질 때까지 전구를 비틀어 놓았다.

"그건 쉽지요," 빌이 말했다. "선생님께서는 백설 같이 흰 머리칼을 지닌 기품있는 분이시고, 머리는 제가 일찍이 만났던 어떤 사람보다 길다고 생각돼요. 그리고 선생님께서는 깊은 갈색 눈을 가지셨는데, 대부분의 경우 인자하시지만 누가 그의 마음 속에 어떤 의미를 품고 있다고 생각하시면 눈빛을 빛내시며 어떤 방법으로든 그 사람을 꿰뚫어 볼 수 있어요. 의미라는 것만은 선생님께서도 어쩔 수 없는 것이고, 선생님 마음 속에는 그것을 조금도 갖고 계시지지는 않으니까요."

 의사는 자신의 온화하고 온정적인 두 눈을 손가락 끝으로 만졌다. "당신은 너무 나갔군요," 그는 웃으면서 말했다. "이번에는 당신이 한참 빗나갔어요." 그는 테이블 위의 으슴프레한 전등을 꺼버리고 자신의 목에 감긴 반사경을 조정하고는 다시 완전히 전문 직업적이 되어 자신의 환자를 향해 돌아 앉았다.

"지금 이 방은 완전히 깜깜한 상태입니다," 그는 말했다.

"나중에, 당신의 눈이 빛에 익숙해질 때까지 점차적으로 빛이 들어오도록 하겠습니다. 나는 일반적으로 나의 환자분들에게 이렇게 처음에 그들이 두려워하지

21. 빌의 눈

않게 이런 식으로 설명한답니다."

"맙소사!" 빌은 경멸하듯이 말했다. "선생님게서는 제가 선생님을 신뢰하지 않는다고 생각하셨나요?…맙소사! 저는 너무나도 선생님을 신뢰해왔기에 두렵지 않습니다."

"당신이 준비되셨다면, 이제 안대를 떼내겠습니다."

"좋아요!" 빌이 말했다. "저는 조금도 걱정하고 있지 않습니다."

"그럼, 내가 작업하고 있는 동안 내게 당신이 겪은 사고에 관해 말해주기로 하면 어떻겠소," 의사는 잠시 멈췄다가 말했다. "그렇게 하는 게 당신의 마음을 한 군데에 붙여 둘 것이고 그밖에 나는 그 사고에 관해 아직 결코 그 진상을 이해하지 못했거던요."

"별로 말씀드릴 게 없어요," 빌이 말했다. "저의 아내가 편지에서 선생님께 말씀드린 것처럼, 저는 결혼했으며 아이가 셋 있어요. 그래서 저는 저의 일자리를 유지하기 위해 열심히 일해야 한다는 걸 알았습니다. 공장에서는 매일 직원들을 해고하고 있었지만, 저는 그런 일이 저에게는 일어나지 않아야 한다고 말했습니다. 저는 열심히 일해야 하고 그래서 책임을 가진 사람이 되는 기회를 잡아야 한다고 스스로에게 계속 말해 왔습니다. 저는 무슨 일이 일어나더라도 절대로 해고되어서는 안된다고 계속 말해 왔습니다."

"손을 계속 아래로 내리고 있어 줘요, 빌(Bill)씨," 의사는 온화하게 말했다. "이야기는 하고 싶은 만큼 하

21. 빌의 눈

시되, 손을 무릎에 계속 대고 있도록 해주시오."

"저는 그런 걸 무리하게 했다고 생각돼요." 빌은 말을 계속했다. "저는 결국 너무 많은 위험스러운 일들을 맡았다고 생각돼요. 그래서 그 드릴이 십여 조각으로 깨어져 저를 실명시켰지만, 저는 처음에는 저에게 무슨 일이 일어났는지도 몰랐습니다. 그런데, 그 나머지는 선생님께서도 다 아시는 일이고요."

"그건 참혹했군요," 의사는 말했다. 그는 소리없이 한숨을 쉬고는 고개를 흔들었다. "그건 악운(惡運)이었네요."

"제가 지금 드리고자 하는 말이 어리석은 것 같게 들리실지 모릅니다만," 빌이 말했다. "저는 이것을 한번에 말하고는 제 가슴에서 그것을 떼내 보내드리고 싶어요. 왜냐하면 선생님 같으신 분을 위해서라면 기꺼이 하지 않을 것이라곤 아무것도 없으니까요. 그리고 저는 이것을 많이 생각해 왔어요. 이제 제가 딱 한번에 말씀드리고 싶은 것이 여기 있습니다 : 선생님께서 언젠가 무슨 일로나 저를 원하신다면, 그때 선생님께서 하셔야 할 모든 것은 오로지 그렇다는 말씀만 하시면 됩니다. 그러면 저는 제가 그때 어떤 여건에 처해 있건 상관없이 모든 걸 내던지고는 달려갈 것입니다. 그리고 제가 여기서 '무슨 일(anything)'라고 말할 때 그것에는 저의 생명도 포함된다는 의미고요… 저는 이것을 한번에 말씀드리고 싶었을 따름입니다."

"그건 감사합니다," 의사는 말했다. "그리고 나는 당

21. 빌의 눈

신이 정말로 그런 것을 의미한다는 것을 알고 있습니다."

"저는 단지 그걸 말씀드리고 싶었습니다," 빌이 말했다.

잠깐 동안의 침묵이 있었고, 그리고는 의사는 조심스럽게 말했다. "한 사람에게 수행될 수 있는 모든 것이 당신에게 수행되었어요, 빌씨. 그리고 수술이 성공적이지 못했다고 생각할 아무런 이유도 없고요. 하지만 때로는 우리가 얼마나 노력했는가에 상관없이 효과가 나타나지 않기도 해요."

"저는 그것에 관해서는 걱정하지 않고 있습니다," 빌은 차분하게 말했다. "저는 신뢰심을 갖고 있기 때문에 제가 여기 앉아 있다는 것을 아는 만큼이나 확실히 선생님께서 안대를 떼내시게 되면 저는 선생님의 얼굴을 들여다 보게 될 것을 저는 압니다."

"당신은 (내 모습에) 실망하게 될지도 몰라요," 의사는 천천히 말했다. "당신은 그러한 가능성도 고려하는 게 좋아요. 당신의 희망을 너무 높게 갖지 마시오."

"저는 단지 농담을 하고 있었을 따름이예요," 빌이 말했다. "선생님께서 어떻게 생기셨는가 하는 것은 저에게는 어떤 실질적인 차이를 나타내지는 않습니다. 저는 제가 말한 것에 관해 농담을 하고 있었답니다," 그는 다시 웃었다. "잊으세요," 그는 말했다. "잊으십시오."

의사의 작고 가냘픈 두 손은 그의 무릎 위에 얹혀 있

21. 빌의 눈

었다. 그는 몸을 조금 앞으로 기울이고는 자기 환자의 얼굴을 자세히 들여다 보았다. 그의 두 눈은 어둠에 익숙해져 있었고, 그래서 빌의 개인적 생김새 특징을 명확히 식별할 수 있었다. 그는 조그만 어스프레한 전등을 자신의 손바닥으로 가리면서 켰다. 그는 한숨을 내쉬고는 고개를 저었으며 생각에 잠긴 동작으로 손으로 자기 이마를 비볐다.

"선생님께서도 댁에 아이들이 몇 있습니까?" 빌이 물었다.

의사는 창가로 갔다. 그는 끈을 조용히 당겼고, 그러자 두꺼운 커튼이 열리면서 소리없이 뒤로 미끄러져 나갔다. "내겐 어린 여식(女息)이 셋 있지요," 그는 말했다.

가을 햇빛이 방안으로 강렬하게 쏟아져 들어와 밝은 쐐기 모양으로 병실 바닥을 가로질러 차곡차곡 내리깔렸으며, 빌의 손과 그의 거칠고 활기찬 얼굴, 그리고 건너편 벽까지 어루만졌다.

"그참, 재미있네요. 저에게는 사내 아이들이 셋 있답니다. 이게 말이 돼요?"

"이건 이른바 '우연일치(coincidence)' 현상이군요." 의사가 말했다.

그는 의자로 되돌아가서 빌과 햇빛 사이에 섰다. "당신은 이제 손을 들어올려도 돼요, 원하신다면요." 그는 피곤한 듯이 말했다.

빌은 털이 숭숭하고 기름 때 묻은 손을 들어올려 그

21. 빌의 눈

것을 자신의 관자놀이에 얹었다. 그러자 그는 놀라서 말을 건넸다.
"이제 안대가 벗겨져 있네요. 그렇지요, 선생님?"
"그렇습니다."
의사는 고개를 내젖고는 한쪽으로 몸을 옮겨갔으며, 다시 강렬한 햇빛이 빌의 넓고 호인 같은 슬라브계 얼굴 위에 떨어졌다.
"이제 저의 시력을 되찾은 이상 선생님께 거리낌 없어 말하겠어요," 빌이 말했다. "저는 지금껏 두려워하지 않는다고 농담을 해왔지만, 실은 대부분의 경우 죽음을 두려워했다는 사실 말이죠, 선생님. 하지만 선생님께서도 그걸 아셨으리라고 생각합니다. 그 때문에 저는 오늘 어린애처럼 행동해 왔다고 생각돼요. 하지만 그렇게 하고 지내며 또한 제가 다시 볼 수 있다는 사실을 알고 있다는 게 위안이 된다고 생각해요… 선생님께서는 이제 원하는 때면 어느때든 불을 켜셔도 됩니다. 저는 준비가 돼 있어요."
의사는 대답하지 않았다.
"어제 저의 직장 여(女) 상사가 와서 저를 만났습니다," 빌은 말을 계속했다. "그녀는 말하기를 공장에서 그들은 저를 위해 제 일자리를 붙들어 두고 있다고 했어요. 저는 그들에게 월요일 아침에는 그 자리를 되찾기 위해 거기 가겠노라고 말해 줬어요. 저는 기꺼이 다시 일터로 돌아갈 작정입니다."
의사는 여전히 침묵했는데, 빌은 자기가 한 말이 감

21. 빌의 눈

사의 마음을 느끼지 않은 것으로 들렸을까 두려워 얼른 덧붙여 말했다. "저는 최근의 요 몇주 동안 참 좋은 휴식을 취했었고, 모든 사람들이 저에게 정말 무척 잘 대해 주셨어요. 하지만 저는 이제 직장으로 되돌아가고싶어요, 선생님. 저는 가정을 가진 남자이고 책임을 지고 있습니다. 저의 아내와 아이들은 제가 있어서 그들을 돌봐주지 않으면 굶어 죽을 겝니다. 그래서 저는 시간을 너무 많이 낭비하고 있을 여유가 없어요. 선생님께서도 그런 것이 선생님 자신의 일과 관련해서 어떠한 것인지를 아시리라 생각됩니다."

의사는 출입문 쪽으로 가서 나지막하게 말했다. "간호사…간호사, 당신도 이젠 들어오는 게 좋겠소."

그녀는 금방 들어와 테이블 쪽으로 가서 에스터 꽃병 옆에 섰다. 그녀는 잠시 후에 빌의 얼굴을 쳐다보고는 살폈다. 그는 안대가 벗겨져 있어서 완전히 다른 사람 같아 보였는데, 자기가 생각했었던 것보다 훨씬 더 젊어 보였다. 그의 눈은 둥글고 지극히 순결했으며, 맑고 어린아이 같은 담갈색의 신비한 음영을 띠고 있었다. 그 눈은 그의 투박한 두 손, 그의 단단한 턱, 그리고 그의 빽빽하고 치켜선 머리칼을 왠지 모르게 부드럽게 해주었다. 그녀는 그 눈이 그의 얼굴 전체를 바꿔 놓았다고 생각했으며, 만약 그녀가 그 눈을 보지 않았더라면 그의 성격을 결코 정말로 이해하지 못했을 뿐더러 사고 전에 그가 그를 아는 사람들에게 그가 어떻게 나타나 보였던가에 대해 하등의 짐작도 할 수 없

21. 빌의 눈

었을 것이라는 점을 깨달았다. 그녀가 이런 생각들을 하며 그를 지켜보고 있을 때, 그는 다시 미소를 지었으며 입술을 오므리고는 의사가 있는 방향으로 고개를 돌렸다.

"선생님께서는 어떠세요?" 그는 농담조로 물었다. "선생님께서는 뭘 기다리고 계신가요?… 선생님께서는 저한테 건네줄 주석 컵과 한 다발의 연필을 찾고 계시지는 않는지요? 그렇죠?" 그는 다시 웃었다. "자, 선생님. 이젠 됐어요," 그는 말했다. "저를 이런 식으로 계속 마음 졸이게 놔두지 마세요. 선생님께서도 불을 켤 때까지 제가 선생님이 어떻게 생기셨는가를 안다고 (계속) 기대할 수는 없잖아요, 이제 안 그런가요?"

의사는 대답하지 않았다.

빌은 팔을 내뻗고 만족한 것처럼 느긋하게 하품을 하고는 의자에서 몸을 움직였으며, 아직도 테이블 옆에 서 있는 간호사와 거의 성공적으로 마주 대하게 되었다. (하지만) 그는 코너스양이 기다리고 있는 곳에서 한 야드 왼쪽에 있는 빈 벽을 향해 유머스럽게 미소를 지었으며 윙크를 던졌다.

의사는 말문을 열었다. "나는 키가 대략 5피트 8인치 되지요," 그는 자신의 머뭇거리는 듯하면서 온정적인 목소리로 말하기 시작했다. "나는 체중이 175 파운드쯤 되고, 그래서 당신은 내가 (앞으로) 얼마나 뚱뚱해지게 될는지를 상상할 수 있을 거요. 다음 봄이면 내 나이는 52살인데 대머리가 되겠죠. 나는 회색 양복을

21. 빌의 눈

입었으며 무두질한 황갈색 구두를 신었죠." 그는 자신의 다음 설명을 증명이라도 하려는 것처럼 잠시 뜸을 들였다. "나는 오늘 청색 넥타이를 매고 있어요." 그는 계속했다. "그 안에 하얀 점(點)들이 박힌 짙은 청색 넥타이 말이오."

제 22 편

늙은 악귀
- 펄 벅
(1892-1973)

　펄 벅은 웨스트 버지니아주의 Hillsboro에서 태어나 생후 5개월만에 장로교회 선교사인 부모를 따라 중국으로 건너가 남경 근처의 진강(鎭江)에서 중국인 가정교사로부터 중국어와 유교고전을 배우며 자랐다. 1911년 귀국하여 Randolph-Macon Woman's Colleage에서 심리학과 영문학을 전공했으며, 1914년 선교사로 다시 중국에 가서 농업경제학자로 선교활동중이던 John Lossing Buck과 결혼(1917), 안휘성 소주의 회하(淮河) 강변 작은 도시에서 살았다.

　1920~1923년 남경에 거주하면서 현지 여러 대학에서 영문학을 가르치던 중, 1924년 잠시 미국으로 돌아와 Cornell University에서 문학석사 학위를 취득했으며 이듬해 다시 중국으로 가서 1933년까지 체류했다. 그는 소녀시절부터 문학에 관심이 깊어 디킨즈의 소설을 탐독하고 「상하이 머큐리」지(紙)에 단편소설도 기고했다.

　그녀는 1930년 첫 소설 동풍서풍(East Wind : West Wind)을, 1931년 대지(The Good Earth)를 발표했는데, 후자는 특히 세계적 관심을 끌어 퓰리처상을 받은 데 이어 1938년에는 노벨문학상을 받았다. 그 밖에도 The Mother(1933), China Sky(1941), Dragon Seed(1942),

Peony(1948), The Big Wave(1948), Imperial Woman(서태후; 1956), Letter from Peking(1959), The Living Reed(1963) 등 40여편의 소설을 썼다. 그녀의 작품은 평이하면서도 논리적인 문장, 감정과 이성이 잘 조화된 가운데 독백과 Narration 위주로 의식의 흐름을 섬세하게 묘사하고 있다. 1949년 펜실베니아주 Buck군(郡)에 혼혈고아들을 양육하는 「환영의 집」을 설립, 이것이 모태가 되어 「펄 벅 재단」을 중심으로 문화교류 및 자선사업을 펼쳤다.

현재까지도 미국(웨스트버지니아의 힐스보로, 펜실베니아의 Bucks County)과 중국(진강의 펄벅 연구협회, 난징의 펄벅 생가, 장시성 루싼의 여름별장 등)은 물론, 한국의 펄벅 기념홀과 중국 진강(鎭江; 전장)의 한국임정 사료진열관에도 한국의 자유독립을 지지한 인연으로 그녀를 기리는 역사적 시설과 자료들이 잘 보존되어 있다.

여기 소개되는 작품은 중일(中日) 전쟁중 당시 중국에서 일어났던 어떤 실화(實話)를 개작, 소설화한 것이라고 전해진다.

[장시성(江西省) 루싼에 있는 펄 벅의 옛 별장]

22. 늙은 악귀

늙은 악귀

그날 저녁은 아름다웠다. 하늘이 무척 청명했고, 그래서 제방 위에 드리운 버드나무들은 여전히 그 흙탕물에서나마 그림자가 비쳐졌다. 모든 게 평화스러웠다. 마을을 이루고 있는 서른 남짓한 집들이 버드나무들 아래를 따라 흩어져 있었다. 아무것도 이 평화를 깨뜨릴 수 없을 것이었다. 결국, 일본인들도 한낱 인간일 따름일 것이었다.

물론 왕(Wang)씨 노(老) 부인도 전쟁이 일어나 있다는 사실은 알고 있었다. 모든 사람들이 전쟁이 진행되고 있고 일본인들이 중국인들을 죽이고 있다는 것을 오랫동안 알아 왔었다. 하지만 왕씨네들은 아직 죽임을 당하지 않았었기 때문에 왕씨 부인에게는 그 전쟁이 현실적이지 않았으며 한낱 소문에 지나지 않았다.

22. 늙은 악귀

황하 강변의 평평한 언덕 위에 위치한 왕씨 노 부인의 씨족 마을인 '왕씨 10리촌(里村)'은 지금까지 일본인을 한 사람도 본 적이 없었다. 다만 전쟁은 그들로 하여금 일본인에 대해 이야기하게 만들었을 뿐이었다.

그녀는 강이 무엇을 저지를 수 있는지를 알고 있었다. 마을 사람들도 한 사람씩 한 사람씩 그녀를 따라 제방을 올라갔다. 그들은 그 재앙의 우려가 있는 황톳물을 주의깊에 내려다 보며 서 있었는데, 강물은 수많은 뱀처럼 꿈틀거리며 흘러가고 있었으며 높은 제방둑을 물어뜯고 있었다.

"나는 저 강물이 이렇게 이른 철에 이처럼 높게 차오른 것을 결코 본 적이 없다."라고 왕씨 부인은 말했다. 그녀는 손자인 '작은 돼지'가 그녀를 위해 가져다 준 대나무 의자에 앉았으며, 강물에다 침을 뱉았다.

"이건 일본놈들보다 더 나빠요. 이 늙은 악귀의 강놈," '작은 돼지'가 분별없이 말했다.

"어리석구나!" 왕씨 부인은 재빨리 말했다. "강의 귀신이 네말을 들을 거다. 그밖의 다른 것에 대해 이야기해라."

그래서 그들은 일본인에 대해 이야기하는 쪽으로 얘기를 이어갔다. 예를 들어 빵 가게 왕씨가 그들이 일본인들을 만나게 되면 어떻게 알아차리느냐 하고 왕씨 노부인에게 물어본 것 따위의 말들.

그 점에 대해 왕씨 부인은 단호하게 말했다. "너희들

22. 늙은 악귀

은 그들을 알게 돼. 나는 한때 어떤 외국인을 본 적이 있어. 그는 키가 우리 집 지붕보다 높았고, 진흙색 머리칼과 물고기 눈과 같은 빛깔의 눈을 갖고 있었어. 우리와는 다르게 보이는 어떤 사람 그게 바로 일본인이야." 그녀는 마을에서 가장 연로한 부인이었기 때문에 모두가 그녀의 말에 귀를 기울였다.

그러자 '작은 돼지'가 그 특유의 들뜬 투로 터놓고 말했다. "할머니, 할머니는 그들을 볼 수 없어요. 그들은 비행기를 타고 하늘에 숨어 있어요."

왕씨 부인은 즉시 대답하지는 않았다. 그러더니 다시 단호하게 말했다. "나는 내가 그걸 보기전까지는 비행기라는 것을 믿지 않겠다." 그러나 지금까지 그녀가 믿지 않았었던 그 많은 일들이 사실이었었다. 그래서 이제 그녀는 제방 주변을 그냥 조용히 둘러보기만 했는데, 마을 사람들이 모두 그녀를 둘러싸고 앉아 있었다. 그날 저녁은 무척 유쾌하고 시원했으며, 강물이 차올라 범람하지 않는 한 아무것도 문제될 것이 없다고 느껴졌다.

"나는 일본사람이란 걸 믿지 않는다," 그는 잘라 말했다.

누군가가 그녀의 담뱃대에 불을 붙여 드렸다. 그것은 '작은 돼지'의 아내였는데, 그녀는 왕씨 부인이 가장 좋아하는 사람이었다.

"노래를 부르렴, '작은 돼지'야!" 누가 외쳤다.

22. 늙은 악귀

그래서 '작은 돼지'는 높고 떨리는 목소리로 옛날 노래를 부르기 시작했는데, 왕씨 부인은 귀를 기울였으며 그리고는 일본인에 대해 잊었다. 그날 저녁은 아름다웠다. 하늘이 무척 청명했고, 그래서 제방 위에 드리운 버드나무들은 여전히 그 흙탕물에서나마 그림자가 비쳐졌다. 모든 게 평화스러웠다. 마을을 이루고 있는 서른 남짓한 집들이 버드나무들 아래를 따라 흩어져 있었다. 아무것도 이 평화를 깨뜨릴 수 없을 것이었다. 결국, 일본인들도 한낱 인간일 따름일 것이었다.

"난 그 비행기라는 게 의심스럽다." 그녀는 '작은 돼지'가 노래 부르기를 멈추자 그에게 온화하게 말했다. 그러나 '작은 돼지'는 그녀에게 응답하지 않은 채 또 다른 노래를 계속 불렀다.

해가 오고 해가 가고, 그녀는 일찍이 자신이 열일곱 살이었고 새댁이었던 이래 제방 위에서 이렇게 여름 저녁들을 보내 왔었다. 그때 그녀의 남편은 집을 나와서 제방 위로 올라가자고 소리쳤었다. 남정네들이 그녀에게 왁자지껄 웃어대고 그녀에 관해 농담을 해대는 가운데, 그녀는 얼굴을 붉히고 두 손을 마주 꼬면서 올라가서는 여자들 속에 몸을 숨겼었다. 하지만 한편으론 그들은 모두 그녀를 좋아했었다.

"네 사발에 먹음직한 고깃덩이가 들어왔네 그려," 그들은 그녀의 남편에게 말했었다. "그녀는 발이 좀

22. 늙은 악귀

커," 그는 그녀를 좀 덜 특별한 것 같게 만드려고 애써면서 응답했었다. 그러나 그녀는 그가 만족해 있다는 사실을 알 수 있었으며, 그렇게 점차 그녀의 수줍음도 가셨다.

그이, 불상한 그 사람은 아직 젊었을 때, 홍수를 만나 익사했었다. 그리고는 그녀가 불교식 연옥에서 그를 나오게 하도록 간청하는 불공을 드리는 데 수년이 걸렸었다. 마침내 그녀는 그렇게 하는 데 지치게 되었는데, 그녀는 아이를 돌보고 땅을 유지해 나갈 책임이 있었기 때문이었다. 그래서 스님이 "은화 10량만 더 바치면 그가 완전히 나올 수 있다"라고 설득조로 말했을 때, 그녀는 이렇게 물었다. "이제 그이는 거기서 뭘 갖고 있게 되었는가요?"

"오른 쪽 손만은 갖고 있다오." 스님은 그녀를 격려하면서 말했다. 글쎄 그렇다면, 그녀의 참을성도 끝장이 났다. 10량이라고! 그 돈이면 겨울 내내 식구들을 먹여살릴 수 있을 것이었다. 게다가, 그녀는 더 이상 강물의 범람이 없도록 제방을 수리하는 데 필요한 그녀의 부담분에 상당하는 노동력을 고용하지 않으면 안되었었다.

"한쪽 손만 가졌다고 하더라도 그이는 스스로 몸을 당겨 빠져나올 수 있을 게요," 그녀는 확고하게 말했다.

하지만 그녀는 종종 그가 정말로 한쪽 손만 갖게 된

22. 늙은 악귀

불쌍하고 어리석은 사람이 아닐까 하는 생각이 들었으며, 싫건 좋건, 그녀는 종종 밤에는 그가 아직도 거기 (연옥)에 누워 있으면서 그녀가 그것에 관해 뭔가를 해주기를 기다리고 있다고 침울하게 생각했었다. 그게 과거에 그랬던 그 사람의 모습이기도 했다. 그래서 어느날, 어쩌면 '작은 돼지'의 아내가 첫 아이를 안전하게 갖게 되고 그래서 자신이 약간의 여윳 돈을 갖게 되면, 다시 가서 그를 연옥에서 나오게 할 수 있게 될지도 모를 것이다. 그렇다고 하더라도 당장은 실제로 급할 것은 없었다.

"할머니, 들어가셔야 돼요." '작은 돼지'의 아내가 부드러운 목소리로 말했다. "이제 해가 지고 강에서 안개가 피어오르고 있어요."

"그래, 나도 그래야 된다고 생각해," 왕씨 노 부인도 수긍했다. 그녀는 잠시 강을 응시했다. 그 강ㅡ그것은 선(善)과 악(惡)이 함께 가득차 있었다. 강은 그것이 억제되고 제지될 때는 들판에 물을 대준다. 그러나 한 치라도 틈을 보이면 포효하는 용(龍)처럼 제방을 와르르 무너뜨려 뚫고 나온다. 그런 까닭으로 그녀의 남편이 휩쓸려 갔었던 것이다.

그는 그 제방중 자신의 담당부분에 관해 좀 부주의했다. 그래서 그는 언제나 그것을 수리하고 있었고, 그 꼭대기에 흙을 더 많이 쌓고 있었는데, 그러던 어느날 밤에 강물이 차올라 제방을 깨뜨리고 쏟아져 나왔다.

22. 늙은 악귀

그는 집 밖으로 뛰어 나갔었고, 그녀는 아이를 데리고 지붕 위에 올라가서 그들 둘은 구제되었으나, 그녀의 남편은 익사했다. 그렇지만 마을 사람들은 그 강을 다시 제방 뒤로 밀어 붙였으며, 그래서 강은 지금 거기에 머물러 왔었다. 매일 그녀는 마을 전체가 책임을 지고 있는 그 기나긴 제방 둑을 직접 여기저기 걸어다니며 살폈다. 사람들은 웃으며 말했다. "제방 둑에 뭔가 잘못되어 있으면 할머니께서 우리들에게 알려주실 게다."

 강을 떠나 마을을 멀리 옮겨갈 일은 그들의 어느 누구에게도 일어나지 않았었다. 왕씨들은 거기에 몇 세대 동안 살아왔었다. 물론 일부 사람들은 언제나 범람을 피해 도망가기도 했었지만 그 후에는 이전보다 더욱 치열하게 그 강과 싸워 왔었다.

 '작은 돼지'가 갑자기 노래 부르기를 멈췄다.
 "달이 떠오르고 있어요!" 그는 소리쳤다. "이건 좋지 않아요. 비행기들은 달빛 있는 밤이면 나타나거든요."
 "너는 비행기에 관한 이 모든 걸 어디서 알았느냐?" 왕씨 노 부인이 물었다. "비행기 이야기는 내겐 지겹다," 그녀는 덧붙여 말했으며, 그래서 아무도 그걸 진지하게 거론하지 않았다. 이같은 침묵 속에서 그녀는 '작은 돼지' 아내의 팔에 의지한 채 마을까지 아래로 뻗어 있는 흙 계단을 천천히 내려왔다. 그녀는 다른 쪽 손에 길다란 담뱃대를 보행용 단장처럼 쥐고 있었

22. 늙은 악귀

다. 그녀의 뒤로, 마을 사람들도 한 사람씩 따라 내려와서는 잠자리에 들었다. 그녀가 움직이기 전에는 아무도 움직이지 않았지만, 그녀가 떠난 뒤에는 아무도 오래 머물러 있지 않았다.

그녀는 마침내 '작은 돼지'의 아내가 안전하게 묶어 준 푸른 색 무명 모기장 안의 자신의 침대에서 이내 평화스럽게 깊은 잠에 빠져 들었다. 그러나 그녀는 제일 먼저 깨어나 누워서 잠시 동안 일본인들에 관해 생각했으며 그들이 왜 싸우고자 했는지를 궁금해 했다. 바로 유치한 사람들만이 전쟁을 하고싶어 했지. 그녀의 마음 속에 거대한 유치한 사람들이 보였다. 그녀는 만약 그들이 온다면 그들을 감화시켜야 한다고 생각했다. 즉 그들을 초대해서 차를 마시게 하고는 그들에게 만사를 이치에 닿게 설명을 해줘야 한다. 다만 그들은 무엇 때문에 평화로운 농촌마을에 온단 말인가?

그래서, 그녀는 일본인들이 왔다고 '작은 돼지'의 아내가 쇠되게 외치는 소리에 조금도 심적 준비가 되어 있지 않았다. 그녀는 중얼거리면서 침대에서 일어나 앉았다. "차 그릇을, 차를—"

"할머니, 시간이 없어요!" '작은 돼지'의 아내가 쇠된 소리로 외쳤다. "그들이 여기에, 여기에 왔어요!"

"어디에?" 왕씨 노 부인도 이제는 정신이 들어 외쳤다.

"하늘에요!" '작은 돼지'의 아내가 울부짖었다.

22. 늙은 악귀

 그들은 모두 밖으로 청명한 이른 새벽 속으로 달려 나가서 위를 쳐다보았다. 과연 거기엔, 가을에 기러기들이 날아가는 것처럼 커다란 새 같은 모양의 것들이 있었다.
 "허나 저것들이 뭐야?" 왕씨 노 부인은 외쳤다.
 그러자 은색 달걀이 떨어지는 것처럼, 뭔가가 똑바로 밑으로 날아 내리더니 멀리 마을 끝머리의 밭에 떨어졌다. 흙 먼지가 분수처럼 날아 올랐고, 그래서 그들은 모두 그것을 보려고 달려 나갔다. 거기에는 연못 만큼이나 큰 30피트 폭의 구멍이 하나 생겨 있었다. 그들은 너무 놀라서 말을 할 수 없었다. 누구든 뭐라고 말할 수 있기도 전에, 또다른 계란과 또다른 것이 떨어지기 시작했으며, 사람들은 모두 달아나기 시작했다.
 그러나 그 모든 사람이란 왕씨 부인을 제외한 모든 사람이다. '작은 돼지'의 아내가 그녀의 손을 붙잡고는 그녀를 끌고 나아갔으나, 왕씨 부인은 그녀를 뿌리쳐 몸을 빼고는 제방 둑을 등지고 주저 앉았다.
 "나는 뛸 수가 없다."라고 그녀는 소견을 말했다. "옛날에 내 발이 묶여 있었던 이래로 나는 70년 동안 뛰어본 적이 없었다. 너는 가거라. 그런데 '작은 돼지'가 어디 있지?" 그녀는 주위를 둘러보았으나, '작은 돼지'는 이미 가고 없었다. "그의 할아버지처럼," 그녀는 피력했다. "언제나 달아나는 데는 첫째네."
 그러나 '작은 돼지'의 아내는 노 부인을 남겨 두고

22. 늙은 악귀

가려 하지 않았으며, 아니, 그렇게 가주는 것이 그녀의 의무라고 노 부인이 그녀에게 다시 환기시켜 주었을 때까지도 그녀는 떠나지 않았다.

"만약 '작은 돼지'가 죽게 되면," 노 부인은 말했다. "그땐 그의 아들이 태어나 살아있을 필요가 있다." 그래도 새댁이 여전히 망서리고 있자 노 부인은 그를 담뱃대로 상냥하게 쳤다. "가라, 가거라!" 절규하듯 말했다.

그래서 급강하하는 비행기들의 으르렁거리는 소리로 이제는 서로가 말하는 것도 거의 들을 수 없었기 때문에, '작은 돼지'의 아내는 마지 못해 다른 사람들과 함께 떠나갔다.

지금껏 단지 몇분이 지나갔는데도 이제는 마을이 폐허가 되었다. 밀짚 지붕들과 목재 들보들이 불타고 있었다. 마을사람들 모두가 가버렸다. 마을사람들은 지나가면서 왕씨 노 부인을 보고 따라오라고 날카롭게 외쳤으며, 그녀는 유쾌하게 되받아 외쳤다. "나 가고 있어, 가고 있다고!"

그러나 그녀는 가지 않았다. 그녀는 완전히 혼자가 되어 앉아서 어떤 비상한 광경이 벌어졌었는지를 주시하고 있었다. 그러는 동안 곧 그녀가 알지 못한 곳에서 다른 비행기들이 나타났지만, 그들은 먼저 왔던 비행기들을 공격했다. 여물어 가는 밀 밭 위로 해가 떠올랐다. 그러자 청명한 여름 하늘에서, 그 비행기들은

22. 늙은 악귀

선회하고 돌진하며 서로에게 포화를 내뿜어댔다.
"저들 중의 하나를 가까이서 보고싶구나," 그녀는 소리높여 말했다. 그러자 그 순간에 마치 그 말에 응답이라도 하듯이, 그들 중의 하나가 갑자기 방향을 아래로 향했다. 마치 그건 다친 것처럼 빙빙 돌고 뒤틀면서 바로 어제 '작은 돼지'가 간장용 콩을 심으려고 갈아젖혀 놓았던 밭으로 머리를 아래로 향하고 떨어졌다. 그리고는 금방 하늘은 다시 텅비었으며, 거기 땅 위에는 그 다친 물체와 그녀 자신만이 있게 되었다.

그녀는 땅에서 조심스럽게 자신의 몸을 들어올렸다. 그녀의 나이에서는 아무것도 두려워할 필요는 없다. 그녀는 아주 긴 인생을 살아 왔었다. 그녀는 그게 무엇인가를 가볼 수 있었고, 그렇게 하기로 마음 먹었다. 그래서 자신의 긴 담뱃대를 의지한 채 밭을 가로질러 천천히 앞으로 나아갔다. 급작스러운 정적이 감도는 가운데 그녀의 뒤로 마을 개 세 마리가 나타나 그녀를 따라왔는데, 그들도 겁에 질려 그녀에게로 바짝 가까이 살금살금 기어 왔다. 그들이 그 떨어진 비행기에 가까이 다가가자, 개들이 맹렬하게 짖어댔다. 그래서 그녀는 자신의 담뱃대로 개들을 때렸다.

"조용히 해라!" 그녀는 개들을 꾸짖었다. "이미 내 귀를 찢어 놓기에 충분할 만큼 시끄러운 소리가 있었느니라!"

그녀는 그 비행기를 두드려 보았다.

22. 늙은 악귀

"금속이다," 그녀는 개들에게 말했다. "의심할 나위 없이 은(銀)이다," 그녀는 덧붙여 말했다. 녹이면 이건 그들 모두를 부자가 되게 해줄 것이었다.

그녀는 그 비행기 주위를 빙 돌아 걸으면서 그것을 면밀하게 살펴 보았다. 뭐가 이것을 날게 했을까? 그것은 죽어 있는 것 같았다. 그 안에서 아무것도 움직이거나 소리도 하나 나지 않았다. 그래서 그 물체에 붙어 있는 끝머리 쪽으로 가자, 그녀는 그 안에 한 젊은이가 있는 것을 보았다. 그는 조그만 좌석 안에 한 더미로 얹혀 있었다. 개들이 으르렁거렸으나, 그녀가 다시 그들을 후려치자 개들은 뒤로 물러났다.

"당신은 죽었나요?" 그녀는 정중하게 물었다.

그 젊은이는 그녀의 목소리에 약간 움직였으나 말을 하지는 않았다. 그녀는 더 가까이 다가가서 그가 앉아 있는 구멍 속으로 자세히 들여다 보았다. 그의 옆구리에는 피가 흐르고 있었다.

"다쳤구나!" 그녀는 소리쳤다. 그녀는 그의 팔을 잡았다. 그것은 따뜻했으나 움직임이 없었다. 그녀가 그 팔을 안으로 들여놓자 그것은 그 구멍의 옆으로 뚝 떨어졌다. 그녀는 그를 응시했다. 그는 중국인처럼 까만 머리칼과 어두운 피부를 지니고 있었지만, 그래도 중국인 같아 보이지는 않았다.

"그는 남방인이 틀림없어," 그녀는 그렇게 생각했다. 그런데, 중요한 것은 그가 살아 있다는 것이었다. "당

22. 늙은 악귀

신은 밖으로 나오는 게 좋겠소," 그녀는 소견을 말했다. "당신 옆구리에다 약초연고를 좀 발라 주겠소." 그 젊은이는 무엇인가를 천천히 중얼거렸다.

"뭐라고 말했지요?" 그녀는 그 남자에게 물었다. 그러나 그는 다시 말하지는 않았다.

"나는 아직 꽤 튼튼하지," 그녀는 잠깐 동안에 결심했다. 그래서 그녀는 팔을 안으로 내뻗어 그의 허리를 붙잡고는 몹시 헐떡거리며 그를 밖으로 천천히 끌어내렸다. 다행히도 그는 몸집이 좀 작은 사람이어서 가벼웠다. 그녀가 그를 땅 위에 내려놓자, 그는 설 수 있다는 자신감을 갖는 것 같았다. 그는 흔들거리며 서더니 그녀에게 착 달라붙었고, 그래서 그녀는 그를 부축하여 세웠다.

"이제, 당신이 우리 집까지 걸어갈 수 있다면," 그녀는 말했다. "우리 집이 아직 거기에 남아 있는지 내가 알아 보겠소."

그러자 그는 뭔가를 아주 또렷하게 말했다. 그녀는 귀를 기울였으나 그중 한 마디도 이해할 수 없었다. 그녀는 그에게서 몸을 빼고는 그를 응시했다.

"그게 무슨 말이오?" 그녀는 물었다.

그는 개들을 가리켰다. 개들은 목 위에 털을 잔뜩 치켜 세운 채 으르렁거리며 앉아 있었다. 그러자 그는 다시 말을 건넸으며, 말하면서 땅으로 짜부라졌다. 개들이 그에게 덤벼들었으므로 그녀는 손으로 그 개들을

22. 늙은 악귀

때려서 내쫓아야 했다.
"저리 가거라!" 그녀는 개들에게 고함을 질렀다. "누가 너희들더러 그를 죽이라고 지시했더냐?"

그리고는 개들이 얌전히 뒤로 물러가자 그녀는 어떻게든 그를 자기 등 위로 들어올렸다. 몸을 떨면서, 그녀는 그를 반은 업고 반은 끌어서 폐허가 된 마을로 옮겨 와서는 거리에 눕혀 놓은 채, 자신은 개들을 데리고 자기 집을 찾아보려고 나섰다.

그녀의 집은 완전히 없어졌다. 그래도 그녀는 그 장소 만큼은 너끈히 쉽게 찾아냈다. 이곳이 제방으로 통하는 수문의 맞은편이고 그 집이 있어야 할 곳이었다. 그녀는 언제나 직접 그 수문을 지켜보아 왔었다. 기적적으로 수문은 지금 손상되지 않았고 제방도 부서지지 않았다. 집을 다시 짓는 것 쯤이야 쉬울 것이었다. 다만 현재로서는 없어졌을 따름이었다.

그래서 그녀는 그 젊은이에게로 되돌아갔다. 그는 그녀가 그를 남겨둔 그대로 제방을 등지고 기댄 채 누워 있었는데, 숨을 헐떡이며 몹시 창백했다. 그는 자신의 상의를 열었고 조그만 자루를 하나 갖고 있었는데, 그 속에서 긴 천 조각들과 무슨 병 하나를 꺼집어 냈다. 그리고는 다시 말을 건넸으나 다시 그녀는 아무것도 이해할 수 없었다. 그러자 그는 신호를 했는데, 그녀는 그가 원하는 것이 물이라는 것을 알고는 길거리 여기저기에 폭파되어 날려가 있는 많은 깨어진 항아리들

22. 늙은 악귀

중에서 하나를 골라 집었다. 그리고는 제방으로 올라가서 거기에다 물을 채워 다시 갖고 내려와서는 그의 상처를 씻었다. 그녀는 그가 붕대 타래에서 만들어준 천 조각들을 찢었다. 그는 그 헝겊을 떡 벌어진 상처 위에다 걸치는 방법을 알고 있었다. 그는 그녀에게 신호를 했고, 그녀는 그 신호를 따랐다. 그러면서 줄곧 그는 그녀에게 무언가를 말하려고 애쓰고 있었지만, 그녀는 아무것도 이해할 수 없었다.

"당신은 남방출신 분이 틀림없군," 그녀는 말했다. 그가 교양이 전혀 없다는 것은 쉽게 알 수 있었다. 그러나 그는 무척 영민해 보였다. "나는 당신네 말이 우리들의 말과는 다르다는 사실은 들어왔소," 그녀는 그를 안심시키려고 조금 웃어 보였지만, 그는 오로지 그녀를 어둡고 침울하게 응시했을 따름이었다. 그래서 그녀는 밝게 말했다. "이제 내가 우리가 먹을 무언가를 찾을 수만 있다면, 그건 잘된 일일 거요."

그는 대답을 하지 않았다. 그는 이제 정말 뒤로 드러누워서 더욱 무겁게 숨을 몰아 쉬었으며 마치 그녀가 말을 건네지도 않은 것처럼 허공을 응시했다. "당신은 음식을 먹으면 기분이 좀더 좋아질 거요," 그녀는 말을 계속했다. "그래서 내가 그렇게 해주겠소," 그는 덧붙여 말했다. 그녀도 견디기 어려울 정도로 시장기가 느껴지기 시작했다.

빵 가게에는 빵이 좀 남아 있을지도 모르겠다는 생각

22. 늙은 악귀

이 그녀에게 떠올랐다. 비록 그것이 떨어진 포탄 껍질로 먼지 범벅이 되어 있겠지만, 그래도 여전히 빵은 빵일 것이다. 그녀는 가 보고 싶었다. 그러나 그녀는 가기 전에 그 군인을 조금 옮겨서 버드나무 그늘 가장자리에 누워 있도록 해주었다. 그리고는 빵 가게로 갔다. 개들도 없었다.

빵 가게는 그외 다른 모든 것처럼 폐허가 되어 있었다. 그녀는 처음에는 폭삭 무너진 흙담 무더기 외에는 아무것도 보지 못했다. 그러나 곧 그녀는 화덕이 출입문 바로 안쪽에 있었다는 사실을 기억해 냈다. 문틀은 아직 지붕의 한쪽 끝을 받친 채 바로 서 있었다. 그녀는 그 문틀 안에 서서 무너진 지붕 밑으로 자신의 손을 이리저리 움직이자, 무쇠 솥의 나무 뚜껑이 감지되었다. 이 밑에는 찐빵이 있을지도 모를 것이었다. 그녀는 교묘하고도 조심스럽게 자신의 팔을 움직였다. 그렇게 하는 데 꽤 긴 시간이 걸렸으며, 석회와 흙 먼지가 피워 올라 그녀를 질식시킬 뻔했다. 그럼에도 그녀의 생각은 옳았다. 그녀는 그 솥뚜껑 밑 안을 손으로 움켜쥐자 커다란 찐빵 두루마리의 단단하고 매끄러운 껍질이 느껴졌다. 그녀는 하나씩 하나씩 모두 4개를 꺼집어 냈다.

"나 같은 늙은 것을 (굶겨) 죽이기란 힘들지," 그녀는 아무도 없는 데를 향해 유쾌하게 소견을 말했다. 그녀는 되돌아 걸어오면서 그 빵 롤들 중의 한 개를 먹기

22. 늙은 악귀

시작했다. (여기에다) 마늘 한 조각과 차 한 사발만 있다면-하지만 이 판국에 모든 것을 다 가질 수야 없어렸다.

그 순간 그녀는 사람들 소리를 들었다. 그 군인이 보이는 데까지 왔을 때, 그녀는 한 무리의 다른 군인들이 그를 둘러싸고 있는 것이 눈에 띄었는데, 이들은 어디서인지 모르는 곳에서 왔음이 분명했다. 그들은 그 다친 군인을 빤히 내려다 보고 있었으며, 그 젊은 군인의 두 눈은 이제 감겨 있었다.

"할머니, 이 일본인을 어디서 데려왔나요?" 그들은 그녀에게 소리쳤다.

"무슨 일본인?" 그녀는 그들에게 다가 가면서 말했다.

"이 사람 말이오!" 그들은 소리쳤다.

"그가 일본인이라고?" 그녀는 극도로 놀라서 외쳤다. "그러나 그는 우리들과 같아 보여. 그의 눈은 검고, 그의 피부는-"

"일본인이오!" 그들 중의 한 사람이 그녀에게 소리쳤다. "글쎄," 그녀는 차분하게 말했다, "그는 하늘에서 떨어졌어."

"그 빵을 내게 주시오!" 또다른 군인이 소리쳤다.

"가져요," 그녀는 말했다, "그에게 줄 이것 하나만 남기고 모두를."

"일본인 조종사가 맛있는 빵을 먹는다고?" 그 군인은

22. 늙은 악귀

그녀에게 소리쳤다.

"그도 배가 고플 것이라고 생각돼," 왕씨 노 부인이 대답했다. 그녀는 이 사람들이 싫어지기 시작했다. 하지만 당시 그녀는 언제나 군인들은 다 싫었다.

"난 당신들이 딴 데로 가주었으면 좋겠어," 그녀는 말했다. "대체 여기서 뭘 하고 있는 거요? 우리 마을은 언제나 평화스러웠어."

"지금 이곳은 확실히 무척 평화스럽긴 하네," 그 사람들 중 한 사람이 히죽히죽 빈정대듯 웃으면서 말했다. "마치 무덤처럼 평화스럽구만. 할머니, 누가 이렇게 만들었는지나 아시오? 그건 일본인이라오!"

"나도 그렇게는 생각해," 그녀도 동의했다. 그리고는 그녀는 물었다. "하지만 왜? 내가 이해할 수 없는 건 바로 그 점이야."

"왜냐고요? 그들은 우리들의 땅을 원하기 때문이라오. 그게 이유지요!" "우리 땅을!" 그녀는 그 말을 되풀이했다. "아니, 이런. 그들이 우리들의 땅이야 가질 수 없지!"

"절대로!" 그들은 (일제히) 소리쳤다.

 그러나 그들이 그렇게 이야기하면서 저희들끼리 나눠 가진 빵을 씹고 있는 동안 내내, 그들은 줄곧 동쪽 지평선을 주시하고 있었다.

"당신네들은 왜 동쪽을 계속 보고 있는 건가?" 그래서 왕씨 노 부인이 물었다.

22. 늙은 악귀

"일본인들이 저쪽에서 오고 있거든요," 빵을 가져갔던 사람이 대답했다.

"그럼, 당신네들은 그들을 피해 달아나고 있는 중인가?" 그녀는 놀라서 물었다.

"우린 수가 조금밖에 안 돼서요," 그는 사죄하듯이 말했다. "우리는 그 뭐라 하는 시골지역의 '파오 안(Pao An)' 마을을 지키려고 남겨져 있었어요."

"나는 그 마을을 알고 있어," 왕씨 부인은 그의 말을 가로막았다. "당신은 나한테 그곳에 대해서는 말해줄 필요가 없어. 나는 거기서 처녀시절을 보냈지. 그 마을의 중심거리에서 차(茶) 가게를 운영하는 파오 노인은 어떻게 됐나? 그는 내 남동생인데."

"거기 사람들은 모두 죽었어요," 그중 나이든 사람이 대답했다. "일본인들이 그곳을 차지했지요. 수많은 군인들이 외국제 총과 탱크들을 갖고 들이닥쳤어요. 그러니 우린들 어떻게 할 수 있었겠어요?"

"물론, 달아나는 길밖에," 그녀도 동의했다. 그럼에도 그녀는 멍하고 가슴 아프게 느껴졌다. 그래서, 그는 죽었구나, 하나 남은 동생인데. 그녀는 이제 그의 아버지 가족들 중 마지막 남은 사람이 되었다.

그 군인들은 그녀를 다시 혼자 남겨둔 채 흩어져 가고 있었다.

"그들이 곧 올 거요, 그들 일본 군인들요," 그들은 말하고 있었다. "우린 떠나는 게 상책이야." 그럼에도

22. 늙은 악귀

빵을 가져갔던 그 사람은 잠시 꾸물거리더니 그 부상당한 남자를 빤히 내려다 보았는데, 그는 눈이 감긴 채 미동도 하지 않고 누워 있었다.

"그는 죽었는가요?" 그가 물었다. 그리고는 왕씨 부인이 대답할 수도 있기 전에 허리띠에서 단도를 뽑았다. "죽었는지, 안 죽었는지, 이 칼로 저 자를 한, 두 번 찔러 보겠소."

그러나 왕씨 노 부인은 그의 팔을 밀쳤다.

"안돼, 그럴 순 없어!" 그녀는 위엄있게 말했다. "그가 만약 죽어 있다면, 그를 완전히 조각내어 연옥으로 보내는 건 아무 쓸데가 없어. 나 자신 독실한 불도(佛徒)요."

그 남자는 웃었다. "아, 그래요. 그는 죽었지요," 그는 대답했다. 그러더니 그의 동료들이 이미 멀리 가 있는 것을 보고는 그들을 뒤쫓아 뛰어갔다. 일본인이었다고, 그가? 왕씨 노 부인은 그 부상당한 남자와 함께 혼자 남게 되자 머뭇거리며 그를 쳐다보았다. 그녀는 그의 눈이 감겨진 지금, 그의 손은 무의식 상태에서도 유약하고 아직 틀이 안 잡혀 성장하고 있는 소년의 손 같아 보인다는 사실을 알 수 있었다. 그녀는 그의 허리를 만져 보았으나 도무지 맥박이 뛰고 있다는 식별을 할 수 없었다. 그녀는 그의 위로 몸을 기울여 자신이 먹지 않았었던 빵의 반쪽을 그의 입술에 갖다 댔다.

22. 늙은 악귀

"먹어라!" 그는 매우 큰 소리로 뚜렷하게 말했다. "빵이다!"

그러나 아무런 응답이 없었다. 그는 분명히 죽었다. 그는 그녀가 화덕에서 빵을 꺼내고 있었을 동안 죽었음에 틀림없었다.

그 빵은 결국 그녀 자신이 먹어치울 도리밖에 없었다. 그 일이 끝나자, 그녀는 자기도 '작은 돼지'와 그의 아내와 마을 사람들 모두를 따라 갔어야 하지 않았나 하는 생각이 들었다. 해가 높이 떠올랐으며 날이 더워지고 있었다. 만약 그녀가 그들을 따라가려고 한다면 지금 가는 게 좋을 것이었다.

그러나 우선, 그녀는 제방을 올라가서 그들이 간 방향이 어디인가를 알아야 할 것이었다. 그들은 곧장 서쪽으로 갔으며, 그쪽으로는 눈으로 멀리 서쪽으로 볼 수 있는 한까지는 거대한 평원이 있었다.

그래서 그녀는 제방을 천천히 올라갔는데, 날이 점점 더 더워지고 있었다. 제방 꼭대기에는 약간의 바람이 있어서 기분이 좋았다. 그러나 그녀는 강물이 제방 꼭대기 가까이 차오른 것을 보고는 충격을 받았다. 근간의 몇 시간 동안 물이 이렇게 차올랐구나?

"너 늙은 악귀야!" 그녀는 엄중하게 말했다. 만약 이 강 귀신이 이렇게 해주기를 좋아한다면 그로 하여금 듣게 하자. 그 모든 고통이 있었을 때면 언제나 범람으로 위협했던 그였으니, 그는 분명 악귀였다.

22. 늙은 악귀

 그녀가 막 제방을 내려오려 할 즈음에, 동쪽 지평선에 무엇인가가 눈에 띄었다. 그것은 처음에는 끝없는 먼지 구름 같아 보였다. 그러나 그녀가 그것을 자세히 살펴보자 그것은 순식간에 수많은 검은 점과 번쩍이는 얼룩반점들이 되었다. 그러자 그녀는 그게 무엇인가를 알아차렸다. 그것은 수많은 사람들, 즉 군대였다! 즉시 그녀는 그것이 어떤 군대인가를 알았다.
 "저건 일본인들이다!" 그녀는 생각했다. 그렇다. 그들 위에는 붕붕대는 은색 비행기들이 떠 있었다. 그들 비행기는 누구를 찾으려 하는 것 같이 빙빙 돌아다녔다.
 "너희들이 누구를 찾고 있는지 난 모르겠다," 그녀는 웅얼거렸다, "그게 나와 '작은 돼지'와 그의 아내라면, 우린 가족중 유일하게 남아 있는 사람들이다. 너희들은 이미 내 동생 파오를 죽이지 않았느냐."
 그녀는 파오가 죽었다는 사실을 잊을 뻔했다. 이제 그녀는 그것이 통렬하게 기억났다. 그는 무척이나 멋진 가게를 가졌었지-언제나 청결했으며, 거기서 내놓는 차는 훌륭했고 고기 넣은 경단(떡)은 최고였으나 값은 언제나 마찬가지. 파오는 착한 남자였지. 게다가, 그의 처(妻)와 일곱 아이들은 또 어떠했고? 의심할 나위도 없이 그들도 모두 죽임을 당했다. 그러니 이제 이들 일본인들은 그녀를 찾고 있는 것이겠지. 제방 위에서는 자신이 쉽게 눈에 띌 수 있을 것이라는 생각이 그녀의 머리에 떠올랐다. 그래서 그녀는 다급하게 힘

22. 늙은 악귀

들게 내려왔다.

 그녀가 수문에 대해 생각이 난 것은 제방을 반쯤 내려왔을 무렵이었다. 이 늙은 강―그것은 시간이 시작된 이래 그들에게는 재앙과 저주의 대상이었다. 그것이 저질렀었던 그 모든 사악함에 대해 왜 이제 벌충을 좀 하면 안 되느냐? 이제 그 강은 제방을 몰래 잠식하려고 애써면서 다시 사악한 짓을 획책하고 있었.

응, 왜 안 되나? 잠시 동안, 그녀는 마음을 정할 수 없었다. 물론 그 죽은 일본인 젊은이가 강물이 범람하면 휩쓸려 떠내려 갈 것이라는 동정심이었다. 그는 상냥한 모습의 소년이었으며, 그녀는 그를 칼에 찔리는 것을 구제해 주었었다. 물론 그것은 그의 생명을 구하는 것과는 완전히 똑같지는 않았지만, 그래도 그것은 조금은 같은 것이었다. 만약 그가 살아 있었더라면 그는 구제되었을 것이다. 그녀는 그에게로 가서는 그를 끌어당겨 제방 꼭대기 가까이에 눕혔다. 그리고는 그녀는 다시 내려 갔다.

 그녀는 그 수문을 어떻게 여는지를 완벽하게 잘 알고 있었다. 아이들도 누구나 농작물용으로 수문을 여는 방법은 알고 있었다. 그러나 그녀는 또한 수문 전체를 활짝 열어젖히는 방법을 알고 있었다. 문제는 그녀가 그 수문에서 빠져 나올 만큼 충분히 재빠르게 그것을 열 수 있겠느냐 하는 것이었다.

 "나는 유일하게 살아있는 늙은 여자다," 그녀는 중얼

22. 늙은 악귀

거렸다. 그녀는 잠깐 더 머뭇거렸다. '작은 돼지'의 아내가 어떤 부류의 아기를 갖게 될는지를 보지 않게 된다는 것은 애석한 일이었다. 하지만 사람은 모든 것을 다 볼수야 없지. 그녀는 이 세상에서 많은 것을 보아 왔었다. 사람이 볼 수 있는 것에도 끝이 있는 것이렸다.

그녀는 다시 동쪽을 향해 흘긋 쳐다보았다. 일본인들이 있었고, 평야를 가로질러 오고 있었다. 그들은 번쩍이는 수천개 점들이 산재한, 한 줄기 길고 명료한 검은 선(線)이었다. 만약 그녀가 이 수문을 연다면, 쇄도하는 물은 그들을 향해 으르렁거리며 덤벼들어 평원으로 휩쓸어 가고 넓은 호수로 도도히 흘러들겠지, 그러면서 아마도 저들을 익사시키겠지. 확실히 저들은 '작은 돼지'와 그의 아내가 자신을 기다리고 있는 동안 그녀와 '작은 돼지'와 그의 아내에게 더 가까이 더 가까이 계속 전진해 올 수는 없을 게다. 글쎄, '작은 돼지'와 그의 아내ー그들은 내게 대해 의아하게 여기겠지만, 이 일에 대해서는 결코 꿈에도 생각하지 못할 것이다. 그것은 일종의 훌륭한 이야기꺼리가 될 것이다. 그리고 그녀는 그것을 즐겁게 얘기해줄 것이었다.

그녀는 결연하게 수문 쪽으로 발길을 돌렸다. 어떤 사람들은 비행기와 총으로 싸우지만, 당신은 강물을 갖고도 싸울 수 있을 것이다. 만약 그 강이란 게 이처럼 사악한 강이라면 말이다. 그녀는 거대한 목제 핀을

22. 늙은 악귀

뒤틀었다. 그것은 은백색이 감도는 녹색 이끼가 끼어 있어서 미끄러웠다. 가늘던 물줄기가 갑자기 터뜨러져 강력한 분출로 변했다. 그녀가 핀 하나를 더 뒤틀자 나머지 핀이 부러지려 했다. 그녀는 그것을 끌어당겼는데 구멍에서 약간 미끄러져 나오는 것이 느껴졌다.

"나는 이것을 가지면 나 자신을 연옥에서 빠져나오게 할 수 있을지도 모르겠다." 그녀는 생각했다. "아마도 그들도 이 오래된 보물 중의 보물은 하나 갖도록 해주겠지. 그이가 가졌다는 한쪽 손이라는 게 뭔지 대체 이것에야 비교되겠는가? 그러면 우리는 함께 …하겠지"

그 핀은 미끄러져 빠져 나왔고, 그러자 수문이 파열되어 그녀를 향해 쓰러져 그녀의 숨을 멎게 했다. 그래도 그녀는 강을 향해 헐떡이며 말할 시간만은 가졌다. "자, 오너라. 너 악귀 놈아!"

그러자 그녀는 강물이 자신을 움켜 쥐고는 하늘로 높이 들어올리는 것을 느꼈다. 강물은 그녀의 밑에도 주변에도 있었다. 강물은 기쁨에 겨워 그녀를 이리 굴리고 저리 굴렸다. 그리고는 그녀를 더욱 바짝 붙들고 그녀를 껴안고는 적(敵)을 향해 돌진해 갔다.

이 책의 발간작업 참여자

번역/편집 총괄 : 박수규

조사 및 편집 : 박종민 (연구원)
　　　　　　　임홍택 (연구원)
　　　　　　　임미진 (연구원)
　　　　　　　권을호 (연구원)

영·미 서정 단편소설 첫사랑(First Love)

2014년 6월 2일 초판 발행
2016년 4월 18일 증보판 발행

　　지은이 : 헨리 밀러 외
　　옮긴이 : 박 수 규
　　펴낸이 : 박 수 규
　　펴낸곳 : (사)한국자치행정연구원
　　　　　　(등록: 107-82-12837/09.2.26)
　　주　소　SGA 글로벌연구센터 :
　　　　　　경기도 남양주시 와부읍 덕소로 116번길 43
　　　　　　(덕소리 600-15), 현대홈타운 상가 203호
　　전　화 : 010-2572-7052, 031-521-6026
　　팩　스 : 031-521-6027
　　E-mail : sukyu23@naver.com
　　홈페이지 : http://www.hjhy.or.kr
ISBN 979-11-86837-03-0 (03840)

정가 23,000원

※ 이 책의 내용은 저작권법의 보호를 받고 있습니다
※ 잘못 만들어진 책은 본사나 구입하신 서점에서 바꾸어 드립니다